Zu diesem Buch

Er hatte das Gefühl, etwas presse ihm die Brust zusammen, und plötzlich verspürte er den Drang loszulaufen, loszulaufen so schnell er konnte, um vielleicht doch noch…

Aber tief in seinem Innern wußte er, daß er zu spät kommen würde, und in diesem Augenblick größter Angst sah er auf einmal sein Leben mit nie gekannter Klarheit und begriff, daß er schon immer zu spät gekommen war und daß hier der Grund für sein Scheitern lag.

Detective Chief Inspector E. Morse gehört zu den erfolgreichsten Beamten der Thames Valley Police. Als er jedoch die Ambulanz vor dem Haus von Anne Scott sieht, weiß er, daß jede Hilfe zu spät kommt.

Eigentlich geht ihn die Sache gar nichts an. Die Polizei stellt fest, daß Anne Scott Selbstmord begangen hat, auch wenn sie keinen Abschiedsbrief findet. Morse hatte Anne Scott vor nicht allzulanger Zeit kennengelernt, es jedoch nicht über sich gebracht, sie anzurufen, obwohl er sie sehr sympathisch gefunden hatte. Jetzt ist es dafür zu spät, und so will er wenigstens versuchen, die Gründe für ihren Selbstmord herauszufinden.

Chief Superintendent Bell ist davon wenig erbaut. Für ihn ist der Fall klar – bis auf den merkwürdigen Umstand, daß jemand Morse in das Haus der Toten hat gehen sehen, ehe ein anonymer Anrufer der Polizei den Selbstmord meldete. Und im Notizkalender von Miss Scott sind am Todestag die Buchstaben E. M. durchgestrichen.

Und dann gibt es einen weiteren Toten im Oxforder Stadtteil Jericho: den Nachbarn von Miss Scott.

Chief Superintendent Bell hat eine ernste Unterredung mit Chief Inspector Morse.

Colin Dexter, 1930 in Stamford, Lincolnshire, geboren, studierte in Cambridge und arbeitete an der Universität Oxford. Seinen ersten Kriminalroman schrieb er, als er bereits vierzig war. Innerhalb kürzester Zeit gelang es ihm, den begehrten Silver Dagger der britischen Crime Writers' Association zu gewinnen; *Mord am Oxford-Kanal* und *Finstere Gründe* erhielten den Gold Dagger, die Auszeichnung für den besten Kriminalroman des Jahres.

In Großbritannien und den Vereinigten Staaten erlangte Chief Inspector Morse breite Popularität als Hauptfigur einer erfolgreichen Fernsehserie. *Die Toten von Jericho* ist Colin Dexters fünfter Inspector Morse-Roman.

In der Reihe rororo thriller liegen von Colin Dexter vor: Der letzte Bus nach Woodstock (Nr. 3142), … wurde sie zuletzt gesehen (Nr. 3156), Die schweigende Welt des Nicholas Quinn (Nr. 3102 und Neuausgabe Februar 97, Nr. 3263), Eine Messe für all die Toten (Nr. 3173), Das Rätsel der dritten Meile (Nr. 2806), Hüte dich vor Maskeraden (Nr. 3239), Mord am Oxford-Kanal (Nr. 2960), Tod für Don Juan (Nr. 3041), Finstere Gründe (Nr. 3100), Die Leiche am Fluß (Nr. 3189) sowie Ihr Fall, Inspector Morse. Stories (Nr. 3148).

Colin Dexter

Die Toten von Jericho

Deutsch von
Marie S. Hammer

rororo

Rowohlt

rororo thriller
Herausgegeben von Bernd Jost

15.–22. Tausend, Oktober 1996

Neuausgabe
Veröffentlicht im Rowohlt Taschenbuch Verlag GmbH,
Reinbek bei Hamburg, November 1986

Die Originalausgabe erschien 1981 bei Macmillan London Ltd.
unter dem Titel «The Dead of Jericho»

Umschlaggestaltung Walter Hellmann
(Illustration Jürgen Mick)
Gesamtherstellung Clausen & Bosse, Leck
Printed in Germany
1090-ISBN 3 499 43242 0

Die Hauptpersonen

Anne Scott	trifft eine alte Liebe wieder und auf ein altes Problem.
Celia Richards	trifft eine wichtige Entscheidung.
Charles Richards	trifft selten die richtige Wahl.
Conrad Richards	trifft verschiedene Verabredungen.
Edward Murdoch Michael	trifft mit seinem Bruder eine Abmachung.
Jackson	trifft seinen Mörder.
Sergeant Lewis	trifft einen wunden Punkt.
Chief Inspector Morse	trifft fast immer ins Schwarze.

Für Patricia und Joan,
die in Jericho
zu Hause sind

Prolog

Und ich frag mich,
wie hätten sie zusammenfinden sollen!
T. S. Eliot, La Figlia Che Piange

Schön ist sie eigentlich nicht, dachte er. Einmal vorausgesetzt, Schönheit ließe sich überhaupt objektiv messen: *sub specie aeternae pulchritudinis* sozusagen. Sie waren einander gleich zu Anfang vorgestellt worden und hatten dabei nur die üblichen Höflichkeitsfloskeln gemurmelt. Doch seither waren sich ihre Blicke über den Raum hinweg immer wieder begegnet, und sie hatten sich für Momente in die Augen gesehen. Nach seinem dritten Glas Rotwein – die Sorte war gar nicht übel – gelang es ihm, sich dem kleinen Kreis von drei, vier flüchtigen Bekannten, mit denen er zusammengestanden hatte, unauffällig zu entziehen.

Die Gastgeberin Mrs Murdoch, eine stattliche Frau Ende vierzig von bisweilen geradezu einschüchternder Energie, begann eben die ersten Gäste mit freundlicher Bestimmtheit in Richtung auf das kalte Buffet zu dirigieren, das am anderen Ende des großen Raumes auf einigen Tischen angerichtet war. Als sie an ihm vorbeikam, trat er einen Schritt auf sie zu und sprach sie an.

«Ein netter Abend!»

«Ich freue mich, daß Sie kommen konnten. Jetzt dürfen Sie aber auch nicht die ganze Zeit allein hier herumstehen. Sie sollten ein bißchen auf die Leute zugehen! Habe ich Sie übrigens schon bekanntgemacht mit ...?»

«Danke, lassen Sie nur. Ich werde mich umsehen. Versprochen.»

«Ich habe den meisten hier schon von Ihnen erzählt.»

Er nickte nur, ohne allzu große Begeisterung zu zeigen, und blickte ihr aufmerksam in das großflächige, nicht besonders anziehende Gesicht. «Sie sehen gut aus.»

«Ich fühle mich auch gut.»

«Was machen die Jungen? Die müssen doch jetzt auch schon (ja *was* eigentlich?) äh ... bald erwachsen sein?»

«Michael ist achtzehn. Edward siebzehn.»

«Wie doch die Zeit vergeht! Da sind sie wahrscheinlich bald mit der Schule fertig?»

«Michael hat nächsten Monat Abitur.» («Das kalte Buffet ist dort hinten, Rowena. Bitte bedien dich.»)

«Ich hoffe, er verfügt über die nötige Ruhe und Zuversicht?»

«Mir scheint, als sei Zuversicht eine reichlich überschätzte Haltung. Finden Sie nicht auch?»

«Ja, vielleicht haben Sie recht», antwortete er etwas zögernd. Darüber hatte er noch nicht nachgedacht. (Täuschte er sich, oder hatte er in Mrs Murdochs Augen ein leichtes Unbehagen bemerkt?) «Weiß er schon, was er studieren will?»

«Biologie, Französisch und Wirtschaftswissenschaften.» («Ja, dort hinten. Bitte nehmen Sie sich selbst.»)

«Ach, wie interessant», sagte er, während er sich im stillen fragte, welche Gründe den jungen Murdoch bewogen haben mochten, so weit auseinanderliegende Fächer zu wählen. «Und Edward? Was ...?»

Er sprach ins Leere, denn Mrs Murdoch war schon weitergegangen und kümmerte sich um andere Gäste. Er fand sich auf einmal allein. Seine Gesprächspartner von vorhin beugten sich inzwischen am anderen Ende des Raumes über diverse Häppchen, kalten Braten und Salate, stießen ihre Gabeln in Hühnerbrüstchen und beluden sich die Teller mit Krautsalat. Er fixierte ungefähr zwei Minuten mit nachdenklich zusammengezogenen Brauen die nahe Wand, und man hätte meinen können, er sei in eine kritische Betrachtung des dort hängenden Aquarells versunken, das offensichtlich das Werk eines dilettierenden Freizeitmalers war. Doch dann setzte er sich plötzlich in Bewegung. Vor dem kalten Buffet hatte sich eine Schlange gebildet. Sie stand ganz am Ende, und er stellte sich hinter sie.

Er wagte einen Vorstoß. «Sieht gut aus, nicht?» Keine besonders originelle Bemerkung, aber sie hatte ihren Zweck erfüllt, denn sie wandte sich zu ihm um. «Hungrig?» fragte sie. Hatte er Hunger? Er wußte es nicht. Aus der Nähe sah sie noch anziehender aus mit ihren großen dunklen Augen und dem zarten, klaren Teint. Sie lächelte ihn an.

«Ein bißchen vielleicht», sagte er.

«Ich glaube, Sie essen zuviel.» Sie legte ihre Hand dorthin, wo sich unter dem weißen Hemd sein Bauch abzeichnete, und spreizte die Finger. Das Hemd hatte er extra für diesen Abend gewaschen und gebügelt – eigenhändig. Ihre Finger waren schlank und kräftig, die Nägel sorgfältig manikürt und dunkelrot lackiert.

«Aber alles in allem bin ich doch noch ganz passabel, oder?» Er genoß die Situation, und seine Stimme klang übermütig, fast wie die eines Schuljungen.

Sie neigte den Kopf leicht zur Seite und tat so, als versuche sie, seine Qualitäten herauszufinden. «Hm, nicht übel», konstatierte sie gnädig und schürzte die Lippen zu einem aufreizenden Schmollmund.

Um die Schüssel mit den roten Beten zu erreichen, mußte sie sich weit über den Tisch recken, und er betrachtete beinahe andächtig die sanfte Kurve ihres schmalen Hinterns. Und dann, von einem Moment auf den andern, fühlte er sich wieder einmal allein und verlassen. Sie hatte eine Unterhaltung mit dem Mann vor sich begonnen, einem jungen Burschen Mitte Zwanzig, groß, blond, sonnengebräunt und mit einem athletischen Körper, an dem kein Gramm Fett zuviel war. Er schüttelte den Kopf, und ein schmerzlich resigniertes Lächeln spielte um seine Lippen. Daß er doch immer noch einmal auf diese alten Wunschphantasien hereinfiel ... Mit Fünfzig kam man zum Glück in das Alter, wo die Sehnsüchte allmählich nachließen. Aber eben erst allmählich.

Auf dem letzten Tisch hatte man einen Teil der Fläche freigelassen und einige Stühle bereitgestellt. Dort würde er sich hinsetzen und in aller Ruhe sein einsames Mahl verzehren. Wenigstens ersparte er sich so die Verdauungsprobleme, die ihn unweigerlich erwarteten, wenn er die Torheit begehen und sich in einem der Sessel niederlassen würde, um in jener furchtbar unbequemen, vornübergebeugten Stellung zu essen, wie sie die anderen Gäste offenbar zu bevorzugen schienen. Er füllte sein Glas nach, zog sich einen Stuhl heran und führte gerade den ersten Bissen zum Mund, als sie plötzlich neben ihm stand.

«Sie sind anscheinend der einzige vernünftige Mensch hier», sagte sie.

«Ich muß Rücksicht nehmen auf meine Verdauung», erwiderte er kurz, ohne von seinem Teller hochzublicken. Wozu versuchen, einen guten Eindruck auf sie zu machen? So sehr er sich auch anstrengen mochte, die Tatsache blieb bestehen, daß er ein Mann war, der die besten Jahre hinter sich hatte. Und man sah ihm sein Alter an. Er hatte einen Bauch, und sein Haar begann sich auch schon zu lichten. Doch dafür sprossen ihm seit längerem Borsten aus den Ohren. Nein, dachte er mutlos, sie beide paßten nicht zusammen. Besser, sie hielte sich an den lüsternen jungen Adonis dort drüben, der sie schon die ganze Zeit mit seinen Blicken verschlang.

«Darf ich mich zu Ihnen setzen?»

Er sah endlich auf, betrachtete sie in ihrem hellen, eng anliegenden Kleid und wies mit einer Handbewegung auf den Stuhl neben sich.

«Ich hatte Sie schon verlorengegeben», sagte er nach einer Weile. «Ich dachte, Sie hätten sich den anderen angeschlossen.»

Sie hob ihr Glas an die Lippen, trank einen Schluck und fuhr mit dem Ringfinger ihrer linken Hand sacht den Innenrand des Glases entlang. «Und haben Sie es bedauert?» fragte sie leise, den Mund dicht an seinem Ohr.

«Ja», sagte er. «Ich hätte Sie gerne weiter für mich gehabt. Ich bin eben ein großer Egoist.» Es sollte scherzhaft klingen, aber in dem Blick, mit dem er sie ansah, lagen Kränkung und Mißtrauen.

«Und ich habe mir gewünscht, Sie würden mir zu Hilfe kommen», sagte sie. «Dieser blonde Stiesel da drüben – oh, hoffentlich bin ich jetzt nicht ins Fettnäpfchen getreten? Er ist nicht zufällig ein alter Bekannter von Ihnen, oder?»

Er schüttelte den Kopf. «Nein, ich kenne ihn nicht.»

Sie blickte sich um. «Ich kenne überhaupt niemanden hier.» Beide widmeten sich schweigend ihrem Essen.

«Ein paar von denen», er wies mit dem Kopf zu einer kleinen Gruppe von Männern am anderen Ende des Raumes, «wären sicher hoch erfreut, Ihre Bekanntschaft zu machen», sagte er nach einiger Zeit.

Sie lächelte. «Kann schon sein. Aber sie öden mich alle an mit ihrem Geschwätz. Es sind solche schrecklichen Langweiler. Ich weiß nicht recht, ob Sie das verstehen können.»

Er hob die Schultern. «Mich müssen Sie da nicht fragen. Ich selbst bin auch einer.»

«Das glaube ich nicht!»

«Ich will damit nur sagen, daß ich keinen Deut besser bin als andere Männer.»

«Was meinen Sie damit?» Ihre Stimme hatte einen leichten nordenglischen Akzent. Vielleicht kam sie aus Lancashire.

«Wollen Sie, daß ich es Ihnen erkläre?»

«Ja, bitte.»

Wieder, wie schon zu Beginn des Abends, sahen sie sich einen Moment lang in die Augen, dann senkte der Mann den Blick auf seinen Teller. Er hatte nur wenig gegessen. «Ich finde Sie sehr attraktiv», sagte er ruhig. «Das ist alles.»

Sie sagte nichts, und beide wandten sich wieder ihrem Essen zu, jeder mit seinen eigenen Gedanken beschäftigt.

«Wirklich gut», sagte der Mann schließlich, wischte sich mit einer orangefarbenen Papierserviette den Mund ab und wollte aufstehen. «Was darf ich Ihnen holen, Madame? Also – da wären . . . äh, Obstsalat und Kuchen und dann noch so ein Karamelzeug . . .»

Sie legte ihm ihre Hand auf den Arm. «Lassen Sie uns doch einfach ein bißchen hier sitzen und uns unterhalten. Ich habe immer Schwierigkeiten, gleichzeitig zu essen und zu reden. Aber ich bin anscheinend wieder mal die einzige, der das so geht.»

Ihre Bemerkung war zutreffend. Der große Raum war – das wurde ihm erst jetzt bewußt – von Besteckgeklapper und Stimmengewirr erfüllt.

«Noch etwas Wein?» fragte er.

«Ich glaube, ich habe genug gehabt, oder?»

«Sobald man meint, genug zu haben, ist es an der Zeit für mehr.»

Sie lachte ihn an. «Haben Sie sich das ausgedacht?»

«Nein, das habe ich mal auf der Rückseite einer Streichholzschachtel gelesen.»

Sie lachte wieder, und beide tranken einen Schluck Wein.

«Übrigens . . . was Sie da eben gesagt haben . . . daß Sie mich . . . also, daß Sie . . .»

«Daß ich Sie attraktiv finde?»

Sie nickte.
«Und?»
«Ich möchte gerne wissen, warum Sie es gesagt haben.»
Er zuckte mit den Achseln, wie um Gleichgültigkeit zu demonstrieren. «An solche Äußerungen müßten Sie sich doch eigentlich inzwischen gewöhnt haben. Bestimmt haben Ihnen Dutzende von anderen Männern vor mir schon dasselbe gesagt. Warum nehmen Sie es nicht einfach zur Kenntnis, und damit hat sich's? Strenggenommen ist Ihr Aussehen ja auch gar nicht Ihr Verdienst – der liebe Gott hat es in diesem Punkt eben nur besonders gut mit Ihnen gemeint. So wie ich ganz ohne eigenes Zutun einen überragenden Verstand mitbekommen habe.»
«Sie haben meine Frage noch nicht beantwortet.»
«Nein?! Ich dachte ...»
«Meine Frage bezog sich nicht darauf, *daß* Sie es gesagt haben, sondern *wie*.»
«Und wie habe ich es gesagt?»
«Das ist schwer zu beschreiben. Irgendwie nett eben, aber gleichzeitig auch irgendwie etwas traurig.»
«Sie sollten sich abgewöhnen, dauernd ‹irgendwie› zu sagen.»
«Ich wollte Ihnen einen Eindruck wiedergeben und hatte Schwierigkeiten, die richtigen Worte zu finden. Aber ich kann auch den Mund halten, wenn Ihnen das lieber ist.»
Er schüttelte langsam den Kopf. «Da sieht man mal wieder, wohin einen Ehrlichkeit führt. Gleich bekommen wir noch Streit. Und alles bloß, weil ich gesagt habe, was ich denke. Ich finde Sie nun mal attraktiv. Neben Ihnen zu sitzen und Sie anzusehen tut mir gut. Und wenn Sie es genau wissen wollen: ich glaube, je länger ich Sie ansehe, um so attraktiver werden Sie. Das muß wohl am Wein liegen.» Sein Glas war leer, und er streckte die Hand nach der Weinflasche aus.
«Das Traurige ist nur, daß die meisten Männer, wenn sie eine Frau attraktiv finden, nur einen Gedanken im Kopf haben: möglichst schnell mit ihr ins Bett zu gehen.»
«Und wieso ist das traurig?»
«Weil es zwischen Männern und Frauen mehr geben kann als nur Sex. Viel mehr.»
«Vielleicht haben Sie recht. Mir fehlt, um da mitreden zu können, leider die Erfahrung.»

«Aber wenn Sie eine Frau mögen, dann doch für das, was sie *ist*, und nicht nur für ihr Aussehen, oder?» Sie hatte sich ihm zugewandt. In ihren Augen stand ein Ausdruck ungestümer Zuneigung.

«Jetzt würde mich aber wirklich interessieren, wie Sie zu dieser ...» Er mußte plötzlich schlucken und konnte nicht mehr weiterreden. Sie hatte unter dem Tisch nach seiner Hand gegriffen und verschränkte ihre Finger mit den seinen.

«Würden Sie mir wohl mal den Wein rüberreichen?» Einer der Gäste, ein massiger, schon älterer Mann mit ungesund roter Gesichtsfarbe, war, ohne daß sie es bemerkt hatten, hinter sie getreten und blickte anzüglich lächelnd auf sie hinunter. «Tut mir wirklich leid, daß ich Ihr trautes Beisammensein stören muß, aber ich sitze nun mal nicht gern auf dem trocknen.»

Sie rückten wie ertappt auseinander und blieben auch so, denn die übrigen Gäste begannen jetzt erneut, sich vor dem kalten Buffet zu sammeln, um sich ihren Nachtisch zu holen.

«Es ist wohl besser, wir schließen uns den anderen wieder an», sagte er ohne rechte Überzeugung. «Ich fürchte, wir fallen sonst auf.»

«Würde Ihnen das etwas ausmachen?»

Er schien einen Moment lang ernsthaft nachzudenken, dann verzog sich sein Mund zu einem breiten Grinsen. «Also, wenn ich es mir recht überlege – eigentlich schert es mich einen Dreck, was die Leute hier von mir denken. Außerdem geht es überhaupt niemanden etwas an. Und wenn wir die ganze Nacht hier zusammensäßen! Das wäre übrigens gar keine schlechte Idee. Ich hätte große Lust dazu, und wenn Sie auch wollen ...»

«Das dürften Sie doch jetzt eigentlich wissen! Sie können sich also Ihre Worte sparen. Holen Sie mir lieber ein Stück von dem Kuchen dort drüben. Und hier!» Sie leerte mit einem Zug den Rest ihres Weins. «Sie können mir auch gleich noch ein Glas Wein mitbringen. Aber bitte voll!»

Nachdem beide ihren Kuchen aufgegessen und sie sein Angebot, ihr Kaffee zu holen, dankend abgelehnt hatte, nutzte er eine Gesprächspause und bat sie, ihm von sich zu erzählen. Sein Interesse schien sie zu freuen, denn sie begann, ohne zu zögern.

Ihr Geburtsort war Rochdale. Sie war eine intelligente, dazu sehr strebsame Schülerin gewesen und hatte es so geschafft, ein

Stipendium an einem College in Oxford, der Lady Margaret Hall, zu bekommen. Dort hatte sie Neuere Sprachen studiert und nach dem Examen, das sie mit der Note *gut* bestanden hatte, Oxford verlassen, um die Auslandsabteilung eines kleinen, in Croydon ansässigen Verlages zu übernehmen. Die Firma war erst wenige Jahre zuvor von zwei ebenso ehrgeizigen wie geschäftstüchtigen Brüdern gegründet worden und verlegte Lehrbücher für Englisch als Fremdsprache. Die rasche Zunahme der Auslandsaufträge hatte es angebracht erscheinen lassen, die Geschäftsverbindung zu den Kunden auf dem Kontinent zu intensivieren. So war sie zu ihrem Job gekommen. Die Tätigkeit erwies sich als interessant und war sehr gut bezahlt, zumal wenn man bedachte, daß sie von geschäftlichen Dingen bisher keine Ahnung gehabt hatte. Es gehörte zu ihren Aufgaben, Charles, den älteren der beiden Brüder, auf den häufig notwendigen (manchmal auch nicht so notwendigen) Reisen zu begleiten. Ihre Arbeit machte ihr großen Spaß, und so blieb sie acht Jahre dabei. Der Verlag florierte, die Zahl der Beschäftigten stieg von zehn auf über zwanzig, ein neues Verlagsgebäude wurde errichtet, die modernsten Maschinen angeschafft. Manchem war der geschäftliche Erfolg der beiden Brüder nicht ganz geheuer, und es kursierten Gerüchte über gefälschte Spesenabrechnungen und Steuerhinterziehung. Irgendwann in dieser Zeit war dann auch der unvermeidliche Rolls-Royce angeschafft worden – in seriösem Schwarz. Ein paar Jahre später, kurz vor ihrem Weggang, kam noch ein zweiter, in Hellblau, dazu. Zum Besitz der Brüder hatte auch eine Jacht gehört. Sie lag in der Nähe von Reading, und einige auserwählte Top-Angestellte hatten das Privileg gehabt, von Zeit zu Zeit ihr Wochenende dort verbringen zu dürfen. Ihr Gehalt war jedes Jahr, manchmal sogar in kürzeren Abständen, erhöht worden, so daß sie, als sie sich vor vier Jahren entschloß zu gehen, genug Geld zusammengespart hatte, um für einige Zeit finanziell unabhängig zu sein. Was sie nun damals genau zu ihrem Entschluß gebracht hatte, konnte sie nicht einmal sagen. Acht Jahre waren einfach eine lange Zeit, und auch der spannendste Job verliert irgendwann einmal an Reiz, ist plötzlich keine Herausforderung mehr. Irgendwann hat man das Gefühl, alles in- und auswendig zu kennen, nicht zuletzt die Kollegen. Was die betraf, da hätte sie manchmal wirklich ... ach, egal. Sie war weggegangen, weil sie den starken Wunsch nach Veränderung gehabt hatte. Und sie hatte ihn sich erfüllt. In Oxford hatte sie Französisch und Englisch studiert und durch ihre Verlagstätigkeit gute Deutschkenntnisse erworben. So war sie an eine Gesamtschule im Osten Londons gegangen (eine dieser Mammutschulen – 1000 Schüler!), um dort Deutschunterricht zu geben. Der Schulalltag war erheblich nervenaufreibender gewesen, als sie ihn sich zu Anfang vorgestellt hatte. Sie wollte gar nicht bestreiten, daß jeder ihrer Schüler tief in seinem Innern eine sanfte, verletzliche Seele besaß, das Verhalten in der Gruppe war jedoch ruppig und obszön gewesen, und sie hatte geargwöhnt, daß sich einzelne in der hinteren Reihe dann und wann während der Stunde entblößten. Die größten Schwierigkeiten hatten ihr jedoch die Mädchen bereitet. Sie hatten in ihr, kaum daß sie dagewesen war, die Rivalin gewittert, die die Aufmerksamkeit der Mitschüler und der Lehrer von ihnen ablenken würde. Dabei war ihr Verhältnis zu den Kollegen eher so lala gewesen. Ein paar von ihnen hatten anfangs versucht, sich an sie heranzumachen – meistens ausgerechnet die Verheirateten. Sie hatte es ihnen jedoch nicht allzu übelgenommen. Man mußte ihnen zugute halten, welch geradezu heroischer Anstrengung es bedurfte, jeden Tag erneut den Kampf gegen das immer mehr um sich greifende Schwänzen, das trotzige Sichverweigern, die sinnlose Zerstörungswut aufzunehmen – einen fast aussichtslosen Kampf, denn die üblicherweise gültigen Umgangsnormen waren diesen Jugendlichen fremd, ja zuwider; von einem Ideal persönlicher Integrität und Wahrhaftigkeit, das ihnen Maßstab hätte sein können, ganz zu schweigen. Nun, zwei Jahre hatte sie durchgehalten, dann hatte sie das Handtuch geworfen. Im nachhinein wünschte sie manchmal, sie wäre länger geblieben. Die Jungen und Mädchen ihrer Klasse hatten es sich nicht nehmen lassen, ihr zum Abschied sechs absolut scheußliche Weingläser zu schenken, und diese Gläser bedeuteten ihr mehr als jedes andere Geschenk, das sie im Laufe ihres Lebens erhalten hatte. Die Übergabe fand am letzten Tag vor den Ferien statt, im Anschluß an die allgemeine Schulfeier. Keiner ihrer Schüler fehlte. Als sie sie alle da vor sich stehen sah, waren ihr auf einmal die Tränen gekommen. Einer der Jungen hatte eine unbeholfene Rede voller Albernheiten gehalten. Eine ganz und gar hinreißende Rede. Daraufhin hatten ein paar der Mädchen ebenfalls zu weinen angefangen, und selbst die zwei größten Rüpel, die ihr die ganze Zeit über das Leben schwergemacht hatten, waren ganz zahm gewesen, hatten ihr die Hand gedrückt und verlegen ein paar Sätze gemurmelt, in denen durchklang, daß sie ihr Fortgehen bedauerten und ihr gegenüber sogar so etwas wie Dankbarkeit empfanden. Es war unbeschreiblich rührend gewesen. Was sie danach gemacht hatte? Ach, so dies und das. Vor zwei Jahren schließlich war sie nach Oxford zurückgekommen und hatte eine Anzeige aufgegeben, daß sie Schüler suche. Es hatten sich so viele gemeldet, daß sie etliche hatte abweisen müssen. Sie hatte sich ein kleines Haus gekauft, und ... tja, seitdem lebte sie nun hier.

Sie hatte bei ihrer Schilderung etwas Wesentliches ausgelassen, dessen war er sich sicher. Er hatte, wenn auch etwas vage, noch im Gedächtnis, wie Mrs Murdoch sie vorgestellt hatte; vor allem aber sah er noch deutlich ihren Ringfinger vor sich, mit dem sie den Innenrand des Weinglases entlanggefahren war. Ob sie nur dieses eine ausgelassen hatte, oder ob es da noch anderes gab? Aber er hatte keine Lust nachzufragen. Er war zufrieden, hier neben ihr zu sitzen – etwas verliebt und reichlich beschwipst.

Es war bereits nach Mitternacht. Einige der Gäste hatten sich schon verabschiedet. Die meisten der noch Anwesenden waren inzwischen bei ihrer zweiten oder dritten Tasse Kaffee angelangt, aber niemand holte sich Kuchen, als bestehe eine unausgesprochene Übereinkunft, daß man das ungleiche Paar, das dort, umgeben von den Resten des kalten Buffets ein Refugium gefunden zu haben schien, nicht stören dürfe.

«Jetzt möchte ich aber auch etwas über Sie erfahren», sagte sie. «Bisher haben Sie sich ja sehr zurückgehalten und mich allein reden lassen.»

«Von mir gibt es nicht viel zu erzählen. Mein Leben ist nicht halb so interessant wie Ihres. Wirklich. Und mir ist auch gar nicht nach Reden. Ich möchte nur einfach weiter hier so neben Ihnen sitzen.»

Er hatte den ganzen Abend über reichlich getrunken und sprach etwas verzögert und mit schwerer Zunge. Doch sie störte das nicht; im Gegenteil. Sie fühlte sich auf merkwürdige Art hingezogen zu diesem nicht mehr ganz jungen, gefühlsseligen, etwas altmodischen Mann, und sie mochte, wie er ab und zu mit den Fingerspitzen leicht die Innenfläche ihrer Hand streichelte.

Um zwanzig nach eins schrillte das Telefon.

Mrs Murdoch kam diskret auf die beiden zu, legte ihm die Hand auf die Schulter und sagte leise: «Ein Anruf für Sie.» Ihren wachsamen Augen blieb nicht viel verborgen, und ein ganz klein wenig amüsiert, aber durchaus wohlwollend, hatte sie innerlich konstatiert, daß sich zwischen den beiden offenbar etwas entspann. Jammerschade, daß sie nun stören mußte, aber er hatte ja gleich zu Beginn des Abends gesagt, daß er möglicherweise weggerufen werde.

Er folgte ihr in den Flur und nahm den Telefonhörer auf. «Was ...?? Sie, Lewis? Warum zum Teufel ... Ah, ja. Ich verstehe. Na gut.» Er sah auf die Uhr. «Ja. Ja doch. Ich weiß, daß ich es Ihnen selbst gesagt habe.» Er legte unsanft auf und ging in den Raum zurück.

Sie saß genauso da, wie er sie verlassen hatte, und blickte, als er zu ihr trat, fragend zu ihm empor. «Eine schlechte Nachricht?»

«Ja, schon. Aber nichts Persönliches. Nur ... ich muß jetzt leider sofort aufbrechen.»

«Aber Sie können mich doch vorher noch nach Hause bringen, oder? Bitte!»

«Nein, es tut mir leid, aber das geht nicht. Ich habe heute nacht Bereitschaftsdienst und ...»

«Sind Sie Arzt oder so etwas?»

«Ich bin bei der Polizei.»

«Du liebe Zeit!»

«Es tut mir leid.»

«Das sagten Sie schon.»

«Lassen Sie uns den Abend doch nicht auf diese Weise beschließen», sagte er ruhig.

«Nein, Sie haben recht. Das wäre schade. Entschuldigen Sie, daß ich so wütend geworden bin. Es ist nur ...» Sie blickte ihn an, und in ihren Augen war die Enttäuschung zu lesen. «Aber vielleicht hat das Schicksal es nicht anders gewollt ...»

«Jetzt reden Sie keinen Unsinn.»

«Glauben Sie etwa nicht, daß es so etwas wie ...»

«Kann ich Sie wiedersehen?»

Sie nahm einen kleinen Kalender aus ihrer Tasche, riß hinten eine Seite heraus und schrieb ihm ihre Adresse auf: *Canal Reach 9*.

«Ihr Wagen ist da», sagte Mrs Murdoch.

Der Mann nickte und wandte sich zum Gehen. Doch dann drehte er sich noch einmal um. «Sie sind verheiratet, oder?»

«Ja, aber ...»

«Einer von den beiden Brüdern?»

Einen Moment lang stand in ihren Augen so etwas wie Mißtrauen – oder war es nur Überraschung? Dann sagte sie: «Nein. Meine Ehe lag lange vor der Zeit im Verlag. Ich war so dumm, schon mit neunzehn zu heiraten, und das ...»

Ein untersetzter Mann hatte den Raum betreten und kam etwas verlegen auf sie zu. «Können wir los, Sir?»

«Ja, sofort.» Er sah sie an und wollte noch etwas sagen, doch ihm fiel nichts ein.

«Sie haben meine Adresse?» fragte sie kaum hörbar.

Er nickte. «Aber Sie müssen mir noch Ihren Namen sagen.»

«Anne. Anne Scott.»

Er lächelte sie an.

«Und wie heißen Sie?»

«Morse.»

Im Wagen legte er den Sicherheitsgurt an. Sie passierten den Kreisverkehr am oberen Ende der Banbury Road und fuhren mit hoher Geschwindigkeit ins Tal hinunter nach Kidlington.

«Was haben Sie gesagt, wo es geschehen ist, Lewis?»

«Woodstock Crescent, Sir. Ein Mann, der seine Frau erstochen hat. Er ist gleich hinterher zu uns gekommen, um ein Geständnis abzulegen. Na, zur Abwechslung ausnahmsweise mal ein einfacher Fall.»

«Wieso ausnahmsweise? Was Sie da eben erzählt haben, ist eher die Regel. In der überwiegenden Zahl aller Mordfälle steht der Täter von Anfang an fest. Anscheinend haben Sie sich das bisher noch nie so richtig klargemacht, Sergeant, oder? Bei über vierzig Prozent erfolgt die Verhaftung sofort und noch am Tatort oder jedenfalls ganz in der Nähe, weil die meisten Täter – und das sollte für Sie ein Grund zu tiefer und ständiger Dankbarkeit sein, Lewis –, weil die meisten Täter nämlich erst gar nicht den Versuch machen zu fliehen. Und in, ich glaube, es waren fünfzig Prozent der Fälle, müssen wir davon ausgehen, daß zwischen

Täter und Opfer eine Beziehung bestanden hat, oft eine sehr enge Beziehung.»

«Sehr aufschlußreich, Sir», sagte Lewis und bog direkt gegenüber dem Präsidium nach links ab. «Sie haben wohl wieder einen Ihrer Vorträge gehalten?»

«Nein, stand alles heute morgen in der Zeitung», sagte Morse und stellte überrascht fest, daß er offenbar wieder ganz nüchtern war.

Sie fuhren durch ein Gewirr dunkler Seitenstraßen, bis plötzlich vor ihnen das rotierende Blaulicht einer Unfallambulanz auftauchte. Morse öffnete umständlich seinen Gurt und stieg aus. «Übrigens, Lewis», sagte er und beugte sich noch einmal ins Wageninnere, «wissen Sie zufällig, wo Canal Reach ist?»

«Im Süden von Oxford, Sir. In Jericho.»

ERSTES BUCH

Kapitel Eins

Es war ein Mensch, der ging
von Jerusalem hinab gen Jericho.
Lukas 10, Vers 30

Die wichtigsten Sehenswürdigkeiten Oxfords liegen dicht beieinander. So können selbst Tagestouristen nach der Besichtigung einer Reihe der alten Colleges, die sich in ihrer Mehrzahl im Geviert zwischen High Street und dem runden, kuppelgeschmückten Bau der Radcliffe Camera befinden, in ihren Luxus-Reisebus zurückklettern mit dem befriedigenden Gefühl, sich von einer weiteren englischen Stadt – und dazu angeblich einer der schönsten – einen ausreichenden Eindruck verschafft zu haben. Und das geradezu in Rekordzeit. Die Großartigkeit dessen, was sie gesehen haben, hat sie vielleicht aber auch ermüdet. Zum Glück ist gleich um die Ecke die Cornmarket Street, in deren Cafés und Schnellrestaurants der Besucher sich von den Strapazen erholen und in seinem frischerstandenen Reiseführer lesen kann, der ihn detailliert auch über diejenigen Colleges, ihre Entstehungszeit und ihre Mäzene informiert, die ihm bei seiner schnellen Sightseeing-Runde entgangen sind. Doch irgendwann kommt dann der Zeitpunkt, an dem sein Wissensdurst gestillt ist; er läßt Kultur Kultur sein und begibt sich vielleicht, der Fußgängerzone folgend, ins Westgate-Einkaufszentrum, das sich neben der St.-Ebbe's-Kirche erhebt. Hier drängten sich früher eine Vielzahl alter Häuser, und wohl aus diesem Grund mag es den Stadtvätern besonders geeignet erschienen sein, ihren Modernisierungswillen zu demonstrieren und der unbestreitbaren Antiquiertheit des Stadtbildes wirksam etwas entgegenzusetzen, indem sie die alten Gebäude dem Abriß preisgaben, um an ihre Stelle eine Betonfestung zu setzen, in der Geschäfte und Büros der kommunalen Verwaltung untergebracht wurden. *Solitudinem faciunt: architecturam appellant.*

Sollte aber der eine oder andere Besucher mehr Zeit mitbringen, dann vermag Oxford ihm durchaus noch weitere Attraktionen zu bieten, die allerdings nicht unbedingt im Reiseführer zu finden sind. So könnte er zum Beispiel die Cornmarket Street immer geradeaus, am *Hotel Randolph* vorbei, in die Beaumont Street schlendern, wo es etliche, einen eleganten Bogen bildende, klassizistische Häuser zu bewundern gibt. Und vielleicht hat er Lust, wenn er schon einmal an Ort und Stelle ist, dem Ashmolean Museum, das gleich an der Ecke Beaumont-Magdalen Street liegt, einen Besuch abzustatten, wenn er es nicht doch vorzieht, statt dessen in den Gärten des nahegelegenen Worcester College zu lustwandeln. Geht unser Besucher von hier aus weiter in nördliche Richtung, so erreicht er kurz darauf das untere Ende der Walton Street und findet sich, folgt er ihr, bald in einer Gegend, die, durch welche glücklichen Umstände auch immer, von der Kahlschlagplanung der kommunalen Bürokratie bisher verschont geblieben ist. Irgendwann wird ihm auffallen, daß er keine Colleges mehr sieht: er hat Oxford, die Universitätsstadt, hinter sich gelassen, und zu seiner Linken das imposante Gebäude der Oxford University Press, dessen rasenbedeckter Innenhof durch ein hohes schmiedeeisernes Gitter abgesperrt ist, wirkt in seiner strengen Majestät hier seltsam fehl am Platz. Spätestens jetzt kehren die meisten Besucher denn auch um und wenden sich wieder in Richtung Innenstadt. Die wenigen, die es weiterzieht, entdecken bald darauf den rotblauen Namenszug des Phönix-Kinos, und nicht lange, so taucht die schwärzlichgraue Fassade des Radcliffe-Krankenhauses vor ihnen auf. Sie befinden sich mitten im Stadtteil Jericho.

Jericho ist fast ausschließlich Wohnbezirk und reicht von der Westseite der Walton Street bis an das Ufer des Kanals. Die Straßen, von denen einige, wie zum Beispiel die Wellington und die Nelson Street, durch ihre Namen von Englands ruhmvoller Vergangenheit künden, sind nichtsdestoweniger trist und schmucklos. Sie sind in der Mehrzahl von einfachen Reihenhäusern gesäumt, die Mitte des neunzehnten Jahrhunderts gebaut wurden.

Hier wohnten Werft- und Eisenbahnarbeiter, Drucker der Oxford University Press und Arbeiter aus Lucy's Eisengießerei in der Juxon Street mit ihren Familien. Wie die Gegend zu ihrem merkwürdigen Namen kam, läßt sich heute nicht mehr feststellen. Keines der vielen Bücher zur Stadtgeschichte im City Museum in der St. Aldate's Street vermag darüber Auskunft zu geben. Denen, die hier leben, ist es wohl ohnehin egal, weil sie sich längst damit abgefunden haben, daß viele Dinge sich nicht erklären lassen, daß es Menschen gibt und daß sie sterblich sind, daß manche dem Alkohol verfallen sind und andere sich rettungslos verlieben.

An einem Mittwoch, Anfang Oktober, seit Mrs Murdochs Party in Nord-Oxford waren fast vier Monate vergangen, befand sich Detective Chief Inspector Morse von der Thames Valley Police auf dem Weg von Kidlington nach Oxford. Er folgte zunächst der Woodstock Road, wandte sich dann nach rechts in die Bainton Road und fuhr diese immer geradeaus bis zur Walton Street. Während er seinen Lancia mit erhöhter Aufmerksamkeit durch die recht enge Straße steuerte, bereit, schnell zu reagieren, falls von den zu beiden Seiten abgestellten Autos plötzlich eines aus der Parklücke ausscheren sollte, registrierte er im Vorbeifahren, daß im *Phönix Der Sex der grünen Witwen* lief; doch gleich darauf fiel sein Blick auf ein Straßenschild mit der Aufschrift *Jericho Street*, und für mögliche Phantasien über ein, zwei Stunden erotischen Kinovergnügens war auf einmal kein Raum mehr. Ganz hier in der Nähe mußte Anne Scott wohnen. Er hatte zwischendurch immer wieder an sie gedacht, aber die Aussicht auf eine Beziehung zu ihr war ihm bereits am nächsten Morgen, im nüchternen Tageslicht, längst nicht mehr so verlockend erschienen wie in der Nacht zuvor. Sie war schließlich verheiratet, und das gab immer Komplikationen! Er hatte deshalb damals nichts mehr von sich hören lassen, doch heute schien die Gelegenheit günstig zu einem unverfänglichen Wiedersehen …

Am Vormittag hatte er in Kidlington eine Gruppe frisch ausgebildeter und überaus ernsthafter junger Kriminalbeamter über das Prozedere bei einem Mordfall aufzuklären versucht. Ihren Mienen hatte er ansehen können, daß seine Ausführungen sie langweilten, und Morse gestand sich hinterher selbstkritisch ein, daß er nicht gut in Form gewesen war. Er war jedoch fest entschlossen, sich durch diesen Mißerfolg nicht die Laune verderben zu lassen. Schließlich hatte er den Rest des Tages frei und dazu, zum erstenmal seit Wochen, einen legitimen Grund, nach Jericho zu fahren. Als Mitglied der Oxforder Literarischen Gesellschaft hatte er vor kurzem die Mitteilung erhalten, daß am heutigen Mittwoch um acht Uhr abends Dame Helen Gardner einen Vortrag über das *New Oxford Book of English Verse* halten werde, und die Aussicht, diese hervorragende Gelehrte reden zu hören, hatte ihn bewogen, seine übliche Trägheit zu überwinden und zum erstenmal in diesem Jahr einer Veranstaltung beizuwohnen. Der Ankündigung von Dame Helens Vortrag schloß sich die Bitte an, jedes Mitglied möge den Inhalt seines Bücherschranks einer kritischen Prüfung unterziehen und Bücher, an denen kein Interesse mehr bestehe, zur Verfügung stellen, da vor dem Vortrag ein Buchbasar geplant sei, dessen Erlös helfen solle, die fast leere Kasse der Gesellschaft wieder etwas aufzufüllen. Morse war dieser Bitte nachgekommen und hatte am Dienstagabend etwa dreißig Taschenbücher aussortiert, die jetzt wohlverstaut in einem Karton auf dem Rücksitz seines Wagens lagen. Die Bücher sollten zwischen fünfzehn und siebzehn Uhr im Clarendon Press Institute in der Walton Street, wo die Veranstaltungen der Gesellschaft gewöhnlich stattfanden, abgegeben werden. Jetzt war es zwanzig nach drei; er brauchte also nicht gleich dorthin zu fahren.

Unmittelbar vor dem Gebäude der Oxford University Press bog er nach rechts ab, fuhr langsam die Great Clarendon Street hinunter und passierte eine Reihe von Nebenstraßen, bis er schließlich zu seiner Rechten auf einem Straßenschild den Namen *Canal Street* entdeckte. Da lag Canal Reach doch wahrscheinlich ganz in der Nähe? Den ganzen Tag über hatte es ununterbrochen geregnet, und als er in die verlassene Straße einbog, klatschten Regenböen gegen seine Windschutzscheibe. Er fuhr im Schritttempo und hielt Ausschau nach einer Parkmöglichkeit. Doch die Suche gestaltete sich schwierig. Auf der einen Straßenseite herrschte absolutes Halteverbot, gegenüber wiesen eine Reihe blauer Schilder mit einem weißen ‹P› darauf hin, daß diese Plätze Anwohnern mit Parkerlaubnis vorbehalten waren. Es gab dort eine oder zwei Lücken, aber eine tief in ihm verwurzelte, fast schon verbohrte Gesetzestreue und nicht zuletzt auch die Angst, erwischt zu werden und ein saftiges Bußgeld zahlen zu müssen, hinderten ihn, sich dort hinzustellen. Er kreuzte weiter durch das unübersichtliche Gewirr kleiner Nebenstraßen, bis er schließlich direkt am Kanal, unter dem freistehenden Glockenturm der St.-Barnabas-Kirche eine von weißen Markierungen begrenzte Stellfläche fand, die noch nicht besetzt war. *‹Parkdauer maximal zwei Stunden, Rückkehr nicht vor einer Stunde.›* Er setzte mit Bedacht rückwärts in das vorgeschriebene Rechteck, schaltete die Zündung aus und blickte sich um. Durch ein geöffnetes Tor sah er ein blaues, ein braunes und ein rotes Hausboot, die in einer Reihe nebeneinander am Ufer vertäut lagen. Über dem Wasser entfernten sich – den Hals weit vorgestreckt – mit laut klatschendem Flügelschlag drei Enten in Richtung Norden. Sie waren gegen den schon dämmrigen Nachmittagshimmel nur als schwarze Silhouetten zu erkennen. Er stieg aus, blieb eine Weile im Regen stehen und sah den schmutziggelben Turm hinauf, dessen massige Form die Straße beherrschte. Er hätte gern einen Blick ins Innere geworfen, aber die Tür war verschlossen. Gerade bemühte er sich, den angehefteten Zettel zu entziffern, *‹Wegen zahlreicher Akte von Vandalismus, die auf das Treiben jugendlicher Rowdies zurückzuführen sind, sehen wir uns leider gezwungen . . .›*, als er hinter sich eine Stimme hörte.

«Gehört der Wagen hier Ihnen?»

Eine junge, triefend nasse Politesse – das Zeichen ihrer Würde, das gelbe Band am Hut, war bestimmt erst wenige Tage alt – stand neben seinem Lancia und bemühte sich ungeachtet des wieder stärker werdenden Regens, auf einer durchweichten Seite ihres Blocks eine Eintragung zu machen.

«Ich darf da aber doch stehen, oder?» fragte Morse, plötzlich unsicher geworden, und kam in langen Schritten eilig die flachen Kirchenstufen heruntergelaufen.

«Sie sind hier an der Seite über der weißen Linie, und außerdem müssen Sie zurücksetzen. Sie haben hinten noch reichlich Platz!»

Gehorsam manövrierte Morse den Lancia in die vorgeschriebene Position, dann kurbelte er sein Fenster herunter. «So richtig?»

«Vergessen Sie das nächste Mal, wenn Sie den Wagen verlassen, nicht wieder das Abschließen. Heutzutage werden eine Menge Autos gestohlen. Und denken Sie daran, daß Sie hier nicht länger als zwei Stunden stehen dürfen.»

«Aber ich schließe immer ...»
«Eben aber nicht!»
«Das war doch nur, weil ich ganz in der Nähe ...»
Sie war schon gegangen, offenbar interessierten sie seine Einwände nicht. Morse sah, wie sie ein Stück weit die Straße hinauf stehenblieb, um einem armen Parksünder einen vor Nässe durchscheinenden Strafzettel unter den Scheibenwischer zu klemmen, und rief hinter ihr her:
«Ich suche Canal Reach!»
Sie drehte sich um und deutete mit dem Daumen hinter sich. «Um die Ecke in die Canal Street. Dann die zweite links.»

Morse bemerkte, als er in die Canal Street einbog, daß die junge Politesse ungeachtet des Regens auch hier schon tätig geworden war. Im Weitergehen registrierte er, daß es auch einen hellblauen Rolls-Royce, der auf der anderen Straßenseite, an der Ecke Victor Street, geparkt stand, erwischt hatte. Das riesige Luxusgefährt stand in auffallendem Kontrast zu der eher ärmlichen Umgebung. Morse dachte jedoch nicht weiter darüber nach, denn die nächste Querstraße war Canal Reach. Er blieb einen Moment lang stehen. Warum war er überhaupt hier? Was wollte er ihr eigentlich sagen, wenn er sie sah?

Canal Reach war eine Sackgasse, die nach weniger als hundert Metern vor den Toren einer kleinen Bootswerft endete. Autos war die Zufahrt untersagt; drei etwa meterhohe Betonzylinder in der Mitte der Fahrbahn sorgten dafür, daß das Verbot auch tatsächlich befolgt wurde. Zu beiden Seiten der engen Straße standen jeweils fünf schmale, eher niedrige Reihenhäuser: zwei kleine Zimmer unten, zwei oben, das war alles. Die Häuser waren billig und ohne jeden Komfort gebaut; in früheren Jahren waren hier vermutlich die am Kanal beschäftigten Arbeiter mit ihren Familien untergebracht gewesen. Hinter den Fenstern mit den Netzgardinen war alles dunkel, und wenn nicht neben einigen Türen Fahrräder gelehnt hätten, so hätte man die Häuser für unbewohnt halten können. Morse schritt die Straße hinunter bis zum Ende und blieb dann stehen. Er war nervös und unentschlossen. Automatisch klopfte er seine Manteltaschen nach Zigaretten ab. Aber er mußte sie wohl im Auto liegengelassen haben. Hinter ihm fuhr ein Wagen die Canal Street entlang. Die Reifen verursachten auf der nassen Fahrbahn ein zischendes Geräusch. Er drehte sich kurz um. Der Fahrer hatte schon das Standlicht eingeschaltet.

Nach ein paar Minuten gab Morse sich einen Ruck und klopfte. Er wartete, aber niemand kam. Fast war er erleichtert. Trotzdem klopfte er noch ein zweites Mal, ein bißchen lauter jetzt, trat einen Schritt zurück und ließ seine Augen prüfend über die Fenster gleiten. Das Erdgeschoß hatte zur Straßenseite nur ein einziges Fenster, das sich gleich rechts neben der Haustür befand. Doch die leuchtendroten Vorhänge waren vorgezogen und verwehrten den Blick in den dahinterliegenden Raum. Die beiden Fenster im ersten Stock gehörten wahrscheinlich zu ihrem Schlafzimmer. Plötzlich stutzte er. Wenn ihn nicht alles täuschte, so brannte dort oben irgendwo Licht. Er kniff die Augen zusammen. Ja, kein Zweifel. Vermutlich stand die Tür offen, und der Lichtschein kam vom Flur oder von dem Zimmer, das nach hinten hinaus lag. Den Blick noch immer auf das Haus gerichtet, bemerkte er auf einmal den reizvollen Farbkontrast, der sich aus dem reihenweisen Wechsel von längsliegenden dunkelroten Ziegelsteinen, sogenannten Läufern, mit querliegenden blaugrauen Bindern ergab.

Noch immer kam niemand, um ihm zu öffnen.

Sollte er einfach wieder gehen? Es war sowieso töricht gewesen herzukommen. Er hätte beim Mittagessen nicht so viel Bier trinken sollen. Der Genuß von Alkohol hatte seit einigen Jahren eine merkwürdige Wirkung auf ihn; längst totgeglaubte Sehnsüchte begannen sich plötzlich wieder zu regen, und er hatte Anwandlungen sexuellen Verlangens, vor denen er sich in nüchternem Zustand verschont wußte. Auf einmal war ihm, als hätte er drinnen ein Geräusch gehört. Sie war also doch da! Er klopfte wieder, sehr laut diesmal, und nach einer weiteren halben Minute, in der sich drinnen nichts rührte, drückte er langsam die Klinke herunter. Die Tür war offen.

«Hallo? Ist jemand da?» Die Tür führte direkt in einen überraschend großen Raum, der mit Teppichboden ausgelegt und sehr behaglich eingerichtet war. Morse blickte sich um und speicherte, was er sah, rein aus Gewohnheit, in seinem Gedächtnis.

«Hallo! Anne? Anne?!»

Links hinten in der Ecke führte eine Treppe nach oben. Unten über dem Geländer lag eine teuer aussehende lammfellgefütterte

Lederjacke, auf der dunkle Spuren von Regentropfen zu sehen waren.

Obwohl er ganz still stand und angestrengt horchte, hörte er nicht den geringsten Laut. Schon merkwürdig, wegzugehen und einfach alles offenzulassen. Er ging hinaus, schloß leise die Tür hinter sich und stand wieder auf der Straße. Das Haus gegenüber trug die Nummer zehn, für Morse Anlaß, sich wieder einmal über die in manchen Straßen praktizierte unsystematische Numerierung zu wundern, als er plötzlich drüben hinter einem der Fenster im oberen Stockwerk eine kaum merkliche Bewegung der Gardine wahrzunehmen glaubte. Oder sah er schon Gespenster? Er zuckte die Achseln. Schon im Weggehen blickte er noch einmal zurück auf das Haus, das er gerade eben verlassen hatte. Und auf einmal wurde ihm bewußt, daß er sie doch gerne wiedergesehen hätte. Aber da hätte er wohl früher kommen müssen ...

Er brauchte einige Sekunden, bis er begriff, was er sah. Der Lichtschein im oberen Zimmer war erloschen, die Fenster waren dunkel. Und Morse verspürte aus unerklärlichen Gründen plötzlich eine Gänsehaut im Nacken.

Kapitel Zwei

Gegen das Tor zum Rosengarten hin,
Das wir nie geöffnet.
T. S. Eliot, Burnt Norton
(Vier Quartette)

Wie sie von ihnen sprach, hätte man meinen können, sie hätte die großen Dichter alle persönlich gekannt, und so war es kein Wunder, daß Dame Helens Vortrag vor Oxfords Literarischer Gesellschaft ein großer Erfolg war. Sie hatte lange Jahre am Merton College den Lehrstuhl für Englische Literatur innegehabt, war aber inzwischen emeritiert. Trotz oder vielleicht wegen ihres ungeheuren Wissens trat sie bescheiden auf und schlug den Bogen von

Dante zu T. S. Eliot mit einer ruhigen Selbstverständlichkeit, die große Souveränität verriet. Ihre Zuhörer dankten ihr mit geradezu frenetischem Applaus. Morse, der sonst mit Beifallskundgebungen jeder Art eher zurückhaltend war, klatschte genauso heftig wie die anderen und nahm sich fest vor, daß ihn die spröde und hermetische Sprache Eliots nicht länger abhalten solle und er sich gleich heute abend wieder einmal die *Vier Quartette* vornehmen würde. Warum besuchte er nicht öfter Veranstaltungen wie diese? Er hatte sich lange nicht mehr so wach und lebendig gefühlt. Einen intelligenten Vortrag anzuhören war ganz sicher eine sinnvollere Art der Freizeitentspannung, als sich, wie er das in den letzten Jahren nur allzuoft getan hatte, nach Feierabend das Hirn mit Alkohol zu vernebeln. Und leben hieß doch: sich immer wieder auf die Suche zu begeben. Bereit zu sein, sich auf etwas Neues einzulassen, *Tore zu öffnen*, wie Dame Helen eben in Anspielung auf Eliot gesagt hatte, Tore zu öffnen und hindurchzuspähen, um vielleicht dahinter doch noch den Rosengarten zu entdecken ... Wie lauteten gleich die Zeilen, die sie zitiert hatte? Er hatte sie vor langer Zeit einmal auswendig gewußt, aber inzwischen fast vergessen.

> In der Erinnerung widerhallen Schritte
> Den Gang entlang, den wir niemals beschritten,
> Gegen das Tor zum Rosengarten hin,
> Das wir nie geöffnet.

An der Bar herrschte großes Gedränge. Morse kannte niemanden und zog sich mit seinem Bier in eine ruhige Ecke zurück. Er würde noch etwas hier sitzen bleiben, zwei, vielleicht drei Gläser trinken und sich dann, nicht allzu spät, auf den Heimweg machen.

Draußen fuhr mit heulender Sirene ein Polizeiwagen vorbei (oder war es eine Ambulanz?); ein Ton, der ihn an den Anfang eines der Chopinschen Nocturnes erinnerte, welches, fiel ihm nicht ein, denn ihn beschäftigte die Tatsache, daß irgendwo ein Unfall passiert sein mußte: zu Tode erschrockene Zeugen, die Gesichter noch weiß. Neugierige Passanten. Erste zögernde Berichte für das Notizbuch der Constables. Die hellen Türen des offenen Krankenwagens. Und auf der Straße eine dunkle, klebrige Blutlache. Ihm graute, wenn er daran dachte.

«Sie sitzen hier ja so allein. Darf ich Ihnen Gesellschaft leisten?» Sie war groß, hübsch und etwa Anfang dreißig.

«Das würde mich freuen», sagte Morse. Es war mehr als nur eine Floskel.

«Sie war gut, nicht?»

«Ja, ganz hervorragend.»

Sie unterhielten sich angeregt über den Vortrag, und Morse blickte ihr verzaubert in die großen, lebhaften Augen und wünschte sich, sie möge recht lange bei ihm sitzen bleiben.

«Ich glaube, ich kenne Sie nicht», sagte er.

Sie lächelte ihn spitzbübisch an. «Aber ich Sie. Sie sind doch Inspector Morse, oder?»

«Woher ...?»

«Sie brauchen keinen Schrecken zu bekommen. Es geht alles mit rechten Dingen zu. Ich heiße übrigens Annabel. Ich bin die Frau unseres Vorsitzenden.»

«Ach so.» Man konnte seiner Stimme anhören, daß er enttäuscht war.

Draußen ertönte erneut Sirenengeheul. Er lauschte, um herauszufinden, welche Richtung der Wagen nahm, aber es ließ sich nicht feststellen.

Ein paar Minuten später bahnte sich ein bärtiger Hüne den Weg durch die Menge und trat an ihren Tisch. Annabels Mann. «Wie wär's mit einem neuen Glas, Inspector?»

«Nein, nein. Lassen Sie *mich* gehen. Was darf ich Ihnen holen?»

«Kommt gar nicht in Frage. Tut mir leid, daß ich mich nicht gleich zu Ihnen setzen konnte, aber ich hielt es für meine Pflicht, unsere verehrte Gastrednerin nach Hause zu fahren. Sie wohnt in Eynsham.»

Er ging, um die Biere zu holen. Als er an den Tisch zurückkam, sagte er: «Die Fahrt eben hat länger gedauert, als ich angenommen hatte. Die Walton Street war völlig verstopft. In Jericho muß etwas passiert sein. Polizeiautos, Krankenwagen und dann die Schaulustigen, die einfach ihren Wagen mitten auf der Straße stehenlassen und aussteigen, um zu sehen, was los ist. Na, Ihnen muß ich das ja nicht näher beschreiben, Inspector. Sie kennen das sicherlich sehr viel besser als ich.»

Aber Morse hörte ihm schon nicht mehr zu. Er war aufgestanden, murmelte, daß er gebraucht werde, und war schon auf dem

Weg nach draußen. Eilig schritt er ein Stück die Walton Street hinunter und bog dann ab in die Richmond Road. Der Anblick der Peitschenmasten, die beiderseits der Straße in jeweils dreißig Meter Abstand versetzt aufgestellt waren, verursachte ihm Beklemmung; mit ihren tief heruntergezogenen, fahles Licht verstrahlenden Leuchtröhren kamen sie ihm vor wie Ehrenwachen an einem Katafalk. Die außerhalb des Lichtradius liegenden Häuser schienen sich in der Dunkelheit zu ducken, als fürchteten sie die nächtlichen Schrecken. Er hatte das Gefühl, etwas presse ihm die Brust zusammen, und plötzlich verspürte er den Drang loszulaufen, loszulaufen, so schnell er konnte, um vielleicht doch noch ... Aber tief in seinem Innern wußte er, daß er zu spät kommen würde, und in diesem Augenblick größter Angst sah er auf einmal sein Leben mit nie gekannter Klarheit und begriff, daß er schon immer zu spät gekommen war und daß hier der Grund für sein Scheitern lag. In der Canal Street kam ihm ein kalter Wind entgegen, und hundert Meter weiter die Szene vor ihm war genauso, wie er es den ganzen Weg über geahnt, nein, mehr, gewußt hatte: Im Schatten des drohend aufragenden Turmes von St. Barnabas stand mit rotierendem Blaulicht eine Ambulanz, nicht weit davon parkten auf dem Bürgersteig zwei Polizeiwagen. Vor der Sackgasse drängten sich die Neugierigen, doch ein Polizist, der in der Mitte der Fahrbahn Posten bezogen hatte, verwehrte ihnen den Zutritt.

«Es tut mir leid, Sir, aber ...» Dann erkannte er Morse. «Entschuldigung, Sir, ich habe ...»

«Wer ist zuständig?» fragte Morse leise.

«Chief Inspector Bell, Sir.»

Morse nickte stumm, den Blick gesenkt. Er ging das Sträßchen hinunter bis zum letzten Haus, klopfte kurz an und trat ein.

Der Raum schien ihm merkwürdigerweise völlig vertraut: gleich rechts neben der Eingangstür die Couch, an der sich anschließenden Längswand das achteckige Mahagonitischchen mit dem Fernsehgerät und mit den beiden bequemen Sesseln davor; an der Wand gegenüber die wuchtige Anrichte, darauf ein Stapel Teller – weiß mit kirschrotem Rand – und direkt ihm vis-à-vis, rechts von der Treppe, die Tür. Es bedurfte nur eines Sekundenbruchteils, um seine detailgetreue Erinnerung vom Nachmittag und den Raum, wie er jetzt war, miteinander zu vergleichen. Alles schien unverändert. Oder doch fast alles. Aber bevor er Zeit hatte, darüber nachzudenken, worin der Unterschied bestand, bemerkte er plötzlich, daß er nicht allein im Zimmer war. Etwas seitlich von ihm, ein paar Schritte entfernt, stand ein untersetzter junger Kriminalbeamter in Zivil. Morse hatte das Gefühl, als ob er den Mann vor kurzem erst irgendwo gesehen hätte, aber dies war nicht der rechte Augenblick, um lange darüber nachzugrübeln.

«Wo finde ich Bell?»

«Gleich hier durch, Sir.» Der Beamte wies auf die Tür, und Morse spürte, wie ihn ein plötzlicher Schwindel ergriff. «Da drin also?» fragte er kaum hörbar.

«Ja, in der Küche.»

Hinter der Tür befand sich die Küche. Natürlich. Und vermutlich hatte man irgendwann im Laufe der Jahre noch weiter angebaut, so daß es hinter der Küche, wie bei vielen Häusern dieser Art, die er kannte, noch ein enges Badezimmer und ein Klo gab. Er fuhr sich mit einer Geste verzweifelter Ratlosigkeit über die Augen und fragte sich, was er machen sollte. Oh, lieber Gott! Was sollte er bloß tun?

«Möchten Sie hineingehen, Sir?»

«Nein, nein!» Morse hob abwehrend die Hände. «Ich war rein zufällig in der Nähe, im Clarendon Institute war ein Vortrag. Jemand dort sagte mir, daß in Jericho etwas passiert sei.»

«Wir konnten nichts mehr tun, Sir.»

«Ist sie ... ist sie tot?»

«Ja. Schon eine ganze Weile. Der Arzt ist gerade drin; er wird vermutlich gleich ...»

«Und wie?»

«Sie hat sich erhängt. Hat sich auf einen Schemel gestellt und ...»

«Wie haben wir es erfahren?»

«Ein anonymer Anrufer. Das ist übrigens, wenn Sie mich fragen, das einzig Merkwürdige an der ganzen Sache. Von draußen, vom Garten her konnte man sie nämlich nicht sehen. Der Anrufer muß also ...»

«Hat sie einen Abschiedsbrief hinterlassen?»

«Wir haben bis jetzt noch keinen gefunden, aber die oberen Zimmer sind auch noch nicht richtig durchsucht worden.»

Einen flüchtigen Moment lang zögerte er, die nächste Frage zu stellen. Was tust du, Morse? Was *tust* du? Doch er wußte, daß es ihm unmöglich war, jetzt aufzuhören.

«War die ... äh, war die Haustür offen?»

Der junge Beamte blickte ihn interessiert an. (Ein Constable. Morse erinnerte sich jetzt wieder; er gehörte zu der Gruppe frischgebackener Polizeibeamter, die sich heute morgen sein Referat angehört hatten, und sein Name war, wenn ihn nicht alles täuschte, Walters.) «Komisch, daß Sie danach fragen, Sir. Sie war nämlich offen. Wir sind hier einfach so reingegangen – jeder x-beliebige Fremde hätte das auch tun können.»

«Und die Tür zur Küche?»

«Wir haben zuerst gedacht, sie sei abgeschlossen, aber dann haben wir gemerkt, daß sie nur klemmte. Man braucht sich ja bloß anzusehen, wie schief sie in den Angeln hängt, und dann noch die Feuchtigkeit um diese Jahreszeit ... Wir mußten ziemlich dagegendrücken, aber dann bekamen wir sie schließlich auf.»

Er machte einen Schritt in Richtung Tür, als wolle er demonstrieren, wie sie es angestellt hatten, aber Morse winkte schnell ab. «Was ich noch gerne wissen würde, Constable ... ist aus diesem Zimmer hier irgend etwas entfernt worden?»

«Nein, nichts, Sir – das heißt, hier innen auf der Türmatte lag ein Schlüssel, den haben wir an uns genommen.»

Morse hob überrascht den Kopf. «Ein Schlüssel?»

«Ja. Dort auf der Matte. So als ob ihn jemand durch den Briefschlitz geworfen hätte. Ganz blank, wohl noch ziemlich neu. War das erste, was wir gesehen haben, als wir hier hereinkamen.»

Morse wandte sich zum Gehen. Auf der hellgrün gekachelten Fläche vor der Eingangstür stand eine kleine Lache schmutzigbraunen Regenwassers. Doch der schwarze Herrenschirm, den er bei seinem ersten Besuch in der Ecke hatte lehnen sehen, war nicht mehr da.

«Ist aus diesem Zimmer irgend etwas entfernt worden, Constable?» fragte er abwesend.

Walters sah ihn erstaunt an. «Dasselbe haben Sie mich eben schon mal gefragt, Sir, und ...»

«Wie? Ach so, ich dachte, daß Sie vielleicht ... War nur so eine Idee.»

«Und Sie wollen Chief Inspector Bell wirklich nicht sprechen, Sir?»

«Nein. Ich bin ja nur vorbeigekommen, weil ich zufällig hier in der Gegend war und ...» Was folgte, war nur mehr ein unverständliches Gemurmel, denn er hatte die Tür geöffnet und stand schon auf der Schwelle, doch irgend etwas schien ihn zurückzuhalten. «Die oberen Zimmer sind noch nicht gründlich durchsucht worden, sagten Sie?»

«Nein, Sir. Wir haben natürlich mal kurz hochgeschaut.»

«Brannte dort Licht?»

«Nein, Sir. Es gibt oben zwei Räume, auf jeder Seite des Flurs einen. Waren beide dunkel.»

Morse nickte. Er wußte genau, wie die Räume lagen, so als habe er tatsächlich dort oben schon einmal die Nacht verbracht, und nicht nur beinahe ... Wenn er damals vor zwei Monaten mit zu ihr nach Hause gegangen wäre ... Vielleicht hätten sie beide sich dort oben in ihrem Schlafzimmer geliebt – er und sie, die jetzt unbegreiflicherweise gleich dort hinter der Tür ausgestreckt auf den kalten Fliesen des Küchenfußbodens lag. Tot. Und nicht eines natürlichen Todes gestorben, sondern durch eigene Hand umgebracht. Erhängt. Eine warmherzige, anziehende junge Frau – und sie hatte nicht mehr leben wollen. Warum nur? *Warum?*

Draußen auf der Straße wurde Morse sich bewußt, daß er unter einem Schock stand, unfähig, einen zusammenhängenden Gedanken zu fassen. Die Häuser ringsum waren hell erleuchtet, nur Nr. 10 direkt gegenüber lag im Dunkeln. An der Hauswand lehnte ein altmodisches Fahrrad mit niedrigem Sattel und Gesundheitslenker. Es war mit einer Kette an den Regenabfluß angeschlossen. Morse ging langsam die wenigen Schritte bis zur anderen Straßenseite, wandte sich um und blickte hinüber zu ihrem Haus. Im oberen Stock kein noch so schwacher Lichtschein ... Alles dunkel, wie der Constable gesagt hatte. Plötzlich krauste Morse die Nase und sog scharf die Luft ein. Fisch? Er hörte, wie unten am Kanal Wasser aufspritzte. Vermutlich eine Stockente. Er drehte sich um, beugte sich zu dem Fahrrad herunter und begann, leise schnüffelnd, daran herumzuriechen. Ja, eindeutig. Der unbekannte Besitzer des Fahrrades mußte vor nicht allzulanger Zeit Fisch mit nach Hause gebracht haben.

Auf dem Weg zurück mußte er sich an einem Grüppchen Anwohner vorbeidrücken und fühlte, wie ihm ihre Blicke folgten. Als er nach rechts in die Canal Street einbog, bemerkte er auf einmal die Telefonzelle. Ohne selbst recht zu wissen warum, zog er die schwere Tür auf und trat hinein. Der Boden war mit Papierabfällen und Zigarettenstummeln übersät. Er nahm den Hörer ab, lauschte einen Moment auf den Wählton und hängte dann wieder ein. Der Apparat war also intakt. Sein Blick fiel auf das aufgeschlagene Telefonbuch. Mit zunehmendem Alter hatte seine Sehkraft nachgelassen, und das Licht in der Zelle war nicht sehr hell, aber die fettgedruckten Namen rechts und links oben auf den Seiten konnte er dennoch erkennen: Plumeridge – Pollard – Pollard – Popper. Und auf der Mitte der rechten Seite in Großbuchstaben das Wort: POLIZEI. Darunter, für ihn kaum zu entziffern, die verschiedenen Reviere; eins davon, Oxford Mitte, St. Aldate's Street, Oxford 49881. Aber war da nicht schon wieder dieser Geruch? Er ging mit seiner Nase dicht an das Telefonbuch und spürte plötzlich, wie er eine Gänsehaut bekam. Er hatte sich nicht getäuscht. *An den Seiten haftete der Geruch von Fisch.*

Morse ließ Jericho hinter sich, überquerte die Walton Street und die Woodstock Road und schritt dann in Richtung Norden die Banbury Road hinauf nach Hause. Dort angekommen, ließ er sich in einen Sessel fallen und blieb fast eine Stunde unbeweglich sitzen. Schließlich stand er auf, suchte sich unter seinen Schallplatten die Barenboim-Aufnahme des Klavierkonzerts Nr. 21 von Mozart, stellte den Plattenspieler an und hoffte, daß ihn das überirdisch schöne Andante seine Bedrückung vergessen lassen würde. In der Vergangenheit war es ihm manchmal gelungen, auf diese Weise die Sorgen des Alltags hinter sich zu lassen.

Doch die Schatten des heutigen Tages lasteten zu schwer.

Kapitel Drei

Dort sehen wir die Frau, erhängt,
um ihren Hals die Schlinge,
die sie sich geflochten.
Sophokles, König Ödipus

Constable Walters schloß mit leichtem Kopfschütteln hinter Morse die Tür. Welch merkwürdige Dinge der Chief Inspector hatte wissen wollen! Aber es war ja bekannt, daß er etwas sonderbar war. Walters hatte schon viel von Morse gehört, obwohl dieser im Präsidium der Thames Valley Police in Kidlington arbeitete, während er selbst dem Revier Mitte in der St. Aldate's Street angehörte. Persönlich gesehen hatte er ihn zum erstenmal heute morgen, als er sich Morse's Referat angehört hatte, das übrigens, gemessen an seinen Erwartungen, eher enttäuschend gewesen war. Morse nämlich ging ein gewisser Ruf voraus. Es hieß, er sei ein unberechenbarer Choleriker mit spinnerten Ideen; doch selbst seine entschiedensten Gegner mußten anerkennen, daß er mehr Fälle gelöst hatte als jeder andere und daß er einen überaus wachen und scharfen Verstand besaß.

«Chief Inspector Morse war vor ein paar Minuten hier, Sir.» Bell, ein schwarzhaariger Hüne von Mann, blickte Walters fragend an. «Und was zum Teufel hat er hier gewollt?» In seiner Stimme schwang Mißtrauen und eine gewisse Erbitterung mit.

«Eigentlich nichts, Sir. Er hat nur ein paar Fragen gestellt und ist dann wieder gegangen.»

«Aber er hat hier überhaupt nichts zu suchen!»

«Er sagte, er sei zufällig in der Nähe gewesen. Im Clarendon Institute. Dort hat ihm jemand gesagt, daß hier etwas passiert sei.»

Bells mürrisches Gesicht hellte sich etwas auf. Sein Mund verzog sich zu einem leichten Grinsen, er gab jedoch keinen Kommentar.

«Kennen Sie ihn gut, Sir?»

«Morse? Na ja, wie man's nimmt. Wir haben ein-, zweimal zusammen gearbeitet.»

«Er soll ja etwas komisch sein.»

«*Etwas komisch*? Verdammt eigenartig, wenn Sie meine Meinung wissen wollen», schnaubte Bell.

«Aber dafür soll er ja ungeheuer was los haben», sagte Walters.

«So? Soll er? Na ja, aber das ist auch nicht alles.» Er war weit davon entfernt, Walters' fast ehrfürchtige Bewunderung für Morses geistige Fähigkeiten zu teilen, doch war er andererseits ein fairer Mann, und so fügte er hinzu: «Ich weiß schon, was Sie meinen. Morse ist wohl tatsächlich der intelligenteste Kopf, den wir haben, aber das heißt nun nicht, daß er immer recht hat. Ganz im Gegenteil. Er sieht allerdings meistens ein bißchen weiter als wir anderen – ich weiß auch nicht, wie er das anstellt.»

«Dann ist er bestimmt ein erstklassiger Schachspieler.»

«Morse und Schachspielen?! Nee, also, was das angeht, der kann einen Bauern nicht von einem Läufer unterscheiden. Wenn er freihat, sitzt er meistens im Pub – oder er hört Wagner.»

«Er ist nicht verheiratet, oder?»

«Ich nehme an, daß er zu egozentrisch ist und seine Ruhe wohl auch zu sehr liebt, als daß ihn die Ehe reizen könnte. Aber ...» Bell hielt inne und sah den Constable scharf an. «Vielleicht verraten Sie mir jetzt endlich mal, warum Sie sich auf einmal so für Morse interessieren. Also los, Walters. Ich warte.»

Der Constable wiederholte, so gut er konnte, die Fragen, die Morse ihm gestellt hatte, und Bell hörte ihm schweigend zu. Seine Miene verriet keine Überraschung, nicht einmal besonderes Interesse. Die Tatsache, daß Anne Scott die Haustür nicht abgeschlossen hatte, war in der Tat eigenartig – der Meinung war er auch –, und natürlich mußte man herausfinden, wer der anonyme Anrufer war, der sie informiert hatte, und wieso er (oder war es eine Sie?) die Tote in der Küche entdeckt hatte. Aber schließlich standen sie erst am Anfang, und vieles würde sich im Laufe der Ermittlungen von selbst klären. Und wenn nicht, nun, dann würde er sich darüber keine grauen Haare wachsen lassen, da der Tathergang leider auf traurige Weise völlig eindeutig war. Sie mußte eine gewisse manuelle Geschicklichkeit besessen haben, jedenfalls hatte sie aus mehreren Enden Bindfaden einen Strick geknüpft, ihn zu einer Schlinge gelegt und an einem eingedübelten Deckenhaken festgeknotet. Anschließend war sie auf einen Plastikhocker gestiegen, hatte den Kopf in die Schlinge gelegt, den Hocker weggetreten und sich so erhängt. Entgegen der landläufigen Meinung waren Selbstmorde durch Erhängen relativ häufig. Bell hatte, seit er bei der Polizei war, Dutzende von Berichten gelesen, die alle den gleichen Wortlaut gehabt hatten: *‹Tod trat ein infolge von Asphyxie auf Grund von Erhängen. Suizid.›* Auch Anne Scotts Tod war auf diese Ursache zurückzuführen, davon war er überzeugt. Ein Selbstmord mehr. Und er war sowohl erfahren als auch kompetent genug, um seinem Urteil trauen zu dürfen. Zwar hatten sie keinen Abschiedsbrief gefunden, aber das irritierte ihn nicht; das war sowieso von Mal zu Mal verschieden. Und außerdem stand eine gründliche Durchsuchung der Räume noch aus, und es war durchaus denkbar, daß sich noch etwas finden würde, was ihr Motiv erhellte. Seine diesbezügliche Hoffnung galt vor allem den beiden oberen Zimmern. Einen Punkt gab es allerdings doch, der ihn stutzig machte, einen einzigen Punkt. Er hatte ihn weder Walters noch dem Polizeiarzt gegenüber erwähnt und während der vergangenen Stunde, als es darum gegangen war, die bei einem mutmaßlichen Selbstmord üblichen Untersuchungen in Gang zu setzen, auch vor sich selbst jeden Gedanken daran verdrängt. Aber jetzt fühlte er sie wieder, diese leise bohrende Beunruhigung, denn es war in der Tat befremdlich und nur schwer vorstellbar: eine Frau steigt auf einen wackligen Küchenhocker und stößt ihn in der schrecklichen, unwiderruflichen Sekunde der Entscheidung von sich, doch der Hocker fällt nicht um, sondern steht, als man sie findet, aufrecht, zwei Yards (genau gesagt 1,72 m, er hatte selber nachgemessen) von ihrem linken Fuß entfernt, der leblos nur ein paar Zentimeter über dem rotweiß gefliesten Küchenboden schwebt. Und der Hocker war auch nicht etwa beim Aufdrücken der Tür weitergeschoben worden. Bell selbst hatte sich mit seiner breiten Schulter dagegengestemmt, weil sie klemmte, und wenn gleich hinter der Tür ein Hocker gestanden hätte, so hätte er das gemerkt. Doch hinter der Tür hatte nur die Leiche gehangen und bei ihrem Eindringen leise begonnen sich zu drehen. War das mit dem Hocker vielleicht nur eine dieser verrückten Unwahrscheinlichkeiten, die man nicht für möglich hält und die es nichtsdestotrotz immer wieder gibt? Wie dem auch sei, es machte eigentlich keinen Unterschied, denn Bell war nach wie vor der Überzeugung (und das Obduktionsergebnis am nächsten Morgen gab ihm darin recht), daß Ms Anne Scott gestorben war infolge von Asphyxie auf Grund von Erhängen. Und die am Tag darauf in der *Oxford Mail* erscheinende Meldung über ihren Tod endete dementsprechend mit dem Satz: «Die Polizei schließt ein Fremdverschulden aus.»

«Kommen Sie», sagte Bell und ging auf die schmale, teppichbelegte Treppe zu. «Aber fassen Sie nichts an, bevor ich es Ihnen sage. Wenn wir Glück haben, finden wir dort oben einen Abschiedsbrief oder irgendeine Notiz, die darauf hindeutet, was sie vorhatte. Das ist mir immer am liebsten; ich habe alles gerne klar und zweifelsfrei, damit ich einen Fall beruhigt *ad acta* legen kann.

Bells Hoffnungen sollten sich jedoch nicht erfüllen. Ein Abschiedsbrief fand sich nicht an. Und doch hatte Anne Scott an ihrem letzten Abend zumindest noch einen Brief geschrieben, aber dieser Brief war, als Bell mit seinen Ermittlungen begann, dem Empfänger längst überbracht worden ...

Im Haus Canal Reach Nr. 10 stand George Jackson noch immer an einem der Fenster des oberen Stockwerks hinter der Gardine und beobachtete das Haus gegenüber. Er war ein älterer Mann, sechsundsechzig, um genau zu sein, hager und nicht besonders groß, mit scharfen Gesichtszügen und trüben, wäßrig blauen Altmänneraugen. Zweiundvierzig Jahre lang hatte er in Lucy's Eisengießerei in der nahe gelegenen Juxon Street gearbeitet. Doch vor einigen Jahren, als die Aufträge immer weniger wurden und es auch nicht so aussah, als ob sich daran in absehbarer Zeit etwas ändern würde, hatte ihm die Firma eine relativ großzügige Abfindung angeboten, und er hatte sich vorzeitig pensionieren lassen und war in das Reihenhaus in Canal Reach gezogen. Er hatte in der Nachbarschaft ein paar Bekannte, darunter einen oder zwei frühere Arbeitskollegen, besaß aber keine wirklichen Freunde. Er hätte auch schlecht zur Freundschaft getaugt, denn es schien ihm bei allem, was er sagte und tat, immer nur um seine eigenen, oftmals eher schäbigen Interessen zu gehen, und seine Haltung gegenüber seinen Mitmenschen war geprägt durch eine gewisse höhnische Gehässigkeit. Dennoch hielten die Leute in der Umgebung zu ihm einen oberflächlichen Kontakt, weil er geschickte Hände hatte und sie sich dadurch, daß sie bei Reparaturen auf ihn zurückkommen konnten, nicht mit irgendwelchen Handwerkern herumzuärgern brauchten. Zwar ließ er sich seine Arbeit jedesmal teuer bezahlen, dafür war er jedoch pünktlich und, wenn auch nicht gerade schnell, so auch nicht allzu langsam und vor allem akkurat und sorgfältig.

Außerdem angelte er.

Jackson trank nur selten Alkohol, doch an diesem Abend hielt er, während er im dunklen Zimmer am Fenster stand, einen schmierigen Stumpen in der Hand, und auf einem niedrigen Schränkchen befand sich in Reichweite eine Flasche *Teacher's* Whisky. Von seinem Fensterplatz aus hatte er das Eintreffen der Polizei beobachtet: Zuerst zwei Polizisten, dann ein Mann mit einer Tasche, vermutlich der Arzt, kurz darauf zwei weitere Beamte und schließlich ein Mann in mittleren Jahren, das Haar vom Wind zerzaust, der wohl ebenfalls zur Polizei gehören mußte, denn man hatte ihn ohne weiteres eingelassen. Jackson erkannte ihn sofort wieder; er war am Nachmittag schon einmal dagewesen. Jackson wußte nicht recht, was er davon halten sollte ... Der Mann war nicht lange geblieben. Dann waren Krankenträger mit einer Bahre gekommen, um sie abzuholen, und drüben im Haus hatte es Bewegung gegeben; immer wieder war im oberen Stockwerk das Licht angegangen, bis es irgendwann dann doch endgültig dunkel geworden war. Und noch immer verharrte er auf seinem Beobachtungsposten, ab und zu an seinem Whisky nippend. Doch er hatte viel weniger Furcht und fühlte sich wesentlich entspannter, als er es noch vor ein paar Stunden für möglich gehalten hätte. Hatte ihn jemand gesehen? Das war seine große Sorge gewesen. Aber nun war es ihm schon fast egal, denn inzwischen hatte er sich eine hübsche kleine Lüge zurechtgelegt, so daß sie ihm nichts anhaben konnten.

Es war weit nach Mitternacht, als die letzten Beamten das Haus drüben verließen. Jackson hatte die ganze Zeit über seinen Platz am Fenster nicht verlassen. Die Whiskyflasche war längst leer, doch er vermißte nichts. Er hatte wichtige Entscheidungen zu treffen und nahm die einsame Wache als Gelegenheit, sich die Dinge auf seine langsame Art gründlich zu überlegen. Irgendwann merkte er, daß er Hunger hatte. In der Küche unten lag noch der Fisch, den er gestern gefangen hatte. Doch als er einige Zeit später einsah, daß vor dem Morgen drüben nichts mehr passieren würde und er seinen Beobachtungsposten jetzt also ruhig aufgeben konnte, war der Hunger plötzlich nicht mehr so wichtig. Er zog die fadenscheinigen Übergardinen vor, dann beugte er sich unter sein Bett, streckte den Arm aus und zog einen Stapel Pornohefte hervor. Beim zweitenmal mußte er den Arm noch weiter nach hinten schieben. Dann hielt er in der Hand, wonach er gesucht hatte, und auf seinem Gesicht erschien ein hämisches Grinsen.

Etliche Stunden früher und einige Zeit bevor ein anonymer Anrufer dem Polizeirevier in der St. Aldate's Street Anne Scotts Selbstmord melden sollte, saß Mrs Celia Richards in ihrem luxuriösen Bungalow etwas außerhalb von Abingdon und wartete auf die Rückkehr ihres Mannes. Endlich hörte sie das vertraute Geräusch von knirschendem Kies: ihr Mann fuhr die Einfahrt zur Garage hoch. Sie atmete erleichtert auf. Er kam später als gewöhnlich, das geschmorte Hühnchen war schon lange fertig.

«Hallo, mein Schatz. Tut mir leid, daß es so spät geworden ist. Sei froh, daß du hier im Warmen sitzen konntest. Das Wetter draußen ist ekelhaft!»

«Warum hast du mir nicht Bescheid gesagt, daß du heute abend ...»

«Du weißt, daß ich das nicht immer so vorhersehen kann, und ich habe auch schon gesagt, daß es mir leid tut, oder?» Er setzte sich ihr gegenüber, griff in seine Jackentasche und holte eine Pakkung Zigaretten heraus.

«Du willst doch nicht etwa so kurz vor dem Essen noch rauchen?»

«Hast ja recht», sagte er und schob die Zigarette in die Schachtel zurück. «Aber dann können wir wenigstens vorher noch etwas trinken.» Er stand auf. «Was willst du haben? Einen Gin, wie immer?»

Celia merkte, wie die Anspannung allmählich von ihr wich. Es war schön, daß er wieder bei ihr war. Doch jetzt meldete sich gleich wieder ihr schlechtes Gewissen – sie hatte sich, um die Angst zu betäuben, die sie jedesmal spürte, wenn er sie warten ließ, in der letzten Stunde bereits zwei große Gläser Gin genehmigt. Um ihre Verlegenheit zu überspielen, erhob sie sich und sagte hastig: «Nein, du setzt dich jetzt wieder hin und rauchst deine Zigarette. Ich mach uns die Drinks.» Sie zwang sich zu einem Lächeln, holte einen Whisky für ihn und für sich noch einen Gin.

«War Conrad heute da?»

Richards sah müde aus und schien mit seinen Gedanken weit weg zu sein. «Conrad?» wiederholte er fragend, als wisse er nicht, von wem sie spreche.

«Nun, er ist schließlich dein Partner in eurem euch so teuren Verlag, da sollte man doch meinen, daß er ...»

«Ach, *Conrad*! Entschuldige, mein Schatz, ich bin heute ziemlich erledigt. Conrad geht's gut. Ich soll dich, wie immer, von ihm grüßen. Die Reise hat ihm Spaß gemacht, sagt er, aber wir haben uns schon mittags getrennt – ich hatte da noch eine ... äh, heikle Angelegenheit zu erledigen. Der Vertrag mit den Schweden. Du erinnerst dich doch, ich habe dir davon erzählt.»

Celia nickte unbestimmt und schwieg. Das kurze Glücksgefühl von eben hatte sich bereits wieder verflüchtigt, und sie sank kraftlos in den Sessel zurück, den Blick ins Leere gerichtet, um den Mund einen bitteren Zug von Resignation – eine reiche, elegante, anziehende Frau, die alles hatte und doch von Tag zu Tag mehr erdrückt wurde von dem Gefühl, das Leben entgleite ihr langsam. Sie wußte, daß Charles ihr in den letzten Jahren oft untreu gewesen war; sie besaß eine Art sechsten Sinn dafür, er konnte es nicht vor ihr verheimlichen. War er heute nachmittag auch wieder ...? Oh, lieber Gott, oder bildete sie sich das in ihrer Angst nur ein? Die Gefühle von Zweifel, Schmerz und Ohnmacht waren einen Augenblick lang so übermächtig, daß ihr fast übel wurde. Und das schlimmste war, sie selbst trug die Schuld daran, daß es ihn immer wieder zu anderen Frauen zog. Sie empfand keine Lust dabei, wenn sie miteinander schliefen; die körperliche Seite der Liebe war ihr immer fremd geblieben. Vielleicht hing es damit zusammen, daß sie nie daran gedacht hatten, Kinder zu bekommen. Und jetzt war es vermutlich dafür ohnehin zu spät – sie wurde dieses Jahr achtunddreißig.

Charles hatte seinen Whisky ausgetrunken, und sie ging hinaus, um das Hühnchen zu holen. Als sie die Küche betrat, fiel ihr Blick auf seinen schwarzen Schirm, der aufgespannt vor der Tür zum Garten stand. Er war bestimmt schon trocken; sie würde ihn gleich jetzt in den Wagen zurücktun (Charles liebte es, wenn die Dinge an ihrem Platz lagen). Sie klappte den Schirm zu, ging hinaus in die Garage, knipste dort das Licht an, öffnete eine der hinteren Türen des Rolls und legte den Schirm auf die Ablage vor dem Rückfenster.

Es war schon fast halb acht, als sie mit dem Essen fertig waren. Celia hatte die ganze Mahlzeit über kein einziges Wort gesprochen. Sie hatte fieberhaft überlegt. Und nach und nach hatten sich ihre Gedanken auf eine bestimmte Person konzentriert: auf Conrad Richards, ihren Schwager.

Eine knappe Stunde später war auf dem Revier Mitte der anonyme Anruf eingegangen, der die Polizei darüber informiert hatte, daß sie in der Küche eines Hauses in Jericho eine Tote finden werde.

Kapitel Vier

Ich leg mich nieder und schlummre,
Erwach jeden Morgen neu.
Wes ist der nachtlange Atem,
Der mich am Leben erhält?
A. E. Housman, More Poems

In den frühen Nachtstunden, zur selben Zeit, als Bell und Walters in Anne Scotts Haus nach ihrem Abschiedsbrief suchten, saß Edward, der jüngere der beiden Murdoch-Brüder, das Kopfkissen im Rücken, in seinem Bett, vor sich auf den Knien ein aufgeschlagenes Buch – *Franz Kafka, Sämtliche Erzählungen.* Edward beherrschte die deutsche Sprache mehr schlecht als recht und hatte in der Vergangenheit wenig Interesse gezeigt, sich gründlicher mit ihr zu beschäftigen. Doch dann, im letzten Sommer, hatte es jemand unternommen, ihm die Augen für ihre Schönheiten zu öffnen und es vermocht, ihn zu begeistern. Es war eine Frau, der dies gelungen war – Ms Anne Scott. Edward hatte einen Teil des

Abends damit zugebracht, sich in Formulierungen für den von ihm geplanten Essay über Kafkas Kurzgeschichte *Das Urteil* zu üben. Doch irgendwann hatte er gemerkt, daß er sich den Text noch einmal genau würde ansehen müssen, bevor er mit dem Schreiben anfangen konnte. Gerade eben war er mit seiner Lektüre fertig geworden, doch seine Augen verweilten beim letzten Satz, um ihn noch weiter auf sich wirken zu lassen. *In diesem Augenblick ging über die Brücke ein geradezu unendlicher Verkehr.* In Gedanken übersetzte er die ihm inzwischen vertrauten Worte ins Englische: *In this moment there went across the bridge a* (das ‹geradezu› bereitete ihm Schwierigkeiten, und er ließ es erst einmal aus) *continuous flow of traffic.* Wow! Was für ein Satz! Denn während oben die Menschen gleichgültig und nichtsahnend in ihren Autos die Brücke passierten, hing unter der Brücke der Held (Held?), mit immer schwächer werdenden Händen die Geländerstangen umfassend, entschlossen und dazu verurteilt, seinem Leben durch Selbstmord ein Ende zu setzen. Edward hatte plötzlich eine Idee, worauf das ‹geradezu› abzielen mochte. Er machte sich am Rand eine Notiz und klappte das Buch zu. Ein weißer Umschlag (mit dem kurzen Brief noch darin) markierte die Stelle, wo im Anschluß an die Erzählung die Anmerkungen begannen. Er lehnte den Band gegen einen Stapel Bücher auf seinem Nachttisch und löschte das Licht. Dann lag er, die Arme hinter dem Kopf verschränkt, mit offenen Augen im Dunkeln und begann zu träumen ... Der Mittelpunkt des Traumes war sie – Anne Scott. Michael, der der ältere von ihnen beiden war, kannte sie länger und besser und hatte des öfteren Andeutungen fallenlassen, daß er und Anne ... Er hatte nie so recht gewußt, was er davon halten sollte, bei Michael konnte man schon, als er noch klein war, Wunsch und Wirklichkeit nicht unterscheiden. Aber seit letztem Mittwoch war er fast geneigt, ihm zu glauben. Und wie in den Nächten zuvor begann er, sich den Nachmittag vor einer Woche wieder in allen Einzelheiten in Erinnerung zu rufen, um noch einmal jenen aufregenden Moment zu durchleben, als sie ...

Er hatte am letzten Mittwoch zunächst vor verschlossener Tür gestanden. Das war ungewöhnlich, sie sperrte sonst nie ab. Da es keine Klingel gab, hatte er geklopft. Zuerst zaghaft, dann kräftiger. Als sich endlich drinnen etwas rührte, hatte er erleichtert aufgeseufzt. Gleich danach hörte er, wie der Schlüssel ins Schloß gesteckt und mit metallischem Klicken umgedreht wurde. Und dann stand sie vor ihm.

«Edward! Du bist es! Komm doch herein. Ich habe völlig die Zeit verschlafen.» Ihre Haare, die sie normalerweise hochgesteckt trug, hingen ihr offen auf die Schultern. Sie hatte einen gestreiften Morgenmantel an, dessen gedeckte Farben ihn an das Gewand einer ägyptischen Königin erinnerten, das er irgendwo einmal ausgestellt gesehen hatte. Aber vor allem ihr Gesicht hatte es ihm angetan. Sie lächelte, nein strahlte, als ob sie voller Erwartung sei und sich riesig freue, ihn zu sehen. Ihn! Mit einer flüchtigen Bewegung ordnete sie sich das Haar, dann trat sie zurück, um ihn einzulassen.

«Du kannst gleich mit nach oben kommen. Ich brauche nicht lange.» Sie hakte sich leicht bei ihm ein und führte ihn die Treppe hinauf in das hintere Zimmer, das sie als «mein Arbeitszimmer» bezeichnete. Sie ließ ihn während des Unterrichts immer an ihrem Schreibtisch sitzen. Meistens gab sie ihm einen deutschen Text in die Hand, und er rackerte sich eifrig ab – für sie, denn sie saß an seiner Seite, und er wollte, daß sie mit ihm zufrieden war. Sie kam mit ins Zimmer, um das elektrische Öfchen anzustellen, und als sie sich herunterbeugte, um den Schalter zu betätigen, öffnete sich der Ausschnitt ihres Morgenmantels, und er sah, daß sie darunter nackt war. Der kurze Moment reichte aus, um ihn in einen Taumel erotischer Phantasien zu versetzen. Sie richtete sich wieder auf und ging hinüber ins andere Zimmer, um sich anzuziehen.

Eine oder zwei Minuten später rief sie nach ihm.

«Edward? *Edward?*»

Er ging hinüber. Ihre Schlafzimmertür war offen, aber er blieb befangen auf der Schwelle stehen.

«Komm doch richtig rein! Oder hast du Angst, daß ich dich beiße?»

Sie stand mit dem Rücken zu ihm am Fuß eines breiten Doppelbettes und war dabei, sich den Verschluß ihres hellgrauen Rockes zuzuhaken. Der Rock war am Saum etwas eingerissen. Dieser eingerissene Saum war merkwürdigerweise immer das erste, was er vor sich sah, wenn er in späteren Jahren an diese Szene zurückdachte. Und er dachte oft daran zurück: wie sie dagestanden hatte, die Hände in Taillenhöhe, um den Reißverschluß zuzumachen und den Rock zurechtzuziehen, vor allem aber, wie sie sich dann halb zu ihm umgewandt hatte, so daß er ihre Brüste hatte sehen können, denn sie hatte nichts als den Rock angehabt.

«Bist du so lieb und springst schnell runter in die Küche? Unten über dem Wäschetrockner hängt noch mein BH; ich habe ihn gestern abend gewaschen. Bringst du ihn mir hoch?»

Er ging wie schlafwandelnd die Treppe hinunter und hörte kaum, daß sie ihm von oben hinterherrief: «Den schwarzen!» Als er zurückkam, drehte sie sich ganz zu ihm herum. Sie trug noch immer nicht mehr als ihren Rock. Mit einem Lächeln des Dankes nahm sie ihm den BH ab und bemerkte erst in diesem Moment, daß er sie wie hypnotisiert anstarrte.

«Entschuldige, Edward. Bin ich etwa die erste Frau, die du so siehst? Geh schon mal vor ins andere Zimmer, ich komme gleich nach; ich will mir nur noch die Haare hochstecken.»

Die nächste Dreiviertelstunde hatte er sich tapfer geschlagen: Er hatte mit aller Kraft dagegen angekämpft, weiter an sie zu denken, und sich gleichzeitig so heftig wie selten zuvor bemüht, den Text, den sie ihm vorgelegt hatte, zu verstehen. Es war Kafkas Erzählung *‹Das Urteil›* gewesen. Den letzten, so unerbittlichen wie schrecklichen Satz hatte sie ihm laut vorgelesen. Er hatte den Ton ihrer Stimme noch im Ohr ...

Er drehte sich auf die Seite und dachte daran, daß der zurückliegende Tag für ihn mit einer großen Enttäuschung begonnen hatte. Er war am Morgen als erster aufgewesen, hatte sich Teewasser aufgesetzt, Weißbrot in den Toaster gesteckt und das Radio angemacht. Gegen zwanzig nach sieben hatte er das Klappern gehört, als der Zeitungsbote die *Times* durch den Briefschlitz gesteckt hatte. Als er hinausgegangen war, um sie zu holen, hatte er auf der Türmatte den schmalen weißen Umschlag liegen sehen. Es war eigentlich noch zu früh für die Post, und als er den Brief aufgehoben und umgedreht hatte, hatte er gesehen, daß er nicht frankiert war. Er war an ihn adressiert. Mit etwas zittriger Hand hatte er ihn geöffnet und die wenigen Zeilen gleich überflogen.

Auf den Ellenbogen gestützt, richtete er sich halb auf, knipste die Nachttischlampe an, zog den Brief aus dem Buch und las noch einmal, was sie ihm geschrieben hatte.

Lieber Edward,
es tut mir leid, aber unsere gewohnte Stunde muß heute ausfallen. Lies weiter Kafka – du wirst merken, was für ein großer Schriftsteller er war. Alles Gute für Dich!
Deine Anne (Scott)

Er hatte sie nie ‹Anne›, sondern immer nur ‹Miss Scott› genannt. Das ‹Miss› geriet ihm dabei häufig zu prononciert, was daran lag, daß er es, mehr unbewußt als bewußt, absetzen wollte gegen die Anrede ‹Mrs›, die er affektiert fand und schon rein vom Klang her ablehnte. Sollte er nächste Woche einfach mal etwas riskieren und sie mit ihrem Vornamen ansprechen? Nächste Woche... bis dahin war es noch lang.

Er löschte das Licht und schlief bald darauf ein.

Morse wachte am nächsten Morgen gegen Viertel nach sieben auf. Er fühlte sich verspannt und zerschlagen. Eine halbe Stunde später beim Rasieren verzog er den Mund zu einem bitter-geringschätzigen Grinsen, nickte seinem Spiegelbild zu und sagte leise: «Dreckskerl!» Plötzlich fiel ihm ein, daß er gestern abend seinen Wagen auf dem Hof des Clarendon Institute hatte stehenlassen, und ausgerechnet heute morgen mußte er schon um neun Uhr in Banbury sein. Da gab es nur zwei Möglichkeiten: entweder er nahm den Bus oder rief Lewis an.

Die Entscheidung fiel ihm nicht besonders schwer.

Zu seinem großen Ärger mußte Morse, als er und der Sergeant am Clarendon Institute eintrafen, feststellen, daß man ihm einen Zettel an die Windschutzscheibe geklebt hatte, und zwar – offenbar mit voller Absicht – gerade so, daß er ihm beim Fahren die Sicht versperren würde. Es war eine mehr oder minder offizielle Mitteilung, unterzeichnet ‹Oxford University Press. Die Verlagsleitung›.

Dieser Hof ist Privatgelände, Fremden ist das Abstellen ihres Fahrzeugs untersagt. Wir fordern Sie deshalb auf, Ihren Wagen unverzüglich zu entfernen. Das Kennzeichen ist notiert worden, und die Delegierten der Oxford University Press werden, sollten Sie noch einmal widerrechtlich hier parken, umgehend Klage gegen Sie einreichen.

Die mühselige Arbeit, den Zettel abzukratzen, fiel natürlich Lewis zu, der Morses halbherziges Angebot zu helfen gleich abgelehnt hatte, wohl weil er wußte, was davon zu halten war.

Kapitel Fünf

Die meisten Menschen führen ein Leben
voll stiller Verzweiflung.
Henry David Thoreau

Detective Constable Walters war beeindruckt von der Umsicht und Überlegtheit, mit der Bell die Untersuchung anging. Die grausige Prozedur der Abnahme der Leiche war von ihm mit einer ruhigen Zurückhaltung, gleichwohl Autorität geleitet worden, die ihr so etwas wie Würde gab, und anschließend hatte er mit einer Kompetenz, wie sie nur aus langer Erfahrung erwächst, die notwendigen Maßnahmen für die spätere Obduktion und die gerichtliche Untersuchung der Todesursache angeordnet. Für Walters, der ihm auf Schritt und Tritt gefolgt war, stand nach ein paar Stunden fest, daß er sich Bell zum Vorbild nehmen würde.

Bei der Durchsuchung der beiden oberen Räume hatte Bell eine in Walters' Augen geradezu bewunderungswürdige Fähigkeit an den Tag gelegt, Wichtiges von Unwichtigem zu trennen. Sie hatten sich zunächst das Schlafzimmer vorgenommen. Es machte einen aufgeräumten und übersichtlichen Eindruck. Das Bett war gemacht, es lag nichts herum, und nach einem kurzen Blick in die Schubladen ihrer Frisiertoilette und in ihren Kleiderschrank hatte Bell entschieden, daß sie sich hier weitere Mühen sparen konnten. Im hinteren Raum hatte er sich mehr Zeit gelassen. In der rechten Schreibtischhälfte waren sie auf eine Unmenge von Briefen gestoßen, grob sortiert und zum größten Teil gebündelt. Das erste dieser Bündel umfaßte die Kontoauszüge der letzten zwei Jahre, Zahlbelege über die Hypothekenraten für das Haus sowie Stromrechnungen. Es war mit einem dicken Bindfaden verschnürt, der für ein schweres Paket geeigneter gewesen wäre.

«Hieraus hat sie sich den Strick geknüpft», hatte Bell gesagt, war mit dem Zeigefinger unter den Bindfaden gefahren und hatte ihn leicht angehoben.

Ein Teil der Briefe lag in losen Stapeln; sie mußte die Verschnürung abgestreift haben, denn die geknoteten Schlaufen lagen noch daneben. Vielleicht hatte sie die Briefe vor ihrem Tod noch einmal durchgesehen, vielleicht einige von ihnen noch ein letztes Mal lesen wollen. Bell hatte fast eine Stunde gebraucht, sie zu sichten, schließlich hatte er sie jedoch alle wieder zurückgepackt. Dann war die Mittelschublade des Schreibtisches an die Reihe gekommen. Sie enthielt einen Brief ihrer Mutter, der vor nicht allzulanger Zeit in Burnley aufgegeben worden war, ein Adressenbüchlein und zwei Notizkalender – einen für das zurückliegende und einen für das laufende Jahr. Bell hatte das Adressenbüchlein Seite für Seite langsam durchgeblättert, aber anscheinend war keiner der dort aufgeführten Namen von besonderem Interesse, denn er hatte es wieder beiseite gelegt. Den neueren Notizkalender allerdings hatte er weiterer Beachtung für wert gefunden und ihn Walters aufgeschlagen über den Schreibtisch zugeschoben.

«Dem sollten wir nachgehen, mein Junge. Könnte hilfreich sein.»

Unter dem Datum des 2. Oktober stand eingetragen: ‹Summertown Bridge Club 8 Uhr›; für den folgenden Tag, Mittwoch, den 3. Oktober, hatte sie notiert: ‹E. M. 2.30 Uhr›. Das war der Tag, an dem sie sich erhängt hatte.

Als Walters dem Chief Inspector einen Tag später Bericht erstattete, hatte er das Gefühl, gute Arbeit geleistet zu haben. Bell war derselben Ansicht und sprach ihm ein Lob aus. Sie hatten jetzt eine klare Vorstellung von Anne Scotts Lebensgeschichte – jedenfalls, was die äußeren Daten anging.

Sie war das einzige Kind des Reverend Thomas Enoch Scott, der als Geistlicher in einer Baptistengemeinde gewirkt hatte, und dessen Frau Grace Emily Scott. Thomas Enoch Scott war vor dreieinhalb Jahren verstorben; seine Witwe war nach seinem Tod nach Burnley gezogen. Zum Zeitpunkt von Annes Geburt und während ihrer Kindheit hatte die Familie in Rochdale gelebt. Anne hatte das dortige Gymnasium besucht. Sie war eine hervorragende Schülerin gewesen und hatte schließlich sogar ein Stipendium für die Lady Margaret Hall in Oxford bekommen und dort angefangen, Neuere Fremdsprachen zu studieren. Doch dann gab es in diesem bis dahin so geradlinigen Lebenslauf plötzlich einen Knick. Anne hatte einen jungen Mann kennengelernt, einen gewissen John Westerby, der wie sie in Oxford studierte. Sie hatte sich Hals über Kopf in ihn verliebt und war mit ihm ins Bett gegangen – und zwar offenbar ohne vorher geeignete Verhütungsmaßnahmen getroffen zu haben. Sie war schwanger geworden. Hochwürden Scott, aufs tiefste verletzt durch diesen unverzeihlichen Schritt vom rechten Weg, hatte ihr jeden Beistand versagt und bis zu seinem Tod unnachgiebig auf seinem Entschluß beharrt, die Tochter niemals wiedersehen zu wollen. Am Tage seines Begräbnisses war Anne zum erstenmal wieder zu Hause gewesen; in den Jahren danach hatten sie und ihre Mutter in regelmäßigem Briefwechsel gestanden, in größeren Abständen war sie auch nach Burnley gefahren, um sie zu besuchen. Anne und John Westerby hatten sich, nachdem Anne durch ihren Vater verstoßen worden war, standesamtlich trauen lassen. Sie war neunzehn, er zwanzig. Fast unmittelbar darauf, es war der Anfang der langen Sommersemesterferien, hatten die beiden Oxford verlassen. Sie hatten niemandem erzählt, was sie vorhatten. Nach dreieinhalb Monaten war Anne allein zurückgekehrt und hatte erklärt, daß sie und John sich in beiderseitigem Einvernehmen getrennt hätten. Darüber, was sich in der Zwischenzeit ereignet hatte, ließen sich nur Vermutungen anstellen. Wahrscheinlich hatten sie sich zunächst auf die Suche nach einem Arzt begeben, der bereit war, in irgendeiner Hinterhofpraxis die illegale Abtreibung vorzunehmen; danach, so konnte man sich vorstellen, waren Wochen voller Niedergeschlagenheit und Selbstvorwürfe, wechselseitiger Gereiztheit, Streit und Versöhnung gefolgt, bis sie schließlich irgendwann zu der Einsicht gekommen sein mochten, daß sie nicht zueinander paßten. Anne hatte in den folgenden Jahren ihr Studium abgeschlossen und beruflich Karriere gemacht. Ganz anders dagegen das Leben von John Westerby. Er war in einem Heim aufgewachsen, hatte danach jedoch offenbar Anstrengungen unternommen, seine triste Kindheit und Jugend hinter sich zu lassen, sich um einen Studienplatz in Oxford bemüht und angefangen, Geographie zu studieren. Doch nach dem Scheitern seiner Ehe hatte er das Studium an den Nagel gehängt. Eine Zeitlang hatte er mit Gebrauchtwagen gehandelt, war auch als Versicherungsvertreter herumgezogen. Das Geld, das er verdiente, hatte gerade gereicht, um sich in der Gegend um die Cowley Road ein schäbiges Zimmer als Untermieter zu leisten. Seine Zimmerwirtin wußte nur Gutes über ihn zu berichten, überhaupt schienen die Frauen ihn gemocht zu haben. Wenn er Geld hatte, so hatte er großzügige Geschenke gemacht – das war seine Art gewesen, Freundschaft zu zeigen. Doch er hatte niemanden wirklich an sich herangelassen, war, was persönliche Dinge anging, verschlossen gewesen und unberechenbar in seinen Launen. Zwei frühere Arbeitgeber hatten ihn übereinstimmend als antriebslos beschrieben und noch im nachhinein seinen mangelnden Ehrgeiz beklagt. Ob die verschiedenen Äußerungen, die Walters zusammengetragen hatte, ihm wirklich gerecht wurden, war nicht mehr zu entscheiden, denn John Westerby selbst konnte dazu nicht mehr gehört werden, da er nicht mehr lebte. Er war vor etwas über einem Jahr auf der Straße von Oxford nach Bicester mit seinem Wagen frontal auf ein entgegenkommendes Fahrzeug geprallt. Obwohl die Autopsie ergab, daß er mehr getrunken hatte als zulässig, hatte es sich offenbar um einen jener Unfälle gehandelt, bei denen eine eindeutige Schuldzuweisung nicht möglich ist. Aber während der Fahrer des anderen Wagens, ein sehr junger Mann, der noch Anfänger war, den Sicherheitsgurt angelegt und so überlebt hatte, war Westerby unangeschnallt gefahren. Er war mit dem Kopf durch die Windschutzscheibe gegangen und sofort tot gewesen.

«Fassen Sie das alles in einem Bericht zusammen, und tippen Sie es ab», sagte Bell. «Es wird ihn vermutlich niemand lesen, aber wenigstens haben wir unsere Pflicht getan.»

Bell hatte einen arbeitsreichen Tag vor sich. Während der vergangenen Nacht hatte es zwei schwere Einbrüche gegeben; einer davon in Nord-Oxford. Dort waren unbekannte Täter in eine Großhandlung eingestiegen und hatten sie fast vollständig ausgeräumt. Heute morgen würde er sich nicht mehr darum kümmern können, denn schon in einer halben Stunde mußte er auf dem Gericht sein, wo er als Zeuge geladen war, und um ein Uhr hatte er eine Verabredung mit dem Präsidenten von *Oxford United*, um mit ihm bei einem Mittagessen zu besprechen, wie gegen den immer wieder aufflammenden Vandalismus der jugendlichen Fans, die meinten, ihren Club durch gewalttätige Aktionen außerhalb des Fußballstadions unterstützen zu müssen, effektiver vorzugehen sei. Außerdem waren in der letzten Woche eine ganze Menge Akten liegengeblieben, die er dringend aufarbeiten mußte. Angesichts dieser Belastung verbot sich eine eingehende Untersuchung des Selbstmords fast von selbst. Zudem empfand Bell gegenüber Selbstmördern eine Art scheuer Ehrfurcht und war der Meinung, daß sie, falls sie das vorzogen, ein Recht darauf hatten, ihre Motive für sich zu behalten. Doch das war seine Privatansicht. Als Polizeibeamter hatte er an die gerichtliche Untersuchung zu denken. Und da spielte das *Warum* eine zentrale Rolle. Auch diesmal würden unweigerlich wieder dieselben Fragen gestellt werden: Hatte sie in letzter Zeit besondere Schwierigkeiten gehabt? Eine Krankheit? Geldsorgen? Sexuelle Probleme? Ärger mit der Familie? Und die Antwort hätte vermutlich in der Mehrzahl der Fälle ‹ja› lauten müssen. Ja, ja, ja. Doch die Verwandten, Freunde, früheren Kollegen würden bedrückt und voller Schuldgefühle vor dem Coroner stehen und alle diese Fragen verneinen, ohne sich einer Lüge bewußt zu sein, weil sie die Tote noch im nachhinein vor der Wahrheit verschonen wollten. Und sich selbst auch. Bell seufzte deprimiert. Letztlich war die Frage, warum sich jemand umgebracht hatte, ohnehin sinnlos, denn keine Antwort, und käme sie der Wahrheit noch so nahe, würde das Geschehene rückgängig machen können. Was Bell wirklich bewegte, war denn auch eher die Überlegung, wie viele es schafften, trotz großer Belastungen von Tag zu Tag weiterzuleben. Irgendwie ... Er stand auf und nahm seinen Mantel vom Haken hinter der Tür.

«Wissen Sie schon, wer ‹E. M.› ist?»

«Nein, Sir, leider noch nicht», antwortete Walters geknickt. Was er herausgefunden hatte, war, daß Anne Scott offenbar einer Reihe von Jugendlichen bei sich zu Hause Privatunterricht gegeben hatte. Soweit er hatte feststellen können, existierten über diese Tätigkeit jedoch keinerlei schriftliche Belege. Weder hatte sie eine Liste mit den Namen der Schüler geführt noch Rechnungen ausgestellt oder Schecks in Empfang genommen. Allem Anschein nach war sie jeweils gleich am Ende der Stunde bar bezahlt worden. Vermutlich hatte sie diese Einnahmen auch nie versteuert. Die Nachbarn hatten registriert, daß eine Reihe junger Leute bei ihr ein und aus gegangen waren; sie seien meist mit dem Fahrrad gekommen und hätten Bücher dabeigehabt. Diese Besuche waren aber wohl nicht regelmäßig gewesen, die Gesichter hatten ständig gewechselt, und keiner der von ihm Befragten war in der Lage, auch nur einen ihrer Schüler näher zu beschreiben, geschweige denn ihm einen Namen zu nennen. Sein Pech. Er bekam allmählich eine Vorstellung davon, welche Unmenge von Arbeit mit der Ermittlung selbst banalster Details verbunden war, und begann einzusehen, daß einfach nicht genug Zeit war, um wirklich jedem Hinweis nachzugehen. Trotzdem wurmte es ihn, daß es ihm nicht gelungen war, den Initialen (wenn es überhaupt welche waren) einen Namen zuzuordnen.

Bell hatte ihn beobachtet und lächelte ihm jetzt verständnisvoll zu.

«Kein Grund, den Kopf hängenzulassen, Walters. ‹E. M.› ist ohnehin mit ziemlicher Sicherheit völlig unwichtig. Es wäre etwas anderes, wenn wir in einer Mordsache ermittelten, aber die Geschichte in Canal Reach war ja eindeutig Selbstmord. Wie sie da hing – das war echt, so etwas läßt sich nicht arrangieren. Und wenn ich das sage, dann dürfen Sie mir das ruhig abnehmen, ich bin schon zwanzig Jahre dabei, und wenn Sie wüßten, wie viele Selbstmorde ich in der Zeit schon gesehen habe ... Worum wir uns kümmern müssen, ist allein das Motiv. Die gerichtliche Untersuchung wird uns vermutlich etwas Aufschluß darüber geben, aber machen Sie sich nicht zu viele Hoffnungen – wir werden nie mit absoluter Sicherheit sagen können, warum sie es getan hat. So ein Entschluß, sich das Leben zu nehmen, baut sich ganz allmählich auf und geht meist auf ein ganzes Bündel von Ursachen zurück. Enttäuschungen, Sorgen, schließlich das Gefühl, daß es schrecklich anstrengend ist, sich immer wieder zusammenzureißen. Und dann irgendwann der Punkt, wo man sich fragt, was zwingt mich eigentlich dazu? Es wäre doch viel einfacher, wenn ich dem allen ein Ende machen würde.» Bell zog sich den Mantel über und öffnete die Tür. «Und jetzt kommen Sie mir bloß nicht, das Leben sei ein Geschenk und heilig und niemand habe das Recht, es wegzuwerfen ... Das ist nämlich einfach nicht wahr. Tagtäglich werden in den Abtreibungskliniken Hunderte von

Ungeborenen einfach in den Mülleimer geschmissen, und in jeder Sekunde – machen Sie sich mal klar, was das bedeutet! – stirbt irgendwo auf der Welt ein Mensch an Hunger. Und dann die Flutkatastrophen und Erdbeben und Seuchen und Flugzeugabstürze und die Folter und die Erschießungen und die Kriege ... Ich finde, da braucht man sich gar nicht zu wundern, daß ab und zu jemand zu dem Entschluß kommt, sich etwas früher vom Leben zu verabschieden, weil es so viel ohnehin nicht zu verpassen gebe ... Ihre Selbstmörderin in Canal Reach war vielleicht eine von denen, die besonders viel wollte, die mit hohem Einsatz gespielt und verloren hat.»

Walters vermochte Bells stoisch-resignative Haltung nicht zu teilen. Ob Morse sich auch so leicht zufriedengegeben hätte? Das wagte er stark zu bezweifeln. Morse hätte sicherlich nicht eher mit den Nachforschungen aufgehört, als bis er den Hintergrund der Tat befriedigend aufgehellt hätte. Der hätte Ungereimtheiten bestimmt nicht einfach so stehenlassen.

«Ich wollte Sie noch mal an die Sache mit dem Schemel erinnern. Beunruhigt es Sie nicht, daß wir ...»

In diesem Augenblick klingelte das Telefon. Bell nahm ab, legte dann die Hand über die Sprechmuschel und sagte, während er darauf wartete, daß das Gespräch zu ihm durchgestellt wurde: «Mich beunruhigt es nicht. Aber ich habe den Eindruck, daß es *Sie* beunruhigt. Dagegen sollten Sie etwas tun. Und dann versuchen Sie doch auch gleich, noch zwei Zeugen für die gerichtliche Untersuchung aufzutreiben.»

Damit war Walters entlassen. Als er wenig später in die morgenhelle St. Aldate's Street hinaustrat, ahnte er nicht, welche Kette von dramatischen Ereignissen der Tod Anne Scotts noch auslösen sollte.

Kapitel Sechs

... den Schicksalsschlüssel,
Das schnöde Werkzeug aller unsrer Pein.
Milton, Das verlorene Paradies

Noch am selben Nachmittag trieb es Walters erneut zum Canal Reach. Das kurze Gespräch mit Morse vor zwei Tagen hatte ihn auf eine Idee gebracht, und beim Mittagessen, vor sich eine Fleischpastete und ein Bier, hatte er sich entschlossen, sie weiterzuverfolgen. Das bedeutete, daß er noch einmal mit Mrs Purvis würde sprechen müssen. Sie wohnte in Nr. 7, gleich neben dem Haus von Anne Scott.

«Mir ist da noch etwas eingefallen, Mrs Purvis, was ich gestern vergessen habe, Sie zu fragen.» Mrs Purvis, eine unscheinbare grauhaarige Witwe, sah ihn überrascht an.

«Ich wüßte gerne, ob Mrs Scott irgendwann einmal einen Hausschlüssel bei Ihnen hinterlegt hat.»

Sie nickte. «Ja. Vor ungefähr einem Jahr. Er muß in dem kleinen Topf... Ich werde ihn eben mal holen.»

Das Haus von Mrs Purvis war anders geschnitten als das von Anne Scott. Es besaß einen kleinen Flur, von dem zu beiden Seiten je ein Zimmer abging. Rechts hinten war die Treppe zum oberen Stockwerk. Mrs Purvis verschwand hinter der linken Tür und kehrte gleich darauf mit dem Schlüssel in der Hand zurück. Walters nahm ihn dankend in Empfang und betrachtete ihn interessiert.

«Hat sie ihn zwischendurch mal wiederhaben wollen?»

«Nein. Aber es ist wohl früher mal passiert, daß sie sich ausgesperrt hat, und da war es für sie eine Beruhigung zu wissen, daß sie im Notfall einen zweiten Schlüssel bei mir holen konnte. Es ist ja auch schrecklich, wenn man draußen steht und plötzlich merkt, daß man nicht mehr hineinkommt. Ich erinnere mich, wie mir einmal ...» Walters nickte höflich, während sie den viele Jahre zurückliegenden Vorfall aus ihrem Gedächtnis hervorkramte.

«Wissen Sie vielleicht noch, wie viele Schlüssel man Ihnen ausgehändigt hat, als Sie hier einzogen?»

«Wie viele...? Oh, ich glaube, zwei.»

Sie kam Walters heute irgendwie nervös und fahrig vor; gestern bei ihrem ersten Gespräch hatte sie einen ruhigeren Eindruck gemacht. Oder bildete er sich das nur ein? Vermutlich. Er verabschiedete sich von ihr und ging die Canal Street entlang zur Great Clarendon Street, die direkt auf die Walton Street und den dort sich befindenden tempelähnlichen Sandsteinbau der St.-Paul's-Kirche mit ihren kannelierten Säulen zuführte. Und genau gegenüber der Kirche, auf der linken Seite, befand sich tatsächlich das kleine Eckgeschäft, das er neulich im Vorüberfahren meinte bemerkt zu haben. *A. Grimes. Schlosser.*

Mr Grimes saß, umgeben von einer Unmenge Schlüssel, Schlösser und Diebstahlsicherungsanlagen, hinter einem gelb gestrichenen Ladentisch, damit beschäftigt, eine Anzahl von Hausnummern, teils aus Plastik, teils aus Messing, in entsprechende Kästen einzusortieren. Bei Walters' Eintritt legte er die große weiße ‹9›, die er gerade in der Hand hielt, beiseite. Der Constable wies sich aus und stellte dann seine erste Frage.

«Es kommen doch sicher häufiger Leute zu Ihnen und wollen einen zusätzlichen Schlüssel angefertigt haben?»

Grimes rückte bedächtig seine Brille zurecht und nickte dann. «Ja, schon», sagte er zurückhaltend. «Schlüssel gehen nun mal häufig verloren.»

Walters streckte ihm die linke Hand entgegen. Auf seinem Handteller lagen drei Schlüssel. Einer davon, von stumpfem Braun, war offenbar schon älter (das war der, den sie in ihrem Wohnzimmer auf der Anrichte gefunden hatten); die beiden anderen sahen neu und blank aus, so als seien sie noch nicht oft benutzt worden. Walters wies auf die beiden hellen Schlüssel. «Könnte es sein, daß die von Ihnen sind?»

«Schon möglich.» Grimes zögerte einen Moment, dann fragte er: «Sind das die Schlüssel von Canal Reach Nr. 9? Da, wo die Frau sich umgebracht hat?»

«Und wenn?»

Grimes schien innerlich etwas abzuwägen, dann sagte er: «Ja, also ich glaube, die Schlüssel sind von mir.»

«Ich nehme an, Sie werden irgendwelche schriftlichen Unterlagen darüber haben. Den Auftrag oder die Rechnung. Ich hätte gern mal einen Blick darauf geworfen.»

In den Augen des Schlossers erschien ein Ausdruck von Wachsamkeit. «Ich fürchte, da muß ich Sie enttäuschen, Officer. Ich hebe diesen Papierkram nur immer eine gewisse Zeit auf, dann schmeiße ich ihn weg. Und daß ich die Schlüssel da gemacht habe, ist schon eine ganze Weile her. Ein bis zwei Jahre, so um den Dreh. Sie hat mich geholt, weil sie sich ausgesperrt hatte, und ich habe ihr damals geraten, sich doch noch zwei zusätzliche Schlüssel anzuschaffen – zur Sicherheit, falls sie noch einmal in eine solche Lage käme.»

«*Zwei* zusätzliche Schlüssel?»

«Ja.»

«Und wie viele Schlüssel wird sie bei ihrem Einzug bekommen haben? Auch zwei, oder?»

«Wahrscheinlich.»

«So daß sie dann insgesamt vier hatte», sagte Walters nachdenklich.

«Ich würde eher sagen, daß sie im Laufe einiger Jahre vier verschiedene Schlüssel besaß.»

Walters fing an sich zu ärgern. «Sonst noch was?»

Grimes zuckte die Achseln. «Nicht daß ich wüßte.»

Walters wandte sich zum Gehen. Doch die Stimme des Schlossers hielt ihn zurück; anscheinend hatte er es sich anders überlegt. «Wenn ich Ihnen einen Tip geben darf, Officer – es gibt da jemanden in Canal Reach, der Ihnen, was die Schlüssel angeht, mehr sagen könnte.»

«Interessant. Ich müßte allerdings schon wissen, wer.»

Grimes fand offenbar, er habe schon genug geredet, er kramte in seinen Kästen nach einer Hausnummer und hielt sie in die Höhe. Es war eine ‹10›; das Haus mit dieser Nummer lag genau gegenüber dem von Anne Scott.

Wenige Minuten später stand Walters, nun schon zum zweitenmal an diesem Nachmittag, in Canal Reach. Vor dem Haus Nr. 9 zog er einen Schlüssel aus der Tasche (einen der beiden neueren). Er ließ sich leicht ins Schloß stecken; die Tür öffnete sich ohne Schwierigkeiten. Walters hielt sich erst gar nicht vorne auf, sondern ging gleich durch in die Küche. Nichts erinnerte mehr daran, daß hier ein Mensch eines gewaltsamen Todes gestorben war. Walters trat ans Fenster und blickte hinaus in das eher bescheidene

Gärtchen. Die Gartenmauer war an einer Stelle ausgebessert – die Reparatur konnte nicht lange zurückliegen, denn die neuen Steine hoben sich noch leuchtend ziegelrot von der braungrünlichen Färbung des übrigen Mauerwerks ab. Die Arbeit machte den Eindruck, als sei sie von einem Fachmann ausgeführt worden. Walters verließ die Küche, stieg die schmale Treppe ins obere Stockwerk hinauf und ging in ihr Schlafzimmer; dort sah er sich eine Weile um, wobei er darauf achtete, nicht zu nahe ans Fenster zu kommen, das, wie er gleich bei seinem Eintritt registriert hatte, keine Vorhänge besaß. Ihr Bett sah genauso aus, wie er es in Erinnerung hatte: der dunkelrote Überwurf war glattgestrichen und schloß an allen Seiten gleichmäßig ab. Wie so oft seit dem Gespräch mit ihm, mußte er auch jetzt wieder an Morse denken. Ob dem hier irgend etwas auffallen würde? Aus einem plötzlichen Entschluß heraus machte er zwei große Schritte auf das Fenster zu und bekam im Bruchteil einer Sekunde noch die fast unmerkliche Bewegung mit; gleich darauf hing die geblümte Gardine hinter dem Fenster gegenüber wieder still wie zuvor. Genau, was er erwartet hatte! Es hatte ganz den Anschein, als ob der Raum hier unter ständiger Überwachung stünde. Er lächelte grimmig, während er von dem Haus gegenüber eine Art Bestandsaufnahme machte: Ziegelbau, schiefergedeckt, Schiebefenster, quadratische Schornsteine mit gedrungenen gelben Köpfen und nach hinten hinaus vermutlich, genau wie hier, ein kleines Stück Garten, das aber wohl nur durch die Küche zu erreichen war. Das würde erklären, warum überall in der Straße die Fahrräder vorne neben den Haustüren abgestellt waren. Walters nickte ein paarmal nachdenklich mit dem Kopf. Es wurde höchste Zeit, Nr. 10 einen Besuch abzustatten. Es war eins der beiden Häuser, wo er gestern vergeblich geklopft hatte.

Heute wurde ihm sofort geöffnet. «Ja?»

«Ich bin von der Polizei, Mr ... äh?»

«Jackson.»

«Ich würde gern einen Moment hereinkommen, wenn Sie gestatten, Mr Jackson.»

Wie im Haus von Anne Scott waren auch hier die Zwischenwände im Erdgeschoß herausgerissen und aus ursprünglich zwei kleinen Räumen ein großer gemacht worden. Doch während dieser Raum bei ihr behaglich und geschmackvoll war, hatte man hier eher den Eindruck einer Rumpelkammer. Überall lehnten Angelruten, standen Setzkescher, Körbe, Behälter mit Angelhaken und schmutzige Eimer. Walters mußte erst einen Stapel zerfledderter Ausgaben des *Anglers* beiseite räumen, ehe er in dem schmuddeligen, schon reichlich ramponierten Sessel Platz nehmen konnte. Er beugte sich vor, sah Jackson aufmerksam an und bat ihn, von Anne Scott zu erzählen; immerhin sei sie fast zwei Jahre seine Nachbarin gewesen.

«Ich kann Ihnen da nich besonders viel sagen. Sie war nett. Immer sehr freundlich, aber ich hab sie nich näher gekannt.»

«Hat sie Ihnen irgendwann mal den Schlüssel von ihrem Haus gegeben?» Plötzlich war da ein Ausdruck in seinen Augen – war das Furcht, was da aufschien? Und warum zögerte er so lange mit der Antwort? Es überraschte ihn; er konnte es sich nicht erklären. Die Antwort, als sie endlich kam, überraschte ihn allerdings noch mehr.

«Ja, hat sie. Ich mach ab und an in der Nachbarschaft Reparaturen, und ein-, zweimal hab ich auch für sie gearbeitet.»

«Und bei diesen Gelegenheiten hat sie Ihnen den Schlüssel gegeben?»

«Ja. Weil ... sie war nachmittags oft weg, und ich bin häufig morgens unterwegs – da konnt ich dann rübergehn, wenn es mir paßte.»

«Waren Sie das, der die Mauer in ihrem Garten ausgebessert hat?»

Auf Jacksons etwas verschlagenem Wieselgesicht erschien ein breites Lächeln der Befriedigung. «Sieht anständig aus, nich?» Er schien ganz entspannt, und Walters war geneigt anzunehmen, daß der Ausdruck in Jacksons Augen, den er für Furcht gehalten hatte, am Ende doch nicht mehr gewesen war als das übliche Gefühl diffuser Panik, das auch den rechtschaffensten Bürger befällt, wenn er sich in seinem eigenen Haus den Fragen eines Polizisten ausgesetzt sieht.

«Wann haben Sie die Arbeit ausgeführt?»

«Diese Woche erst. Montag und Dienstag nachmittag. War ja man keine große Sache. Ich hab dafür nicht mehr als vier, fünf Stunden im ganzen gebraucht.»

«Sie waren also am Dienstagnachmittag damit fertig?»

«Ja. Mrs Purvis in Nr. 7 war gerade draußen und hat noch mitbekommen, wie ich die letzten Fugen zugeschmiert hab. Sie fand es gut, daß Miss Scott die Mauer endlich hat in Schuß bringen lassen, und meinte, ich hätte das ja wirklich sehr ordentlich gemacht. Hat mich, ehrlich gesagt, gefreut, das zu hören.» Jackson sah Walters ruhig, fast ein wenig herausfordernd an.

«Haben Sie den Schlüssel noch?»

Jackson schüttelte den Kopf. «Nein. Miss Scott hat gesagt, ich soll ihn ihr, wenn ich mit der Arbeit fertig wär, zurückgeben ...»

«Und das haben Sie also auch getan?»

«Nich gleich. Erst am nächsten Tag. Sie war Dienstag nachmittag zu Hause, und als ich fertig war, bin ich reingegangen; sie wollte mir das Geld gleich geben, und wir haben noch ein bißchen geredet, und dann hab ich gar nich mehr an den Schlüssel gedacht. Sie muß es aber auch vergessen haben, sie hat nämlich nichts gesagt. Am Mittwoch isses mir dann wieder eingefallen. Ich war morgens beim Angeln, und als ich zurückkam, so gegen ... also wann das war, das kann ich nich mehr so genau sagen, irgendwann am Nachmittag jedenfalls, da bin ich dann kurz rüber ...»

«Und?» drängte Walters.

«... und habe ihn ihr durch den Briefkastenschlitz geworfen.»

«Oh.» Das also war die Erklärung für den Schlüssel hinter der Tür. Und was hatte er für komplizierte Überlegungen angestellt! Na, da hatte er sich ganz schön vergaloppiert. Vielleicht konnte Jackson ihm dabei helfen, noch ein, zwei andere offene Fragen zu klären.

«War die Haustür abgeschlossen?»

Jackson runzelte die Stirn, so als bemühe er sich um äußerste Konzentration. Dann schüttelte er langsam den Kopf. «Keine Ahnung. Kann ich nichts zu sagen; ich hab die Tür gar nicht angefaßt, weil ich den Schlüssel ja nur ...»

«Und um welche Zeit war das? So ungefähr müssen Sie das doch sagen können!»

«Ich ... also, es kann eigentlich nicht vor ... Nein, ich weiß es einfach nich mehr. Beim Angeln vergeß ich immer alles um mich rum; da achte ich dann auch nicht mehr auf die Zeit.» Plötzlich sah er Walters pfiffig an: «Aber vielleicht hat einer meiner Nachbarn mich gesehen. Fragen Sie doch einfach mal nach.»

«Würden Sie sagen, daß man hier mitbekommt, was bei den

anderen so vorgeht?» Walters hatte seine Worte mit Bedacht gewählt und sah Jackson jetzt aufmerksam an.

«Nun – das is hier ja man bloß eine kleine Straße.» Jackson hob unbehaglich die Schultern. «Läßt sich doch kaum vermeiden, daß man ...»

«Ja, ich verstehe. Was ich eigentlich auch nur wissen möchte, Mr Jackson, ist, ob Sie am Mittwochnachmittag, nachdem Sie vom Angeln zurückkamen, jemanden bemerkt haben, der Miss Scotts Haus betrat.»

«Das Problem is ...» Jackson seufzte schwer, «wenn man so in die Jahre kommt, dann gehen in der Erinnerung alle Tage ineinander über, so daß man gar nich mehr sagen kann, was an welchem Tag war.»

«Aber der Mittwoch liegt ja nun gerade erst zwei Tage zurück!»

«Ja schon. Ich glaube, jetzt fällt es mir auch wieder ein. Die Zeit weiß ich nich. Aber ich hab jemanden gesehen. War kurz nachdem ich den Schlüssel rübergebracht hab. Ich war einkaufen, und als ich zurückgekommen bin, is grade jemand bei ihr rein. Aber wenn Sie jetzt nich danach gefragt hätten ... also, ich hatte das glatt vergessen.»

«Sie sahen also jemanden hineingehen?»

«Ja. Und ein paar Minuten später wieder herauskommen.»

Na, das war ja wirklich eine interessante Mitteilung. Walters hatte Mühe, seine Aufregung nicht zu zeigen. «Würden Sie ihn wiedererkennen? Es war doch ein Mann, oder?»

Jackson nickte. «Ja.»

«Können Sie ihn beschreiben?»

«So um die fünfzig. Trug einen Regenmantel. Kein Hut. Hatte schon ein bißchen 'ne Glatze.»

«Haben Sie ihn früher schon mal gesehen?»

«Nein.» Walters lehnte sich zurück. Er mußte erst einmal verdauen, was er da eben gehört hatte. Doch dazu ließ ihm Jackson keine Zeit.

«Ich hab ihn aber später noch mal gesehen.»

«Sie haben *was*?!»

«Ihn später noch mal gesehen. Er is gekommen, als *Sie* da waren. So gegen Viertel nach zehn. Sie müssen eigentlich wissen, wer das is. Sie haben ihn doch selbst reingelassen. Ist wohl auch 'n Polizist, oder?»

Nachdem Walters gegangen war, setzte sich Jackson in die Küche und trank erst einmal in Ruhe eine Tasse Tee. Er hatte das Gefühl, das Gespräch gut hinter sich gebracht zu haben. Mehr als gut. Was seine letzte überraschende Mitteilung anging, so war er sich zu Anfang nicht ganz sicher gewesen, ob es ratsam sei, damit herauszurücken. Aber jetzt war er froh, daß er es gesagt hatte. Er hatte sich eine ausgeklügelte Strategie zurechtgelegt, die nicht ganz ohne Risiko war, und je mehr Aufmerksamkeit er von sich weg auf andere lenken konnte, um so besser. Und wie gut, daß er den Schlüssel noch gehabt hatte! Er hatte mit dem Gedanken gespielt, ihn verschwinden zu lassen – zum Kanal waren es ja nur wenige Schritte –, aber das wäre ein Fehler gewesen, wie er jetzt wußte. Er hatte ihn dann statt dessen durch den Briefschlitz geworfen; genau wie er es dem Constable gesagt hatte. Seine Aussage entsprach in diesem Punkt also völlig der Wahrheit. Da hatte er nichts zu fürchten. Sehr beruhigend. Die Wahrheit zu sagen konnte manches erleichtern. Allerdings auch nur manches.

Kapitel Sieben

Ich sage immer: ‹Schafft das Bridgespiel ab!›
Es müßte doch möglich sein,
auf angenehmere Art und Weise
miteinander unglücklich zu sein.
Don Herold

Der erst kürzlich gegründete Summertown Bridge Club in Nord-Oxford hatte sich in zwei Anzeigen in der *Oxford Times* sowie gelegentlich auf Aushängen in den Schaufenstern der lokalen Zeitungshändler als Verein für alle diejenigen zu empfehlen gesucht, die Scheu davor hatten, den alten renommierten Clubs beizutreten, in denen sich das Gespräch, wie zu vermuten war, nur um Dinge wie die Herbert-Konvention, As-und-Trumpf-Unterstützung-meldende-Rückgebote und das Atout-Echo drehte, wo man damit rechnen mußte, auf Leute zu treffen, die ihr Spiel bereits in Turnieren auf Grafschaftsebene erprobt hatten, und wo anzunehmen war, daß selbst der schwächste Spieler keine Schwierigkeiten haben würde, alle zweiundfünfzig Karten gleichzeitig im Kopf zu haben. Der Summertown Bridge Club dagegen war ein Club für Leute, die Spaß hatten am Bridge, ohne gleich eine Wissenschaft daraus machen zu wollen. Der Club war in einer großen Villa im Middle Way untergebracht, einer eleganten Wohnstraße westlich der Banbury Road und parallel zu ihr, die Squitchey Lane mit South Parade verband. Die Räume waren dem Club von der Besitzerin der Villa, Mrs Gwendola Briggs, die auch Clubpräsidentin war, zur Verfügung gestellt worden. Mrs Briggs war eine quirlige, für ihr Alter etwas zu schrill gekleidete Witwe Mitte Sechzig, die auch sämtliche anderen Funktionen, die der Club zu vergeben hatte – angefangen von der Sekretärin bis hin zur Schatzmeisterin –, an sich gezogen hatte. Sie begrüßte Walters bei seinem Eintritt mit geradezu überschwenglicher Herzlichkeit, was allerdings an einem Mißverständnis lag: sie hatte im ersten Moment angenommen, daß es sich bei ihm um einen Neuzugang – dazu noch einen durchaus attraktiven Neuzugang – handele, und ihre Freude mag verständlich scheinen, wenn man weiß, daß der Club ansonsten vorwiegend weibliche Mitglieder hatte. Nachdem Walters sie über sein tatsächliches Anliegen informiert hatte, schickte sie sich mit Anstand darein. Immerhin war er an näheren Einzelheiten über den Club interessiert, und Mrs Briggs als selbsternannte Public-Relations-Agentin war nur zu gern bereit, ihn mit Informationen zu versorgen. Ms Scott («Dazu müßte man allerdings sagen, daß sie immer einen Ring trug») war seit einem halben Jahr Mitglied gewesen. Sie hatte eine gewisse Begabung für das Spiel gehabt und war – eine wichtige Voraussetzung – mit dem nötigen Ernst bei der Sache gewesen («Bridge läßt sich nun einmal nicht mit links spielen, Constable»), und ihre Technik der Reizung hatte sich schon sehr verbessert. Das Ganze war wirklich eine Tragödie! In ein paar Jahren hätte aus ihr möglicherweise eine wirklich gute Spielerin werden können. Leider hatte es ihr noch sehr an Konsequenz gemangelt ... aber, du meine Güte, wer wollte ihr das jetzt noch vorwerfen! Angesichts dieser ... ja, es war wirklich das einzig passende Wort, dieser Tragödie! Und es war für sie alle so unerwartet gekommen! *Völlig* unerwartet! Nein, sie hatte nicht die geringste Ahnung, was der Grund gewesen sein konnte. Sie spielten immer am Dienstagabend, und Anne («Mein Gott, die Arme!») war immer regelmäßig erschienen. Man begann so gegen zwanzig Uhr und hörte oft erst nach Mitternacht auf. Ein paarmal war es sogar bis drei, vier Uhr gegangen. In der Regel waren sechzehn bis zwanzig Spieler anwesend; nur ein einziges Mal, an einem Katastrophenabend im letzten Winter, hatten sie nur zu neunt hier gesessen («Ganze neun, Constable, stellen Sie sich vor!»). Anne hatte am Dienstag an verschiedenen Tischen gespielt, aber, so Mrs Briggs, sie sei sich ganz sicher, daß sie den letzten Rubber zusammen mit Mrs Raven («Die Ravens aus der Squitchey Lane, vielleicht kennen Sie sie ja zufällig?»), dem alten Mr Parkes («Er ist leider schon ziemlich klapprig!») und Miss Edgeley («Eine schrecklich schusselige Person!») gespielt habe.

Walters notierte die Adressen und verabschiedete sich. Er nahm den unangenehmen Eindruck mit, als beschränke sich für Mrs Briggs die Tragödie darauf, daß einer der Stühle an einem der grünbespannten Tische auf einige Zeit verwaist sein würde. Ob Bridge einen schlechten Einfluß auf den Charakter hatte? Wie auch immer – ganz sicher würde die Atmosphäre eines solchen Clubs, wo alles Denken um Schlemms und Strafpunkte kreiste und wo man einander nur nach der Qualität seines Spiels beurteilte, Charaktereigenschaften wie Güte oder Einfühlung nicht gerade fördern. Walters wurde auf einmal klar, warum ihn Bridge oder ähnliche Spiele nie gereizt hatten.

Sein erster Besuch galt Miss Edgeley, doch wie sich schnell herausstellte, war sie nicht da. Ihre Freundin, mit der sie die Wohnung teilte, ein hübsches dunkelhaariges Mädchen, erklärte ihm, Cathy habe am Morgen ein Telegramm erhalten, daß ihre Mutter schwer erkrankt sei und sei deshalb sofort nach Hause gefahren. Die Mutter lebe in Nottingham. Sie bot ihm eine Tasse Tee an, die er jedoch dankend ablehnte.

«Wo arbeitet Miss Edgeley?»

«Sie studiert noch. Sie ist am Brasenose College.»

«Ach, haben sie da jetzt auch Frauen?»

«Soviel ich weiß, hatten sie da schon immer Frauen», sagte das Mädchen.

Aber Walters war manchmal etwas begriffsstutzig; er runzelte leicht die Stirn, ließ es aber auf sich beruhen, denn er hatte es eilig, in die Squitchey Lane zu kommen. Seine Eile erwies sich als völlig überflüssig. Mrs Raven traktierte ihn mit einem ermüdend ausführlichen Bericht, der ihm jedoch nicht einen Schritt weiterhalf. Mr Parkes in der Woodstock Road, dem sein nächster Besuch galt, faßte sich wenigstens kurz, hatte aber auch nichts Wichtiges zu sagen. Nun, da konnte man nichts machen.

Walters hatte an diesem Tag einfach Pech gehabt. Doch alle Polizeiarbeit braucht, um Erfolg zu haben, auch ein bißchen Glück; selbst Beamte mit mehr Grips und Kombinationsvermögen als Walters sind darauf angewiesen, daß ihnen ab und zu Kommissar Zufall auf die Sprünge hilft. Trotzdem war, was Walters herausgefunden hatte, gar nicht einmal wenig. Während er jetzt zu Hause in Kidlington neben seiner Frau im Bett lag, ging er in Gedanken alles noch einmal durch. In einem Punkt gab er Bell völlig recht: Anne Scott hatte Selbstmord begangen. Auch wenn die Gründe dafür noch im dunkeln lagen – an dieser Tatsache war nicht zu rütteln. Aber das war auch schon fast das einzige, was klar war. Ansonsten gab es jede Menge offener Fragen. Da war zum Beispiel der Bridgeabend (Abend war gut!). Er war gegen 2.45 Uhr zu Ende gewesen, und anschließend hatte Anne Scott den Heimweg angetreten. Aber wie? Hatte sie einer von den anderen Spielern nach Hause gefahren? Hatte sie sich ein Taxi kommen lassen? Oder hatte sie ein Fahrrad dabeigehabt? (Er hätte diese Schreckschraube Briggs danach fragen sollen!) In den Stunden danach war dann die Entscheidung gefallen. Es hatte kein langes Zögern mehr gegeben; der Zeitpunkt ihres Todes war nicht ganz exakt feststellbar gewesen, aber der Autopsiebericht ging davon aus, daß sie, als man sie fand, bereits seit mindestens zehn Stunden tot war, was bedeutete ... ja, was eigentlich? Walters war sich da nicht ganz sicher. Etwas unvermittelt fiel ihm plötzlich wieder die offene Haustür ein. Wieso hatte sie nicht abgeschlossen? Hatte sie es einfach vergessen? Unwahrscheinlich. Oder hatte da jemand anderer aufgeschlossen? Später. Das würde voraussetzen, daß Anne Scott den Schlüssel nach dem Abschließen nicht hatte steckenlassen. So abwegig war das gar nicht mal. Er selbst zog abends auch immer den Schlüssel ab und legte ihn in den Flur auf das Tischchen mit dem Telefon. Er hätte nicht sagen können warum. Es war einfach eine Angewohnheit. Drei Schlüssel... drei Schlüssel... vielleicht sogar vier... Mit einem von ihnen war aufgeschlossen worden. Und wenn nicht von Anne Scott und nicht von Mrs Purvis, von wem dann? Jackson? Wäre es nicht vorstellbar, daß er den Schlüssel, den er noch besaß, benutzt hatte, um sich Zutritt zu verschaffen, daß er drinnen nach ihr gerufen, und nachdem er keine Antwort erhalten hatte, nach hinten durchgegangen war? Das würde auch die Sache mit dem Schemel erklären! Jackson hatte gegen die Küchentür gedrückt (er würde ja gewußt haben, daß man etwas Kraft dazu brauchte, sie zu öffnen) und dabei den Schemel umgestoßen. Dann war er hineingegangen, hatte den umgefallenen Schemel aufgehoben, und als er sich umdrehte, hatte er sie entdeckt. Aber wenn es so gewesen war, warum hatte er dann nicht sofort die Polizei informiert? Anne Scott hatte Telefon, er hätte gleich von ihrem Haus aus anrufen können. Oder hatte er Angst gehabt, sich mit der Polizei in Verbindung zu setzen? Vielleicht weil er kein ganz reines Gewissen hatte? Weil er die Gelegenheit genutzt und irgend etwas an sich genommen hatte? Geld möglicherweise oder etwas anderes, das er für wertvoll oder nützlich hielt? Das alles war zugegebenermaßen noch sehr spekulativ, aber so oder so ähnlich konnte es gewesen sein. Wenn sich das Rätselraten doch nur auf Jackson beschränken würde! Aber da war ja auch noch Morse. Es mußte Morse gewesen sein, den Jackson am Nachmittag gesehen hatte. Was um Himmels willen hatte er dort gewollt? Hatte er bei ihr Deutschunterricht genommen? Walters rief sich die Fragen ins Gedächtnis zurück, die der Chief Inspector ihm am Mittwochabend, nach seinem überraschenden Auftauchen gestellt hatte. Diese merkwürdig zögernden und gleichzeitig so eindringlichen Fragen! Er hatte den Ton noch im Ohr. «Ist sie – ist sie tot?» Moment mal, wieso hatte er überhaupt wissen können...? Vielleicht, daß ihm die Polizisten draußen...? Nein, das war nicht möglich. Die waren zu dieser Zeit ja noch gar nicht darüber informiert worden, wen man da gefunden hatte. Walters fuhr plötzlich in die Höhe, sprang aus dem Bett, raste nach unten und blätterte mit ungeschickten Fingern fieberhaft im Telefonbuch, bis er beim Buchstaben ‹M› angelangt war. Und tatsächlich, da stand es, schwarz auf weiß: *Morse, E., The Flats 45, Banbury Road.*

‹E. M.›! Sie war also mit Morse verabredet gewesen! Nun mal langsam, ermahnte er sich. Morse war nicht der einzige mit diesen Initialen, es gab bestimmt noch tausend andere. Andererseits – Morse *war* am Nachmittag da gewesen; daran bestand kein Zweifel. Das erklärte auch die Fragen nach der Tür und dem Licht und ob sie etwas entfernt hätten. Ja, jetzt auf einmal ergaben sie einen Sinn. Und wenn es gar nicht Jackson gewesen war, der sie gefunden hatte, sondern Morse? Aber warum hatte er es dann nicht gemeldet? Hatte er Angst gehabt, sich irgendwie zu kompromittieren, wenn die Kollegen ihn am Ort des Selbstmords angetroffen hätten? Hatte er vorgehabt, irgendwann später noch anzurufen? Walters ging wieder nach oben und legte sich ins Bett. Aber er konnte nicht einschlafen. Er hatte das Gefühl, als seien seine Augäpfel in ständiger Bewegung, aber seine Versuche, sie dadurch, daß er einen festen Punkt fixierte, zur Ruhe zu bringen, scheiterten. Erst in den frühen Morgenstunden fiel er in einen unruhigen Schlaf, aus dem er immer wieder hochschreckte mit dem Gedanken, wie um alles in der Welt er das bloß Bell beibringen sollte.

Kapitel Acht

Der Mann, der mehr Leben durchlebt als eins,
Schaut mehrmals dem Tod ins Gesicht.
Oscar Wilde,
Die Ballade vom Zuchthaus zu Reading

Auch Charles Richards fand in dieser Nacht wenig Schlaf. Doch seine Unruhe war qualvoller als die von Walters und auch nicht nur vorübergehender Natur. Er fürchtete um den Bestand seiner Ehe, fürchtete, daß Celia ihn verlassen könne – und all das nur, weil er im entscheidenden Moment falsch reagiert hatte. Wie hatte ihm das nur passieren können, bei seiner Erfahrung im Täuschen und Verheimlichen! Warum bloß hatte er, als Celia das lange blonde Haar auf seinem Jackett entdeckt hatte, nicht einfach die Achseln gezuckt, nonchalant und unbekümmert, statt sich in diese komplizierten und unglaubwürdigen Erklärungen zu verrennen. Er sah ihr Gesicht vor sich, das ihm, ungeachtet ihres angestrengten Bemühens um Selbstbeherrschung, verriet, daß sie zornig war und eifersüchtig, daß sie sich von ihm im Stich gelassen und gedemütigt fühlte, vor allem aber, daß sie sich in ohnmächtigem Schmerz wieder einmal ihrer eigenen Grenze bewußt geworden war. Und das zu sehen tat ihm weh, mehr weh, als er je für möglich gehalten hätte. Vielleicht hatte sie schon früher manchmal etwas geahnt; in letzter Zeit hatte sie sicher einen Verdacht gehabt – doch seit gestern wußte sie nun endgültig Bescheid; daran konnte kein Zweifel bestehen. Während er sich unruhig von einer Seite auf die andere warf, fragte er sich, wie er jemals mit diesem Gefühl von Schuld umgehen sollte, das er empfand.

Sein Frühstück am nächsten Morgen bestand nur aus einer Tasse Kaffee und einer Zigarette. Allein am Küchentisch sitzend, spürte er eine nie gekannte Hilflosigkeit, die ihn erschreckte. Er hatte rasende Kopfschmerzen, und als er die Zeitung aufschlug in der Hoffnung, seine eigenen Sorgen würden sich angesichts der Meldungen über Hungerkatastrophen, Erdbeben und Seuchen relativieren, verschwammen die Zeilen vor seinen Augen, und er mußte sie weglegen. So war er wieder bei sich und seinen Problemen und zog eine bittere Bilanz: Er verlor seit einigen Jahren allmählich die Haare, und er verlor an Vitalität. Doch etwas viel Wesentlicheres, nämlich seine Integrität als Mensch und Mann hatte er schon lange davor eingebüßt. Und nun war abzusehen, daß er auch noch seine Frau verlieren würde. Er trank zuviel, kam von den Zigaretten nicht los, und seine sexuellen Wünsche trieben ihn immer wieder aufs neue in die Arme irgendwelcher Frauen ... O Gott, wie er sich für all das haßte.

Samstags war es meistens sehr ruhig in der Firma; doch gab es immer irgendwelche Briefe zu schreiben, es konnte ein wichtiger Anruf kommen, und manchmal hatte einer der Angestellten eine Frage, so daß Charles es sich schon seit Jahren zur Gewohnheit gemacht hatte, auch an diesem Tag im Büro zu erscheinen. Seine Sekretärin hatte ebenfalls anwesend zu sein, und er erwartete auch von seinem Bruder Conrad, daß er sich wenigstens kurz blicken ließ, so daß sie, bevor sie zusammen ihren gewohnten mittäglichen Drink nahmen, Gelegenheit hatten, die Geschäftsabschlüsse der letzten und die Pläne für die nächste Woche zu besprechen. An diesem Samstag hatte Charles, wie immer, wenn er keine geschäftlichen Verpflichtungen außerhalb hatte, für den kurzen Weg von zu Hause bis ins Zentrum von Abingdon den Mini genommen. Der Regen der letzten Tage hatte aufgehört; der Himmel war von zartem Blau und wolkenlos. Heute würde man endlich einmal keinen Schirm mehr brauchen. Im Büro angekommen, rief er seine Sekretärin zu sich, um ihr mitzuteilen, daß er nicht gestört zu werden wünsche; er habe sich mit wichtigen Unterlagen zu befassen.

Eine halbe Stunde lang saß er da, das Kinn in die linke Hand gestützt, und tat gar nichts, starrte nur vor sich hin und rauchte eine Zigarette nach der anderen. Langsam keimte in ihm der Entschluß, aufzuhören mit der Qualmerei – vielleicht konnte das der erste Schritt sein. Er schwor sich, daß dies die letzte Schachtel sein würde (zum Glück hatte er sie gerade erst gekauft!), und dann würde er von dieser unseligen Angewohnheit ablassen und auf diese Weise nicht nur Herz, Kreislauf und Lungen vor weiteren Schäden bewahren, sondern obendrein auch noch eine Menge Geld sparen und (so hatte er jedenfalls gelesen) eine unerhörte Steigerung seiner Potenz erleben. Angesichts dieser immensen Vorteile sollte es doch wirklich möglich sein, sich zu beherrschen! Einen flüchtigen Moment lang bedauerte er, während er sich, ohne nachzudenken, gleichsam automatisch schon die nächste Zigarette ansteckte, daß die Packung noch fast voll war. Aber spätestens gegen Mittag würde keine Zigarette mehr übrig sein, und dann begann die Zeit der großen Kasteiung – bei seinem Drink mit Conrad würde er allerdings schon noch eine rauchen. Falls Conrad heute überhaupt kam ... Mit fast schon wieder lustvollem Selbstmitleid sinnierte er über den labilen Charakter der Menschen schlechthin (vor allem natürlich der Männer!) und seine eigene Schwäche insbesondere. Wieder und wieder hatte er Anläufe genommen, sich zu ändern, hatte sich, immer dann, wenn hinter den Süchten und Räuschen die Schalheit und Leere sichtbar geworden war und er sich plötzlich mit der ganzen Wahrheit seines Lebens konfrontiert gesehen hatte, gleich einem reuigen Sünder auf einer Erweckungsversammlung an die Brust geschlagen, seine Schuld bekannt und Besserung gelobt. Doch dem jähen Erschrecken und dem Entschluß zur Umkehr war noch jedesmal wieder ein neuer Sündenfall gefolgt. Inzwischen glaubte er eigentlich nicht mehr daran, daß er wirklich in der Lage sei, sich zu wandeln. Da es ihm an Stärke mangelte, Versuchungen zu widerstehen, mußte er ihnen eben – so hatte er vor Jahren geschlossen – möglichst aus dem Weg gehen. Die Zahl seiner Liebschaften hatte sich denn auch deutlich verringert, und er hatte sich weniger stark in sie verstricken lassen. Das war alles, wozu er sich in der Lage sah, und bisweilen war es ihm schon viel erschienen, und er hatte sich eingeredet, Celia auf seine Art ein treuer Ehemann zu sein. Denn das war es, worum er sich bemühte, weil ihm nichts mehr zuwider war, als sie zu verletzen. Und das zu verhindern, war er bereit, eine Menge zu tun. Fast alles.

Um Viertel nach zehn rief er seinen Bruder an. Conrad war achtzehn Monate jünger als er, schlanker, aber mit mehr grauen Haaren an den Schläfen. Charles hatte ihn immer bewundert, weil er soviel ausgeglichener, freundlicher, rücksichtsvoller und anteilnehmender war als er selbst. Sie waren stets gut miteinander ausgekommen, und ihre geschäftliche Partnerschaft hatte sich für beide in all den Jahren als vorteilhaft erwiesen. Conrad war der einzige Mensch, dem sich Charles, was seine Affären anging, rückhaltlos anvertrauen konnte; er hatte bei diesen Gelegenheiten immer eine gewisse Abgeklärtheit und großes Verständnis an den Tag gelegt.

«Hast du eigentlich vor, heute noch mal hier vorbeizukommen, Conrad? Es ist schon nach zehn!»

«Ja, ich weiß. Zwanzig nach. Und in genau vierzig Minuten geht mein Zug. Du scheinst vergessen zu haben, daß ich heute wegfahre; dabei kam der Vorschlag dazu von dir.»

«Ja, du hast recht. Jetzt fällt es mir wieder ein. Entschuldige. Ich werde wohl alt.»

«Ach, tröste dich, da bist du nicht der einzige.»

«Conrad ... ich ... äh, ich möchte dich um einen Gefallen bitten.»

«Ja?»

«Es ist auch wirklich das letzte Mal; ich verspreche es.»

«Kannst du mir das schriftlich geben?»

«Ich glaube fast, ja.»

«Steckst du in Schwierigkeiten?»

«Bis zum Hals. Aber ich komme da schon wieder raus – wenn du mir hilfst. Ich brauche so etwas wie ein Alibi ... für gestern nachmittag.»

«Das ist jetzt schon das zweite Mal in dieser Woche.» (Schwang da in seiner Stimme ein neuer, ungewohnter Ton von Gereiztheit mit?)

«Ja, ich gebe es zu. Aber, wie ich eben sagte, es ist bestimmt das letzte ...»

«Was haben wir also gemacht?»

«Äh, ich dachte, am besten wäre, du sagst, wir hatten ein Treffen mit unserem schwedischen Kunden ...»

«Und wo?»

«Äh ... vielleicht High Wycombe?»

«Gut, also High Wycombe. Sind wir in meinem Wagen hingefahren?»

«Äh, ja. Ich ... äh, wir waren so gegen sechs Uhr fertig.»

«Gegen sechs. Na schön.»

«Es ist nur für alle Fälle – du verstehst, was ich meine? Ich bin mir ziemlich sicher, daß Celia, falls sie sich bei dir erkundigt, nicht nach Einzelheiten fragen wird, aber ...»

«Ich habe verstanden. Du brauchst dir keine Sorgen zu machen.»

«Das sagst du so einfach!»

«Hör mal, Charles, es tut mir leid, aber ich muß jetzt langsam los. Es ist schon ...»

«Ja, natürlich. Entschuldige! Ich wünsche dir eine gute Reise. Und, Conrad ... was ich noch sagen wollte: vielen Dank; du hast mir sehr geholfen!»

Charles hatte kaum aufgelegt, da klingelte es, und seine Sekretärin teilte ihm mit, daß sie einen Anruf von außerhalb für ihn habe. Privat.

«Richards. Guten Morgen.»

«Charles!» Ihre Stimme war zärtlich und hingebungsvoll.

«Ich habe dir doch gesagt, du sollst mich nicht hier im Büro ...» Der Ärger war ihm deutlich anzuhören, aber sie ging unbekümmert darüber hinweg.

«Aber Liebling, nun hab dich mal nicht so. Du bist doch allein. Ich habe deine Sekretärin extra vorher gefragt.»

Charles holte tief Luft. «Was willst du also?»

«Dich!»

«Hör zu, ich ...»

«Ich hatte heute morgen einen Anruf von Keith. Er muß noch mindestens eine Woche in Südafrika bleiben. Eine Woche! Deshalb wollte ich dich fragen, ob ich nicht so gegen halb zwei, zwei im Schlafzimmer die Heizung anstellen soll ...?»

«Hör zu, Jenny! Ich kann heute nicht kommen. Du weißt doch, daß es samstags nicht geht», sagte er unfreundlich.

«War ja nur eine Frage! Du brauchst deshalb doch nicht gleich so ärgerlich zu werden. Dann sehen wir uns eben morgen. Ich dachte nur, ich könnte es ja mal versuchen. Es hätte ja sein können, daß du vielleicht ausnahmsweise ...»

«Hör zu ...»

«Nun laß doch endlich mal dieses blöde ‹Hör zu›!»

«Tut mir leid. Entschuldige bitte. Was ich dir sagen wollte, war, daß wir uns nächste Woche nicht werden treffen können. Es ist zu riskant. Gestern ...»

«Was soll das heißen?»

Charles dachte an ihr langes blondes Haar und ihren schlanken Körper und fühlte, wie eine verzweifelte Angst in ihm hochstieg. «Hör zu, Jenny», sagte er bittend, «ich werde versuchen, es dir zu erklären, nur jetzt ...»

«Auf *die* Erklärung bin ich gespannt!»

«Ich kann jetzt nicht. O Gott!» Es war wie ein Aufschrei.

«Wann denkst du, daß wir uns sehen können?» fragte sie kühl.

«Ich werde mich bei dir melden. Aber nächste Woche ist es unmöglich. Es geht einfach nicht ...»

Doch sie hatte schon aufgelegt.

Charles lehnte sich schwer atmend in seinem Ledersessel zurück. Der scharfe, krampfartige Schmerz zwischen seinen Schulterblättern drohte ihm die Luft zu nehmen. Er wollte eine Tablette nehmen, doch als er die Schachtel öffnete, sah er, daß sie leer war.

An diesem Samstag brachte die *Oxford Mail* auf Seite zwei einen verspäteten Bericht über den Selbstmord einer gewissen Anne Scott aus Jericho, Canal Reach Nr. 9. Unter denen, die ihn lasen, waren auch einige, die sie gekannt hatten: die Murdochs, Conrad

Richards, Morse. Daß auch Charles Richards ihn zu Gesicht bekam, war wohl nichts anderes als Zufall. Er hatte, nachdem die Arbeit im Verlag erledigt war, den *White Swan* aufgesucht und sich dort drei doppelte Whiskies genehmigt. Bei seiner Ankunft zu Hause stellte er fest, daß Celia sich den Rolls genommen hatte. In der Küche lag ein Zettel, sie sei nach Oxford zum Einkaufen gefahren. «Bin gegen fünf wieder da. Im Kühlschrank steht eine Pastete für dich.» Als sie zurückkam, hatte er im Wohnzimmer gesessen und gerade die Sportschau gesehen. Sie hatte eine *Oxford Mail* mitgebracht, die sie, als sie wieder hinausging, beiläufig neben ihn auf den Wohnzimmertisch legte – Seite zwei nach oben.

Kapitel Neun

Die schlimmste Art Mord
ist der Selbstmord,
denn er läßt keine Chance
mehr für Reue.
John Collins

Der Termin der gerichtlichen Untersuchung des Selbstmords war auf Dienstag nächster Woche angesetzt worden. Bell hatte das Wochenende über alle Hände voll damit zu tun, die für den bevorstehenden Besuch eines hohen chinesischen Politikers in Oxfordshire angeordneten umfangreichen Sicherheitsmaßnahmen zu organisieren. Abgesehen von ein paar geknurrten Ermahnungen in Walters' Richtung, er solle endlich aufhören, sich den Kopf zu zerbrechen, hatte er sich nicht mehr zu der Sache geäußert. Für ihn war sie abgeschlossen. Walters hatte ihn gleich am nächsten Morgen über alles informiert, was er erfahren hatte, und auch die Morse betreffenden Einzelheiten nicht verschwiegen. Doch Bell hatte das alles nicht weiter interessiert; er hatte auch keinerlei Überraschung gezeigt, wohl auch tatsächlich keine empfunden.

Walters' Aussage am Dienstag vor der Leichenschaukommission war gründlich und detailliert. Er beschrieb zunächst das Auffinden der Toten (einschließlich der ein, zwei Merkwürdigkeiten), um dann von seinen eigenen Ermittlungen zu berichten. Nachdem er fertig war, stellte ihm der Coroner in seinem üblichen, etwas nöligen Ton noch zwei Fragen, die Walters, der seine anfängliche Nervosität inzwischen überwunden hatte, klar und eindeutig beantwortete.

«Ihrer Meinung nach, Officer, handelt es sich bei dem hier zu verhandelnden Todesfall eindeutig um Selbstmord?»

«Ja, Sir.»

«Und es liegen keinerlei Anzeichen für Fremdverschulden vor?»

«Nein, Sir.»

Der einzige andere Zeuge war der bucklige Pathologe, der auch diesmal die Erwartung all derer, die möglichst schnell nach Hause wollten, nicht enttäuschte und die Ergebnisse seiner Autopsie mit einer Wahnsinnsgeschwindigkeit herunterratterte. Zuhörer mit einwandfreiem Hörvermögen und schneller Auffassungsgabe erfuhren, daß die Tote vermutlich irgendwann zwischen sieben und neun Uhr dreißig am Morgen des Tages, an dem man sie fand, gestorben war; daß sie also bereits elf Stunden tot gewesen war, als man sie abnahm. Sie habe sich in einem guten körperlichen Zustand befunden und sei seit acht, höchstens zehn Wochen schwanger gewesen. Schwanger. Das Wort stand einen Moment lang im Raum; es trat eine Pause ein, bis die Verhandlung, genauso abrupt, wie sie stehengeblieben war, plötzlich wieder in Gang kam. Bell starrte vor sich auf die Dielenbretter und scharrte leise mit den Füßen.

Der Coroner hatte diesmal nur eine Frage.

«Gibt es Ihrer Meinung nach irgendwelche Zweifel daran, daß die Tote Selbstmord begangen hat?»

«Darüber zu befinden ist Sache der Kommission.»

Bell schüttelte leicht den Kopf und lächelte nachsichtig. Seit nunmehr zwanzig Jahren gab der bucklige Mediziner auf diese Frage immer dieselbe Antwort. Nur ein einziges Mal in all der Zeit hatte es eine Nachfrage gegeben, und er war gezwungen gewesen, den Satz näher zu erläutern. Der jetzige Coroner hatte sein Amt damals gerade erst neu angetreten und ihn noch nicht gekannt. Bell war inzwischen manchmal schon fast überrascht, daß er überhaupt zu irgendwelchen verbindlichen Äußerungen bereit war; bei seiner schon krankhaften Furcht, sich festzulegen, mußte ihn das jedesmal große Überwindung kosten. Der Eindruck trog nicht; es fiel ihm tatsächlich von Jahr zu Jahr schwerer. Naturwissenschaftler, der er war, stand er schnellen, einfachen Definitionen und Erklärungen mehr als skeptisch gegenüber. Die Tätigkeit der Polizei konnte er deswegen nur mit einer gewissen herablassenden Geringschätzung betrachten. Es gab nur einen Beamten, der ihm Respekt abnötigte, und das war Morse, der ihm bei einem Glas Bier einmal unmißverständlich zu verstehen gegeben hatte, welch tiefe Verachtung er seinerseits für die Gerichtsmediziner mit ihren pingeligen, zögerlichen Beurteilungen empfand.

Die Entscheidung der Leichenschaukommission lautete auf ‹Tod durch Selbstmord›. Der Fall Anne Scott galt damit offiziell als abgeschlossen.

Noch am selben Abend rief Morse den buckligen Pathologen zu Hause an.

«Hast du Lust, mit in den Pub zu kommen, Max?»

«Nein.»

«Wieso nicht? Bist du auf einmal Abstinenzler geworden?»

«Nein, aber ich trinke seit einiger Zeit zu Hause. Das ist billiger.»

«Und außerdem gibt es keine Polizeistunde.»

«Ja, das ist der zweite Vorteil.»

«Und wann fängst du gewöhnlich so an?»

«Wie du – kurz vor dem Frühstück.»

«Hat diese Anne Scott Selbstmord begangen, Max?»

«O nein! Nicht du auch noch!»

«Ja oder nein?»

«Ich interessiere mich, wie du langsam wissen solltest, Morse, nur für die Verletzungen und ihre Folgen, also in diesem Fall ihren Tod. Zu erklären, wie sie zu diesen Verletzungen kam, ist eure Sache.»

«War es Selbstmord, Max? Es ist mir wichtig, deine Meinung zu wissen.»

Am anderen Ende entstand ein langes Schweigen. Doch schließlich hatte er sich offenbar zu einer Antwort durchgerungen: «Ja.»

ZWEITES BUCH

Kapitel Zehn

... die Noten
Sind der Notiz nicht wert,
notiert Euch das.
Shakespeare,
Viel Lärmen um nichts,
2. Akt, 3. Szene

Am Samstag, vier Tage nach dem Gerichtstermin, bei dem über die Todesursache von Anne Scott befunden worden war, klopfte in Canal Reach ein Mann an die Tür von Nr. 2 und erklärte der nervösen, hochschwangeren jungen Frau, die ihm öffnete, er sei im Auftrag des Archivs der Bodleian Library unterwegs zwecks Forschungen über die sozioökonomische Entwicklung Jerichos in der zweiten Hälfte des neunzehnten Jahrhunderts. Sie konnte ihm dazu, wie nicht anders zu erwarten, nicht viel sagen, und er verabschiedete sich höflich und ging weiter zum Nachbarhaus. Dort war anscheinend niemand da. Der Mann in Nr. 6, ein Hüne in mittleren Jahren, dessen Arme von den Schultern bis hinunter zu den Handgelenken über und über tätowiert waren, riet ihm schroff, ‹Leine zu ziehen, aber ganz schnell, mit ihnen habe er nichts am Hut›. Offenbar war er der Annahme, ein in Missionstätigkeit sich übendes Sektenmitglied vor sich zu haben. In Nr. 8 traf er einen schmalen, blassen jungen Mann mit Brille an, der sich in bezug auf die lokale Geschichte als wahre Fundgrube erwies. Der Mann von der Bodleian Library kam gar nicht schnell genug nach ... ‹Wichtigstes Jahrzehnt 1821–31, dazu eine Monographie von Eliza M. Hawtrey (?–1954) – müßte bei Ihnen in der Bibliothek eigentlich vorhanden sein, würde ich gern mal reinsehn –

unterschiedliche Dachkonstruktionen, Backstein, Schiebefenster – ein Mensch ging von Jerusalem hinab gen Jericho und fiel unter die Mörder – Ansiedlung von Künstlern – 1825 Lucy's Eisengießerei – Umzug der Oxford University Press auf ihr heutiges Grundstück 1826 – und nicht zu vergessen: der Kanal, Oxford–Banbury–Coventry–Midlands, fertiggestellt 1790 – nicht zu vergessen auch St. Paul's, begonnen 1835, und St. Barnabas, begonnen 1869.›

«Wunderbar – wirklich ganz wunderbar!» sagte der Mann von der Bodleian Library, der den Auftrag hatte, die sozioökonomische Entwicklung Jerichos in der zweiten Hälfte des neunzehnten Jahrhunderts zu erforschen, als der Redestrom des jungen Mannes erste, nicht unwillkommene Anzeichen zeigte, allmählich nachzulassen. «Höchst interessant und, vor allem, von so immenser Wichtigkeit. Sie sind Historiker, nehme ich an?»

«Nein, nein. Ich arbeite bei Morris in Cowley.»

Der Mann von der Bodleian Library mußte erst noch einen langen Vortrag, in dem ihm ungeahnte Einzelheiten über den Bau der Eisenbahn offeriert wurden, über sich ergehen lassen, für den er sich, seiner Rolle entsprechend, lebhaft bedankte, ehe es ihm gelang, sich zu verabschieden. Als die Tür von Nr. 8 sich endlich schloß, stieß er einen Seufzer der Erleichterung aus. Die meisten Anwohner würden inzwischen von seiner Anwesenheit Kenntnis haben – ganz wie es in seiner Absicht gelegen hatte. In Nr. 10 machte niemand auf; das Fahrrad war nicht da. Er überquerte die schmale (wirklich lächerlich schmale!) Straße und klopfte an die Tür von Nr. 9, dreimal, laut und vernehmlich, während er verstohlen die Türklinke herunterdrückte. Es war abgeschlossen. Zur Begrüßung von Mrs Purvis in Nr. 7 setzte er sein gewinnendstes Lächeln auf, und als sie hörte, daß er damit befaßt sei, für die Royal Architectural Society ein Buch über die Innenaufteilung – zwei Räume unten, zwei Räume oben – bestimmter um die Mitte des neunzehnten Jahrhunderts gebauter Häuser zu schreiben, lud sie ihn umgehend ein, doch näherzutreten. Zehn Minuten später saß er hinten in dem niedrigen Küchenanbau, vor sich eine Tasse Tee, und gab sich den Anschein, als könne er sich nichts Schöneres vorstellen, als mit ihr zu plaudern, so daß Mrs Purvis ihrer verheirateten Tochter am nächsten Tag begeistert berichtete, sie habe noch nie einen so wohlerzogenen und gebildeten Menschen kennengelernt.

«Ich sehe, Sie ziehen Ihr Gemüse selbst», sagte Morse, stand auf und sah vorbei an dem dunkelgrünen Schuppen, in dem sich vermutlich das Außenklo befand und eine Ecke für die Kohlen, auf das kleine Stück Garten hinaus. «Das finde ich vernünftig. Ich wollte neulich bei mir in Summertown einen Blumenkohl kaufen, und sie haben einen so unverschämten Preis dafür verlangt, daß ich es gelassen habe.»

Sie strahlte geschmeichelt. Morse wußte, daß er jetzt den zweiten Schritt tun konnte, ohne daß sie mißtrauisch werden würde.

«Was haben Sie hier eigentlich für einen Boden, Mrs Purvis? Lehmig oder ...» Morse versuchte sich zu erinnern, welche Eigenschaften man einem Boden noch zuschreiben konnte, «oder eher alkalisch?»

Sie hob etwas hilflos die Schultern. «Also da fragen Sie mich wirklich zuviel.»

Morse lächelte ihr zu. «Na, wenn Sie wollen, kann ich ja mal einen Blick ...»

Einen Moment später standen sie draußen im Garten. Morse bückte sich, nahm etwas Erde auf und ließ sie mit Kennermiene durch die Finger rieseln. Dabei blickte er unauffällig zu Anne Scotts Haus hinüber. Der bei den Häusern in dieser Gegend übliche niedrige Küchenanbau war hier erweitert und durch eine geschickte Dachkonstruktion in das Haus einbezogen worden. An der Schmalseite des Gartens gab es eine Mauer, die offenbar frisch ausgebessert worden war; die Mauer an der gegenüberliegenden Längsseite dagegen wies, wohl als Folge jahrelanger Frosteinwirkung, viele abgeplatzte Stellen auf. Gleich hinter dieser Mauer begann das Gelände der Bootswerft. Von dort aus müßte es eigentlich möglich sein ... Er warf noch einen letzten Blick in die Runde, dann verabschiedete er sich von Mrs Purvis. Er hatte erfahren, was er wissen wollte. Es war bezeichnend für Morses Gründlichkeit (manche nennen es auch krankhaften Perfektionismus), daß er sich die Mühe machte und, um den Anschein aufrechtzuerhalten, auch noch bei Nr. 5, 3 und 1 anklopfte, wenn auch, das sollte der Ehrlichkeit halber hinzugefügt werden, nicht besonders laut. Er hatte Glück. In Nr. 5 war niemand da, und das Gespräch mit der Frau in Nr. 3 war nur kurz, da sie schwerhörig war. Gegenüber dem taperigen Alten in Nr. 1, der gleich einen Schritt auf ihn zu machte, so als sei er nicht abgeneigt, ein längeres Schwätzchen zu halten, flüchtete Morse in die Frage, ob er ihm sagen könne, wo ein gewisser Mr ... äh, Mr Green zu finden sei. Zu seiner großen Verblüffung nickte der Alte sofort zustimmend mit dem Kopf und wies mit einem knochigen, arthritisgekrümmten Finger hinüber zu Nr. 8, dort, wo Morse den so überaus beschlagenen jungen Automobilarbeiter angetroffen hatte.

Morse hätte jetzt gehen können, doch der Alte ließ ihn so schnell nicht wieder ziehen. «Habe ich Sie nicht schon mal irgendwo gesehen, Mister?» fragte er, trat noch einen Schritt näher an Morse heran und blickte ihm mit vorgerecktem Hals forschend ins Gesicht.

Morse spürte plötzlich eine ganz irrationale Angst, entlarvt zu werden, und beeilte sich zu erklären, daß er öfter in der Gegend sei, weil er die Geschichte Jerichos erforsche («im Auftrag der Bibliothek, wissen Sie!»). Der Alte nickte, und sie kamen ins Gespräch. Morse erfuhr, daß er jeden Abend zwei Stunden im *Printer's Devil* verbrachte («von acht bis zehn, Mister, regelmäßig wie Stuhlgang»).

Morse hörte es mit großem Interesse. Wenn – dann also zwischen acht und zehn. Was konnte schon groß passieren?!

Sein nächster Besuch galt dem Schlosser (es war derselbe, den Walters vor einer Woche aufgesucht hatte). Er blieb ihm gegenüber einigermaßen bei der Wahrheit, wies sich korrekt als Inspector aus und erklärte, er habe sich im Haus Nr. 9 Canal Reach umsehen wollen (was der Wahrheit entsprach), aber leider feststellen müssen, daß er den Schlüssel für das Haus im Präsidium habe liegenlassen (was schlicht gelogen war) und ob er, Mr Grimes, ihm vielleicht mit einem Schlüssel für die Haustür aushelfen könne. Aber Mr Grimes bedauerte: er habe keinen passenden Schlüssel da. Natürlich könne er mitkommen und das Schloß öffnen, das sei kein Problem. Das Schloß, das er nicht aufbekomme, müsse erst noch gebaut werden ... Falls also der Inspector einverstanden sei ... Morse schüttelte energisch den Kopf. Mit einem Schlosser in Canal Reach anzurücken war wirklich das letzte, was er wollte.

Er nahm einen neuen Anlauf. «Wissen Sie», sagte er, «eigentlich dürfte ich nicht darüber reden, aber die Sache ist die, wir haben da einen Hinweis erhalten ... wegen der Selbstmordgeschichte, Sie erinnern sich. Wir müssen dem natürlich nachgehen, aber wir möchten vermeiden, daß die Nachbarn etwas mitbekommen und dann vielleicht unruhig werden. Nun hat dummerweise einer unserer Sergeants die beiden Schlüssel verlegt, so daß wir ...»

«Sie meinen, die *drei* Schlüssel, oder, Inspector?»

Der Schlosser berichtete von Walters' Besuch; Morse hörte ihm zu und kam ins Grübeln ...

«Daß es noch einen zur Hintertür gibt, habe ich ihm nicht gesagt», fuhr Grimes fort, «er hat mich nicht danach gefragt, und es erschien mir nicht wichtig.»

Morse schob wortlos eine Fünfpfundnote über den Ladentisch, und der Schlosser förderte einen Schlüssel zutage. Der passe auf jeden Fall, er selbst habe vor einem halben Jahr das Schloß eingebaut und wisse noch genau, um welchen Typ es sich handele. «Ich kann mich doch auf Ihr Stillschweigen verlassen, oder?» fragte Morse, der sich einen Moment lang vorgestellt hatte, was sie im Präsidium sagen würden, wenn sie dahinterkämen, was er hier trieb ... Das halbherzige Nicken, das er zur Antwort erhielt, war wenig geeignet, ihn zu beruhigen. Irgendwie war er ja wirklich verrückt ... Andererseits – dieser Fall ging ihn ganz persönlich an, und wenn er es recht bedachte, so war ihm das Risiko eigentlich egal.

Kapitel Elf

Lesen und schreiben kann er nicht,
Euer Ehren, aber seine drei Kreuze
macht er so gut wie jeder andere.
Maria Edgeworth, Love and Law

An ebendiesem Samstag, dem 13. Oktober, bekam Charles Richards morgens einen an seine Privatadresse gerichteten Brief. Er war als Brief 1. Klasse frankiert, dem Absender mußte an einer schnellen Beförderung gelegen gewesen sein. Die Marke war gleich zweimal entwertet worden. Der erste Stempel, *Oxford, 8. Oktober*, war gut zu erkennen, der zweite, darüberliegende, verwischt und unleserlich. Daß der Brief erst jetzt, nach fünf Tagen, zugestellt worden war, lag daran, daß ursprünglich eine falsche Hausnummer angegeben worden war: Oxford Avenue 61 statt 261. Irgend jemand, vermutlich der Bewohner von Nr. 61, hatte den Fehler korrigiert und den Brief erneut in den Kasten geworfen. Der Umschlag, ein einfaches weißes Kuvert, war mit Tesafilm zugeklebt. Auf der Vorderseite, oben links in der Ecke, stand in Druckbuchstaben PERSÖNLICH; der Ortsname ‹Abingdon› war fehlerhaft wiedergegeben worden als *Abindon.* Der Schreiber schien nicht viel Übung zu haben – nicht nur waren die einzelnen Buchstaben ungelenk, auch die Zeilen sackten gegen Ende immer mehr nach unten ab. Richards riß den Umschlag ziemlich achtlos auf und stellte fest, daß er noch einen zweiten enthielt, in der Mitte gefaltet, mit der Aufschrift CHARLES RICHARDS sowie dem erneuten Hinweis NUR PERSÖNLICH. Diesen zweiten Umschlag öffnete Richards schon mit mehr Sorgfalt. Er enthielt einen einzelnen Bogen Papier von guter Qualität.

> Sehr geehrter Mister Richards!
> Es ist wegen Missis Scott, das ich ihnen schreibe. Ich weis über sie beide bescheid. Ich weis ALLES! Ich hab ein Brief in dem alles drinsteht. Es ist besser sie glauben mir weil ich sonst alles Missis Richards erzäle und ihr den Brief gebe. Wenn sie mir helfen erzäle ich NICHTS. Sie sind reich und 1000 Pfund sind nicht fiel Geld für sie. Ich verspreche ihnen das ich nie wider schreibe.
> Die Polizei weis nichts und ich habe nimand was erzält. Ich sag ihnen jezt was sie tun müsen. Sie gehen in die Walton Street und dann links in die Walton Well Road und dann immer grade aus über die Brüke über den Kanal und über die Eisenbahnbrüke und dann sind sie auf ein Parkplaz. Da dren sie sich um und dann sehn sie ein Paar Weidenbäume. Der 5. von links hat so 1 ½ m über dem Boden ein groses Loch. Da tun sie das Geld reinlegen und farn weg. Ich bin da und kucke. Ich rufe sie noch an und sage bescheid wann. Hohlen sie *nicht* die Polizei. Dann sage ich es Missis Richards und geb ihr den Brief.

Richards zwang sich, nachdem er begriffen hatte, um was es ging, zu kühler Unbeteiligtheit und studierte den Brief wie ein Stück

Prosa, das ihm zur Begutachtung vorgelegt worden war. Er las den Brief ganz durch, las ihn noch einmal, schließlich ein drittes Mal. Sein Gesicht spiegelte zunächst Verblüffung, dann Ärger und nahm schließlich einen Ausdruck von Besorgnis an, der jedoch weit entfernt war von Panik oder Verzweiflung. Und dazu sah er in der Tat keinen Grund. Er faltete den Bogen sorgsam wieder zusammen, steckte ihn in den Umschlag zurück und legte ihn mit dem zweiten Kuvert in seine Brieftasche.

Fünf Minuten später brachte er Celia das Frühstück hoch. Er wartete geduldig, bis sie sich verschlafen aufgesetzt und eine Strickjacke um die Schultern gelegt hatte, dann stellte er ihr das Tablett auf den Schoß und gab ihr einen Kuß auf die Stirn. Er müsse heute morgen nach Oxford, ob sie einverstanden sei, daß er den Mini nehme. Um eins zum Mittagessen sei er ganz sicher wieder zu Hause. Gab es irgend etwas, das er ihr mitbringen konnte? Übrigens würde er heute abend vermutlich noch einmal nach Oxford fahren müssen.

Celia hörte, wie er das Haus verließ. Sie saß vornübergebeugt, das Gesicht in die Hände vergraben, und dachte voll ratloser Verzweiflung über ihn nach. Wie konnte jemand so falsch sein und gleichzeitig so liebevoll bemüht erscheinen? Es war reiner Zufall gewesen, daß sie ausgerechnet letzten Samstag nach langer Zeit wieder einmal die *Oxford Mail* gekauft und so auf den Bericht über Anne Scotts Tod gestoßen war. Bei ihrer Rückkehr hatte sie die Zeitung so liegenlassen, daß Charles ihn eigentlich nicht hatte übersehen können. Er hatte ihn wohl auch gelesen. Trug er die Schuld daran, daß sie sich umgebracht hatte? So etwas war immer schwer zu entscheiden, und sie merkte, daß es ihr im Grunde gleichgültig war. Das einzige, was sie interessierte, war, den jetzigen unhaltbaren Zustand zu beenden; die Situation wurde für sie von Tag zu Tag unerträglicher. Nein, sie durfte es nicht länger aufschieben. Er hatte gesagt, daß er bis zum Mittagessen zurück sein würde, danach würde sie sich ein Herz fassen und mit ihm reden, endlich alles, was sie wußte, herauslassen, ihm die Wahrheit entgegenschleudern. Sie mußte es tun, um ihrer selbst willen, sie würde sonst noch daran ersticken. Conrad hatte ihr abgeraten, aber er würde sie trotzdem verstehen. Er hatte sie immer verstanden ... Sie kaute ein Stückchen des inzwischen hart gewordenen Toasts und trank einen Schluck lauwarmen Tee. Charles war also heute morgen in Oxford. Dabei betonte er doch immer, wie unumgänglich notwendig es sei, gerade am Samstagmorgen in der Firma zu erscheinen. Was gab es in Oxford Wichtiges, das ihn von dieser geheiligten Gewohnheit abbrachte? Anne Scott war ja nun tot; sie konnte also kaum der Grund sein.

Auf der Intensivstation des *John Radcliffe Zwei* warf Dr. Philips einen besorgten Blick auf den Jungen, der dort völlig regungslos unter der weißen Decke lag, und betrachtete dann stirnrunzelnd die letzte Eintragung auf dem Krankenblatt: *Fieber und unregelmäßiger Puls.*

«So ein Dummkopf», bemerkte er seufzend zu der Schwester, die neben ihm stand.

«Werden wir ihm helfen können?» fragte sie.

Philips zuckte die Achseln. «Da bin ich skeptisch. Wenn jemand erst mal angefangen hat mit dem Zeug ...»

«Wissen wir inzwischen eigentlich, was es war?»

«Nicht sicher, aber es deutet alles auf Kokain hin – das Fieber, die erweiterten Pupillen, die Schweißausbrüche, die Gänsehaut, der erhöhte Blutdruck ... Er scheint es sich gespritzt zu haben, das hat die Wirkung noch verstärkt.»

Sie nickte. «Glauben Sie, daß er es überstehen wird?»

«Wenn – dann hat er das einzig und allein Ihrer großartigen Pflege zu verdanken, Schwester.»

Schwester Warrener freute sich über das Lob; außerdem gab ihr die Auskunft wieder etwas Mut. Michael Murdoch. Sie hatte das Gefühl, sie würde ihn mögen. Er war neunzehn, genau wie sie, und hatte gerade erst vor kurzem einen Studienplatz am Lonsdale College bekommen. Sie würde alles tun, um ihn durchzubringen. Er war einfach noch zu jung, um zu sterben; er hatte doch noch alles vor sich. Sie dachte an seine Mutter. Auf den ersten Blick wirkte sie so energisch und vernünftig und machte den Eindruck, als sei sie der schlimmen Situation gewachsen, aber die junge Schwester hatte während ihrer Ausbildung schon genug Menschenkenntnis erworben, um das Unglück und die tiefe Verzweiflung zu ahnen, die sich hinter einer Fassade aus Kompetenz und Beherrschung zu verbergen suchte.

Kapitel Zwölf

Die Ereignisse, deren Zeuge Sophokles wurde,
waren in ihrer national- und weltgeschichtlichen
Dimension zweifellos begrenzt,
in bezug auf die Intensität der Handlungen
und Emotionen jedoch ohne Beispiel.
Aus der Einleitung zu ‹Sophokles, Die Thebanischen Dramen›,
Penguin Klassiker

Morse blieb seinem einmal gefaßten Entschluß treu; gegen neun war er wieder in Jericho, parkte seinen Lancia im absoluten Halteverbot direkt vor dem *Printer's Devil* und ging hinein, um sich mit zwei doppelten Whiskies für sein Vorhaben Mut anzutrinken. Eine Viertelstunde später stand er in Canal Reach. Mit Erleichterung sah er, daß Mr Jackson in Nr. 10 offenbar nicht zu Hause war. Das Tor der kleinen Werft war nur angelehnt; Morse blickte sich verstohlen um und schlüpfte dann schnell hindurch. Er wandte sich nach links und bewegte sich sehr langsam und vorsichtig, da überall irgend etwas herumzuliegen schien – Benzinfässer, Spieren und nicht genau zu identifizierende Teile eines abgewrackten Schleppkahns. Wie er erwartet hatte, war das Gelände um diese Zeit völlig verlassen. Die Tür der kleinen Holzhütte, in der das Büro der Werft untergebracht sein mochte, war für die Nacht mit einem Vorhängeschloß gesichert. Rings umher war alles still, nur ab und zu drang vom Kanal her das leise Quaken einer Ente herüber. Der Mond lag hinter einer dicken Wolkendecke verborgen, und es herrschte eine fast undurchdringliche Dunkelheit.

Er zog sich eines der Benzinfässer heran, kletterte hinauf und spähte über die Mauer zum Haus von Anne Scott. In den Nachbarhäusern war nach hinten hinaus alles dunkel. Er stemmte die Arme auf die Mauerkrone, zog sich hoch und blieb einen Moment lang geduckt oben sitzen, bevor er sich auf der anderen Seite hinuntergleiten ließ. Beim Aufkommen verspürte er einen scharfen, stechenden Schmerz im rechten Fuß – er war in einen Blumentopf getreten und hatte sich an den Scherben geschnitten. Das Herz klopfte ihm bis zum Hals, als er, im Schatten der Mauer stehend, abwartete, ob jemand etwas gehört hatte. Aber nichts rührte sich.

So leise wie möglich ging er zur Hintertür. Er schloß auf und stand in der Küche. Es dauerte einen Augenblick, bis seine Augen sich an das Dunkel gewöhnt hatten und er um sich sehen konnte. Die Tür gleich rechts führte vermutlich zu einem kleinen Badezimmer, hinter der Tür am anderen Ende der Küche lag das Wohnzimmer. Die Tür klemmte – Walters hatte ihn vor zehn Tagen bei seinem ersten Besuch darauf hingewiesen –, und er brauchte etwas Kraft, um sie aufzuziehen. Das scharrende Geräusch, mit dem die untere Kante über den Boden schleifte, schien das ganze Haus zu erfüllen. Das Wohnzimmer war ihm noch vertraut, und er fand den Weg zur Treppe ohne Schwierigkeiten. Oben nahm er seine Taschenlampe heraus und knipste sie an, hielt aber die Hand darüber, damit der Lichtschein nicht nach draußen dringe. Er hatte vor, sich den hinteren der beiden Räume anzusehen; das Schlafzimmer, das nach vorn hinaus lag, zu durchsuchen schien ihm zu riskant. Die nächste halbe Stunde brachte er damit zu, in ihrem Schreibtisch herumzustöbern. Er kam sich vor wie einer jener häßlichen großen Geier, die sich gierig auf alle Kadaverreste stürzen, die ihnen Schakale und Hyänen übriglassen. Schließlich war er fertig und schob die Schubladen wieder zu. Unter den Dingen im Schreibtisch hatte sich ein Taschenkalender vom vergangenen Jahr befunden, den er einsteckte. Er wandte sich zum Gehen und leuchtete noch ein letztes Mal durch den Raum. Der Strahl seiner Taschenlampe traf auf ein Bücherregal. Er lächelte wehmütig, als er die schwarzen Rücken der Penguin Klassiker-Ausgaben erkannte – die hatte sie also auch gemocht. Die Bände standen nach Autoren geordnet; von A – wie Äschylos bis X – wie Xenophon. Plötzlich stutzte er. Klaffte da nicht eine Lücke? Ja, zwischen Senecas *Tragödien* und Suetons *Leben der Cäsaren* war ein schmaler Zwischenraum. Was konnte da gestanden haben? Vielleicht Sophokles. Ja, ganz sicher sogar. Er zuckte die Achseln. Und wenn schon. Er verließ das Zimmer und stieg vorsichtig die knarrende Treppe hinunter.

Unten blieb er einige Zeit bewegungslos stehen, bis er auf einmal merkte, daß ihn fror. Wie hatte sie überhaupt geheizt? Eine Zentralheizung gab es nicht, auch keine elektrische Nachtspeicherheizung. Oben hatte sie ein kleines elektrisches Heizöfchen gehabt. Und hier unten? Gab es einen Kamin? Er trat ein Stück weit ins Zimmer hinein und blickte sich um. Ja, dort links, eingerahmt von hellen Kacheln. Er hatte ihn bei seinem ersten Besuch übersehen, damals hatte das Mahagonitischchen mit dem Fernsehgerät davorgestanden. Ohne sagen zu können, warum, beugte er sich hinunter und tastete den Rost ab. Asche. Er knipste die Taschenlampe an und leuchtete in die dunkle Öffnung. Viel war nicht zu sehen, nur geschwärzte Papierschnipsel, die sich in der Hitze der Flammen zusammengerollt hatten und die, als Morse sie vorsichtig berührte, zu Staub zerfielen. Doch durch den Rost hindurch, in der Aschenlade, konnte er etwas Weißes leuchten sehen. Ein Fetzen Papier, der die Verbrennung überstanden hatte. Morse hob ihn behutsam mit den Fingerspitzen heraus. Es schien sich um das Fragment eines gedruckten Briefkopfes zu handeln; auf dem geretteten Papierschnipsel stand in Großbuchstaben die Silbe *ICH.* Morse ließ die Asche durch seine Finger gleiten und fand einen weiteren, noch kleineren Schnipsel, der von demselben Briefkopf zu stammen schien. Er war leicht angesengt, und Morse war nicht sicher, ob er die Buchstaben nun als *KAT* oder *RAT* lesen sollte. Bei genauerem Betrachten doch wohl eher *RAT*. Er steckte die beiden Schnipsel zwischen zwei Seiten des Taschenkalenders, den er von oben mitgenommen hatte. Morse brauchte nie viel Anlaß, um Spekulationen anzustellen. Er kniff die Augen zusammen und grübelte. War nicht *ICH* das deutsche Personalpronomen der ersten Person Singular? Und hatte nicht Anne Scott Deutschunterricht gegeben ...? Während er noch immer in dem dunklen, ungemütlichen Zimmer neben dem kalten Kamin stand, durchzuckte ihn plötzlich ein Gedanke. Was für ein Idiot er gewesen war! Was für ein unglaublicher Idiot! Selbstkritisch gestand er sich ein, daß seine monumentale Blindheit ihre Ursache hatte in seinem Versuch, den Besuch bei Anne Scott um jeden Preis zu verschweigen. Und dies allein deshalb, weil er befürchtete, die Kollegen könnten ihm ins Herz sehen, wüßten sofort, daß er sie nur hatte sehen wollen, um mit ihr zu schlafen, um endlich wieder einmal sein Verlangen nach Sexualität zu befriedigen, das ihn lästigerweise von Zeit zu Zeit immer noch überfiel.

Er verließ das Haus auf demselben Weg, den er gekommen war, und schloß hinter sich ab. Suchend blickte er sich nach etwas um, das er als Tritt benutzen konnte, um wieder über die Mauer zu gelangen. Er hätte den Rückweg vorher planen sollen! Wenn er nun nichts fand ... Plötzlich entdeckte er vor der Mauer an der

Schmalseite des Gartens eine Kelle und ein etwa 30 mal 30 Zentimeter großes Holzbrett, auf dem offenbar jemand Mörtel angerührt hatte, und sofort setzte sein Verstand zu neuen kombinatorischen Volten an. Irgendwann landete er dann wieder auf dem Boden der Tatsachen und entsann sich seines Problems mit der Mauer. Die Ablenkung durch Kelle und Brett schien jedoch eine Sperre beseitigt zu haben, denn ohne groß weiter nachdenken zu müssen, fiel ihm ein, daß es hier doch irgendwo eine Mülltonne geben müsse. Er hatte recht mit seiner Vermutung, trug sie zur Mauer, stellte sich darauf, zog sich hoch und landete mit einem Sprung sicher wieder auf der anderen Seite. Er erreichte ohne weitere Probleme die Straße, erleichtert darüber, daß alles glattgegangen war, und dachte an den Whisky, den er sich gleich genehmigen würde, als sich plötzlich von hinten eine Hand auf seine Schulter legte und eine harsche Stimme ihm zuraunte: «Immer schön weitergehen, Mister.»

Zur selben Zeit, als Morse sich auf eigene Faust und etwas außerhalb der Legalität in Anne Scotts Haus umsah, fuhr ein aus Abingdon kommender Mini auf der Umgehungsstraße westlich an Oxford vorbei, bog dann im Norden der Stadt auf den North Way und befand sich nach nochmaligem Abbiegen auf dem oberen Ende der Woodstock Road.

Der Fahrer hielt sich so weit links wie möglich und fuhr nur knapp zwanzig. Er passierte eine Reihe ausladender, eleganter Villen, die sich in einiger Entfernung von der Straße auf kleinen Anhöhen inmitten gepflegter Gärten erhoben und ihren Besitzern, wie man vermuten durfte, ein Höchstmaß an Privatheit garantierten. Vor einer Telefonzelle hielt er an, löschte die Scheinwerfer, stieg aus, betrat die Zelle und nahm den Hörer ab. Er lauschte einige Sekunden auf den Wählton und nickte dann; der Apparat schien in Ordnung zu sein. Er legte den Hörer jedoch nicht gleich wieder auf, sondern hielt ihn weiter ans Ohr und tat so, als ob er telefoniere. Dabei sah er mit großer Aufmerksamkeit in beiden Richtungen die Straße hinunter. Es war niemand zu sehen. Er hängte ein und ging hinaus. Unmittelbar hinter der Zelle verlief eine niedrige, von Efeu überwucherte Mauer. Er trat einige Male dagegen, wie um ihre Stabilität zu prüfen. Das Ergebnis schien ihn zu befriedigen, und er kehrte zu seinem Wagen zurück. Er fuhr nur knapp hundert Meter, dann hielt er an und notierte sich den Namen der Querstraße vor ihm. Er setzte seinen Weg fort, bog einige Ecken weiter nach links ab in die Squitchey Lane, folgte ihr bis zur Banbury Road, bog erneut nach links ab, gelangte wieder auf den North Way und fuhr in westlicher Richtung, bis er auf die Woodstock Road stieß. Er ging mit der Geschwindigkeit herunter und blickte konzentriert um sich; er schien sich Einzelheiten der Umgebung einprägen zu wollen. Als er die Höhe der Squitchey Lane erreicht hatte, gab er Gas und brauste davon.

Sein Plan stand fest.

Am selben Abend gegen zehn Uhr öffnete Michael Murdoch zum erstenmal die Augen und erblickte über sich das freundlich-besorgte Gesicht von Schwester Warrener. Sie lächelte ihn an, und er registrierte mit hypersensibilisiertem, fast schmerzhaft scharfem Wahrnehmungsvermögen jede kleinste Unregelmäßigkeit ihrer kräftigen weißen Zähne und die Goldkrone ganz hinten, dort, wo das Lächeln schon fast nicht mehr hinreichte.

«Fühlen Sie sich besser?»

Er fühlte eigentlich gar nichts, nicht einmal Erstaunen, daß er hier lag, und nickte nur leicht mit dem Kopf, weil das am einfachsten war. Er schloß wieder die Augen und spürte plötzlich, wie er fiel und fiel und fiel ... Ihm brach der kalte Schweiß aus, doch eine kühle Hand auf seiner Stirn holte ihn wieder zurück, und er beruhigte sich. Doch nur für einen Moment. Dann öffnete sich sein Mund zu einem stummen Schrei des Entsetzens. Vor Grauen wie gelähmt, beobachtete er, wie die große, braune Ratte neben seinem Ohr unaufhaltsam Zentimeter um Zentimeter näher kam, während ihr nackter, rosa Schwanz tief und tiefer in sein Ohr glitt. Ihre spitze Schnauze war leicht geöffnet, und er wußte, daß sie sich im nächsten Moment mit ihren scharfen kleinen Zähnen hineinfressen würde in jene grauweiße Masse direkt vor ihr.

Die Masse war sein *Gehirn*.

Er schrie gellend auf.

Miss Catharine Edgeley kehrte an diesem Abend nach etwas mehr als einwöchiger Abwesenheit aus Nottingham zurück. Ihre Mutter war vor vier Tagen an einem Hirntumor gestorben. Gestern hatte man sie beerdigt. In Miss Edgeleys Gedanken war wenig Raum für etwas anderes als den gerade erlittenen Verlust. Ganz bestimmt nicht für den letzten Bridgeabend. Und auch nicht für Anne Scott. Sie wußte nicht einmal, daß Anne tot war.

Kapitel Dreizehn

Sit Pax in Valle Tamesis
Wahlspruch der
Thames Valley Police Authority

Zu seinem eigenen Erstaunen fühlte sich Morse, obwohl seinem Vorhaben nun doch nicht der friedliche Ausgang beschieden gewesen war, den er sich gewünscht hatte, merkwürdig ruhig. Während er tat, wie ihm befohlen, und, den Blick starr geradeaus, ‹immer schön weiter› ging, stellte er sich mit geradezu frivoler Unbekümmertheit vor, daß er, wenn er ein Deutscher wäre, seine Situation als ernst, aber nicht hoffnungslos, wenn er dagegen ein Österreicher wäre, als hoffnungslos, aber nicht ernst charakterisieren würde. Oder war es genau andersherum? Bevor er sich entschieden hatte, war er von seinem unsichtbaren Begleiter um die Ecke dirigiert worden und fand sich zu seiner Verblüffung neben einem dort geparkten Polizeiwagen wieder. Er drehte sich abrupt um und sah, schräg nach oben blickend, in das erschrockene Gesicht eines noch ziemlich jungen Mannes.

«Oh, Sir! Sie, Sir!» Es war Walters. Morse stieß einen tiefen Seufzer aus, eine Mischung aus Ärger und Erleichterung, und sah ihn mit hochgezogenen Augenbrauen an.

«Ich hoffe, das Verhaften von Vorgesetzten wird Ihnen nicht zur lieben Gewohnheit.»

Sie fuhren zu Morse nach Hause – der Chief Inspector in seinem

Lancia vorweg, Walters, noch immer etwas verwirrt, im Polizeiwagen hinterher. Morse stellte Whisky und Gläser auf den Tisch und begann dann freimütig über seine reichlich unorthodoxen Ermittlungen zu berichten. Walters mochte ihm an Offenheit nicht nachstehen und bekannte, daß ihm Morses Rolle in der ganzen Angelegenheit schon etwas merkwürdig vorgekommen sei, berichtete dann über die Ergebnisse seiner bisherigen Nachforschungen und äußerte seine Besorgnis über gewisse, immer noch vorhandene Ungereimtheiten, derentwegen er die ganze Sache noch weiter verfolgen wolle. Daß er zu so später Stunde noch in Canal Reach aufgetaucht war, hatte allerdings einen banaleren Grund. Er hatte bis spät in den Abend auf dem Revier in der St. Aldate's Street zu tun gehabt und im Anschluß daran den Taschenkalender für das laufende Jahr, den sie in Anne Scotts Schreibtisch gefunden und mitgenommen hatten, zurückbringen wollen. Er habe gerade vor ihrem Haus gestanden, als er einen dunklen Schatten durch das Tor der Bootswerft habe schleichen sehen. Die Gestalt sei ihm verdächtig vorgekommen. Er habe sich an die Hauswand gedrückt und abgewartet, bis der Unbekannte auf der anderen Straßenseite ein Stück weitergegangen sei, um dann hinterherzugehen. Morse hörte ihm mit ausdrucksloser Miene und ohne ihn zu unterbrechen zu, so als stehe er über den Dingen. Ganz zu Anfang, als Walters über die Ungereimtheiten gesprochen hatte – den Küchenschemel und den Schlüssel auf der Matte hinter der Tür –, hatte er gleichmütig genickt. Entweder waren ihm die beiden Tatsachen unwichtig oder aber in ihrer Bedeutung klar. Nur bei Walters' Vermutungen hinsichtlich Mrs Gwendola Briggs' Gefühllosigkeit war einen Moment lang ein zorniges Blitzen in seine Augen getreten.

«Sie sind in einer schwierigen Lage, junger Mann», sagte Morse, als Walters seinen Bericht beendet hatte. «Sie kommen dahinter, daß einer Ihrer Vorgesetzten ohne dienstlichen Auftrag in einem fremden Haus herumschnüffelt, in einem Haus, dem er laut Aussage eines Zeugen schon vorher einen Besuch abgestattet hat, und zwar ausgerechnet an dem Tag, an dem eine Frau dort Selbstmord begangen hat ... Tja, Walters, was tun Sie denn da nun?»

«Ich weiß es nicht, Sir.»

«Das sollten Sie aber!» Die plötzliche Schärfe in Morses Ton ließ Walters erschrocken zusammenzucken. «Gebrauchen Sie Ihren Verstand, Mann! Die erste Frage, die Sie mir hätten stellen müssen, ist doch, wie ich überhaupt hineingekommen bin. Als Polizeibeamter darf man sich nie damit begnügen, sich anzuhören, was einem erzählt wird. Was *nicht* erzählt wird, ist meist ungleich wichtiger.»

Walters öffnete den Mund, um etwas zu sagen, aber Morse fuhr schon fort: « Wie lange sind Sie jetzt schon bei uns?»

«Insgesamt achtzehn Monate, aber die ersten fünfzehn ...»

«Es wird Zeit, daß Sie anfangen zu lernen, Constable.»

«Ich bin die ganze Zeit dabei, Sir.»

Morse griente ihn plötzlich an. «Na schön. Dann sperren Sie mal die Ohren auf, denn jetzt werde ich Ihnen erklären, worin Ihre Pflicht besteht. Ich nehme an, daß Sie sich darüber noch nicht völlig im klaren sind. Also: Sie werden über alles, was heute abend geschehen ist, Inspector Bell Bericht erstatten. Verstanden?»

Walters nickte. Genau dieser Punkt hatte ihm schweres Kopfzerbrechen bereitet, und er war Morse dankbar, daß er ihm den Weg aus dem Dilemma wies. Wieder wollte er etwas sagen, aber Morse redete schon weiter.

«Aber nicht gleich morgen, haben Sie gehört? Als erstes muß der Assistant Chief Constable informiert werden. Und das möchte ich selber tun.»

Er goß Walters und sich selbst einen kräftigen Schluck nach und begann dann, den jungen Constable nach seiner Ausbildung, seinen Beförderungsaussichten und seinen Plänen zu befragen. Walters blühte angesichts von Morses Interesse förmlich auf und gab lebhaft und ausführlich Auskunft. Um halb eins stand für ihn fest, daß es sein größter Wunsch war, mit diesem Mann arbeiten zu können. Und eine Viertelstunde später, beim Abschied, händigte er Morse auf dessen Bitte hin bereitwillig und ohne zu zögern Anne Scotts Taschenkalender aus. An diesem Abend hätte Morse ihn noch um ganz andere Dinge bitten können.

Schon draußen auf dem Gartenweg, drehte er sich jedoch plötzlich noch einmal um: «Sir, was ich Sie die ganze Zeit noch fragen wollte ... Wie sind Sie denn nun wirklich hineingekommen? Hatten Sie einen Schlüssel, oder ...?»

«Man braucht nicht unbedingt einen Schlüssel, um eine Tür zu öffnen, Constable. Das ist auch etwas, was Sie noch lernen werden. An der Hintertür befindet sich ein Yale-Schloß. Und ein Yale-Schloß aufzubekommen ist – wenn man weiß wie – ein Kinderspiel. Man braucht nur ein Stück flaches Plastik, eine Kreditkarte zum Beispiel, und ...»

«Ich weiß, wie es geht. Aber ich dachte, so was machen sie nur in Fernsehkrimis.»

«So?»

«Ja. Und das Schloß an der Hintertür ist gar kein Yale-Schloß. Da müssen Sie sich wohl geirrt haben. Gute Nacht, Sir. Und vielen Dank für den Whisky.»

Morse ging, obgleich er müde war, nicht sofort zu Bett, sondern beschäftigte sich noch bis gegen drei Uhr früh mit den beiden Taschenkalendern, die er sich völlig unrechtmäßigerweise und mit einer gehörigen Portion Chuzpe an Land gezogen hatte. Da Anne Scott offenbar kein Tagebuch geführt hatte und auch keine Briefe existierten, die Aufschluß über ihr Leben hätten geben können, waren diese beiden schmalen Büchlein vermutlich die einzige Möglichkeit, eine Vorstellung – wie vage auch immer – davon zu bekommen, was sie in den letzten beiden Jahren getan hatte. Sehr aufschlußreich waren die Eintragungen allerdings wirklich nicht. Es handelte sich fast ausschließlich um Daten von Einladungen und Termine von Unterrichtsstunden – vorausgesetzt, er hatte recht mit seiner Annahme, daß sich hinter den Initialen, die neben den Uhrzeiten eingetragen waren, tatsächlich Schüler verbargen. Ein paar schienen über einen Zeitraum von mehreren Monaten regelmäßig gekommen zu sein; einige wenige sogar noch länger. Am Mittwoch, dem Tag ihres Selbstmords, hatte sie eine Verabredung mit einem gewissen ‹E. M.› gehabt. Morse hätte gern gewußt, für welchen Namen die Buchstaben standen, und konnte sich lebhaft vorstellen, zu welchen Vermutungen sie bei Bell und Walters geführt hatten. Er konnte es ihnen nicht einmal übelnehmen; denn auch ihm selbst fiel bei ‹E. M.› erst einmal nur sein eigener Name ein. Leider. Auf diese Art wurde er einmal mehr an seinen gräßlichen Vornamen erinnert, den er seit seiner Kindheit mit Inbrunst verabscheute und dessentwegen er seinen Eltern, obwohl ihr Mißgriff nun ein halbes Jahrhundert zurücklag, noch immer gram war.

Irgendwann legte er die Kalender zur Seite und ging zu Bett. Er schlief ruhig und tief und wachte erst spät auf. Mit frischem Elan begann er, die bekannten Fakten noch einmal Revue passieren zu lassen, und versuchte sich in Zuordnungen und Erklärungen.

Die sich leider alle als falsch erweisen sollten.

Kapitel Vierzehn

Chaos ging dem Kosmos voraus;
und in ein Chaos ohne Form
und ohne Leere sind wir wieder gestürzt.
John Livingstone Lowes,
The Road to Xanadu

Am Montag ging Morse seinen dienstlichen Pflichten nur der Form halber nach und war froh, als er das Präsidium am frühen Nachmittag verlassen konnte, um sich endlich wieder der selbstgestellten Aufgabe, gewisse Unstimmigkeiten beim Tode Anne Scotts aufzuklären, widmen zu können. Mrs Gwendola Briggs war sich, kaum daß sie ihm gegenübersaß, darüber im klaren, daß der Chief Inspector von anderem Kaliber war als der höfliche, etwas unsichere junge Constable, der sie vor zehn Tagen aufgesucht hatte. Dieser Mann hier gab sich nicht die geringste Mühe, höflich zu erscheinen, war ruppig und kurz angebunden, und er stellte seine Fragen auf eine Art, die den Gedanken an ein Verhör nahelegte. Wer war an jenem Abend noch dagewesen? Wo hatten die einzelnen Spieler gesessen? Worüber hatte man sich unterhalten? Hatte es Absagen gegeben, oder war irgend jemand erst in letzter Minute erschienen? Hatte sie die Blätter mit den Ergebnissen noch? Um welche Zeit war Schluß gewesen? Wo hatten die Autos gestanden? Wie viele der Spieler waren überhaupt mit dem Wagen gekommen? Wer genau? Die schnelle Abfolge der Fragen, die Schärfe, mit der er darauf bestand, daß sie sich genau erinnere, machten sie unsicher und nervös, und sie hätte viel darum gegeben, wenn statt Morse noch einmal der große, etwas ungelenke

Constable gekommen wäre, dessen freundliche, niemals insistierende Fragen sie ganz entspannt hatte über sich ergehen lassen können. Morse dagegen brachte sie in Bedrängnis, ließ sie spüren, daß er ihre Antworten für unzulänglich hielt, und sie empfand fast so etwas wie Schuldgefühl, sich nicht besser erinnern zu können. Er erzielte jedoch (wie sie im nachhinein zugeben mußte) mit seiner Art durchaus die von ihm gewünschte Wirkung. Wenn man es genau betrachtete, so hatte er sie quasi gezwungen, ihm alles mitzuteilen, was sie wußte, und das war weit mehr, als sie vorher für möglich gehalten hätte. Morse war denn auch, als er – in der Hand eine Liste aller Gäste und ihrer Adressen – aufstand, um sich zu verabschieden, recht zufrieden mit dem, was seine Fragen zutage gefördert hatten. Zudem schloß er nicht aus, daß er von dem einen oder anderen der Spieler noch etwas erfahren würde. Da es beim Bridge (wie er gerade eben gelernt hatte) offenbar üblich war, daß das Paar, welches den Rubber gewonnen hatte, den Tisch wechselte, war es mehr als wahrscheinlich, daß Anne im Laufe des Abends mit allen Anwesenden irgendwann, wenn auch vielleicht nur kurz, gesprochen hatte.

«Alles in allem war es also ein ganz normaler Bridgeabend wie sonst auch?» fragte Morse abschließend.

«Nun, wie man's nimmt. Nicht so ganz. Dieser Dienstag war der erste Jahrestag unserer Clubgründung, und so haben wir gegen elf eine kurze Pause gemacht, um auf die Zukunft anzustoßen und darauf, daß es den Club noch viele, viele Jahre geben möge. Oh ...» Sie hielt inne. Ihr war wohl aufgegangen, daß ihre Begeisterung in Anbetracht dessen, daß eine Mitspielerin wenige Stunden später Selbstmord begangen hatte, vielleicht fehl am Platze war, und sah Morse Entschuldigung heischend an. Doch der musterte sie nur mit einem Blick kühler Geringschätzung, und sie flüchtete sich schnell in ein verspätetes Bedauern.

«Wenn man bedenkt, daß das nun Annes letzter Abend war ... Die arme, arme Anne! Aber sie hat sich auch nie etwas anmerken lassen, sonst hätte man ja vielleicht ...»

«Hat letzten Dienstag wieder ein Bridgeabend stattgefunden?»

«Ja, natürlich.»

«Sie hatten nicht das Gefühl, daß man den Abend auf Grund besonderer Umstände vielleicht besser einmal hätte ausfallen lassen sollen?»

Sie sah ihn erstaunt an. «Nein», sagte sie entschieden und fügte ein wenig von oben herab hinzu: «Das Leben muß schließlich weitergehen, Inspector.»

Morses Gesichtsausdruck nach zu schließen sah er dafür, was sie anging, keine unbedingte Notwendigkeit. Er enthielt sich jedoch eines Kommentars und begann statt dessen, die Gästeliste zu überfliegen. Bei dem Namen Murdoch hielt er inne. War das etwa dieselbe Mrs Murdoch, auf deren Party in Nord-Oxford Anne und er sich begegnet waren? Wahrscheinlich. Er dachte zurück an jenen ersten Abend ... Nein, nicht ersten Abend, es war ja kein anderer mehr gefolgt ... An jenen einen Abend also, den sie zusammen verbracht hatten, und wie sie beide dagesessen hatten, getrennt von den anderen, in einer Welt für sich. Und bestimmt wäre er mit zu ihr nach Hause gegangen. Doch dann war der Anruf gekommen ... Ach, nicht mehr daran denken! Nicht an den Abend und auch nicht an sein Verhalten danach. Er hätte sich wieder bei ihr melden sollen. Aber hätte das wirklich etwas geändert? Was aber nun das Vergessen-Wollen anging, war es nicht eigentlich doch seine Pflicht, sich zu erinnern? Vielleicht hatte sie etwas gesagt, das sich erst jetzt im nachhinein als wichtig erwies. Es war jedoch eine traurige Tatsache, daß seinem Erinnerungsvermögen, was jenen Abend anging, enge Grenzen gesetzt waren. Er hatte einfach zuviel getrunken. Die Wechselwirkung zwischen Alkoholgenuß und Gedächtnisleistung war übrigens ein ausgesprochen faszinierendes Phänomen. Er hatte gerade vor kurzem etwas darüber gelesen. Wenn man dem Artikel Glauben schenken durfte, so hatten Psychologen der Universität Oxford folgendes herausgefunden: Ließ man einen Studenten in betrunkenem Zustand lernen, so war er nach ein paar Stunden, wenn er wieder nüchtern war, kaum oder gar nicht in der Lage, das Gelernte zu reproduzieren. Ließ man ihn umgekehrt zwar nüchtern lernen, gab ihm aber später Alkohol zu trinken und forderte ihn dann auf, sich an den gelernten Stoff zu erinnern, so zeigte es sich, daß auch dieser Student kaum etwas behalten hatte. Und jetzt kam der Clou: Stand nämlich ein Student, bereits während er lernte, unter Alkohol und man gab ihm weiterhin zu trinken und befragte ihn einige Stunden später, so konnte er, betrunken wie er war, den Stoff hervorragend wiedergeben. Er hätte also, dachte Morse, um sich den Abend wieder ins Gedächtnis rufen zu können, gar nicht mehr nüchtern werden dürfen ... Aber dafür war es nun zu spät. Leider. Denn er war sich fast sicher, daß sie irgend etwas gesagt hatte, an das er sich hätte erinnern sollen. Einen Moment lang, er war schon an der Tür, meinte er, eine Idee zu haben, was es gewesen sein könnte ... Doch schon verflüchtigte sie sich wieder. Er fühlte sich plötzlich gereizt und frustriert, und sein einziger Trost war die Hoffnung auf ein Bier. Doch da würde er noch etwas Geduld haben müssen, die Pubs machten erst in zwei Stunden auf.

Er hörte, wie Mrs Briggs mit Nachdruck hinter ihm die Tür schloß, und fragte sich einen Augenblick, ob er nicht doch etwas verbindlicher hätte sein sollen. Doch dann schüttelte er den Kopf. Nein, er hatte sie behandelt, wie sie es verdiente.

Morse fuhr nach Nord-Oxford, um Mrs Murdoch aufzusuchen, doch einer der Jungen öffnete die Tür. Wie waren gleich die Namen? Michael und ...

«Guten Abend, Michael.»

«Ich bin Edward.»

«Oh, ja natürlich. Ich bitte um Entschuldigung. Könnte ich wohl deine Mutter sprechen?»

«Sie ist nicht da. Sie ist bei Michael. Er liegt im Krankenhaus.»

«Ein Verkehrsunfall?» Wie kam er bloß darauf? Als ob es nicht tausend andere Gründe für einen Krankenhausaufenthalt geben konnte. Merkwürdigerweise schien die Frage dem Jungen peinlich zu sein. Er schluckte nervös und biß sich auf die Lippen.

«Nein, kein Verkehrsunfall», sagte er schließlich. «Michael hat Drogen genommen. Und neulich hat er dann wohl eine Überdosis erwischt.»

«Das tut mir wirklich leid. Ist es ernst?»

Der Junge nickte. «Ich glaube ja.»

Auf einmal konnte Morse sich wieder erinnern. Genau. Dies hier war der *jüngere* Bruder, drei, vier Zentimeter größer als Michael, mit etwas bräunlicherem Teint und dunklerer Haarfarbe. Und plötzlich kam ihm die Erleuchtung. ‹E. M.› ... Edward Murdoch! Aber natürlich. Immer mittwochs nachmittags. Und die Initialen ‹M. M.›, die bis etwa Juni dieses Jahres in Anne Scotts Kalender aufgetaucht waren, konnte er sich jetzt ebenfalls erklären. Sie standen für Michael Murdoch.

Noch ganz unter dem Eindruck seiner unverhofften Erkenntnis, ging er ohne Umschweife aufs Ziel los. «Wie war das denn am Mittwoch vorletzter Woche, an dem Tag, an dem Ms Scott Selbstmord beging? Hättest du da nicht eigentlich Unterricht bei ihr gehabt?» Er wartete gespannt auf eine Reaktion des Jungen, doch der blieb völlig ruhig und sah ihn mit seinen dunklen Augen unverwandt an.

«Ja.»

«Du bist also hingegangen?»

«Nein. Sie hat mir in der Woche davor gesagt, daß sie ... daß sie an dem Mittwoch nicht könne.»

«Ich verstehe.» Etwas im Ton des Jungen hatte ihn aufhorchen lassen, und aus einer Intuition heraus fragte er: «Mochtest du sie?»

«Ja.» Er sagte es entschieden und zugleich sehr sanft.

Morse hätte gerne weiter nachgefragt, lenkte dann aber doch zu einem unverfänglicheren Thema über.

«Du machst nächstes Jahr Abitur?»

Der Junge nickte. «Ja. Ich habe Deutsch, Französisch und Latein gewählt.»

«Und wie sieht's aus? Bist du zuversichtlich?»

«Nicht besonders.»

«Ach, an deiner Stelle würde ich mir nicht zu viele Sorgen machen. Und auf Zuversicht kommt es im Grunde nicht an. Das ist sowieso eine reichlich überschätzte Haltung. (Waren das nicht Mrs Murdochs Worte gewesen an jenem Abend vor mehr als vier Monaten – gleich zu Anfang, als sie ihn begrüßt hatte? Offensichtlich waren doch nicht alle Eindrücke verlorengegangen; was die ersten Stunden anging, schien sein Gedächtnis offenbar zu funktionieren.) Und laß es dir von einem alten Mann wie mir gesagt sein: wenn du im Leben weiterkommen willst, dann ist das einzige, was zählt, Arbeit, Arbeit und nochmals Arbeit.» Morse hörte sich reden, viel zu laut und unerträglich gönnerhaft, doch der strenge, beinahe etwas verächtliche Blick des Jungen ließ ihm keine Chance zu einem ehrenhaften Rückzug.

«Ich saß gerade am Schreibtisch, als Sie kamen, Inspector.»

«Tüchtig, tüchtig! Nun, dann will ich dich nicht länger aufhalten.» Er wandte sich zum Gehen. «Was ich nur noch gerne wissen möchte – hat Ms Scott dir gegenüber irgendwann einmal eine Andeutung über ihr Privatleben gemacht?»

«Ist das der Grund, warum Sie Mutter sprechen wollten – um ihr Fragen zu stellen über Ms Scott?»

«Ja.»

«Also, mir hat sie nichts erzählt.»

Das klang ja fast wie eine Verteidigung. «Und dein Bruder? Hat er irgendwann einmal etwas in dieser Richtung erwähnt?»

«Was erwähnt?»

«Ach, ist nicht so wichtig. Richte bitte deiner Mutter aus, daß ich da war, und sag ihr, daß ich in den nächsten Tagen noch einmal wiederkomme.» Er sah den Jungen einen Moment lang durchdringend an, dann drehte er sich um und ging.

Miss Edgeley war die letzte auf Morses Liste. Ja, sie hatte an dem Abend mit Anne gesprochen. Anne hatte sie um einen Gefallen gebeten: sie komme doch auf dem Heimweg am Haus der Murdochs vorbei, ob sie wohl einen Brief bei ihnen durchstecken könne. Edward Murdoch sei einer ihrer Schüler, und sie habe eine Nachricht für ihn.

«Und warum hat sie ihn nicht Mrs Murdoch mitgegeben?»

«Es war schon ziemlich spät. Ich glaube, Mrs Murdoch war zu diesem Zeitpunkt nicht mehr da. Sie ist ein bißchen früher gegangen als die anderen. Ihr Tisch war wohl schon fertig, und wenn sie sowieso keinen Preis zu erwarten hatte ... Aber das ist jetzt nur so eine Vermutung von mir. Ich habe Anne gesagt, daß ich den Brief mitnehmen könne, und sie holte ein Blatt Papier heraus und stellte sich an die Anrichte ...»

«Sie hat die Nachricht *dort* geschrieben?»

«Ja. Auf der Anrichte. Ich habe noch ihren eleganten Kugelschreiber bewundert. Ein silberner Parker.»

«Was hat sie auf Sie für einen Eindruck gemacht? War sie bedrückt?»

«Nein, das würde ich nicht sagen. Eher ein bißchen hektisch. Aber wir hatten alle etwas getrunken ...»

«So gegen elf haben Sie doch eine Pause eingelegt, um auf das einjährige Bestehen Ihres Clubs anzustoßen. Da werden Sie doch vermutlich alle etwas zusammengestanden und sich unterhalten haben. Können Sie sich noch erinnern, um was es da ging? Ich meine, mal abgesehen von Bridge.»

Miss Edgeley schüttelte den Kopf und lächelte bedauernd. «Nein, es tut mir leid, aber es ist jetzt schon fast vierzehn Tage her.»

«Denken Sie nach, es fällt Ihnen bestimmt wieder ein!» bat Morse beschwörend. Es schien ihm viel daran zu liegen, und so versuchte sie, sich zu konzentrieren. Worüber hatten sie denn bloß gesprochen? Über das Wetter? Über die steigenden Preise? Auch nicht. Moment! Jetzt hatte sie's. Kinder. Sie hatten über Kinder gesprochen. Es hatte da vor einiger Zeit einen Aufruf von *Oxfam* gegeben, man möge Geld spenden für kambodschanische Flüchtlingskinder. Oder waren es koreanische Kinder gewesen? Egal. Jedenfalls für Kinder in einem dieser Länder da unten in Asien.

Morse seufzte innerlich. Sehr hilfreich war das ja alles nicht. Aber immerhin wußte er jetzt, daß Anne wenige Stunden vor ihrem Tod Edward Murdoch noch eine Nachricht hatte zukommen lassen wollen. Merkwürdig, daß der Junge dies keiner Erwähnung für wert befunden hatte. Da würde er noch einmal nachhaken.

Armer Morse! Da hatte er soeben eine wichtige Information erhalten und es nicht einmal gemerkt. Irgendwann fiel es ihm auf – aber erst sehr viel später.

Kapitel Fünfzehn

Zeit heilt die Herzen von Zärtlichkeit,
und jetzt kann ich sie gehen lassen.
Thomas Hardy, Wessex Heights

Am nächsten Morgen fand Morse in seiner Post das monatliche Rundschreiben der Oxforder Literarischen Gesellschaft. Er öffnete es, während er beim Frühstück saß, überflog ohne sonderliches Interesse den begeisterten Bericht über Dame Helens Vortrag, nahm zur Kenntnis, daß möglicherweise im Dezember ein

Buchbasar in Aussicht stand, und wollte die zusammengehefteten Blätter gerade zur Seite legen, als er plötzlich innehielt.

> *Mit tiefer Erschütterung haben wir erfahren, daß unser Mitglied Anne Scott am 3. Oktober plötzlich verstorben ist. Miss Scott arbeitete seit Anfang des Jahres im Geschäftsführenden Ausschuß mit. Wir schätzten sie wegen ihrer steten Freundlichkeit und Bereitschaft, sich auch für weniger angenehme Pflichten mit großer Selbstverständlichkeit zur Verfügung zu stellen. Mehr als einmal hat uns ihr konstruktiver Rat in schwierigen Situationen geholfen. Wir werden sie vermissen. Der Vorsitzende hat als Vertreter der Oxforder Literarischen Gesellschaft an der Beerdigung teilgenommen.*

Morse nickte wehmütig. Vielleicht, nein ziemlich sicher sogar hätten er und Anne sich an jenem Abend im Clarendon Institute wiedergetroffen, wenn sie nicht ... Und wenn er nicht so träge gewesen wäre und schon früher regelmäßig an den Veranstaltungen der Gesellschaft teilgenommen hätte, dann ... Wenn, wenn, wenn ... Eine verpaßte Chance mehr. Aber solche nicht gesehenen und nicht genutzten Möglichkeiten machten wohl einen Teil eines jeden Lebens aus. Auf dem letzten Blatt sprang ihm ein fettgedruckter Hinweis in die Augen:

> *Unsere nächste Veranstaltung findet nicht, wie angekündigt, am Mittwoch dem 24. 10., sondern bereits am kommenden Freitag, dem 19. statt. Unser Gastredner Mr* CHARLES RICHARDS *bedauert die kurzfristige Terminverschiebung, die auf Grund dringender geschäftlicher Verpflichtungen leider unumgänglich war. Das Thema von Mr Richards' Vortrag lautet (wie bereits früher angekündigt) ‹Sorgen und Freuden eines kleinen Verlegers›. Die Wahl des Themas erfolgte auf vielfachen Wunsch, und wir hoffen auf Ihr zahlreiches Erscheinen.*

Morse schlug seinen Taschenkalender auf. Er hatte am Abend des 19. nichts vor und machte sich einen kurzen Vermerk. Wer weiß, vielleicht würde er sich ja aufraffen. Aber es war eigentlich eher unwahrscheinlich.

An eben diesem Dienstagmorgen saß Charles Richards in seinem Büro und war gerade dabei, seiner Sekretärin einen Brief zu diktieren, als gegen halb elf das Telefon klingelte. Er nahm selbst ab.

«Richards.»

Er hörte eine heisere Stimme, die mehr flüsterte, als daß sie sprach. «Sie kenn mich nich, aber ich kenn Sie. Es wär Ihn bestimmt nich recht, wenn ich zu Ihrer Missis gehn täte und ...»

Erst jetzt begriff er. Die Hand über die Sprechmuschel gelegt, wies er seine Sekretärin an, das Zimmer zu verlassen. Er wartete, bis sie die Tür hinter sich geschlossen hatte, dann legte er los.

«Ich weiß nicht, wer Sie sind, und ich habe auch kein Interesse daran, einen Lumpen wie Sie kennenzulernen. Ich bin bereit, auf Ihren Vorschlag einzugehen – das heißt, ich werde zahlen –, aber nur ein Viertel der Summe, die Sie verlangt haben. Mehr ist nicht drin. Kapiert?»

Der Mann (es war doch ein Mann?) am anderen Ende schwieg.

«Und den Übergabeort bestimme ich. Hören Sie also jetzt gut zu: Morgen abend genau um halb acht werde ich langsam die Woodstock Road entlangfahren. Ich komme aus Richtung Norden, vom Kreisverkehr. Ich fahre einen hellblauen Rolls, der dürfte nicht zu übersehen sein. Ich werde in einer Querstraße anhalten. Die Straße heißt Field House Drive. Merken Sie sich den Namen. *Field House Drive.* Etwa fünfzig Meter die Woodstock Road hoch gibt es eine Telefonzelle. Gleich dahinter ist eine niedrige Mauer. Sie ist dicht mit Efeu bewachsen. Ich werde das Geld in einer braunen Plastiktasche direkt an die Mauer stellen, so daß sie durch den Efeu verdeckt ist. Ich werde dann zu meinem Wagen zurückgehen und wegfahren. Sie können sich das Geld holen – es gehört Ihnen. Aber denken Sie nicht, daß Sie nochmal kommen können. Ich zahle nur dies eine Mal, und das ist mein letztes Wort. Sollten Sie mich weiter behelligen, bringe ich Sie um.» Richards hielt inne. Der Anrufer schwieg noch immer. Nur sein schwerer, stoßweiser Atem war zu hören.

«Haben Sie alles mitbekommen?»

Der Mann räusperte sich. «Is gut von Ihn, Mr Richards. Und is bestimmt das beste – auch wegen der Missis.» Damit hängte er ein.

Charles Richards legte das Blatt, von dem er seine Anweisungen abgelesen hatte, beiseite und rief seine Sekretärin herein.

«So, dann wollen wir mal wieder.» Seine Stimme klang völlig ruhig, doch er spürte, wie sein Herz klopfte, während er weiterdiktierte.

Mr Parkes war, wie Mrs Briggs Constable Walters gegenüber ganz richtig festgestellt hatte, schon recht klapprig und hatte wohl nicht mehr lange zu leben. In den letzten Jahren hatte er zu trinken angefangen, doch das machte, fand er, nun auch nichts mehr aus. Denn wenn er in gelegentlichen Momenten überaus großer Klarheit auf seine siebzig und mehr Jahre zurückblickte, so stellte er jedesmal bitter fest, daß er sein Leben vertan hatte. Er war Lehrer gewesen – zuletzt zwanzig Jahre Rektor einer Grundschule in Sussex –, doch sein pädagogisches Talent war nicht sehr ausgeprägt gewesen. Seine wahre Begabung hatte ganz woanders gelegen. Schon als Junge hatte er sich mit Leidenschaft auf alle möglichen kniffligen Fragen gestürzt, stundenlang über Schach- und Bridgeproblemen gebrütet, komplizierte Kreuzworträtsel ersonnen und sich an neuen mathematischen Beweisen versucht. Zu einem gescheiterten Leben gehört immer auch ein Traum. Mr Parkes' Traum war es gewesen, die Geheimnisse einer der toten Sprachen zu enträtseln. Des Etruskischen etwa oder der ‹Linear B›-Schrift, oder war es ‹C›? Er wußte es nicht mehr. Es lag alles schon so lange zurück. Wenn damals vor dreißig Jahren die Universität sich bereit erklärt hätte, seine Forschungen zu finanzieren ...

An Anne Scott dachte er schon seit Tagen nicht mehr.

Für Mrs Raven und ihren Mann gab es, während sie bei einem späten Frühstück saßen, natürlich nur ein Thema: die Zusage, daß ihren langen Bemühungen um die Adoption eines Babys jetzt endlich Erfolg beschieden sein würde. Sie waren beide zunächst überrascht, dann befremdet, schließlich empört gewesen, wie schwer man es ihnen machte, ihren menschenfreundlichen Entschluß in die Tat umzusetzen. Die Antragsformulare einschließlich aller Zusatzdokumente, Einkommensteuererklärung, Erklärung über die Kirchenzugehörigkeit sowie ein Abriß der Familiengeschichte mußten in dreifacher Ausfertigung vorgelegt werden. Sodann hatten sie ein Papier zu unterschreiben, auf dem sie feierlich gelobten, ‹unter keinen Umständen den Namen oder den Wohnort der leiblichen Eltern herauszufinden, noch auch irgendwelche anderen Informationen über sie einzuholen …› Besonders Mrs Raven hatte in den letzten Monaten sehr gelitten. Es lag, wie eindeutig festgestellt worden war, an ihr, daß Mr Ravens unermüdlichen Versuchen, Nachwuchs zu zeugen, kein Erfolg beschieden gewesen war. Nur wegen ihrer Unfähigkeit, ein Kind zu bekommen, hatten sie sich also diesem nervenaufreibenden und demütigenden Auswahlprozeß unterwerfen müssen. Aber jetzt war zum Glück das Schlimmste überstanden. Sie freute sich schon. In den ersten Monaten würde sie mehr zu Hause bleiben müssen. Keine Tennisnachmittage mehr, und auch den Bridgeabend würde sie eine Zeitlang absagen.

Auch Mrs Raven dachte nicht mehr an Anne Scott.

Catharine Edgeley mußte ein Referat schreiben über die Funktion der Ironie in den Romanen von Jane Austen. Die Aufgabe nahm sie voll und ganz in Anspruch, und so dachte auch sie nicht mehr an Anne Scott, hätte wohl auch, wenn sie weniger beschäftigt gewesen wäre, nicht mehr an sie gedacht – sie hatte sie ja schließlich nur zweimal getroffen. Es war allerdings merkwürdig, daß Morse, dem sie sogar nur einmal begegnet war, ihr noch eine ganze Weile im Kopf herumspukte. Nicht übel der Mann – nur leider zwanzig Jahre zu alt.

Mrs Gwendola Briggs widmete sich am Dienstag nachmittag bei einer Tasse Tee der Lektüre des monatlich erscheinenden Bridgejournals. In den USA hatte man sich ein phantastisches, neues Bietsystem ausgedacht. Das würde sie heute abend gleich ausprobieren. An Anne Scott dachte sie nur noch beiläufig, im Zusammenhang mit ihrer Nachfolgerin, die heute zum erstenmal dabeisein würde. Mrs Briggs war einigermaßen stolz darauf, daß es ihr so schnell gelungen war, Ersatz zu besorgen. Die Mitglieder würden es ihr danken. Anders als dieser ungehobelte und lächerlich sentimentale Inspector waren sie ganz ihrer Meinung: das Leben mußte weitergehen.

Bei Mrs Murdoch war der Gedanke an Anne Scotts Tod sehr schnell in den Hintergrund getreten. Die Sache mit Michael hatte alles andere verdrängt. Und was ihn anging, so waren noch längst nicht alle Schrecken überstanden. Um Viertel vor sieben klingelte das Telefon, und ein junger, in diesen Dingen noch unerfahrener Medizinalassistent versuchte, ihr die furchtbare Nachricht möglichst schonend beizubringen. Aber was heißt schonend, wenn die Nachricht lautet: «Ihr Sohn hat versucht, sich die Augen auszustechen.» Er hörte ihren entsetzten Aufschrei, ihr klagendes «Nein, o nein!» und fragte sich hilflos, was er ihr sagen könne, um sie zu trösten. Doch ihm fiel nichts ein.

Charles Richards war seit Tagen zu sehr mit anderen Dingen beschäftigt, als daß er um Anne Scott hätte trauern können. Es gab so viel, was er bedenken mußte. Gegen neun rief er den ehrenamtlichen Schriftführer der Oxforder Literarischen Gesellschaft unter seiner Privatnummer zu Hause an, um ihm mitzuteilen, daß er leider an dem vor seinem Vortrag stattfindenden Abendessen – dessen Ehrengast er hatte sein sollen – nicht teilnehmen könne. Es tue ihm sehr leid, aber er habe unaufschiebbare geschäftliche Verpflichtungen. Er werde zusehen, daß er gegen Viertel vor acht dasei. Ob das reiche? Der Schriftführer beeilte sich, ihm zu versichern, das sei völlig in Ordnung. Was hätte er sonst auch sagen sollen? Doch kaum hatte Richards den Hörer aufgelegt, machte er seinem Herzen Luft: «So eine Ungehörigkeit! Würde mich nicht wundern, wenn er am Freitag gar nicht auftaucht.»

Morse verbrachte den Abend in seiner Stammkneipe. Er hatte sich an einen der hinteren Tische verzogen, um in Ruhe überlegen zu können. Dabei dachte er durchaus auch an Anne Scott. Aber das hatte nicht viel mit ihrer Person, dafür aber um so mehr mit den Umständen ihres Todes zu tun, die immer noch Fragen offenließen.

Nur im Leben von Anne Scotts Mutter bedeutete der 3. Oktober einen unwiderruflichen Einschnitt. Sie wußte, daß sie – mochte auch der erste heftige Schmerz irgendwann abklingen – den Tod ihrer Tochter niemals verwinden würde. Bis an ihr Lebensende würde die Frage nach dem Warum sie begleiten. Und die Selbstvorwürfe. Wenn sie doch bloß etwas geahnt hätte ... Nun war es zu spät.

Kapitel Sechzehn

Die Burschen für die Mädchen
und die Burschen für den Schnaps sind da.
A. E. Housman, A Shropshire Lad

Am nächsten Tag saß Morse gegen zwölf Uhr bei seinem ersten Bier im *Mitre,* als der Rektor des Lonsdale College auf ihn zutrat und ihn fragte, ob sie nicht zusammen Mittag essen wollten. Doch Morse lehnte ab. Ihm war nicht nach Gesellschaft zumute. Er trank sein Bier aus, verließ den Pub, ging die High Street hinauf Richtung Carfax und wandte sich dort nach rechts in die Cornmarket Street. Er wollte gerade die Straße überqueren, weil er gegenüber bei Woolworth einige Einkäufe zu erledigen hatte, als er plötzlich den Schritt verhielt. War das da vorne nicht Edward Murdoch? Er hatte graue Flanellhosen und ein kariertes Jakkett an und hielt eine braune Aktentasche unter dem Arm. An der Bushaltestelle blieb er stehen und reihte sich in die Schlange der dort Wartenden ein. Morse blieb gleichfalls stehen und tat so, als betrachte er die Auslagen eines Schuhgeschäfts, während er unauffällig versuchte, den Jungen im Blick zu behalten. Edward trug seine Schulkrawatte – schwarz mit roten Schrägstreifen –, er besuchte also offenbar die Magdalen College School. Hatten sie dort mittwochs ihren Sportnachmittag? Aus seiner eigenen Schulzeit wußte Morse, daß es an diesen Nachmittagen mit der Anwesenheitskontrolle meist nicht so genau genommen wurde. Gut möglich, daß Edward dies ausgenutzt hatte, um sich ein paar freie Stunden zu machen. Aber aus irgendeinem Grund war er unruhig, sah alle zwanzig, dreißig Sekunden auf die Uhr und reckte jedesmal, wenn ein Bus in die Straße einbog, den Hals, um die Linie zu erkennen. Nach fünf Minuten schien er sich plötzlich anders entschieden zu haben, er nahm seine Aktentasche, die er zwischen den Beinen abgestellt hatte, auf, verließ die Schlange und verschwand in einem winzigen Seitengäßchen gleich hinter Woolworth. Vor einem ziemlich heruntergekommen aussehenden Kellerlokal mit dem Namen *The Corn Polly* sah er sich kurz um, nahm seine Krawatte ab und stieg dann die Treppe hinunter. Es war zehn nach eins.

Direkt gegenüber der Treppe lag ein großer, ziemlich kahler Raum mit einer langen Theke. Die Gäste waren meist junge Männer Anfang Zwanzig, fast alle trugen Jeans und Windjacken. Edward schien sich hier auszukennen. Er ging gleich durch in den rückwärtigen Raum. Hier herrschte eine beinahe gemütliche Atmosphäre. Rings um die Wände standen gepolsterte Sitzbänke mit ein paar niedrigen Tischen davor. An einigen der Tische saßen ältere Männer und verzehrten ihr Mittagsmahl, ‹Würstchen mit Fritten›.

«Ich hätte gern ein Halbes Bitter.»

Ob es nun an seiner gepflegten Sprechweise, der höflichen Form seiner Bestellung oder an seinem jugendlichen Aussehen lag – die junge Frau hinter der Theke musterte ihn erst einen Augenblick lang, bevor sie ihm sein Bier zapfte. Er ging zurück in den Saal. Links neben der Tür befand sich ein hölzernes Podium, nur ungefähr dreißig Zentimeter hoch, fünf Meter breit, drei Meter tief und mit stumpfbraunem Linoleum belegt, das so abgetreten aussah, als seien Scharen von Bergwanderern in ihren Nagelstiefeln darübergetrampelt. Es gab nur wenige Stühle, aber das schien keinen zu stören. Wer hier herkam, hatte kein Interesse, sich hinzusetzen, um vielleicht ein ruhiges Gespräch zu führen. Und wenn doch, so würde er vermutlich schnell wieder das Weite suchen; das betäubende Geplärr der Musicbox machte jede Unterhaltung unmöglich. Edward hockte sich auf den Rand des Podiums, nahm ab und zu einen Schluck aus seinem Glas und schien auf irgend etwas zu warten. Und nicht nur er. Auch bei den übrigen Männern war plötzlich eine gewisse erwartungsvolle Spannung zu beobachten. Fast unmerklich begannen sie sich um das Podium zu scharen.

Dort strahlten auf einmal gelbe und blaue Scheinwerfer auf, die Musicbox verstummte. Ein vollbusiges Mädchen, das bis dahin zusammen mit zwei Männern in einer Nische gesessen und Gin getrunken hatte, war aufgestanden und betrat jetzt die behelfsmäßige Bühne.

Fünfzig Paar Männeraugen folgten ihr wie gebannt, als sie nun den Verschluß ihres schwarzen Umhangs öffnete und ihn zu Boden gleiten ließ. Aus der Musicbox tönte jetzt eine schwüle, erregende Musik, zu deren Klängen sie sich langsam zu entkleiden begann. Stück um Stück ihrer glitzernden Garderobe landete auf dem Boden, bis sie zuletzt nur noch in Slip und BH dastand. Sie vollführte ein paar ungelenke Tanzschritte, dann öffnete sie den BH, schwenkte ihn einen Moment lang über dem Kopf und ließ ihn fallen. Der Anblick ihrer nackten Brüste entlockte den Umstehenden rauhe Begeisterungsschreie, in die sich einzelne Rufe mit der Aufforderung mischten, sie solle ihren Slip ausziehen. Sie reagierte nicht darauf, sondern paradierte, die Hände unter den Brüsten, wie um sie den begehrlichen Blicken besser darzubieten, am Rande des Podiums, auf dem Gesicht ein Lächeln, das über die Köpfe der Männer hinweg ins Leere ging. Die Musik hörte abrupt auf, und im gleichen Augenblick erlosch ihr Lächeln. Sie legte sich den Umhang über die Schultern und verschwand durch eine Seitentür.

Der Halbkreis um das Podium löste sich auf, die Männer gingen zurück zur Theke, einige verließen den Saal. In fünf Minuten war der nächste Auftritt. Edward setzte sich wieder auf das Podium. Aus den Augenwinkeln registrierte er, daß neben ihm ein Mann Platz genommen hatte.

«Noch ein Bier?» fragte Morse.

Edward sah ihn an und senkte dann sofort schuldbewußt den Blick zu Boden, als sei er gerade bei einem Ladendiebstahl erwischt worden, nahm das Angebot jedoch an. «Ja, bitte.»

Morse hatte damit gerechnet, daß er ablehnen würde, und überlegte, während er an der Theke stand und auf die Biere wartete, ob der Junge sich in der Zwischenzeit davonmachen würde. Aber das glaubte er eigentlich nicht. Er schaffte es, kurz bevor erneut Gedränge um das Podium einsetzte, wieder zurückzusein. Gemeinsam beobachteten sie den zweiten Entkleidungsakt der ‹Sinnlichen Susi›. Nachdem sie abgetreten und es um sie herum wieder ruhiger geworden war, wandte der Junge sich ihm zu und fragte halb neugierig, halb verlegen:

«Kommen Sie oft hierher?»

Morse nickte. «Ja, aber nicht jeden Mittag. Und du?»

«Ich bin heute das dritte Mal hier.»

«Hättest du nicht eigentlich Schule?»

«Ich habe heute nachmittag frei. Und Sie?»

Morse begann die Unterhaltung Spaß zu machen. «Ich? Ach, ich mache heute einfach das, was ich am liebsten jeden Tag machen würde: Mädchen ansehen, ein Bier trinken – na, du weißt schon. Wenn man wie wir beide über achtzehn ist, darf man sich so etwas zum Glück ab und zu leisten. Ich nehme an, du bist schon über achtzehn, oder? Sonst dürftest du nämlich gar nicht hier sein.»

Der Junge überging die Frage. «Was wollen Sie von mir?»

«Dich fragen, warum du mich angelogen hast.»

«Ich Sie angelogen?!»

«Ja. Du hast mir erzählt, Ms Scott habe dir eine Woche vor ihrem Tod gesagt, daß sie am folgenden Mittwoch nicht könne. Ich habe inzwischen erfahren, daß das nicht stimmt.»

Der Junge nickte resigniert: «Können wir uns wenigstens woanders hinsetzen, wo es ruhiger ist?»

Anfangs blieb er in dem, was er sagte, vage, versuchte ein-, zweimal durch patzige Bemerkungen sich vor einer Antwort zu drücken. Doch schließlich mußte er einsehen, daß sich Morse nicht so würde abspeisen lassen, und begann zu reden. Er erzählte von den Andeutungen, die sein Bruder Michael über seine Beziehung zu Anne gemacht hatte, davon, wie er selbst sie am Mittwoch vor ihrem Tod nur mit einem Rock bekleidet gesehen und wie ihn das aufgeregt habe, schließlich über ihren Brief. Und während er erzählte, begann er allmählich Vertrauen zu Morse zu fassen, entstand fast ein Gefühl der Zuneigung für ihn. Denn Morse tat weder überrascht noch empört, er reagierte weder spöttisch noch herablassend, sondern schien seine Gefühle vollkommen zu verstehen und sie zu akzeptieren. So jemanden wie ihn hätte er sich als Vater gewünscht. Edward hatte seinen Vater nie kennengelernt.

Morse konnte die Gefühle des Jungen gut nachempfinden, und seine Offenheit rührte ihn. Er besaß einen gewissen unbeholfenen Charme – Frauen würden ihn mögen. Auch Anne schien ihn gemocht zu haben ... Nachdem der Junge gegangen war, überlegte Morse, ob er bleiben und sich die mittlerweile fünfte Stripteasenummer der ‹Sinnlichen Susi› ansehen sollte. Aber so besonders aufregend hatte er es die ersten vier Male nicht gefunden. Waren das Anzeichen dafür, daß er alt wurde? Das nun doch sicherlich nicht! Nein, es lag vermutlich daran, daß der nackte weibliche Körper heute kaum noch von einem Geheimnis umgeben war. Wo man hinsah, auf Kalendern, Plakaten, in Zeitungsanzeigen, Filmen und im Fernsehen – überall sah man nackte Brüste, Schenkel, Pos. Früher, in seiner Jugend, war das noch völlig anders gewesen. Da war der Gipfel voyeuristischen Genusses erreicht, wenn man beim verstohlenen Blättern in der Zeitschrift *Lilliput,* die immer beim Friseur auslag, das keusche Foto einer nackten Frau entdeckte, die mit geschlossenen Beinen seitwärts auf dem Schemel vor ihrem Toilettentisch saß.

Die Zeiten hatten sich seitdem entschieden geändert.

Kapitel Siebzehn

Geh nur voran! ich folge dir.
Shakespeare, Hamlet, 1. Aufzug, 4. Szene

Bereits eine halbe Stunde vor der von Richards genannten Zeit hockte George Jackson zusammengekauert hinter einer Hecke an der Woodstock Road; sein Fahrrad hatte er ein paar Meter weiter unter einem Busch versteckt. Er war gestern gleich nach dem Telefongespräch losgezogen, um die Gegend zu erkunden, und hatte ziemlich schnell gefunden, was er suchte. Das Grundstück, auf dem er sich jetzt befand, lag, wenn man von Norden kam, auf der rechten Seite. Die große, Anfang des Jahrhunderts erbaute Villa stand ungefähr fünfzig Meter weit zurückgesetzt, fast völlig verdeckt von Büschen und Bäumen, die auch verhindern würden, daß man ihn vom Haus aus sah. Zur Zeit bestand in diesem Punkt allerdings sowieso keine Gefahr. Die nach vorn hinausgehenden

Zimmer waren alle dunkel. Was aber für Jackson den Ausschlag gegeben hatte, war, daß sein Platz hinter dem oberen Ende der Hecke fast genau in der Mitte zwischen den beiden strategischen Punkten lag: der Field House Drive befand sich schräg gegenüber, ungefähr zwanzig Meter weiter rechts; die Telefonzelle, hinter der das Geld deponiert werden sollte, in etwa derselben Entfernung links die Straße hinauf. Um diese Zeit waren kaum noch Passanten unterwegs. Und wenn, so hatten sie es eilig, nach Hause zu kommen, und sahen sich nicht groß um. Das Liebespaar, das kurz vor halb neun eng aneinandergeschmiegt die Straße hinunterschlenderte, war viel zu sehr mit sich selber beschäftigt, als daß es einen Blick für seine Umgebung gehabt hätte. Auf der Straße herrschte nur wenig Verkehr – ab und zu ein Auto, gelegentlich ein Radfahrer, das war alles.

Pünktlich um halb neun tauchte aus Richtung Norden der hellblaue Rolls-Royce auf. Der Fahrer fuhr kaum mehr als zwanzig Stundenkilometer, und Jackson fühlte, wie sein Herz zu klopfen begann, als der linke Blinker aufleuchtete und der Wagen in den Field House Drive abbog. Der Fahrer hielt gleich hinter der Ecke an, stieg aus, drückte die Tür zu und schloß ab. Die Schlüssel in der Hand, ging er nach hinten zum Kofferraum, öffnete ihn, warf einen kurzen Blick hinein und klappte den Deckel dann wieder zu. Einen Moment lang verlor Jackson ihn aus dem Blick, als er um den Wagen herum zur Beifahrerseite ging. Offenbar hatte er eine der beiden Türen dort geöffnet, denn Jackson hörte das satte «Plopp!», als er sie wieder zuschlug. Gleich darauf sah er ihn die Woodstock Road hinaufkommen. In der rechten Hand hielt er eine braune Tragetasche. Er schien völlig ruhig zu sein und weder neugierig noch besorgt, denn er sah sich nicht ein einziges Mal um.

Als er Jacksons Höhe erreicht hatte, konnte dieser ihn im Licht der Straßenlaterne deutlich erkennen: ein untersetzter, mittelgroßer Mann, ungefähr vierzig bis fünfundvierzig Jahre alt mit noch vollem, dunklem Haar, das jedoch an den Schläfen schon deutlich grau zu werden begann. Er trug einen blauen Nadelstreifenanzug und sah genau so aus, wie Jackson ihn sich vorgestellt hatte: wohlhabend und eine Spur arrogant – eben wie jemand, der im Leben Erfolg gehabt hatte. Jackson beobachtete ihn, wie er die Straße hinaufschritt, die Telefonzelle betrat, den Hörer abnahm, ihn wieder einhängte, die Zelle verließ und erneut hineinging, als eine ältere Frau, die wohl ihren Terrier Gassi führte, ihm entgegenkam. Plötzlich spürte Jackson, wie ihn eine Welle von Panik ergriff. Richards hatte wieder den Hörer in der Hand und schien mit jemandem zu sprechen. Hatte er ihn gelinkt und rief jetzt die Polizei herbei? Gleich darauf atmete er erleichtert auf. Offenbar hatte Richards das Telefongespräch nur vorgetäuscht, um die Frau nicht mißtrauisch zu machen, denn kaum war sie an der Zelle vorbei, hängte er ein, kam heraus und ging auf das Mäuerchen hinter der Telefonzelle zu. Dort bückte er sich. Als er wieder hochkam und sich umdrehte, waren seine Hände leer. Er ging zu seinem Wagen zurück und stieg ein. Die Limousine umschrieb einen eleganten Halbkreis; Jackson sah den Kühlergrill silbern aufblitzen, als sie an ihm vorbei nach Norden brauste. Auf der Straße herrschte eine Stille wie auf einem nächtlichen Friedhof.

Jackson befand sich jetzt in einem Zwiespalt, den er mit seinen beschränkten intellektuellen Fähigkeiten nicht vorausgesehen hatte. Sollte er seinen Beobachtungsposten nun sofort aufgeben, sich die Tasche schnappen und zusehen, so schnell wie möglich die unübersichtlichen Seitenstraßen und Gäßchen des ihm vertrauten Jericho zu erreichen? Oder sollte er auf Nummer Sicher gehen, warten, bis er sich davon überzeugt hatte, daß nichts zu befürchten war, dann über die Straße schlendern, in aller Ruhe die Tasche hinter dem Efeu hervorholen und gemächlich und frech wie ein geübter Ladendieb die hellerleuchtete Woodstock Road hinunter davonradeln? Er entschloß sich zu warten. Fünf Minuten, zehn Minuten vergingen. Schließlich eine Viertelstunde. Und noch immer traute er sich nicht aus seinem Versteck. Plötzlich ging in einem der Räume in der Villa hinter ihm das Licht an. Er duckte sich noch etwas tiefer. Es wurde Zeit, daß er hier verschwand! Er stand auf, holte sein Fahrrad unter dem Busch hervor und ging dicht an der Hecke entlang bis zum Tor. Der kalte Schweiß stand ihm auf der Stirn, und er verspürte ein unbehagliches Prickeln zwischen den Schulterblättern, als er die wenigen Meter die Straße hinaufradelte. Weit und breit war niemand zu sehen. Er stieg ab und lehnte das Fahrrad gegen die Telefonzelle. In einiger Entfernung hörte er einen Hund bellen und blieb einen Moment angespannt lauschend stehen. Dann war alles wieder ruhig. Er holte tief Luft und ging auf das Mäuerchen zu, bückte sich und tastete nach der Tasche. Er brauchte keine drei Sekunden, um sie zu finden, machte kehrt, ging zu seinem Fahrrad zurück und verstaute sie in dem Angelkorb, den er auf dem Gepäckträger befestigt hatte. Er schwang sich auf sein Rad und fuhr die Woodstock Road hinunter Richtung Jericho. Unterhalb South Parade wurde der Verkehr dichter, und Jackson, nunmehr Teil eines großen Stroms, begann sich sicherer zu fühlen. Er hatte es also tatsächlich geschafft! Plötzlich hörte er hinter sich das anschwellende Brummen zweier schnell herankommender Motorräder und wandte sich um. Zwei jugendliche Raser, noch die Plakette mit dem ‹A› für ‹Anfänger› am Schutzblech, brausten mit überhöhter Geschwindigkeit, im Zickzack zwischen den Autos lavierend, die Straße hinunter. Ein Don, der mit geblähtem Talar, einen Bücherstapel unter dem Arm, nur wenige Meter hinter Jackson radelte, brachte sich in letzer Sekunde am Straßenrand vor ihnen in Sicherheit. Dann waren sie vorbei, das satanische Geknatter wurde schwächer und war schließlich gar nicht mehr zu hören. Das gleichmäßige Rauschen des normalen Verkehrs war jetzt fast beruhigend. Bei einem Pub mit dem Namen *The Horse and Jockey* bog Jackson nach rechts ab in die Observatory Street, kreuzte die Walton Street und fuhr weiter geradeaus die Cranham Street hinunter bis zur Canal Street. Dort bog er nach links und radelte die wenigen Meter bis zum Anfang von Canal Reach, wo er wegen der Betonzylinder auf der Fahrbahn abstieg. Doch bevor er in der Sackgasse verschwand, sah er sich noch einmal verstohlen um. Auf dem Bürgersteig vor dem *Printer's Devil* vertrieben sich ein paar Jungen die Langeweile, indem sie mit ihren Fahrrädern Faxen machten und freihändig gewagte Kurven fuhren. Zwei Frauen verließen gerade die Saloon Bar des Pubs, gegenüber versuchte ein Mann, seinen Wagen rückwärts in eine Parklücke zu setzen. Ausgerechnet heute abend mußten noch so viele Leute draußen sein, dachte er. Sonst war um diese Zeit kaum ein Mensch auf der Straße. Aber im Grunde konnte es ihm egal sein. Er war sicher überhaupt nicht bemerkt worden.

Doch da täuschte er sich. Er war durchaus bemerkt worden – von einem Mann, der sich, als er sich umdrehte, um die Straße hinunterzusehen, blitzschnell hinter einen Wagen geduckt hatte und sich nun angelegentlich am Rücklicht seines funkelnagelneuen Klapprades zu schaffen machte. Das Licht hatte übrigens die ganze Strecke von der Woodstock Road bis hierher tadellos funktioniert. Im Korb auf dem Gepäckträger befanden sich ein zusammengefalteter Talar und ein paar Bücher. Als Jackson nun sein Fahrrad in die Sackgasse schob, richtete sich der Mann auf und ging ihm langsam nach. Vor seinem Haus schloß Jackson das Fahrrad an den Regenabfluß, hob den Angelkorb vom Gepäckträger und zog seinen Hausschlüssel aus der Hosentasche. Gut, daß er die Sache hinter sich hatte! Die Aufregung war ihm doch ganz schön an die Nieren gegangen. Obwohl es im Grunde ein Kinderspiel gewesen war, aber das wußte man immer erst hinterher. Er ging ins Haus und schloß hinter sich die Tür. Sein Verfolger lächelte befriedigt. Das letzte Haus auf der rechten Seite also. Er ging zurück in die Canal Street, stieg auf sein Rad und fuhr davon.

Kapitel Achtzehn

Ein erfahrener, umtriebiger, ehrgeiziger
und oft sehr phantasievoller Lügner.
Mark Twain,
Private History of a Campaign that Failed

Der Vorsitzende der Oxforder Literarischen Gesellschaft stieß einen Seufzer der Erleichterung aus, als er den hellblauen Rolls-Royce endlich auf den Parkplatz des Clarendon Institute einbiegen sah. Es war sechs Minuten vor acht. Richards hätte wirklich zeitiger kommen können, dachte er. Der Abend hatte ihm nachgerade schon genug Aufregung und Unannehmlichkeiten beschert. Statt der erwarteten hundert oder mehr Leute waren nur lächerliche fünfzehn erschienen, und zwei ehrenamtliche Helfer waren immer noch dabei, aus dem großen Saal im ersten Stock, den man sich in der Hoffnung auf starken Zuhörerandrang extra hatte reservieren lassen, die überzähligen Stühle hinauszutragen. Freitagabend war eben immer ein ungünstiger Termin, und die kurzfristige Vorverlegung trug sicher ebenfalls Schuld an der mageren Besucherzahl. Trotzdem war es peinlich – für die Oxforder Literarische Gesellschaft ebenso wie für den geladenen Redner.

Morse kam auf immerhin fünfundzwanzig Anwesende, als er um fünf nach acht so leise wie möglich in der letzten Reihe Platz nahm und die klägliche Schar vor sich schnell einmal durchzählte. Eigentlich hatte er gar nicht kommen wollen. Doch nachdem er sich wie jeden Abend, sofern ihm nichts dazwischenkam, im Radio die neue Folge der *Archers,* einer Endlos-Familienserie, angehört hatte, war ihm nicht recht klar gewesen, was er mit sich und dem Abend anfangen sollte. Der Gedanke, daß sich nach dem Vortrag möglicherweise die Gelegenheit ergeben würde, mit dem Vorsitzenden ein paar Worte über Anne Scott zu wechseln, hatte schließlich den Ausschlag gegeben. Und so saß er nun hier. Nach ein paar Minuten war er froh, daß er sich aufgerafft hatte. Der untersetzte, mittelgroße Mann da vorne auf dem Podium beeindruckte ihn. Nicht weil er eine besondere Ausstrahlung besessen hätte – obwohl man ehrlicherweise sagen mußte, daß er in seinem gutgeschnittenen dunklen Anzug durchaus eine distinguierte Erscheinung war –, sondern durch die Art seines Vortrags. Er schilderte seine Entwicklung zum Verleger so unprätentiös, dabei so geistreich und selbstironisch, daß es eine Lust war, ihm zuzuhören. Er hatte als Lehrer angefangen, sein großes Interesse an Büchern hatte ihn aber bald dazu geführt, einen kleinen Verlag zu gründen. Die ersten Jahre waren schwierig gewesen; der Verlag hatte ein paarmal dicht vor dem Bankrott gestanden, doch allmählich waren die Geschäfte in Gang gekommen, er hatte die ersten großen Aufträge hereinholen können, und die Finanzen hatten sich allmählich konsolidiert; man hatte sogar vergrößern können. Der bisherige Höhepunkt dieses positiven Trends war der vor drei Monaten erfolgte Umzug der Firma in ein eigens modernisiertes Gebäude in Abingdon. Ein paarmal während seines Vortrags zitierte er Kipling – sehr zu Morses Freude, zu dessen Lieblingsschriftstellern er gehörte.

Richards war ein begabter Redner, daran konnte kein Zweifel bestehen. Es gelang ihm scheinbar mühelos, seinen Zuhörern den Eindruck zu vermitteln, als spreche er zu jedem von ihnen persönlich. Und wie die lebhafte Reaktion hinterher bewies, kam er damit beim Publikum an. Die Fragen wollten gar nicht wieder aufhören, so daß Morse nach einer Weile unwillig auf die Uhr blickte. Da war es schon halb zehn; er hatte an diesem Tag noch kein einziges Bier gehabt.

«Wir müssen zum Schluß kommen – ich kann leider nur noch eine Frage zulassen», sagte der Vorsitzende.

«Mr. Richards, Sie sagten, Sie hätten zu Anfang als Lehrer gearbeitet», begann eine Frau in der ersten Reihe, «was mich interessieren würde: waren Sie ein guter Lehrer?»

Richards hob in gespieltem Entsetzen die Hände und lächelte entwaffnend. «Ich hatte gehofft, daß mir diese Frage erspart bleiben würde. Denn meine Antwort muß ehrlicherweise lauten: Nein. Ich war leider ein eher schlechter Lehrer. Ich hatte vor allem Probleme mit der Disziplin. Meine Stunden verliefen gewöhnlich tumultuarisch wie Sitzungen im Unterhaus, wenn Mrs Thatcher versucht, dort eine Rede zu halten. Ich glaube, Sie alle wissen, was ich meine.» Es war ein guter Abschluß. Die Leute klatschten und lachten – mit einer Ausnahme. Morse, die Hände im Schoß, runzelte irritiert die Stirn; ihm war während der letzten Minute der Verdacht gekommen, daß Richards sein Publikum an der Nase herumführte.

Unten an der Bar wurde Morse vom Vorsitzenden begrüßt: «Ich freue mich, daß Sie gekommen sind. Darf ich Sie mit unserem Redner bekanntmachen? Mr Richards. Chief Inspector Morse.» Die beiden Männer schüttelten sich die Hände.

«Ihr Vortrag und die Art, wie Sie hinterher mit den Fragen umgegangen sind, haben mir gefallen ...»

Richards neigte leicht den Kopf. «Danke.»

«... mit Ausnahme der letzten Antwort.»

«Ach – und wieso?»

«Sie haben behauptet, ein schlechter Lehrer gewesen zu sein – und das nehme ich Ihnen nicht ab.»

Richards zuckte die Achseln. «Nun, ich hätte es auch anders und vielleicht weniger drastisch sagen können: mir wurde ziemlich schnell klar, daß ich nicht die für einen Lehrer notwendigen Qualitäten besaß.»

Morse sah ihn zweifelnd an. Er war eben selbst Zeuge gewesen, wie Richards es ohne große Mühe geschafft hatte, sein zu Anfang eher abwartendes Publikum innerhalb weniger Minuten in seinen Bann zu ziehen, so daß es ihm mit ständig wachsendem Interesse zugehört hatte – anderthalb Stunden lang. Und da wollte er mit so viel empfänglicheren und begeisterungsfähigeren Zuhörern, wie es Schuljungen waren, Schwierigkeiten gehabt haben? So wie er Richards einschätzte, hatte er sie um den Finger wickeln können.

«Ich muß gestehen, ich bin nicht so recht überzeugt. Ich glaube immer noch, daß Sie ein ausgezeichneter Lehrer waren, und wenn ich Direktor einer Schule wäre – Sie würde ich sofort anstellen.»

«Na ja», gab Richards zu, «Sie haben schon recht – vielleicht habe ich ein bißchen übertrieben. Sie kennen doch die Redensart, ‹dem Affen Zucker geben›. Man will ja auch ankommen.»

Morse nickte. So konnte man es natürlich auch ausdrücken. Er selbst beurteilte es allerdings weniger großzügig. In seinen Augen hatte Richards das Publikum schlicht angelogen. «Sie sind noch nicht sehr lange hier – ich meine, in der Gegend von Oxford?»

Ungefähr drei Monate. Sie können aber nicht gut zugehört haben, Inspector, sonst ...»

In diesem Moment trat der Vorsitzende auf sie zu. Er bitte um Entschuldigung, daß er stören müsse, aber es gebe einige Mitglieder, denen sehr daran gelegen sei, Richards' Bekanntschaft zu machen. Der Verleger verabschiedete sich von Morse mit einem Kopfnicken und ließ sich vom Vorsitzenden beiseite führen.

«Kennen Sie übrigens ...» hörte Morse den Vorsitzenden fragen. Richards verneinte, aber das sei kein Wunder, er komme kaum je nach Oxford. Das letzte Mal ...

Morse stand mit seinem Bier plötzlich allein inmitten lauter fremder Leute und spürte, wie ein Gefühl von Langeweile in ihm hochstieg. Dabei hatte er soeben ein paar wichtige Informationen erhalten – doch das konnte er zu diesem Zeitpunkt nicht einmal ahnen.

Als Richards sich gegen zehn Uhr verabschiedete, war das für Morse das Zeichen, sich der Gruppe um den Vorsitzenden zuzugesellen, um doch noch mit ihm ins Gespräch zu kommen und möglicherweise von ihm etwas über Anne Scott zu erfahren. Er ging geradewegs auf sein Ziel los und fand in seinem Gegenüber einen bereitwilligen Gesprächspartner.

«Ach Gott, ja, die arme Anne! Viel kann ich Ihnen leider nicht erzählen, sie war ja noch nicht sehr lange Mitglied, und im Geschäftsführenden Ausschuß hat sie erst seit Anfang des Jahres mitgearbeitet. Das Beeindruckendste für mich war immer, daß sie ständig neue Ideen zu haben schien. Der heutige Abend geht übrigens auch auf ihre Anregung zurück. Unser größtes Problem besteht im Grunde darin, ein ungefähres Gleichgewicht herzustellen zwischen dem, was auf den, nun sagen wir einmal, literarischen Aspekt von Büchern eingeht, als da wären Autorenlesungen, Vorträge von Literaturwissenschaftlern und ähnlichem und dem mehr technischen Aspekt, Herstellung, Vertrieb etc. Wir im Vorstand haben, wie ich leider gestehen muß, im Grunde ein stärkeres Interesse an ersterem, aber es gibt eben eine Menge Mitglieder, für die die praktische Seite ebenso wichtig oder noch wichtiger ist. Jemand wie Charles Richards ist da für uns natürlich ein ungeheurer Glücksfall, da er von beidem etwas versteht. Und der Vorschlag, ihn einzuladen, kam von Anne. Sie hat früher mal bei ihm gearbeitet, und es bestanden wohl noch immer irgendwelche Kontakte ... Der ganze Abend geht jedenfalls auf ihre Initiative zurück, und sie hat auch an der Organisation maßgeblichen Anteil gehabt. Ist übrigens alles gut gelaufen, nicht wahr? Der Mann ist ja aber auch ein glänzender Redner und versteht es, sein Publikum zu packen. Er besitzt eben Dynamik. Das sieht man ja auch daran, wie erfolgreich er seinen Verlag führt. Wenn man sich vorstellt – er hat vor ein paar Jahren mit nichts angefangen, na, und inzwischen fährt er, wie ich vorhin gesehen habe, einen hellblauen Rolls-Royce. Ein wirklich interessanter Mann. Schade, daß wir keine bessere Beteiligung hatten. Wer heute abend nicht da war, hat wirklich etwas verpaßt. Aber die Leute müssen selber wissen, was ihnen wichtig ist. Zum Teil liegt es natürlich sicher auch an der kurzfristigen Terminverlegung ...»

Morse nickte zu allem mechanisch, ohne noch zuzuhören. Ihm war eben blitzartig eine Erleuchtung gekommen, deren Implikationen zu verarbeiten ihn voll und ganz in Anspruch nahm. *‹... und inzwischen fährt er einen hellblauen Rolls-Royce.›* Da hatte es auf einmal geklickt. Am Nachmittag des 3. Oktober, als er Anne hatte besuchen wollen, hatte eine Ecke vor Canal Reach an der Victor Street ein hellblauer Rolls gestanden – im Halteverbot. Er erinnerte sich an den Strafzettel, der unter dem Scheibenwischer geklemmt hatte – das Werk der pflichteifrigen jungen Politesse. Er mußte unwillkürlich lächeln, wurde aber schnell wieder ernst. Anne hatte ihm auf der Party von Mrs Murdoch von ihrer Tätigkeit bei einem Verlag erzählt und dabei erwähnt, daß, als die Firma langsam angefangen habe zu florieren, in schneller Folge zwei Rolls-Royce angeschafft worden seien – erst ein schwarzer, dann ein hellblauer. Die Luxuslimousine war ihm an dem Nachmittag – gerade auch in der eher ärmlichen Umgebung – schon aufgefallen, aber er hatte sie nicht mit Anne Scott in Verbindung gebracht. Später – nach ihrem Tod – hatte er tagelang das dunkle Gefühl gehabt, sich an irgend etwas erinnern zu sollen, was sie ihm gesagt hatte, aber er war, trotz allen Grübelns, nicht darauf gekommen. Jetzt endlich wußte er es wieder, und soviel war nun klar: der hellblaue Rolls-Royce, der Ecke Victor Street im Halteverbot gestanden hatte, gehörte Charles Richards, und das hieß, daß er sich am 3. Oktober, dem Tag ihres Todes, in Jericho aufgehalten hatte, und zwar keine drei Minuten von ihrem Haus entfernt. Anne und er hatten sich also offenbar auch nach Annes Weggang nicht ganz aus den Augen verloren. Wie hatte der Vorsitzende vorhin gesagt? ‹Es bestanden wohl noch irgendwelche Kontakte ...› Offensichtlich.

Plötzlich zuckte er zusammen. Draußen auf der Straße fuhr mit heulender Sirene erst eine Ambulanz, dann ein Polizeiauto vorbei. In einer Art *déja acouté* durchfuhr ihn der Gedanke: Wieder ein Unglück in Jericho!

Er lief die Treppe hinunter ins Foyer, steckte ein Fünfpencestück in den Fernsprechautomaten, wählte die Nummer des Präsidiums und fragte nach Bell. Bell war nicht im Haus, und der diensthabende Sergeant konnte ihm nicht sagen, wo er sich im Moment aufhielt. Er war vermutlich schon unterwegs nach Jericho. Ein Mord.

«Geben Sie mir die Adresse, Sergeant, schnell.»

«Einen Moment. Hier ... Canal Reach, das ist eine Seitenstraße der ...»

Aber Morse hatte schon aufgelegt.

«Etwa schon wieder ein Vortrag im Clarendon Institute, Sir?» fragte Walters und konnte ein Grinsen nicht ganz unterdrücken.

Morse tat so, als habe er die Frage nicht gehört. «Was ist passiert?»

«Jackson ist tot, Sir.» Walters deutete mit dem Daumen zur Decke. «Er liegt oben. Wollen Sie raufgehen und ihn sich anschauen? Er ist allerdings kein hübscher Anblick – man hat ihn übel zugerichtet.»

«Ist Bell schon da?»

«Nein, aber er müßte eigentlich bald hier sein. Er hatte in Banbury zu tun, aber wir haben ihn, nachdem wir den Anruf erhalten hatten, zu erreichen versucht, und er weiß inzwischen Bescheid.»

«Ein Anruf? Von wem?»

«Anonym, Sir.»

«Um wieviel Uhr?»

«Ungefähr Viertel nach neun.»

«Um Viertel nach neun schon? Das kann doch wohl nicht ganz stimmen.»

«Ich fürchte doch, Sir. Sie können, wenn Sie wollen, nachfragen, der Wachhabende hat sicher die genaue Uhrzeit notiert. Der Punkt ist, daß der Anrufer sich nicht so ganz klar ausgedrückt hat ...»

«Und dann ist die Meldung abgelegt worden, und kein Schwein hat sich mehr darum gekümmert. Na großartig!»

«Das ist jetzt aber wirklich ungerecht, Sir. Es ist einfach unmöglich, auf jeden Anruf sofort zu reagieren. Wenn wir gewußt hätten ...»

«Manchmal habe ich den Eindruck, Constable, als säßen in den Revieren nur Idioten», schnaubte Morse. «Aber was soll's. Ich kann es nicht ändern. Gehen wir lieber hoch.»

Oben auf dem Treppenabsatz blieb Morse einen Moment stehen, dann gab er sich einen Ruck und betrat das vordere Zimmer. Jackson lag quer über dem zerwühlten Bett, das linke Bein hing leblos über die Kante. Sein blutiges, von Verletzungen entstelltes Gesicht war zur Tür gedreht, und aus starren Augen blickte er den Eintretenden wie anklagend entgegen. Der Boden um das Bett war übersät mit Pornoheften und Anglermagazinen.

«Er liegt da, so wie ich ihn gefunden habe, Sir», sagte Walters ein wenig unsicher. «Ich konnte nichts mehr für ihn tun.»

Morse nickte. Ja, für Jackson kam jede Hilfe zu spät. Zu beiden Seiten seines Kopfes hatte sich ein träger, dunkelroter, klebrig aussehender See von Blut ausgebreitet. Jackson war so tot, wie man nur sein konnte.

«Was die Todeszeit angeht, da kann ich Ihnen vielleicht weiterhelfen, Constable», sagte Morse, dessen Ärger schon wieder verflogen war. Aber bevor er dazu kam, nähere Einzelheiten mitzuteilen, hörten sie unten die Tür gehen, und Bell kam die Treppe heraufgepoltert. Seine Begrüßung war, wie zu erwarten, nicht besonders enthusiastisch.

«Wie zum Teufel kommst du hierher, Morse?»

Im Laufe der nächsten halben Stunde trafen noch zwei Spezialisten von der Spurensicherung sowie ein Fotograf in Canal Reach ein, und die nunmehr sechs Männer mußten aufpassen, sich in den engen Räumen des kleinen Hauses nicht allzusehr in die Quere zu kommen. Da sie sich redlich Mühe gaben, lief jedoch alles einigermaßen reibungslos – bis zur Ankunft des buckligen Pathologen. Dieser weigerte sich schlichtweg, irgendwelche Rücksichten zu nehmen, und erklärte, er werde auch nicht *einen* Blick auf den Toten werfen, ehe er nicht das Obergeschoß für sich allein habe. Den anderen blieb nichts übrig, als sich nach unten zu verziehen, wo sie grollend darauf warteten, daß er endlich fertig wurde, damit sie weitermachen konnten. Nach einer halben Ewigkeit öffnete sich oben die Tür, und der Arzt kam die Treppe hinunter. Auf Bells unvermeidliche Frage nach der Todeszeit knurrte er nur unwirsch: «Zwischen halb acht und neun», ohne sich auf weitere Erläuterungen einzulassen. Das Zugeständnis, das man ihm gemacht hatte, schien seine Laune nicht gebessert zu haben.

Walters sah mit fragend hochgezogenen Augenbrauen zu Morse, der in einem Pornoheft blätterte, das er sich aus Jacksons Schlafzimmer mit nach unten genommen hatte.

«Du kannst von dem Dreckzeug wohl nie genug kriegen», sagte der Arzt bissig.

«Ach, weißt du, Max, kein Mensch ist vollkommen», antwortete Morse und blätterte ungerührt weiter in seinem Heft. «Du zum Beispiel untersuchst da oben eine Leiche, und dann kommst du schließlich nach Stunden herunter und stellst dich hin und nennst den Kollegen eine falsche Todeszeit.»

«Ach, was glaubst *du* denn, wann er gestorben ist?» Seinem Ton nach zu urteilen, hatte Morses Bemerkung ihn nicht getroffen, und er wirkte, wie er so dastand und gespannt auf dessen Antwort wartete, auf einmal richtig menschlich.

«Was *ich* glaube, ist ja nicht ausschlaggebend – *du* bist der Experte. Aber wenn du schon fragst – ich würde die Tatzeit *eine Spur* früher ansetzen, so zwischen Viertel nach sieben und Viertel vor acht.»

Der bucklige Pathologe schüttelte heftig den Kopf, und auf seinem Gesicht erschien ein siegessicheres Grinsen. «Bist du bereit, darauf eine Wette einzugehen?»

«Bei dir muß man da vorsichtig sein. Du formulierst deine Wetten so trickreich ... Am Ende wettest du darauf, daß er irgendwann heute abend gestorben ist, und ich stehe wieder als der Dumme da.»

«Ich bin der Meinung, wohlgemerkt – es ist nur eine Meinung –, daß er später gestorben ist, als du annimmst, wobei mir immer noch nicht ganz klar ist, wieso ich mich überhaupt auf eine Diskussion mit dir einlasse. Das muß wohl der Schock sein, daß jemand wie du, der von Pathologie und den benachbarten Gebieten nicht auch nur die geringste Ahnung hat, die Unverfrorenheit besitzt, ein Urteil abgeben zu wollen.»

«Ich weiß immer noch nicht, wie deine Wette lautet, Max», sagte Morse mit seiner sanftesten Stimme.

Der Pathologe dachte einen Augenblick nach. «Also – aber nur ganz inoffiziell – ich würde sagen ... nein, Moment! Du hast eine Marge von einer halben Stunde, nicht? Na gut, dem schließe ich mich an. Ich behaupte: zwischen Viertel nach acht und Viertel vor neun. Damit liegen wir genau um eine Stunde auseinander.»

«Wie hoch?»

«Ein Zehner?»

«Abgemacht!» Sie schüttelten sich die Hände. Der Arzt nahm seine Tasche und ging.

«Ich bin ja mal gespannt, wer die Wette gewinnt», sagte Bell, aber Morse antwortete nicht darauf. Bell nahm an, er sei schon wieder in sein Pornomagazin vertieft. Tatsächlich fühlte Morse sich aber durch die kruden, drastischen Fotos, die der Phantasie überhaupt keinen Spielraum mehr ließen, schon längst angeödet und blätterte nur noch rein mechanisch in dem Heft, während er sich in Gedanken mit dem Mord an Jackson beschäftigte. Die Untersuchung des Tatorts hatte nicht viel gebracht: Die Tatwaffe hatte sich nicht angefunden, und die Fingerabdrücke, die man entdeckt hatte, stammten alle von Jackson selber. Morse stellte sich vor, wie sich die Sache für Bell ausnehmen würde: Ein eindeutiger Mord, Motiv und Täter unbekannt. Er selbst sah da ja zum Glück ein ganzes Stück klarer. Für ihn war der Mord, kaum daß er zum Fall geworden war, ja schon gelöst gewesen: er kannte die Tatzeit und den Tathergang, konnte das Motiv nennen – und sogar den Namen des Mörders! Bell tat ihm fast leid.

Zehn Minuten später kehrte Walters, der von Bell losgeschickt worden war, sich in der Nachbarschaft umzuhören, von seinem Erkundungsgang zurück und erstattete Bericht.

Jackson war am Abend noch gesehen worden: um halb sechs hatte er in der Bäckerei an der Ecke ein kleines Graubrot gekauft, um Viertel vor sieben wa er bei Mrs Purvis gewesen und hatte die Spülung ihres WCs reguliert; um kurz nach acht schließlich ...

«Was?!» Morse war erregt aufgesprungen.

«... um kurz nach acht tauchte er im *Printer's Devil* auf und trank zwei Bier ...»

«Blödsinn! Kompletter Blödsinn!»

«Aber es gibt mindestens ein Dutzend Leute, die ihn gesehen haben, Sir! Er war wirklich da. Er hat ein bißchen am Automaten gespielt und ist gegen zwanzig nach acht wieder gegangen.»

Morse sackte auf den nächsten Stuhl. Er war völlig fertig. Alle seine Annahmen waren also falsch. Alle? Alle! Denn wenn Jackson tatsächlich nach acht Uhr noch im *Printer's Devil* gesehen worden war, dann kam Charles Richards als Mörder nicht in Frage.

«Den Zehner bist du los, Morse», sagte Bell und zeigte nicht die Spur von Mitgefühl.

Kapitel Neunzehn

Alibi (lat. alibi, anderswo);
Nachweis der Abwesenheit
vom Tatort zur Tatzeit
Konversationslexikon

Weder ein Richards (C.) noch eine Richards Publishing Company waren im Telefonbuch verzeichnet, und Morse fragte sich, was zum Teufel das zu bedeuten habe, als ihm plötzlich einfiel, daß Richards ja erst vor drei Monaten nach Oxfordshire gekommen war – da konnte es natürlich noch keinen Eintrag geben! Er rief die Auskunft an und erhielt zwei Nummern: die von Richards, C., 261 Oxford Avenue, Abingdon, und die der Richards Press, 14 White Swan Lane, Abingdon. Morse versuchte es zuerst unter der Geschäftsnummer. Eine weibliche Tonbandstimme teilte ihm mit, daß im Augenblick leider niemand zu erreichen sei und er sein Anliegen dem Band anvertrauen möge. «Bitte warten Sie den Signalton ab.» Er legte auf und wählte die zweite Nummer. Er hatte Glück. Richards war selbst am Apparat.

«Was kann ich für Sie tun, Inspector? Ich nehme an, es handelt sich nicht um einen Druckauftrag oder ähnliches?»

«Nein, Sir. Ich wollte Sie fragen, ob Sie schon gehört haben, was sich gestern abend in Jericho ereignet hat.»

«Nein. Da bin ich aber neugierig. Hat mein kleiner Vortrag die Zuhörermassen derart ergriffen, daß es hinterher noch zu Tumulten gekommen ist?»

«In Jericho wurde gestern abend ein Mann ermordet.»

«So.» Morse runzelte die Stirn – hatte da ein Fragezeichen mitgeklungen oder nicht? Durch das Rauschen in der Leitung hatte er den Tonfall nicht genau gehört. «Sein Name war Jackson. George Jackson. Ich dachte, daß Sie ihn möglicherweise gekannt haben.»

«Da muß ich Sie leider enttäuschen, Inspector. Ein Mr Jackson aus Jericho ist mir nicht bekannt. Ich kenne überhaupt niemanden in Jericho.»

«Jetzt vielleicht nicht mehr, aber früher schon.»

«Wie?» (So schlecht war die Leitung doch nun auch nicht!)

«Sie kannten doch Anne Scott.»

«Ja, das stimmt. Aber ich verstehe nicht ganz, was das mit Ihren Mordermittlungen ...»

«Jackson wohnte im Haus gegenüber.»

«Ach?»

«Sie und Anne waren miteinander befreundet?»

«Ja.»

«Enger, als vielleicht angebracht war?»

«Ja, das könnte man wohl so sagen», bestätigte Richards leise.

«Sie haben sie ab und zu in Jericho besucht?»

«Nein, nie!»

«Aber sie hat sich, nachdem Sie nach Abingdon gezogen sind, bei Ihnen gemeldet?»

«Sie hat mir geschrieben, ja. Aber nichts Persönliches. Sie fragte im Auftrage der Oxforder Literarischen Gesellschaft bei mir an, ob ich einen Vortrag halten wolle ... aber das wissen Sie ja. Ich schrieb ihr zurück, daß ich einverstanden sei. Das war alles.»

«Wieso hat sie eigentlich von Ihrem Umzug nach Abingdon gewußt?»

«Hören Sie, Inspector, warum schleichen Sie wie eine Katze um den heißen Brei herum? Was Sie wissen wollen, ist doch, ob ich ein Verhältnis mit ihr gehabt habe. Und die Antwort ist: Ja. Ich habe Anne einmal sehr geliebt und eine Zeitlang sogar überlegt, ob ich mich ihretwegen scheiden lassen solle. Die Dinge haben sich dann jedoch anders entwickelt. Anne hat die Firma verlassen, und unsere Beziehung verlief in ruhigeren Bahnen.»

«Was meinen Sie mit ‹ruhigeren Bahnen›?»

«Wir haben uns nur noch geschrieben.»

«Aber doch wohl keine Briefe im Stil von ‹Mir geht es gut, wie geht es Dir›?»

Richards zögerte, und Morse hörte, wie er tief Luft holte. «Ich sagte Ihnen doch schon, Inspector, ich habe Anne sehr geliebt.»

«Und sie – hat sie Sie auch geliebt?»

«Lange Zeit ja.»

«Haben Sie eine Erklärung dafür, warum sie Selbstmord begangen hat?»

«Nein.»

«Wissen Sie zufällig noch, wo Sie sich am Nachmittag des 3. Oktober aufgehalten haben?»

«Ja. Ich las die Nachricht von ihrem Tod in der *Oxford Mail* ...»

«Dann sagen Sie mir bitte, wo.»

«Darüber möchte ich zum jetzigen Zeitpunkt keine Auskunft geben. Wenn es wirklich notwendig sein sollte, bin ich selbstverständlich bereit, den Namen ...»

«Demnach bestreiten Sie also, daß Sie sich am fraglichen Nachmittag in Jericho aufgehalten und Ihr Auto Victor / Ecke Canal Street geparkt hatten?»

«Ganz entschieden sogar.»

«Und wenn ich es nun beweisen kann?»

«*Den* Beweis möchte ich erst einmal sehen, Inspector!»

«Na schön, vergessen wir das mal; das ist im Moment auch nicht so wichtig», sagte Morse und räusperte sich verlegen, «aber ich muß darauf bestehen, daß Sie mir den Namen der Person nennen, mit der Sie am Nachmittag des 3. Oktober zusammengewesen sein wollen. Sie müssen schon Verständnis haben, daß ...»

«Also gut, Inspector. Aber ich bitte Sie dringend, die Angelegenheit mit äußerster Diskretion zu behandeln.»

«Ich denke, das kann ich Ihnen zusichern.»

Morse rief die junge Frau sofort an. Ihr Ton war zunächst freundlich und entgegenkommend, wurde jedoch zunehmend kühler, als sie begriff, worum es ging. Anfangs weigerte sie sich, ihm überhaupt zu antworten, gab dann aber, wohl weil sie einsah, daß es keinen Zweck hatte, nach. Ja, Richards sei am Nachmittag des 3. bei ihr gewesen. Was sie gemacht hätten? Also – wirklich! Aber wenn er es unbedingt wissen müsse: sie seien miteinander im Bett gewesen. Wie lange? Das war ja wohl ihre Sache, oder? Aber bitte, wenn er darauf bestand: von halb zwölf Uhr morgens bis fünf Uhr nachmittags. Ob er vielleicht noch nähere Einzelheiten wissen wolle? Morse blieb höflich, bedankte sich für ihre Auskünfte und hängte ein. Fünfeinhalb Stunden! Er seufzte. Wie sie wohl aussehen mochte, diese Mrs Jennifer Hills? Ihre Stimme hatte jedenfalls aufregend geklungen – sehr weiblich, sehr temperamentvoll. Sie wohnte in Radley, ziemlich genau auf halbem Weg zwischen Oxford und Abingdon. Praktisch! Er würde sich vorsichtshalber ihre Adresse notieren. Im Interesse möglicher weiterer Ermittlungen – und auch im eigenen Interesse. Jennifer

Hills – wieder ein Teil des neuen Bildes, das sich allmählich in seiner Vorstellung auszuformen begann, stückweise und ohne daß man vorher wußte, was am Ende daraus wurde. Fast wie bei den Malvorlagen für Kinder, bei denen man die verschiedenen Bildausschnitte nach Anweisung rot, grün, gelb und so weiter ausmalen mußte und dann auf einmal den ‹Sonnenaufgang in der Bucht von Galway› vor sich sah – oder aber ‹Donald Duck und Goofy› –, je nachdem.

Morse konnte nicht ahnen, wie willkommen er Jennifer Hills gewesen wäre. Ihr Mann Keith, leitender Angestellter einer Ölgesellschaft, war noch immer aus dienstlichen Gründen in Südafrika, während sie nun schon seit Wochen allein in Radley saß – jung, unausgefüllt und einem erotischen Abenteuer durchaus nicht abgeneigt ... Hmm! Sie verspürte ein angenehmes Prickeln, wenn sie an seine Stimme dachte. Gebildet – aber nicht distanziert, sondern im Gegenteil, fast intim. Im nachhinein ärgerte sie sich, daß sie auf seine Fragen so gereizt reagiert hatte. Aber daran war nur Charles schuld! Er hatte ihr mit seiner Absage neulich gründlich die Laune verdorben. Seitdem hatte sie nichts mehr von ihm gehört, und die Erfahrung sagte ihr, daß es besser sei, ihn in Ruhe zu lassen – wenigstens eine Zeitlang. Sie blickte sehnsüchtig zum Telefon. Vielleicht hatte der Inspector eben eine Frage vergessen und rief noch einmal an.

Doch sie wartete vergebens.

Kapitel Zwanzig

Certum est quia impossibile est.
Tertullian, De Carne Christi

«Du hattest übrigens recht mit deiner Vermutung», bemerkte Bell, als Morse am Samstag nachmittag bei ihm im Büro vorbeischaute. «Die Gesichtsverletzungen haben schlimmer ausgesehen, als sie in Wirklichkeit waren. Daran wäre er jedenfalls nicht gestorben. Es ist tatsächlich so gewesen, wie du vermutet hast: jemand hat ihn gepackt und mit dem Kopf gegen den Bettpfosten gerammt. Das hat er nicht überlebt.»

«Wenn du statt ‹Bettpfosten› ‹Pfosten› gesagt hättest, hätte ich glatt angenommen, du redest von einem Fußballspiel.»

«Na, Boxkampf träfe es wohl eher.»

«Jackson hat doch ziemlich geblutet. Derjenige, der ihn auf dem Gewissen hat, müßte doch eigentlich was abbekommen haben, oder?»

«Ich denke schon. Und nicht zu knapp. Der hat seine Klamotten inzwischen bestimmt weggeschmissen oder verbrannt.»

«Glaubst du, daß er ihn eigentlich nur verprügeln wollte und daß das mit dem Bettpfosten sozusagen nur ein unglücklicher Zufall war?»

Bell wiegte den Kopf hin und her. «Schwer zu sagen – er muß jedenfalls ziemlich in Rage gewesen sein.»

Morse nickte. Jetzt wußten sie also, *wie* es geschehen war – und nicht zuletzt dank seines Hinweises. Der Bettpfosten war ihm gleich, als er das erste Mal Jacksons Schlafzimmer betreten hatte, wegen seiner scharfen Kanten aufgefallen. Mit bloßem Auge hatte er nichts entdecken können, aber solche Dinge konnte man getrost dem gerichtsmedizinischen Labor überlassen. Dort hatten sie die geeigneten Methoden, um auch noch mikroskopisch kleine Spuren nachzuweisen. Was den Tathergang betraf, hatte er sich nun also doch nicht geirrt. Und eigentlich glaubte er nach wie vor, daß er, auch was das Motiv anging, mit seiner ersten Annahme richtig gelegen hatte. Sollte er Bell einen Tip geben? Wie es den Anschein hatte, tappte der arme Kerl ja noch völlig im dunkeln.

«Jacksons Schlafzimmer machte auf mich ganz den Eindruck, als sei es durchwühlt worden.»

Bell nickte. «Nicht nur das Schlafzimmer.»

«War das dieselbe Person, die ihn umgebracht hat, was meinst du?»

Bell nickte wieder. «Vermutlich.»

«Glaubst du, daß er gefunden hat, was er suchte?»

Bell zuckte die Achseln. «Woher soll ich das wissen? Übrigens ist mir im Augenblick völlig unklar, in welcher Richtung ich weitermachen soll. Wir haben das ganze Haus auf den Kopf gestellt, um etwas zu entdecken, was uns vielleicht weiterhelfen könnte. Aber die Mühe hätten wir uns sparen können! Angelruten, Angelkörbe, Eimer, Kescher und Werkzeug, jede Menge Werkzeug – Sägen, Bohrer und was es sonst noch alles gibt, das ganze Do-it-yourself-Sortiment. Nun wissen wir also, daß Jackson gerne angeln ging und es ihm Spaß machte, sich handwerklich zu betätigen.»

«War unter seinen Sachen auch eine Kelle?»

«Eine Kelle? Wie kommst du ausgerechnet auf eine Kelle?»

«Er hat für Anne Scott die Gartenmauer ausgebessert – einen Tag vor ihrem Tod ist er damit fertig gewesen. Wußtest du das?»

Bell sah ihn mit zusammengekniffenen Augen an. «Zufällig ja. Aber allmählich beginne ich mich zu fragen, woher du ...»

«War er eigentlich auch ein Vogelliebhaber?»

«Sag mal, willst du mich verarschen?!»

«Auf seinem Nachttisch lag ein Fernglas.»

«Ich weiß. Na und? Vielleicht hat er ab und zu wirklich Vögel beobachtet.»

«Vom Schlafzimmer aus?»

«Also worauf willst du eigentlich hinaus?»

«Ich glaube, daß er das Fernglas benutzt hat, um Anne Scott zu beobachten.»

«Du meinst, er ...?»

«Sie hatte vor ihrem Schlafzimmer keine Vorhänge.»

«So ein dreckiges kleines Schwein!»

«Nun reg dich mal ab. Ich an seiner Stelle hätte vielleicht dasselbe gemacht.»

«Ja, das glaub' ich dir sofort! Was ich dich übrigens schon längst fragen wollte – wieso bist du übrigens damals, als wir zu Anne

Scott gerufen wurden, so prompt dort aufgetaucht? Soviel ich weiß ...»

«Das war Zufall. Reiner Zufall.»

«Daß ich nicht lache! Statistisch gesehen, ist die Wahrscheinlichkeit, daß du per Zufall ...»

«Bah! Statistisch gesehen – wenn ich das schon höre! Statistisch gesehen, ist das ideale Alter, schwanger zu werden, neunzehn Jahre; andererseits sollte eine Frau, wieder statistisch gesehen, möglichst nicht vor dem sechsundzwanzigsten Lebensjahr Verkehr haben. Da hast du deine Statistik!»

Bell winkte irritiert ab und trommelte mit den Fingern der rechten Hand nervös auf die Schreibtischplatte. «Der Fall Jackson wird mir noch eine Menge Kopfschmerzen bereiten, das weiß ich jetzt schon. Ich habe absolut keine Anhaltspunkte. Niemand hat irgend jemanden in Jacksons Haus gehen sehen. Das liegt an dieser verdammten Bootswerft nebenan. Dadurch sind sie in der Straße an fremde Gesichter gewöhnt und achten nicht mehr darauf.»

«Hast du schon mit den Leuten gesprochen, die gestern abend im Pub waren, als er reinkam?»

«Mit den meisten, ja. Der Wirt hat mir übrigens gesagt, daß er seine Uhr immer um fünf Minuten vorstellt; also ist Jackson etwa um Viertel nach gegangen.»

Morse kaute nachdenklich an seinem Daumen. Demnach hatte Charles Richards also wirklich ein unumstößliches Alibi – schließlich hatte er selbst ihn von fünf nach acht bis nach halb zehn im großen Saal des Clarendon Institute auf dem Podium stehen sehen und reden hören. Es war also ein Ding der Unmöglichkeit, daß Richards Jackson ermordet hatte. Morse wußte aus langer, schmerzlicher Erfahrung, daß es auf die Dauer nichts half, Fakten zu leugnen. Sollte er also nicht lieber anerkennen, daß Richards unschuldig war, und neue Überlegungen anstellen? Aber Morse hatte dem Wort ‹unmöglich› schon immer skeptisch gegenübergestanden und es eher als Herausforderung denn als Hinderungsgrund aufgefaßt. Statt sich also – wie die Vernunft zweifellos geboten hätte – nach einem neuen Täter umzusehen, begann er erneut, über das Alibi nachzugrübeln. War es wirklich so wasserdicht, wie es schien? Oder ließ es sich nicht doch am Ende knacken – wenn man den Hebel nur richtig ansetzte ... Im Hinblick darauf war der anonyme Anruf zum Beispiel interessant. Als ob jemandem sehr daran gelegen gewesen wäre, die Polizei wissen zu lassen, daß Jackson um Viertel nach neun schon tot war – um diese Zeit hielt Richards im Clarendon noch immer seinen Vortrag ...

Wenn er wüßte, wer da angerufen hatte, wäre er schon einen Schritt weiter. Jackson war es diesmal jedenfalls nicht gewesen. Oder? War es möglich, daß ...

Bell hatte offenbar über genau dieselbe Frage nachgedacht. «Wer, glaubst du, war der Anrufer? Dieselbe Person, die uns über den Tod von Anne Scott informiert hat?»

«Nein, das glaube ich nicht. Ich bin mir ziemlich sicher ...» Morse hielt inne.

«Du hältst mit irgend etwas hinter dem Berge! Worüber bist du dir ziemlich sicher?»

Morse schwieg einen Moment betreten, dann entschloß er sich, Bell zu erzählen, was er wußte: angefangen bei der Party in Nord-Oxford, auf der er Anne kennengelernt hatte, bis hin zu seinem Telefongespräch mit Jennifer Hills. Einmal dabei, reinen Tisch zu machen, beichtete er sogar, daß er den Schlosser mit fünf Pfund hatte bestechen müssen, um an den Schlüssel für die Hintertür zu kommen. Ohne daß es den beiden klar war, hatten sie eine Menge der Informationen, die ihnen zur Lösung des Falles verhelfen sollten, schon beisammen. Oder anders ausgedrückt: eine Reihe von Bildausschnitten war schon in der richtigen Farbe ausgemalt. Aber Morse und Bell fehlte es an Vorstellung, auch die noch weißen Flächen zu erfüllen, um das Bild als Ganzes erstehen zu lassen.

«Ich danke dir für deine Offenheit, Morse», sagte Bell. «Und wenn du irgendeine Idee hast – du weißt, ich kann im Moment jede Anregung gut gebrauchen.»

«Ja, ich weiß, alter Freund», sagte Morse. «Ich will dir sagen, was ich tun werde: Ich werde nachdenken. Ich habe das Gefühl, als ob wir irgend etwas übersehen hätten. Aber ich komme einfach nicht darauf, was es sein könnte.»

Kapitel Einundzwanzig

Ernannt schon hab ich meinen Offizier.
Shakespeare, Othello, 1. Akt, 1. Szene

Bell hatte sich längst daran gewöhnt, wenn nötig, auch sonntags zu arbeiten, und es machte ihm nicht mehr viel aus. Doch als er an diesem Nachmittag in seinem Büro saß, haderte er doch etwas mit seinem Los, weil er das Gefühl hatte, daß er seine Zeit zu Hause sinnvoller hätte verbringen können, zum Beispiel um auf dem ohnehin schändlich vernachlässigten Rasen endlich das Herbstlaub zusammenzuharken. Zwar trafen immer noch neue Berichte ein, doch es ließ sich nichts Rechtes damit anfangen. Man hatte inzwischen ein paar Verwandte von Jackson ausfindig gemacht, ertfernte Vettern und Cousinen, die ihn aber seit Jahren nicht gesehen hatten und nichts über ihn sagen konnten. Auch eine Befragung der Nachbarn und früheren Arbeitskollegen hatte kaum etwas gebracht. Gehässig und mißgünstig, wie Jackson gewesen war, hatte keiner engeren Kontakt zu ihm haben wollen. Bell hatte an diesem Nachmittag genug Muße, noch einmal in Ruhe über den Fall nachzudenken. Was sie bisher wußten (oder doch glaubten zu wissen), war dies: am vergangenen Freitag war Jackson zwischen halb neun und neun Uhr von jemandem aufgesucht worden, der versucht hatte, ihn zu überreden, eine ganz bestimmte Sache, die sich in seinem Besitz befand und auf die der Unbekannte offenbar großen Wert legte, herauszugeben. Jackson mußte sich geweigert haben, denn aus dem anfänglich wohl vergleichsweise friedlichen Gespräch war bald eine gewalttätige Auseinandersetzung geworden. Der Unbekannte hatte Jackson gepackt und geschlagen (davon zeugten seine Gesichtsverletzungen) und dabei war Jackson mit dem Kopf an den Bettpfosten geprallt ... Der Mann (es war doch wohl ein Mann!?) hatte Jackson in seinem Blut liegenlassen und begonnen, das Haus zu durchsuchen. Der Tathergang war also einigermaßen klar; doch sie wußten weder, was der Mann gesucht hatte, noch wer er war. Und da es nicht einmal eine Beschreibung seiner Person gab ... Bell hatte inzwischen erfahren, daß am Freitag abend zur fraglichen Zeit im Fernsehen die Wahl zur ‹Miss World› übertragen worden war. Da hatten sie in Canal Reach natürlich alle vor der Glotze gehockt, und es hätte schon ein Gerät explodieren müssen, um die Leute vom Fernseher weg ans Fenster zu locken. Der arme Jackson hatte das Ende der Miss-Wahlen nicht mehr erlebt und sich statt dessen unerwartet plötzlich dem eigenen Ende gegenübergesehen.

Walters hatte am Sonntag ebenfalls Dienst und schaute bei Bell herein, um ihm seine eigenen Theorien über den Fall zu unterbreiten. Er sei der Ansicht, so Walters im Brustton der Überzeugung, daß der Fall Jackson nur in Verbindung mit dem Fall Scott gelöst werden könne. Bell hörte ihm zu und erwiderte dann ungnädig, er brauche sich auf seine Erkenntnisse nichts einzubilden, so weit sei er selber schon gekommen. Walters sah, daß Bell müde war, außerdem schien er von dem Fall die Nase voll zu haben. Es war wohl klüger, den Mund zu halten. Am besten ging er gleich wieder, doch in der Tür drehte er sich noch einmal um. «Ist Ihnen aufgefallen, Sir, daß wir in Jacksons Haus kein einziges Buch gefunden haben?»

«Was Sie nicht sagen», erwiderte Bell gelangweilt.

Mr Parkes war an diesem Nachmittag glücklich. Eine Sozialarbeiterin vom Ferry Centre war überraschend vorbeigekommen und hatte ihm einen Kuchen gebracht. Zu Tränen gerührt über soviel Aufmerksamkeit, hatte er sie ins Haus gebeten und ihr einen Sherry kredenzt. Sich selbst hatte er auch ein Glas eingeschenkt. Es war Jahre her, daß jemand an seinen Geburtstag gedacht hatte. Nachdem sie gegangen war, goß er sich noch einmal neu ein und setzte sich in seinen bequemsten Sessel, um das Glücksgefühl der letzten halben Stunde noch etwas in sich nachwirken zu lassen. Woher sie wohl gewußt hatten, daß heute sein Geburtstag war? Plötzlich runzelte er die Stirn. Geburtstag – aber natürlich! Das war es, worüber sie sich auf dem Bridgeabend vor drei Wochen, als sie eine Pause eingelegt hatten, um auf das einjährige Bestehen des Clubs anzustoßen, geredet hatten. Es war zwar keine großartige Information – aber der junge Constable und später der Inspector hatten ihm so nachdrücklich eingeschärft, daß er sich auf jeden Fall melden solle, wenn ihm noch etwas einfalle ... Er wählte die Nummer des Reviers Mitte.

«Ah ja, ich verstehe», sagte Bell. «Sehr interessant. Über Geburtstage also.» Er bedankte sich höflich und legte in seine Stimme mehr Herzlichkeit, als er eigentlich empfand, aber schließlich hatte der Alte es ja nur gut gemeint. Geburtstage! Mit was für Scheiß die Leute einem aber auch kamen! Aus Gewohnheit machte er eine Notiz und legte sie in den Ablagekorb. Walters konnte sie morgen zu den anderen Sachen einordnen.

Diese Notiz sollte Bells letzter Beitrag zum Fall Jackson sein.

Morse war ein wenig überrascht gewesen, als er Mitte der Woche beim Assistant Chief Commissioner um einen Termin für eine Unterredung nachsuchte und dieser seinerseits den Wunsch äußerte, sich mit ihm zu unterhalten. «Ich erwarte Sie dann am Sonntag bei mir in Beckley zum Tee.» Morse erschien pünktlich um halb fünf. Es war einer der letzten schönen Herbsttage, und so tranken sie ihren Tee draußen im Garten, auf einem makellos gepflegten Rasen sitzend, mit Blick auf das weite Grün von Otmoor. Morse berichtete über seine gegen alle Vorschriften verstoßenden Ermittlungen, und der ACC hörte ihm, ohne ihn zu unterbrechen, zu. Nachdem Morse geendet hatte, saß der Chef eine Weile schweigend, und Morse machte sich auf ein paar harsche Worte gefaßt. Doch der erwartete Tadel blieb aus, der ACC ging auf seine Verfehlung mit keinem Wort ein.

«Es trifft sich gut, daß Sie so detailliert über den Fall Jackson informiert sind, Morse. Ich möchte nämlich, daß Sie ihn übernehmen. Sie scheinen mir dafür geeigneter zu sein als Bell.»

«Aber Sir, es lag mir fern, Sie zu bitten ...»

«Nun, ich gebe Ihnen den Fall eben trotzdem.»

«Es tut mir leid, aber da muß ich ablehnen, Sir. Bell den Fall zu entziehen bedeutet eine Herabsetzung, die er nicht verdient hat. Ich halte ihn für einen fähigen Kollegen und glaube ...»

«Herabsetzung?» Der ACC lächelte, als sei er insgeheim amüsiert, und Morse hatte das unbehagliche Gefühl, jemand spiele mit ihm Katz und Maus. «Über Bell brauchen *Sie* sich keine Gedanken zu machen. Ich werde anrufen und es ihm mitteilen.»

«Aber ich ...»

«Vielleicht lassen Sie jetzt endlich Ihre Einwände und hören mir zur Abwechslung einmal zu.» (Wieder dieses rätselhafte Lächeln!) «Was Sie mir da eben erzählt haben, hat mir eine Entscheidung erleichtert. In gewisser Weise kommt mir Ihr regelwidriges Vorgehen gerade recht. Ich weiß, daß Sie sich nicht um den Posten des Superintendenten beworben haben, aber ich hatte trotzdem überlegt, ob ich Sie nicht vielleicht vorschlagen sollte ... Ich denke, nach dem, was ich heute von Ihnen erfahren habe, brauche ich mir darüber kein Kopfzerbrechen mehr zu machen. Zu den Aufgaben eines Super gehört unter anderem auch, die Polizei nach außen zu repräsentieren. Wir werden in der Öffentlichkeit nicht zuletzt nach unseren Superintendenten beurteilt. Wenn ich Sie mir so ansehe, Morse, auch im Lichte dessen, was Sie mir eben berichtet haben, so bin ich der Ansicht, daß Sie dafür ganz bestimmt nicht der richtige Mann sind.

«Ich weiß nicht, Sir, ob Sie da nicht vielleicht doch etwas voreilig ...»

«Nun, es lag ja noch die Bewerbung von Bell vor. Er ist, glaube ich, sowieso länger dabei als Sie, oder?»

«Na, also die zwei Jahre ...» murmelte Morse.

«Und er ist, wie Sie selbst ja eben bemerkt haben, ein fähiger Mann. Nicht unbedingt ein brillanter Kopf, aber Brillanz wird auf diesem Posten auch nicht erwartet. Sie brauchen wegen Bell also kein schlechtes Gewissen zu haben, er erfährt keine Herabsetzung, sondern im Gegenteil ...»

«Wenn ich es mir recht überlege, Sir, so würde ich eigentlich gerne noch einmal in Ruhe darüber nachdenken, ob der Posten des Super nicht vielleicht doch für mich ...»

«Dafür ist es zu spät, mein Lieber. Die Entscheidung ist bereits gefallen.»

«Oh.» Morse fühlte einen leichten Stich von Neid. Aber dann tröstete er sich. Der ACC, so geschwollen er auch immer daherredete, hatte schon recht: um als Aushängeschild zu dienen, war er wohl wirklich nicht der geeignete Mann. Sich gut benehmen zu müssen hatte ihn schon immer schrecklich ermüdet.

Doch der ACC war noch nicht fertig. «Wissen Sie, Morse, ich denke oft, daß Sie die Dinge nicht richtig angehen. Ihnen fehlt es an taktischem Geschick. Mit Ihren Fähigkeiten könnten Sie, wenn Sie es richtig angestellt hätten, jetzt auf meinem Stuhl sitzen und würden eine Menge mehr verdienen als in Ihrer jetzigen Position.»

«Ich bin auf das Geld nicht angewiesen, Sir. Wie Sie wissen, verfüge ich noch über ein Privateinkommen.»

Der ACC sah ihn erstaunt an. «Ich dachte, Ihr Vater sei Taxifahrer gewesen?»

Morse war schon aufgestanden. «Das ist richtig, Sir, aber er hat den Aga Khan gefahren.»

Der ACC verzog irritiert den Mund. «Ich nehme an, Sie wollen wieder mit Lewis zusammenarbeiten?»

Auf Morses Gesicht erschien ein Lächeln. «Unbedingt, Sir.»

DRITTES BUCH

Kapitel Zweiundzwanzig

... denn diese Milchbrust,
Die durch die Fenster
kirrt der Männer Augen.
Shakespeare, Timon von Athen,
4. Akt, 3. Szene

Selbst wenn Lewis' Eltern mit Reichtum gesegnet gewesen wären und sich einer gewissen gesellschaftlichen Stellung erfreut hätten, hätte Winchester den jungen Lewis vermutlich nicht aufgenommen. Aber es muß ja auch nicht jeder eine Public School besuchen. Dennoch hatte er mit Zähigkeit eine ganze Menge erreicht. Mit fünfzehn war er von der Schule abgegangen, hatte sich aber in Tageskursen und in unzähligen anstrengenden Stunden in der Abendschule eine Reihe praktischer Fähigkciten erworben. Mit zwanzig war er der Polizei beigetreten. Er hatte die Entscheidung nie bereut. Vor zehn Jahren war er zum Sergeant befördert worden. Was ihn in Morses Augen auszeichnete, war, daß er einerseits wußte, was er konnte, und von daher Selbstvertrauen besaß, sich aber andererseits auch über seine Schwächen im klaren war und offen darüber redete. Vor sechs Jahren hatte er zum erstenmal mit Morse zusammengearbeitet, und im nachhinein hatte es ihn mit Stolz erfüllt, daß er diesem mitunter genialen Mann bei seinen Ermittlungen hatte zusehen und einen, wenn auch bescheidenen, Beitrag zur Lösung des Falles leisten dürfen. Aber, wie gesagt, im nachhinein. *Während* der Arbeit hatte er Morse mehr als einmal zum Teufel gewünscht, und an diesem Auf und Ab der Gefühle hatte sich auch in den folgenden Jahren, wann immer Morse ihn für einen neuen Fall angefordert hatte, nicht viel geändert. Morse war eben eine schwierige Persönlichkeit. Andererseits empfand er es als große Ehre, daß ein Mann von diesem Ruf Wert auf seine Mitarbeit legte, und darüber hinaus schätzte er ihn als Menschen. Er mochte reizbar, launisch, vulgär, stur und mitunter, was das Trinken und Rauchen und die Einhaltung des Polizeireglements anging, von einer Disziplinlosigkeit sein, daß es Lewis grauste – das alles tat seinen freundschaftlichen Gefühlen für ihn jedoch keinen Abbruch. Denn während Morse bei Vorgesetzten und Kollegen trotz seiner Erfolge als exzentrischer Spinner galt, hatte Lewis oft genug Gelegenheit gehabt, hinter all dem Negativen den nachdenklichen, empfindsamen und rücksichtsvollen Morse zu entdecken. Inzwischen waren Morse und er bei der gesamten Thames Valley Constabulary als ein Paar bekannt – ihrer beider Namen wurde in einem Atemzug genannt so wie Gilbert & Sullivan, Moody & Sanky oder Lennon & MacCartney. Im Fall Jackson (der Morse allerdings bis dato nicht offiziell übertragen worden war) hatte Lewis' Beitrag bisher darin bestanden, daß er ihn vor vierzehn Tagen morgens zum Clarendon Institute kutschiert und ihm die Abmahnung von der Windschutzscheibe des Lancia gekratzt hatte, keine besonders ruhmvolle Tat, und wieso hatte der faule Kerl nicht überhaupt den Bus genommen? Das wäre außerdem viel schneller gewesen.

Aber als bei Lewis am Montag morgen um halb acht das Telefon klingelte und Morse am Apparat war, löste sich auch die letzte Spur etwa noch vorhandenen Ärgers in nichts auf.

«Ja, Sir?»

«Ich brauche Ihre Hilfe, Lewis.»

«Was soll ich denn tun, Sir? Heute wird es aber nicht mehr gehen – ich bin den ganzen Tag unterwegs. Wir führen doch im Moment die Sicherheitswoche in den Schulen durch, *Augen auf im Straßenverkehr!*, und ...»

«Sie sind ab sofort davon freigestellt. Ich habe gestern mit dem ACC geredet und ihm gesagt, daß ich Sie brauche.»

Bei diesen Worten ging Lewis das Herz auf. Er wurde gebraucht!

«Ich freue mich, Sie. Sie wissen, daß ich gerne mit Ihnen zusammenarbeite. Wann soll ich denn im Präsidium sein?»

«Ich bin schon im Büro. Ziehen Sie Ihre Pantoffeln aus, und steigen Sie in Ihr Auto; und dann kommen Sie her.»

Lewis, nicht mehr ganz jung und sonst eher schwerfällig, bewegte sich auf einmal leichtfüßig wie ein Jüngling. Seine Frau, eine Waliserin, stand gerade am Herd und brutzelte Eier mit Speck, als er hereinkam. Sie spürte die Veränderung sofort und wandte sich ihm lächelnd zu.

«Du brauchst mir gar nichts zu sagen. Das war Inspector Morse, hab ich recht? Ich merke es dir sofort an, wenn du mit ihm gesprochen hast, du bist dann immer so aufgekratzt.»

Lewis nickte nur, aber es bedurfte zwischen ihnen auch nicht vieler Worte. Sie freute sich für ihn. Er war ein guter Mann, und sie wünschte sich, daß er Anerkennung fand. Anders als sonst schlang er heute das Frühstück herunter, ohne recht zu wissen, was er auf dem Teller hatte, aber das störte sie nicht. Er hatte wieder diesen bestimmten Ausdruck im Gesicht, und sie wußte: es hatte ihn wieder gepackt. Und das war gut so.

Als Lewis um zehn nach acht bei Morse eintrat, bedurfte es nur eines Blicks in den von Stummeln überquellenden Aschenbecher, um festzustellen, daß – erstens – Morse sich wieder in einer seiner Rauchphasen befand (er hatte die Angewohnheit, entweder exzessiv Kette zu rauchen oder gar nicht) und daß er – zweitens –, der Anzahl der Kippen nach zu urteilen, bereits seit mehreren Stunden dasein mußte. Deshalb war es fast verständlich, daß er Lewis' schnelles Erscheinen weder durch eine Geste noch durch irgendwelche Dankesworte honorierte, sondern gleich zur Sache kam.

«Ich habe da eine Frage. Wenn ich meinen Wagen falsch parke und dabei von einer Politesse erwischt werde – was passiert dann?»

«Sie bekommen ein Strafmandat, Sir», antwortete Lewis prompt.

«Sie Schlauberger! Das weiß ich selbst. Was mich interessiert, ist der anschließende Amtsweg. Wo wird das Ganze registriert?»

«Na ja, also erst mal klemmt sie Ihnen die Anzeige unter den Scheibenwischer, und hinterher, nach Dienstschluß, geht sie mit den Durchschlägen ...»

«Wieso Durchschläge?» fragte Morse irritiert.

«Das, was sie Ihnen an die Windschutzscheibe steckt, ist sozusagen das Original, Sir. Dann gibt es aber noch zwei Kohlepapierdurchschläge. Der erste geht ans Fixed Penalty Office und der zweite zum Magistrate's Clerk.»

«Hm. Und woher wissen Sie das alles?»

«Das müßten Sie eigentlich auch wissen, Sir.»

«So? Na, jetzt weiß ich's ja. Wenn ich nun mein Strafmandat gleich bezahlen will – wo muß ich da hin?»

«Zur Kasse im Magistrate's Office.»

«Und wenn nun die Politesse noch nicht dagewesen ist und den Durchschlag noch nicht abgegeben hat?»

«Das macht nichts. Hauptsache, Sie haben Ihren Strafzettel dabei. Die ganzen Sachen wandern am Ende sowieso zur Archivierung ins Fixed Penalty Office.»

«Und könnte man dort nachfragen, wer die Buße bezahlt hat?»

«Ja, natürlich.»

«Sehr schön. Dann möchte ich, daß Sie sich gleich mal auf den Weg machen, Lewis ...»

Bei seiner Rückkehr überreichte Lewis ihm eine Durchschrift der Aktennotiz, in der der Vorgang in allen Morse interessierenden Einzelheiten festgehalten war.

> *Strafzettel, ausgestellt am Mittwoch, den 3. Oktober um 15.25 für Rolls-Royce, amtliches Kennzeichen ‹LMK 306V›, abgestellt Victor/Ecke Canal Street im absoluten Halteverbot. Geldbuße wurde am Freitag, den 5. Oktober mit Scheck des Bankhauses Lloyd's von C. Richards, 261 Oxford Avenue, Abingdon, bezahlt.*

«Ganz, wie ich es mir gedacht habe», sagte Morse, pfiff leise durch die Zähne, zog sich das Telefon heran und wählte die Nummer der Richards Press. Er meldete sich mit seinem vollen Titel (eine Form der subtilen Drohung) und fragte nach Mr Charles Richards. Seine Sekretärin, eine offenbar noch junge Frau, deren Stimme Morse sehr anziehend fand, erklärte ihm, Richards sei außer Haus. Ob Morse es noch einmal versuchen wolle – am besten morgen früh.

«Morgen früh?» fragte Morse empört. «Nachmittags arbeitet er wohl nicht?!»

«Mr Richards arbeitet sehr hart!» belehrte ihn die Sekretärin. Der Klang ihrer Stimme war nach wie vor angenehm, der Ton jedoch merklich kühler. «Soviel ich weiß, hat er heute nachmittag eine geschäftliche Besprechung.»

«Oh, dafür habe ich natürlich volles Verständnis», sagte Morse. «Das ist selbstverständlich sehr viel wichtiger, als der Polizei bei ihren Ermittlungen zu helfen.»

«Ich ... äh ... ich könnte versuchen, ihn zu erreichen.»

«Dann rate ich Ihnen, das schleunigst zu tun», sagte Morse. Er gab ihr seine Nummer und hängte ein.

Zehn Minuten später klingelte sein Telefon.

«Inspector Morse? Hier Richards. Tut mir leid, daß Sie eben vergebens angerufen haben. Sind Ihnen noch weitere Fragen eingefallen?»

«Ja. Es gibt da einen oder zwei Punkte, die ich gern mit Ihnen geklärt hätte.»

«So? Na, dann schießen Sie mal los. Was du heute kannst besorgen ...»

«Ich möchte Sie eigentlich lieber persönlich sprechen. Am Telefon ist das so eine Sache ...»

«Da bin ich, ehrlich gesagt, nicht ganz Ihrer Meinung.»

Das konnte Morse gut verstehen. Sein Wunsch entsprach auch mehr pragmatischen als prinzipiellen Erwägungen. «Nun, die Dinge, um die es geht, sind, nun sagen wir mal, delikater Natur. Ich glaube wirklich, daß es auch in Ihrem eigenen Interesse liegt, wenn wir uns sehen.»

«Wie Sie wünschen.»

«Wäre Ihnen morgen recht?»

«Ja, das ginge.»

«Gegen zehn?»

«Gut.»

«Gibt es bei Ihnen vor dem Verlag einen Parkplatz?» Die Frage klang unschuldig genug.

«Sie können hinten bei uns auf dem Hof parken. Da müßte eigentlich etwas frei sein.» Richards lachte. «Kann sich ja manchmal ganz schön schwierig gestalten, so eine Parkplatzsuche.» Es klang nicht weniger unschuldig.

Draußen an der Kneipentür prangte die Inschrift *Verweilet in Jericho, bis euch Bärte gewachsen sind!* Joe Morley, ein alter Stammgast, hievte sich, unter seiner Leibesfülle ächzend, auf einen der hohen Hocker vor dem Tresen. Bei seinem Eintreten hatte der Wirt, ohne die Bestellung abzuwarten, gleich angefangen, ein Guiness zu zapfen.

«Na, wie geht's denn so, Joe?»

«Wie soll's gehen.»

«Bei euch in der Straße lebt sich's ja gefährlich, nach allem, was man so hört.»

Joe wischte sich den Schaum von den Lippen. Du meinst die Sache mit George?»

«Du hast ihn doch ziemlich gut gekannt, oder?»

«Den kannte keiner gut. Der war ein Einzelgänger. Merkwürdiger Typ, wenn du mich fragst. Aber vom Angeln hatte er Ahnung.»

«Na, und zum Angeln braucht man ja eine ganze Menge Geduld, die scheint er wohl gehabt zu haben, wenn man sich sein anderes Hobby so ansieht.»

«Was für ein anderes Hobby?»

«Leute beobachten. Die Frau von gegenüber zum Beispiel. Die, die sich neulich umgebracht hat. Er soll immer mit einem Fernglas am Fenster gestanden haben.»

«Woher weißt du das?»

«Mrs Purvis hat es dem alten Len erzählt – du weißt doch, der mit dem Holzbein. Aber sie war ja auch selber schuld. Soll im Schlafzimmer nicht mal Vorhänge gehabt haben.»

«Da gab's bestimmt hübsch was zu sehen für ihn.»

Der Wirt beugte sich mit dem Oberkörper etwas nach vorn. «Und soll ich dir noch was sagen? Der George hat mit seinen Gelegenheitsjobs ganz schön Knete gemacht. Letzten Donnerstag hat er bei Barclay's zweihundertfünfzig Pfund auf sein Konto eingezahlt.»

«Woher weißt du denn das nun schon wieder?»

«Du kennst doch den alten Alf, der immer herkommt. Na, und seine Frau, die hat eine Schwester, die da arbeitet. Und die hat ihr erzählt ...»

Ein paar Jugendliche kamen herein, und der Wirt griff hinter sich und reichte ihnen zwei Sätze Darts. «Für jeden ein Lager, wie immer?»

Der ältere Mann, der allein an einem Tisch gesessen hatte, stand auf, um für die Dartsspieler Platz zu machen. Allmählich bekam er Hunger. Um diese Zeit saß er sonst zu Hause am Abendbrottisch, doch Morse war, nachdem er die Liste der in Frage kommenden Pubs zusammengestellt hatte, der Ansicht gewesen, man müsse möglichst gleich, wenn sie öffneten, zur Stelle sein, da dies die Zeit sei, wo einerseits noch ein bißchen Muße sei für etwas Klatsch und Tratsch, andererseits der Lärmpegel niedrig genug sei, daß man diesen Klatsch auch aus einiger Entfernung noch belauschen könne, ohne den Leuten gleich auf die Pelle rücken zu müssen. «Sie holen sich ein Bier, und dann sperren Sie die Ohren auf», hatte Morse erklärt. «Ich wette, daß der Mord an Jackson noch das Tagesgespräch Nummer eins ist.»

Diese Vermutung schien jedoch nicht zuzutreffen. In seiner Gegenwart drehten sich die Gespräche um Darts, Fußball und den gerade angehobenen Bierpreis. Der Name *Jackson* fiel nicht ein einziges Mal. Seine Ermordung war nur eine aufregende, etwas verstörende Unterbrechung gewesen, und jetzt ging das Leben wieder seinen gewohnten Gang – nur, daß Anne Scott und George Jackson daran nicht mehr teilhatten. Aber das war in Jericho kein Thema mehr.

Als Morse gegen neun Uhr abends ziemlich angeheitert noch einmal im Präsidium vorbeischaute, fand er in seinem Büro einen Bericht vor. Er hatte darauf bestanden, daß die Leute von der Spurensicherung sich Jacksons Haus noch einmal vornahmen. Und sie hatten, beinahe wider Erwarten, Erfolg gehabt. Im Schlafzimmer hatten sich zwei prachtvolle Fingerabdrücke gefunden, die ihnen beim erstenmal entgangen sein mußten – sehr schön klar und deutlich. Und vor allem: nicht von Jackson.

Morse fand, es sei alles in allem ein guter – doch wirklich! – ein guter Tag gewesen.

Kapitel Dreiundzwanzig

... und machte ihm einen bunten Rock.
1. Buch Mose, Kap. 37, Vers 3

Morse rechnete für den Weg von Kidlington nach Abingdon eine halbe Stunde, um auch noch pünktlich zu sein, falls er einige Zeit brauchen würde, um die White Swan Lane und Richards Press zu finden. Seine Vorsicht erwies sich jedoch als überflüssig; er entdeckte die Straße, kaum daß er im Stadtzentrum war. Der Verlag war in einem modernisierten Backsteinbau aus dem letzten Jahrhundert untergebracht. Morse fuhr auf den Hof, wo er, wie Richards gesagt hatte, sofort einen Parkplatz fand. Beim Aussteigen blickte er kurz hoch und sah, wie sich hinter einem der Fenster im ersten Stock jemand abwandte. Seine Ankunft war also registriert worden. Eine Hinweistafel informierte ihn, wo Richards zu finden sei, und er stieg über eine breite, sehr elegante Treppe ein Stockwerk höher. Eine Tür mit Milchglasscheiben trug die Aufschrift *Bitte treten Sie ein*.

Hinter einem mit Papieren übersäten Schreibtisch sah ihm eine aparte, sehr gepflegte Frau entgegen, die jedoch erheblich älter war, als Morse bei ihrem gestrigen Telefongespräch vermutet hatte.

«Ich nehme an, Sie sind Inspector Morse», sagte sie. «Mr Richards erwartet Sie schon.»

Sie ging quer durch den Raum zu einer Tür, klopfte, meldete Richards seine Ankunft und zog sich wieder zurück.

Richards hatte sich bei seinem Eintritt erhoben und kam ihm ein paar Schritte entgegen. Die beiden Männer schüttelten sich die Hände. Der Verleger führte Morse hinüber zu einer Sitzecke und bat ihn, Platz zu nehmen.

«Nun?»

Morse kam gleich zur Sache. «Bei unserem Telefongespräch am letzten Samstag habe ich Sie gefragt, ob Sie am Nachmittag des 3. Oktober in Jericho gewesen seien. Sie haben das energisch abgestritten. Für Ihren Wagen wurde jedoch an diesem Nachmittag ein Strafmandat ausgestellt, weil er Victor / Ecke Canal Street im Halteverbot gestanden hat.»

Richards sah ihn hilflos an. «Ich verstehe das nicht.»

«Das Bußgeld wurde mit einem Scheck bezahlt, der auf Ihr Konto ausgestellt und mit *C. Richards* unterschrieben war. Haben Sie dafür eine Erklärung?»

«Ein Scheck, also ... also ich ...»

«Aus all dem müssen wir wohl schließen, daß jemand anderes an diesem Nachmittag Ihren Wagen gefahren hat. Denn Sie haben ja ein Alibi. Ich habe die junge Dame, deren Namen und Telefonnummer Sie mir freundlicherweise gegeben haben, angerufen, und sie hat mir bestätigt ...»

Richards beugte sich, offensichtlich erregt, vor, hob abwehrend die Hand und bewegte sie rasch hin und her, so als stünden Morses Worte mit Kreide geschrieben auf einer Wandtafel und er versuche, kaum daß sie dort erschienen, sie mit einem Schwamm wieder auszulöschen. «Ich möchte Sie bitten, sie aus dem Spiel zu lassen. Ich ... ich möchte nicht noch jemanden in diese Geschichte hineinziehen.»

«Das wird sich wohl kaum vermeiden lassen. Da Sie an diesem Nachmittag, soweit ich feststellen konnte, nicht in Jericho waren, muß jemand anderes Ihren Wagen benutzt haben. Und ich möchte von Ihnen wissen, wer das war.»

«Hören Sie Inspector, ich glaube, ich bin Ihnen eine Erklärung schuldig.» Richards seufzte schwer. «Es war dumm von mir zu versuchen, Sie zu täuschen, wo durch dieses Strafmandat ja quasi schon aktenkundig war, daß der Wagen an jenem Nachmittag in Jericho geparkt war. Aber ich habe, ehrlich gesagt, nicht damit gerechnet, daß das zu Ihrer Kenntnis gelangen würde ...» Er schüttelte den Kopf, als könne er immer noch nicht so ganz verstehen, wie Morse dahintergekommen war. «Da muß einer Ihrer Männer ein sehr gutes Gedächtnis und Kombinationsvermögen gehabt haben.»

Morse war viel zu sehr gespannt, was Richards ihm erzählen würde, als daß er sich über dieses widerwillige Kompliment freuen konnte. Richards holte tief Luft und fuhr dann fort: «Ich werde Ihnen jetzt die Wahrheit sagen, Inspector. Dazu muß ich allerdings etwas ausholen. Wie Sie wissen, hat Anne Scott jahrelang für mich gearbeitet. Sie war eine sehr anziehende Frau, sowohl von ihrem Äußeren her als auch in bezug auf ihr Wesen. Sie begleitete mich häufig auf Geschäftsreisen, und in solchen Situationen ... Nun, ich glaube, ich brauche das nicht weiter auszuführen. Ich bin ein verheirateter Mann, und ich liebe meine Frau, und trotzdem verliebte ich mich in Anne. Es war weit mehr als nur eine Affäre. Auf den Geschäftsreisen gaben wir uns in den Hotels als Ehepaar aus. Derartige Gelegenheiten waren allerdings nicht sehr häufig. Vielleicht fünf- oder sechsmal im Jahr.»

«Wußte Ihre Frau davon?»

«Nein, ich glaube nicht.»

«Und? Wie ging es dann weiter?»

«Nun, es passierte, was vermutlich vielen Liebenden passiert. Die Spannung und die Erregung beim Wiedersehen lassen nach, die Euphorie der ersten Monate beginnt allmählich zu schwinden ... Irgendwann entschied Anne, daß es besser sei, sie ginge, und ich versuchte nicht, sie zurückzuhalten. Um ehrlich zu sein, war ich eher froh. Es ist schon eine merkwürdige Sache mit den Gefühlen.»

«Aber Sie schrieben sich?»

Richards nickte. «Ja. Nicht allzuoft, aber wir blieben in Kontakt. Als wir dann in diesem Sommer mit dem Verlag nach Abingdon übersiedelten, lebten wir plötzlich wieder in relativer räumlicher Nähe zueinander. Sie schrieb mir und ließ durchblicken, daß sie sich freuen würde, mich wiederzusehen. Und ich fand sie nach all den Jahren, die wir uns nicht getroffen hatten, wieder sehr aufregend. Sie hatte in der Regel jede Woche einen Nachmittag, an dem sie frei war. An diesen Nachmittagen habe ich sie des öfteren besucht – und auch am Nachmittag des 3. wollte ich zu ihr.

«Hatten Sie einen Schlüssel?»

«Einen Schlüssel? Äh ... nein.»

«War die Tür offen, als Sie ankamen?»

«Äh, ich glaube, äh ... ja. Sonst ...»

«Dann hätte ich jetzt von Ihnen gerne eine Schilderung, was Sie gemacht haben, nachdem Sie das Haus betraten.»

Richards schwieg und starrte auf den Boden, als suche er hinter dem komplizierten Muster des Teppichs einen verborgenen Sinn zu entdecken. Schließlich hob er den Kopf und sagte: «Nun, ich rief nach ihr.»

«Weiter!»

«Das Haus wirkte irgendwie verlassen, und ich dachte, sie sei vielleicht etwas besorgen, und ging schon nach oben.»

«Nach oben?»

Richards sah ihn fast herausfordernd an. «Ja, nach oben», sagte er.

«In welchen Raum sind Sie gegangen?»

«In den hinteren. Da hatte sie sich ein Arbeitszimmer eingerichtet; aber das brauche ich Ihnen ja nicht zu erzählen. Sie werden das Haus ja inzwischen kennen.»

Morse nickte.

«Wir hatten so eine Gewohnheit, daß wir vorher noch ein bißchen zusammensaßen und ein Glas Wein tranken, ehe wir dann ins Schlafzimmer hinübergingen ...»

«Kam Ihnen das eigentlich überhaupt nicht riskant vor, ich meine, so bei hellem Tageslicht?»

Richards schien nicht zu wissen, wovon er sprach, und Morse schossen einige merkwürdige Ideen durch den Kopf.

«Fast alles, was Spaß macht im Leben, ist riskant», sagte Richards schließlich vage.

«Nun ja, aber man kann das Risiko mindern, wenn man zum Beispiel die Vorhänge zuzieht.»

Richards lächelte erleichtert. «Ach, jetzt weiß ich, worauf Sie anspielen. Es stimmt. Sie ist in all der Zeit nicht dazu gekommen, jemanden zu bestellen, der ihr da oben Vorhänge angebracht hätte.»

(1:0 für Richards!) «Sie saßen also da oben im Arbeitszimmer und warteten. Und dann?»

«Nach ungefähr zwanzig, fünfundzwanzig Minuten wurde ich unruhig. Es muß schon gegen halb vier gewesen sein, und ich überlegte, was wohl passiert sein könne. Aber ich wußte nicht, was ich hätte tun sollen, und so bin ich gegangen.»

«Sie haben nicht vorher noch schnell in die Küche geschaut?»

«Nein, nein. Ich habe die Küche auch vorher nie betreten.»

«Hatte es schon angefangen zu regnen?»

«*Angefangen?* Ich glaube, es hat den ganzen Nachmittag ununterbrochen geregnet. Auf jeden Fall hat es schon geregnet, als ich kam, sonst hätte ich für den kurzen Weg vom Wagen bis zu ihrem Haus nicht den Schirm mitgenommen. Ich weiß noch, daß ich ihn gleich bei der Eingangstür abgestellt habe, um ihr keine Flecken auf den Teppich zu machen.»

«Wenn man reinkommt, gleich rechts?»

«Ich kann mich nicht hundertprozentig erinnern, aber ich

glaube, es war links – ich hätte wohl eher sagen sollen, *hinter* der Tür. Aber vielleicht irre ich mich da.»

«Nein, Sie irren sich nicht! Sie müssen schon entschuldigen, aber ich möchte ganz sicher sein, daß wirklich Sie an dem Nachmittag dagewesen sind, und deshalb habe ich Sie ein bißchen aufs Glatteis geführt – sozusagen als Test, ob Sie die Wahrheit sagen. Es hat nämlich jemand, während Sie oben waren, das Haus betreten, und so wissen wir, wo genau der Schirm gestanden hat.

Richards kaute nervös an seiner Unterlippe.

«Vorhin, als Sie anfingen, war ich mir gar nicht so sicher, ob das stimmte, was Sie sagten, aber inzwischen haben Sie mich überzeugt: Ihr Wagen an der Ecke, Ihr schwarzer Schirm hinter der Tür und Ihr dunkler Regenmantel über dem Treppengeländer – da werden Sie es wohl gewesen sein.»

«Ich war ein Dummkopf, daß ich nicht gleich ...»

«Sie *sind* ein Dummkopf!» donnerte Morse.

«Was? Wieso? Ich ...» Richards sah ihn erschrocken an.

«Weil Sie mich noch immer zu belügen versuchen. Das müßten Sie selbst doch am besten wissen! Die Wahrheit ist, daß nicht Sie, sondern irgend jemand anderer sich an diesem Nachmittag in Anne Scotts Haus aufgehalten hat.»

«Aber, Inspector, nun machen Sie sich doch nicht lächerlich! Alles, was ich gesagt habe, entspricht ...»

Morse stand auf. «Und wenn ich Ihnen nun sage, daß über dem Treppengeländer kein dunkelblauer Regenmantel, sondern ein grauer Dufflecoat gehangen hat?»

«Dann habe ich mich eben geirrt.»

«Besitzen Sie einen grauen Dufflecoat?»

«Ich ... äh, nehmen Sie doch bitte einen Moment wieder Platz. ich ... äh, ich habe nicht gelogen, ich ...» Er senkte den Kopf und preßte die Hände gegen die Schläfen.

Morse spürte auf einmal, wie ihn eine Gänsehaut überlief. Ohne daß er es gemerkt hatte, war jemand hinter ihn getreten, und er hörte eine Frauenstimme sagen: «Nun gib es doch auf, siehst du nicht, daß es keinen Zweck mehr hat? Natürlich hast du den Inspector angelogen, wie du unsere ganze Ehe hindurch mich angelogen hast. Nur daß du es diesmal getan hast, um mich zu schützen. Aber du siehst, du kommst damit nicht durch.» Sie setzte sich zu ihnen auf einen freien Sessel. Es war die Frau, die

Morse zu Anfang begrüßt und ihn in Richards' Zimmer geführt hatte. Sie wandte sich zu Morse: «Ich bin Celia Richards. Charles hier ist mein Mann. *Mein Mann!*» Sie lächelte bitter. «Aber das ist ja wohl die korrekte Bezeichnung, da wir nun einmal miteinander verheiratet sind. Er hat mir gesagt, daß Sie heute kommen würden – er hatte keine andere Wahl –, und er wollte nicht, daß Josephine, das ist die Sekretärin und vermutlich, wie ich Charles kenne, nicht nur das, von Ihrem Besuch erführe, und deshalb schlug er vor, daß ich mich an ihrer Stelle ins Vorzimmer setzen solle. Wir wußten natürlich, weswegen Sie ihn sprechen wollten, und dachten uns eine Geschichte aus, von der wir hofften, daß Sie sie akzeptieren würden. Aber für den Fall, daß Sie etwas merken sollten, war verabredet, daß ich hereinkommen würde. Die Tür nach nebenan war nur angelehnt, ich habe also Ihr ganzes Gespräch mitbekommen. Tja, Charles, nun müssen wir wohl mit der Wahrheit herausrücken.»

Richards sagte nichts. Er saß völlig in sich zusammengesunken in seinem Sessel, so, als hätte er eine große Niederlage erlitten.

«Haben Sie eine Zigarette für mich, Inspector?» fragte Celia. Sie nahm einen tiefen Zug, dann sagte sie: «So, ich denke, jetzt bin ich an der Reihe. Ich habe übrigens, während ich draußen saß und zuhörte, feststellen können, daß nicht nur Charles faustdicke Lügen erzählt hat, sondern Sie ebenfalls, Inspector. Wie Sie sich in die Brust geworfen und von dunkelblauen Regenmänteln und grauen Dufflecoats geredet haben – du meine Güte, was für ein Schmierentheater! Mir hätten Sie damit nicht kommen dürfen. Wie Sie sich vielleicht schon gedacht haben, bin ich selbst nämlich dieser Jemand, der am Nachmittag des 3. in Anne Scotts Haus war. Und ich trug weder einen dunkelblauen Regenmantel noch einen Dufflecoat, sondern eine hellbraune Lederjacke. Sie wollen sie doch sicher sehen, oder?» In ihrer Stimme lagen Haß und Verachtung.

Kapitel Vierundzwanzig

In alle Wahrheit mischt sich Lüge.
Longfellow, The Golden Legend

Während er nach Oxford zurückfuhr, dachte Morse darüber nach, was Celia Richards ihm gerade erzählt hatte. Sie hatte sich selbst dabei nicht geschont, und er hatte ihre beherzte Offenheit insgeheim bewundert. Er zweifelte nicht, daß ihr Bericht der Wahrheit entsprach. Während der Zeit, als Anne für den Verlag gearbeitet hatte, war ihr immer wieder etwas über ein Verhältnis zwischen ihr und Charles zu Ohren gekommen; sie hatte dafür jedoch nie einen Beweis gehabt und sich immer wieder damit getröstet, daß diese Gerüchte ja nicht stimmen mußten. Dann war Anne gegangen, und sie hatte allmählich ihre innere Ruhe wiedergefunden. Ob nun etwas zwischen den beiden gewesen sein mochte oder nicht, nun war es vorbei. Bis vor ein paar Wochen die vermeintliche Sicherheit mit einem Schlag wieder zerstört worden war. Charles war an dem Tag zu Hause geblieben, weil er sich fiebrig fühlte, und sie war nach Abingdon zum Verlag gefahren, um mit ihrem Schwager Conrad, dessen Zimmer ein Stockwerk über dem von Charles lag, zu reden. Sie war jedoch zuerst in Charles' Büro gegangen. Der Brief mußte gerade an dem Tag eingetroffen sein und lag offen auf dem Schreibtisch, gleich neben der Kristallkugel, die er als Briefbeschwerer benutzte. Sie hatte die Schrift sofort erkannt. Oben in der linken Ecke des Umschlags stand der Vermerk *Persönlich und vertraulich*. Da wußte sie Bescheid. Sie hatte, ohne zu überlegen, den Brief an sich genommen, sich draußen in den Wagen gesetzt und ihn gelesen. Und während sie las, wurde ihr klar, daß die beiden sich, seit der Verlag vor einigen Wochen nach Abingdon umgezogen war, regelmäßig getroffen hatten. In ihrem Brief bat Anne Charles um ein erneutes Wiedersehen – es sei dringend! Sie befinde sich in großen Schwierigkeiten, und er sei der einzige, an den sie sich wenden könne. Sie erwähnte, daß sie Geld brauche, vor allem aber müsse sie ihn so schnell wie möglich sehen! Sie habe alle seine Briefe aufgehoben und sei, so deutete sie an, falls er ihrem Wunsch nicht nachkomme, verzweifelt genug, sie zu benutzen, um ihm damit zu schaden, Sie wisse, daß das einer Erpressung gleichkomme und schäme sich deswegen, ihre Situation lasse ihr jedoch keine andere Wahl. Nachdem Celia den Brief zu Ende gelesen hatte, war sie nach Hause gefahren und hatte ihn dort verbrannt. Ihr Entschluß stand fest: sie würde Anne Scott aufsuchen. Und bei der nächsten sich bietenden Gelegenheit hatte sie ihren Entschluß in die Tat umgesetzt. Sie hatte den Rolls nehmen müssen, weil Charles wie so oft mit ihrem Mini zur Arbeit gefahren war. In den winkligen Straßen Jerichos war es schwer gewesen, einen Parkplatz zu finden, und so hatte sie den Wagen schließlich einfach im Halteverbot abgestellt und gehofft, daß das Regenwetter den Eifer der Politessen vielleicht dämpfen würde und sie ohne Strafzettel davonkäme. Sie war die Sackgasse hinunter zu Anne Scotts Haus gegangen und hatte geklopft, aber es hatte niemand aufgemacht. Sie hatte prüfend die Klinke heruntergedrückt und festgestellt, daß die Tür offen war. («Ja, da bin ich ganz sicher, Inspector, da ich keinen Schlüssel hatte, wie hätte ich sonst hineinkommen sollen?») Drinnen hatte sie nach ihr gerufen, aber alles war still geblieben. Sie hatte sich in dem großen Raum unten kurz umgesehen und war dann die Treppe hinauf in den ersten Stock gestiegen. Dort war sie zufällig geradewegs ins Arbeitszimmer gegangen und hatte, nachdem sie ein paar Minuten gesucht hatte, in einer Schreibtischlade die Briefe entdeckt, von denen Anne gesprochen hatte. Bis zu diesem Zeitpunkt war sie vor lauter Verletztheit so rabiat gewesen, daß sie alle Zweifel und Bedenken hinsichtlich ihres Vorgehens einfach unterdrückt hatte, aber dann war sie da oben auf einmal von Angst gepackt worden. Wenn Anne nun zurückkam ... Ihre Furcht vor Entdeckung war jedoch gar nichts gegen den Alptraum der nächsten zwei Minuten. Sie hatte plötzlich gehört, wie unten die Eingangstür geöffnet wurde und eine Männerstimme nach Anne rief. Der Mann war bis an den Fuß der Treppe gekommen, und sie hatte wie versteinert oben gestanden, zitternd, daß er heraufkommen werde. In ihrem ganzen Leben hatte sie noch nie eine solche Panik gefühlt!

Und dann war auf einmal alles vorbei gewesen. Der Mann war wieder gegangen, und nachdem sie noch vier oder fünf Minuten abgewartet hatte, hatte sie die Briefe in ihre Handtasche gesteckt und das Haus verlassen. Bei ihrer Rückkehr hatte sie am Wagen das Strafmandat vorgefunden, doch das war, verglichen mit dem, was sie eben durchgemacht hatte, eine Lappalie. Sie hatte einen Scheck ausgestellt («‹C.› für ‹Celia›, Inspector!») und die Sache damit für erledigt gehalten. Charles' Briefe hatte sie wie zuvor den von Anne verbrannt, allerdings ohne auch nur einen von ihnen gelesen zu haben. Damit konnte Anne Scott nun kein Unheil mehr anrichten! Drei Tage später hatte sie durch Zufall aus der Zeitung von ihrem Selbstmord erfahren und realisiert, daß zu dem Zeitpunkt, wo sie sich in Annes Haus aufgehalten und in ihrem Schreibtisch nach den Briefen gesucht hatte, diese Anne nur wenige Meter entfernt von ihr hinter der Küchentür gehangen hatte. Diese Erkenntnis hatte ihr einen solchen Schock versetzt, daß sie unbedingt mit jemandem darüber hatte sprechen müssen. Zuerst hatte sie an ihren Schwager gedacht. Er hörte gut zu und verurteilte nicht. Er war ihr immer ein zuverlässiger Freund gewesen. Doch dann war sie zu dem Schluß gekommen, daß sie Charles alles erzählen mußte. Das hatte sie dann auch getan. Charles hatte ihr sofort angeboten, alle Schwierigkeiten, die sich eventuell ergeben würden, auf sich zu nehmen. Jetzt nachträglich erschien ihr ihrer beider Lügenmärchen selbst als reichlich kindisch.

Während Celia sprach, hatte Richards schweigend dagesessen, auch Celia selbst verfiel, nachdem sie fertig war, in Schweigen. Morses Einladung, jetzt, nachdem alles sich geklärt habe, im *White Swan* zusammen einen Drink zu nehmen, lehnten sie ab. Morse hatte sich daraufhin entschlossen, sich noch etwas zu gedulden und in seinen Pub in Kidlington zu gehen. Im Vorbeifahren sah er draußen ein Straßenschild, das den Weg nach Radley wies. Wohnte hier nicht die junge Frau mit der aufregenden Stimme, Richards' Geliebte? Nun, wenn das, was Celia ihm eben erzählt hatte, stimmte, brauchte Richards ohnehin kein Alibi mehr ...

Aber hatte sie ihm wirklich die Wahrheit gesagt? In ihm begannen sich die ersten Zweifel zu regen ...

Celia stand am Fenster und sah Morse abfahren – so wie sie schon seine Ankunft beobachtet hatte. Sie blieb dort noch eine ganze Weile stehen, nachdem er längst nicht mehr zu sehen war, doch schließlich wandte sie sich um.

«Er ist ein intelligenter Mann. Wir sollten ihn nicht unterschätzen.»

«Da bin ich nicht ganz deiner Meinung.»

«Glaubst du ...?»

«Denk nicht mehr daran! Versuch dich zu entspannen. Möchtest du einen Drink?»

«Ja, bitte.»

Sie drehte sich wieder zum Fenster und starrte in den Hof. Sie hatte Morse nicht in allen Punkten die Wahrheit gesagt. Wenn er es herausbekäme – das wäre das Ende. Sie hatte Angst.

Kapitel Fünfundzwanzig

Ohne Bildung ist das Leben
eines Mannes gleich dem Tod.
Cicero

Das helle Licht des sonnigen Oktobertages verlieh den schäbigen Straßen ein beinahe freundliches Aussehen, und auch die eintönigen Fassaden der Reihenhäuser wirkten weniger trist als gewöhnlich. Hier und da standen Frauen zu einem kleinen Schwatz beieinander, sie wienerten ihre Türklinken, in der Hoffnung daß jemand vorbeikäme, mit dem sich ein Gespräch anfangen ließe, oder gingen einkaufen. Da die Männer um diese Stunde bei der Arbeit, die Kinder in der Schule waren, ließen sie sich Zeit. Der strahlende Sonnenschein wirkte belebend auf das Gemeinschaftsgefühl.

Auch Sergeant Lewis, der am Morgen von Morse nach Jericho geschickt worden war, um Erkundigungen über Jackson einzuziehen, profitierte von dem schönen Wetter – alle Leute, auf die er traf, waren gutgelaunt und gesprächig. Wieder zurück im Präsidium, erstattete er Morse Bericht. Mittels diskreter Fragen hatte er herausgefunden, daß Jackson durchaus nicht arm gewesen war. Durch seine gelegentlichen Aushilfsjobs, bei denen oft recht umfangreiche Arbeiten auszuführen waren, hatte er seine Rente erheblich aufbessern können. Das Haus, in dem er gewohnt hatte, war sein

Eigentum gewesen, er hatte an die fünfzehnhundert Pfund Erspartes, dazu Pfandbriefe im Wert von noch einmal zweihundertfünfzig Pfund. Seine Angelausrüstung war sicher auch nicht billig gewesen. Lewis schätzte, daß sie an die tausend Pfund gekostet haben mochte. Trotz dieses relativen Wohlstands hatte er fast immer, wenn er etwas kaufte, am Preis herumgenörgelt und zu feilschen versucht. Manchmal hatte er auch Schulden gemacht, die er jedoch am Ende immer beglichen hatte. Auch die Raten für seine neue Angelrute hatte er pünktlich bezahlt. Merkwürdigerweise schien niemand wirklich etwas gegen ihn gehabt zu haben; es war eher so, daß er ihnen gleichgültig gewesen war – im Leben wie im Tode. Lewis fand das fast noch schlimmer, als wenn sie ihn gehaßt hätten.

Morse hörte seinen Bericht mit Interesse an und erzählte dann seine eigenen, ungleich dramatischeren Erlebnisse.

«Haben wir eine schriftliche Aussage von ihr?» fragte Lewis.

«Eine schriftliche Aussage?»

«Aber ohne die geht es nicht, Sir.» Was blieb Lewis übrig, als bei Mrs Richards anzurufen, um mit ihr einen Termin für die schriftliche Fixierung ihrer Aussage zu vereinbaren. Sie war einverstanden, daß er am Nachmittag vorbeikäme. Lewis dachte insgeheim, daß er sich diesen Weg hätte sparen können, wenn Morse gleich daran gedacht hätte, das Nötige zu tun, sagte aber nichts. Er wußte, daß Morses Interesse an formalen Dingen gering war – zumal, wenn die Aussage wie hier nur dazu diente, eine offene Frage zu klären, für die Lösung des Falles jedoch keinerlei Bedeutung besaß. Und tatsächlich war Morses Wissensdurst, die Familie Richards betreffend, im Schwinden begriffen. Gleich nach Verlassen des Verlages hatte er beschlossen, sich intensiver als bisher mit der Person des toten Jackson zu befassen. Ein Besuch in Canal Reach konnte da nicht schaden, auch wenn er nicht hätte sagen können, was er sich davon eigentlich erwartete.

So stand Morse am Nachmittag gegen zwanzig vor drei auf der Türschwelle von Nr. 10. Er schloß auf und ging gleich in den oberen Stock. Die blutbefleckte Bettwäsche war abgezogen worden, nur die Decken lagen, ordentlich zusammengefaltet, noch am Fußende. Irgend jemand hatte die verstreuten Zeitschriften aufgesammelt und zwei Stapel gemacht, die Pornohefte und die Anglerzeitschrift sorgfältig geschieden. Er setzte sich aufs Bett, nahm sich eines der Pornohefte und blätterte es durch. Die wenigen

gen Sätze Text waren in Dänisch oder Schwedisch, aber die Fotos waren so eindeutig, daß man die Kenntnis dieser Fremdsprachen entbehren konnte. Gelangweilt legte er die Magazine bald wieder beiseite, verließ das Zimmer und ging nach unten in die Küche.

Jackson hatte nur wenig Geschirr und so gut wie kein modernes Küchengerät besessen. In der Vorratskammer standen nur ein paar Dosen Baked Beans, das war alles. Unter dem schmierigen Spültisch lag eine Nummer der *Sun*; daneben lagen abgewaschen in einem gelben Plastikkorb der Teller und das Besteck, die er zu seiner letzten Mahlzeit benutzt hatte. Nein, hier gab es nichts zu entdecken.

Im vorderen Zimmer war es nicht viel anders – auch hier gab es nichts, was Morse interessiert hätte. Auf dem staubigen Kaminsims stand die Miniaturausgabe einer Kanone aus der Zeit des Burenkrieges; einziger Schmuck an der verblichenen grünen Tapete war der Kalender eines Anglerclubs, der noch den Monat September anzeigte. Auf einem Schränkchen lag neben einem unordentlichen Haufen Papierkram ein Transistorradio. Morse drehte geistesabwesend am Schalter, doch es blieb stumm. Vermutlich war die Batterie leer. Bei Ermittlungsarbeiten war er von penibler Gründlichkeit, und so nahm er sich seufzend und obwohl er sich nicht viel davon versprach, auch noch den Stapel Papier vor: ein veralteter Versandhauskatalog, Jacksons Rentenbuch, ein ungeöffneter Brief mit der letzten Gasrechnung, eine alte Ausgabe des *Oxford Journal,* ein illustrierter Führer durch *Die Fischwelt der britischen Inseln,* zwei Broschüren mit dem Titel *Wir packen es,* eine schmale Schachtel mit zwei neuen weißen Taschentüchern, ein Reklamezettel. Plötzlich hielt Morse inne und griff nach den Broschüren. Ja, genau – jetzt fiel es ihm wieder ein. Die beiden Hefte waren Begleitmaterial zu einer Fernsehserie gleichen Titels, die sich speziell an Analphabeten oder Beinahe-Analphabeten wandte. War Jackson auch Analphabet? Und war dies der Grund, warum sich in seinem Haus kaum ein Buch befunden hatte? Wie anders sah es dagegen im Haus gegenüber aus, wo Anne Scott Regale voller Bücher um sich gehabt hatte, die vielen Reihen von Penguin Klassikern zum Beispiel; Homer, Platon, Thukydides, Äschylos, Sophokles, Horaz, Livius, Vergil ... Wenn Jackson diesen Reichtum hätte sehen können ... Aber wahrscheinlich hätte es ihn gar nicht interessiert; es hatte dort anderes zu sehen gegeben, das ihn vermutlich viel mehr gereizt hatte, zum Beispiel eine Frau und ihren Liebhaber, die sich bei hellichtem Tage auszogen ...

Morse stieg wieder nach oben in den ersten Stock, nahm das Fernglas, das auf dem Nachttisch lag, trat ans Fenster und sah hinüber zu Nr. 9. Wow! Das war ja fast, als sei man selbst drüben im Zimmer. Er verließ seinen Fensterplatz, ging in den hinteren Raum und blickte in dem schon dämmrigen Nachmittagslicht auf den schmalen Streifen Garten hinaus. In etwa dreißig Meter Entfernung, ganz am Ende, befand sich ein Schuppen. Aus purer Spielerei setzte er das Fernglas ans Auge; die schmutzigen Fensterscheiben behinderten jedoch die Sicht, und so legte er das Glas beiseite, um den Haken zu lösen und das Fenster hochzuschieben. Während er sich noch damit abmühte, war ihm plötzlich, als sehe er in dem Schuppen einen Schatten. Er riß das Fernglas hoch und war sich, nachdem er einen Blick hindurchgeworfen hatte, ganz sicher: *da machte sich jemand in Jacksons Schuppen zu schaffen.* Er raste die Treppe hinunter, durch die Küche zur Hintertür, drehte so leise wie möglich den Schlüssel herum, holte tief Luft, schob die Riegel zur Seite und stürzte hinaus.

Unglücklicherweise stolperte er nach wenigen Metern über den Mülleimer. Vermutlich hatte ihn einer der Beamten nach der Durchsuchung des Gartens dort stehenlassen. Der Deckel fiel laut klappernd herunter und drehte sich scheppernd fort und fort wie ein Kreisel. Morse stieß einen unterdrückten Schrei aus, halb aus Schmerz, halb vor Wut. Der Krach, den er veranstaltet hatte, hätte selbst einen Tauben gewarnt. Wenn der Jemand, der in Jacksons Schuppen herumgegeistert war, nicht schon vorher, als er oben das Fenster geöffnet hatte, aufmerksam geworden war, dann jetzt ganz bestimmt! Er rieb sich einen Moment das schmerzende Schienbein. Als er sich aufrichtete, sah er gerade noch den schattenhaften Umriß einer Person, die sich an der Mauer hochzog. Der sich drehende Deckel war zur Ruhe gekommen, und der Garten lag in völliger Stille. Morse atmete aus. Puh! Wenn er Lewis dabeigehabt hätte, hätte er sich vielleicht an die Verfolgung gemacht. Aber so, allein, hatte er sich einer möglichen Konfrontation nicht gewachsen gefühlt. Wenn er es hier mit Jacksons Mörder zu tun hatte, so war mit dem Mann nicht zu spaßen.

Der Schuppen war unaufgeräumt und voll mit nutzlosem Zeug. Löchrige Eimer, kaputte Kescher und dazwischen ein paar

Gartengeräte, eine verrostete Harke und ein grober Besen. Morse hatte das Gefühl, daß, wenn er ein Teil davon anfaßte und hervorzuziehen versuchte, alles andere gleich auf ihn herunterstürzen würde. An der linken Seite schien es etwas aufgeräumter zu sein. Hier lehnten ordentlich hintereinander sieben Angelruten, die der Tür am nächsten stehende sah sehr durchgestylt aus und schien noch wenig gebraucht zu sein – das war vermutlich die Neuanschaffung, für die er noch Raten zu zahlen gehabt hatte. Doch Morse hielt sich nicht lange bei der Betrachtung der Angelruten auf, denn vor allem beschäftigte ihn die Frage, wo der Eindringling hier etwas gesucht hatte. Beim zweiten Hinsehen entdeckte er es: auf einer angebrochenen Plastiktüte mit Torfmull lag umgekippt ein Weidenkorb, wie ihn Angler benutzten. Der Inhalt war achtlos auf dem Boden verstreut: Haken, Dosen mit Köder, Schwimmer, Gewichte, eine Zange, Rollen Angelschnur, ein Messer. Morse sah sich die Bescherung an und seufzte. Was hatte der Mann nur gesucht? Er hatte nicht die geringste Idee. Und das kam selten genug vor.

Als er das Haus verließ und auf der Straße stand, dachte er sich, daß er schnell noch einmal gegenüber bei Nr. 9 hereinschauen konnte. Er schloß auf und betätigte den Lichtschalter gleich links von der Tür. Doch der Strom war schon abgeschaltet, es blieb alles dunkel. Er fand, daß er heute schon genug mitgemacht hätte und nicht auch noch in einem kalten, dunklen Haus herumtappen mußte. Auf der Matte an der Tür lag ein brauner Briefumschlag, hinter dessen Sichtfenster mit Schreibmaschine getippt Annes Name und Adresse stand. Wahrscheinlich eine Rechnung. Die würde nun wohl nicht mehr bezahlt werden. Morse nahm das Kuvert auf und steckte es ein.

Er fuhr links die Canal Street hinunter, vorbei an den grünen Toren von Lucy's Eisengießerei und bog dann nach rechts in die Juxon Street. Die Kreuzung Juxon / Ecke Walton Street war verstopft. Während er wartete, ließ er seinen gelangweilten Blick über die nächststehenden Gebäude wandern und registrierte, wenn auch nur unterschwellig, die Firmennamen auf den Türschildern: *The Jericho Testing Laboratories, Welsh & Cohen, Zahnärzte* ... Dann war die Kreuzung wieder frei, und er fuhr los.

Lewis war schon zurück aus Abingdon. Er legte Morse die Aussage von Celia Richards vor, und dieser überflog sie kurz.

«Ja, das können Sie dann abtippen. Aber *vermeintlich* wird mit ‹t› geschrieben, und *regelmäßig* mit ‹ß›.»

Lewis schwieg. Er wußte, daß Rechtschreibung nicht seine starke Seite war.

«Wieviel hat eigentlich Jacksons neue Angelrute gekostet?» fragte Morse plötzlich.

«Danach habe ich mich nicht erkundigt, Sir», antwortete Lewis verblüfft. «Es ist eine von diesen neuen, die ganz leicht und innen hohl sind, aber trotzdem sehr viel aushalten.»

«Ich habe Sie nach dem Preis gefragt, nicht nach ihren Qualitäten. Ich will ja schließlich keine kaufen.»

Lewis kannte diese Stimmung bei ihm. Morse war dann gereizt und bissig, und das beste war, man ließ ihn in Ruhe. Meistens hatte er sich vorher über sich selbst geärgert, und in der Regel dauerte es nicht lange, bis er in tiefes Grübeln verfiel, um am Ende mit einer erstaunlichen Entdeckung überzukommen.

Am frühen Abend fuhr Conrad seinen Bruder Charles zum Flughafen Gatwick. Die Maschine startete planmäßig um halb zehn, und Charles lehnte sich aufatmend in die Polster zurück. Er war auf dem Weg nach Madrid.

Kapitel Sechsundzwanzig

Es gibt eine Gruppe von Kreuzworträtseln,
bei der das Lösungswort
in der Frage selbst verborgen ist –
und zwar in der richtigen Reihenfolge
der Buchstaben.
D. S. Macnutt, Des Ximenes Buch
über die Kunst des Kreuzworträtsels

Am nächsten Morgen hatte Morse vor sich auf dem Schreibtisch zwei Aktenordner liegen, der eine rot, der andere grün, mit der

Aufschrift *Anne Scott* und *George Jackson*. Morse starrte sie mit Widerwillen an, ohne sie zu öffnen. Er hielt es für unwahrscheinlich, daß er aus ihnen irgend etwas erfahren würde, was das Rätsel der beiden Tode aufhellen würde. Für ihn stand fest, daß das Zusammentreffen der beiden Todesfälle innerhalb so kurzer Zeit und in derselben kleinen Straße kein Zufall sein konnte. Aber worin der Zusammenhang nun bestand, hatte er trotz allen Grübelns nicht herausbekommen. Das machte ihn fuchsig, und Lewis, der um Viertel vor neun morgenfrisch und nichtsahnend das Büro betrat, hatte es auszubaden.

«Was liegt heute an, Sir?»

Morse deutete auf die Aktenordner. «Wir beschäftigen uns zur Abwechslung mal mit dem, was Bell und seine Jungs herausbekommen haben. Wie ich die kenne, wird ein Haufen überflüssiger Informationen dabei sein, und vermutlich kaum geordnet – na ja.»

Lewis nickte und nahm Morse gegenüber Platz. «Mit welchem der beiden fangen wir an?»

Morse schien seine Frage nicht gehört zu haben. Er blickte abwesend zum Fenster hinaus auf den Parkplatz und war in die Betrachtung der dort abgestellten Polizeiwagen, meist BMWs und Fords, versunken.

«Wie?»

«Ich habe gefragt, mit welchem wir anfangen.»

«Was fragen Sie *mich*? Es gibt wohl gar nichts, was Sie mal allein entscheiden können.»

Lewis hatte verstanden, daß dicke Luft war, griff wortlos nach dem roten Ordner und begann, die Unterlagen zu Anne Scotts Selbstmord zu studieren. Nach kurzer Zeit riß auch Morse sich vom Anblick der Autos los und zog, unlustig, wie es schien, den grünen Ordner zu sich herüber.

Eine halbe Stunde lang beschäftigten sich beide schweigend mit dem von Bells Leuten zusammengetragenen Material.

«Warum, glauben Sie, hat sie sich umgebracht?» fragte Morse unvermittelt.

«Weil sie schwanger war.»

«Ist das nicht ein bißchen schwach als Motiv? Eine Abtreibung ist doch heutzutage kein Problem mehr.»

«Für viele ist das aber nach wie vor eine furchtbare Sache.»

«Denken Sie, daß sie gewußt hat, daß sie schwanger war?»

«Müßte sie eigentlich. Hier steht, die Schwangerschaft hat seit acht bis zehn Wochen bestanden.»

«Hm.»

«Also, meine Frau hat es immer gewußt.»

«So?»

Ja. Sie war sich natürlich nicht hundertprozentig sicher, und deshalb ist sie dann auch immer in die Klinik zur Schwangerensprechstunde gegangen.»

«Und was haben die dort gemacht?»

«Ich glaube, sie mußte Urin abgeben, und der wurde dann an ein Labor geschickt, und ...»

Auf Morses Gesicht breitete sich ein strahlendes Lächeln aus, er sprang hoch, kam um den Schreibtisch herum und klopfte dem verdatterten Lewis anerkennend auf die Schulter.

«Lewis, Sie sind ein Genie!»

«Aber wieso? Was habe ich denn ...?»

«Fangen Sie an zu suchen! Er muß hier irgendwo dazwischen sein. Ein Umschlag mit ein paar Resten halbverbrannten Papiers.»

Der Umschlag war schnell gefunden, und Lewis holte die beiden Papierfetzen heraus: *ICH* und *RAT*. Sie sagten ihm nichts.

«Gestern nachmittag bin ich dran vorbeigefahren, aber es ist mir nicht aufgefallen – als ob ich Stroh im Kopf hätte!» Morse schien erst jetzt zu bemerken, daß Lewis immer noch nicht begriffen hatte, worum es eigentlich ging, und bequemte sich endlich zu einer Erläuterung. «Diese Buchstaben hier sind Teile eines Briefkopfes.» Doch der Sergeant blickte noch immer verständnislos, und Morse demonstrierte es ihm, indem er es aufschrieb. *JerICHo Testing LaboRATories*. «Rufen Sie dort an, Lewis, und bringen Sie in Erfahrung, wann sie Anne Scott das Ergebnis zugeschickt haben.»

«Aber warum ist denn das so wichtig?»

«Wenn sie den Brief einen Tag vor ihrem Tod bekommen hat, dann könnte das bedeuten ...» Er sprach den Satz nicht zu Ende, wohl, weil er seiner Sache selbst nicht ganz sicher war. «Und dann rufen Sie gleich auch noch bei der Post an und erkundigen sich, wann in Jericho normalerweise Zustellung ist.»

«Na, so gegen acht, würde ich denken.»

«Es ist mir lieber, Sie fragen noch einmal nach. – Acht bis zehn Wochen! Wie lange ist Richards schon in Abingdon?»

«Aber was hat das denn ...»

«Drei Monate, Lewis. Ich glaube, er hat in seinem Vortrag von drei Monaten gesprochen. Rufen Sie ihn an, Lewis, und ...»

«Also, Sir, jetzt lassen Sie mich aber erst mal machen, und geben Sie mir nicht immer neue Aufträge, sonst komme ich zu gar nichts.»

«Ja, machen Sie nur, machen Sie, Lewis, ich werde Sie jetzt in Ruhe lassen.»

«Wen soll ich zuerst anrufen?»

«Was fragen Sie *mich*?! Es gibt wohl nichts ...» Doch dann lächelte er Lewis huldvoll zu. «Wen immer Sie für richtig halten, mein lieber Lewis. Ich glaube, die Reihenfolge spielt keine große Rolle.»

Ein Abglanz des Lächelns lag noch auf seinem Gesicht, als er sich jetzt wieder dem Aktenordner zuwandte. Endlich hatte er den Einstieg, nach dem er so lange gesucht hatte. Jetzt konnte er loslegen.

Lewis hatte innerhalb einer halben Stunde alle Telefonate erledigt. Bei den *Jericho Testing Laboratories* hatte er erfahren, daß Anne Scott am Nachmittag des 1. Oktober angerufen habe, um sich zu erkundigen, ob sie schwanger sei. Man hatte ihr mitgeteilt, das Ergebnis werde ihr, sobald es vorliege, zugeschickt, und das war auch geschehen. Am 2. Oktober war der Befund hinausgegangen – er war positiv gewesen. Der Anruf bei der Post brachte die Information, daß – wie Lewis gesagt hatte – alle Briefe gegen acht, spätestens halb neun in den Händen der Empfänger seien. Das Gespräch mit Charles Richards kam nicht zustande. Bei ihm zu Hause hob niemand ab, und als Lewis im Verlag anrief, verband man ihn mit seinem Bruder Conrad. Der antwortete auf Lewis' diesbezügliche Frage, ohne lange überlegen zu müssen, der Umzug nach Abingdon liege etwa drei Monate zurück – drei Monate und vier Tage, um genau zu sein. Morse hatte, während Lewis telefonierte, die Akte Jackson studiert und während des Lesens ein paarmal befriedigt genickt. Er war jedoch nur mit halber Aufmerksamkeit bei der Sache gewesen und hatte gar nicht bemerkt, wie eins der Blätter zu Boden gefallen war. Lewis sah es dort liegen, hob es auf und gab es dem Chief Inspector.

«Gehört das nun zu meiner oder zu Ihrer Akte, Sir?» Morse warf einen Blick auf die Notiz. «In Ihre Akte. Irgend so ein alter Knacker hat gemeint, sich melden zu müssen, um uns mitzuteilen, daß sie sich am Dienstag vor Anne Scotts Tod im Bridgeclub über Geburtstage unterhalten haben. Mit was für einem Scheiß manche Leute kommen ...»

Lewis nickte und wandte sich wieder seiner Akte zu. Als er ein paar Sekunden später zufällig hochblickte, saß Morse starr wie ein Ölgötze da, die Augen unverwandt ins Leere gerichtet. Aus der Zigarette, die vergessen im Aschenbecher lag, stieg ein zarter blauer Rauchfaden.

Kurz vor Mittag rief Conrad Richards seinen Bruder in Madrid an.

«Hallo, Charles! *Buenas* – na, du weißt schon! *Como está*?»

«Gut, sehr gut. Und dir?»

«Ich hatte heute morgen einen Anruf von der Polizei. Sie wollten wissen, wie lange wir schon in Abingdon sind.»

«Das war alles?»

«Ja.»

«Hm. Ich verstehe», sagte Charles nachdenklich. «Wie geht es Celia?»

«Ganz gut, glaube ich. Sie ist nach Cambridge gefahren, um Betty zu besuchen. Sie wird vermutlich bei ihr übernachten. Ich habe ihr jedenfalls zugeredet, daß sie es tut.»

«Da bin ich erleichtert.»

«Und – Charles, jetzt mal was anderes. Ich habe da eine Anfrage bekommen von der Prüfungsbehörde hier; sie möchten, daß wir fünfhundert Exemplare irgendeines klassischen Textes nachdrukken, der nicht mehr aufgelegt wird. Copyright und so weiter ist kein Problem. Sollen wir es machen? Was meinst du?»

Sie diskutierten ein paar Minuten über die Kalkulation, dann sagte Charles, Conrad möge die Entscheidung treffen, die er für richtig halte. Sie verabschiedeten sich.

Ein paar Minuten später verließ Charles Richards sein Hotel

und ging die sonnendurchflutete Calle de Alcatá hinunter, betrat das *Café Léon* und bestellte sich einen Cuba Libre.

Die ganze Fahrt nach Cambridge kehrten Celias Gedanken immer wieder zu den Ereignissen der letzten drei Wochen zurück. Sie war sich bewußt, daß sie nicht mit der nötigen Aufmerksamkeit fuhr, und versuchte immer wieder, sich ausschließlich auf den Verkehr zu konzentrieren, aber es wollte ihr nicht gelingen. In Bedford übersah sie einen Autofahrer, der sie in einer Einbahnstraße in der Innenstadt – durchaus zulässig – links hatte überholen wollen und hätte ihn beinahe gerammt, was er mit wütendem Gehupe quittierte. Später fuhr sie ein kurzes Stück auf der A 1 und verpaßte um ein Haar die Ausfahrt nach St. Neots. Das laute Quietschen der Reifen, als sie bremste, ging ihr so durch und durch, daß sie erst an den Straßenrand fahren und sich ein paar Minuten erholen mußte, bevor sie sich traute, die Fahrt fortzusetzen. Was war bloß in diesen drei Wochen aus ihr geworden, dachte sie verzweifelt.

Sie hatte die beiden Brüder kennengelernt, kurz nachdem sie in Croydon ihren Verlag gegründet hatten. Von Anfang an hatte sie nur für Charles Augen gehabt. Charles – mit seinem Charme, seiner Lebensfreude, seiner ausgeprägten Männlichkeit. Ziemlich schnell, noch vor ihrer Ehe, hatte sie jedoch auch die Schattenseiten seines Charakters gesehen: das schnelle Gekränktsein, seine Empfänglichkeit für Schmeicheleien, die kalte Rücksichtslosigkeit, was geschäftliche Dinge anging. Und schon damals hatte er jeder hübschen Frau hinterhersehen müssen. Die unverhohlene Begehrlichkeit, die in seinen Augen zu lesen war, hatte sie verstört, so daß sie den Blick jedesmal hatte abwenden müssen. Trotzdem waren sie in den ersten Jahren ihrer Ehe noch relativ glücklich gewesen. Sie hatten einen großen Freundeskreis gehabt und ein geselliges Leben geführt. In dieser Zeit war es ein paarmal vorgekommen, daß sie dem Werben eines Bekannten nachgegeben und mit ihm geschlafen hatte. Aber das waren nie mehr als kurze Episoden gewesen; sie hätte nie zugelassen, daß daraus eine Affäre wurde. Charles dagegen hatte zu allen Zeiten andere Frauen neben ihr gehabt – flüchtige Abenteuer manchmal, aber auch dauerhaftere Beziehungen. Sie wußte es von ihm selbst; er hatte es ihr einmal gestanden. Und dann im Vergleich dazu Conrad – der gute, treue Conrad! Damals, ganz zu Anfang, war er genauso verliebt in sie gewesen wie Charles. Aber dessen sprühende Lebhaftigkeit und mitreißender Elan hatten sie gleich so gefangengenommen, daß sie sich nicht die Mühe gemacht hatte, ihn näher kennenzulernen. Ihr Urteil über ihn hatte schnell festgestanden: zu unentschlossen, zu passiv, nicht männlich genug. In den Jahren danach lernte sie ihn allmählich als Freund schätzen, und ihr wurde klar, wie unrecht sie ihm getan hatte. Er war nicht unentschlossen und passiv, nur vorsichtiger als Charles, auch rücksichtsvoller und besaß nicht dessen unbedingtes Durchsetzungsvermögen, das sie inzwischen abstieß, weil sie wußte, was dabei alles auf der Strecke blieb – Anstand, Großzügigkeit, Mitgefühl ... Sie rief sich Conrads leises, ein wenig scheues Lächeln ins Gedächtnis zurück, wenn er sah, daß es ihr gutging. Wäre sie heute glücklicher, wenn sie ihn statt Charles geheiratet hätte? Er hatte sie nie gefragt, weil von Anfang an Charles Ansprüche auf sie geltend gemacht hatte. Für Charles wäre Konkurrenz eine Herausforderung und ein Ansporn gewesen, während Conrad sich in solchen Situationen lieber zurückzog. Schon seltsam, dieser Unterschied der Temperamente, und dabei sahen sie sich äußerlich so ähnlich ... Aber Charles war durch und durch eine Kämpfernatur, während Conrad ... Doch auch diese Einschätzung würde sie vielleicht korrigieren müssen. In den letzten Tagen war bei Conrad eine neue, ganz überraschende Seite zum Vorschein gekommen ...

In Cambridge bog sie in die Huntingdon Road ein, die nach Girton führt, wo ihre Schwester wohnte.

Als Betty mit den Sherrygläsern zurück ins Wohnzimmer kam, saß Celia, von heftigem Schluchzen geschüttelt, zusammengekauert in einem Sessel.

«Wenn du darüber sprechen magst, kannst du es mir erzählen, aber du mußt nicht. Hier, trink erstmal einen Sherry, das wird dir guttun. Ich hoffe, du bleibst über Nacht. Das Bett ist schnell gemacht, und ich habe zwei Theaterkarten.»

Nach einer Weile sah Celia auf und lächelte ihrer Schwester verloren zu. «Ach, Betty, ich bin so froh, daß ich hierherkommen kann. Aber ich glaube, ich möchte wirklich nicht darüber sprechen.»

Kapitel Siebenundzwanzig

Die Zeit ist aus den Fugen.
Shakespeare, Hamlet,
1. Aufzug, 5. Szene

Obwohl Morse nachdrücklich die Ansicht vertrat, daß ein Mittagessen in flüssiger Form die unübertroffen beste Nahrung für die Gehirnzellen sei, beharrte Lewis unbelehrbar auf Chips mit Würstchen und Ei – zum Bier, versteht sich. «Könnte man eigentlich sagen, daß wir einen Fortschritt gemacht haben, Sir?» fragte er zwischen zwei Bissen.

«Fortschritt? Aber natürlich! Fortzuschreiten, Lewis, ist das Gesetz des Lebens. Man schreitet selbst dann fort, wenn man rückwärts geht, so paradox das klingen mag. Aber ich nehme an, Ihre Frage bezog sich auf unsere Ermittlungen. Was die angeht, so kann ich Ihnen erfreulicherweise dieselbe Antwort geben, ja, es geht voran!»

«Wirklich?»

«Wirklich! Ich denke, Sie werden mir zustimmen, wenn ich sage, daß wir mittlerweile ein ziemlich klares Bild davon haben, wie sich die beiden Todesfälle ereignet haben – sowohl der Selbstmord von Miss Scott als auch der Mord an Jackson. Wir wissen, daß Miss Scott am Abend vor ihrem Tod zum Bridgespiel in ihren Club ging. Vermutlich ist sie schon seit längerer Zeit psychisch in keiner guten Verfassung, vielleicht fühlt sie sich der Schwangerschaft nicht gewachsen, und dann geschieht etwas. Vielleicht macht irgend jemand eine Äußerung, die sie den Entschluß fassen läßt, ihrem Leben ein Ende zu setzen. Sie schreibt eine Nachricht an Edward Murdoch, daß der Unterricht am morgigen Mittwoch ausfallen müsse. Gegen drei Uhr ist sie zu Hause, und wir können nur ahnen, wie sie die letzten Stunden zugebracht haben mag – grübelnd, ihren Entschluß noch einmal abwägend, vielleicht in Gedanken Abschied nehmend. Als sie am nächsten Morgen mit der Post den Brief erhält, der ihr bestätigt, daß sie schwanger ist, ist dies vermutlich nur noch der allerletzte Anstoß. Sie nimmt sich den Strick, den sie in der Nacht zuvor aus Bindfäden geknüpft hat, knotet eine Schlinge und steigt auf einen Schemel …

Und jetzt kommt Jackson ins Spiel. Er hat für Anne Scott am Montag und Dienstag nachmittag Ausbesserungsarbeiten an ihrer Gartenmauer vorgenommen. Wie wir von ihm selbst wissen, hat er aber nicht gleich daran gedacht, die Schlüssel zurückzugeben. Als ich mich am Samstag abend bei Anne Scott umsah, bemerkte ich draußen vor der Gartenmauer eine Kelle und ein Mörtelbrett. Ich kann mir gut vorstellen, was geschah: Jackson fällt im Laufe des Mittwoch ein, daß er die Sachen bei ihr vergessen hat. Aber das ist nicht weiter schlimm; er kann ja rübergehen, um sie zu holen. Und genau das tut er auch. Um in den Garten zu kommen, muß man durch die Küche. Jackson weiß, daß die Küchentür klemmt, drückt kräftig dagegen – und schiebt dabei den Schemel weiter, der gleich hinter der Küchentür steht oder auch liegt, denn wahrscheinlich ist er ja umgefallen, als sie ihn mit den Füßen weggestoßen hat. Jackson betritt die Küche, hebt als erstes, ohne besonders nachzudenken, den Schemel auf, und dann, als er sich umdreht, sieht er sie dort hängen. Das Nächstliegende wäre gewesen, entweder uns zu informieren oder aber eine Unfallambulanz zu rufen. Aber er tut weder das eine noch das andere. Die Frage ist, warum nicht. Eigentlich hat er nichts zu befürchten. Er hat schon oft in der Nachbarschaft irgendwelche Arbeiten ausgeführt, und es gibt eine Menge Leute, die bezeugen können, daß Anne Scott ihn geholt hat, damit er ihre Mauer repariert. Warum ruft er also nicht sofort an? Und die Betonung liegt auf *sofort,* Lewis, denn ich bin der Überzeugung, daß der anonyme Anrufer, der uns später informiert hat, Jackson war. Aber nun zurück zu unserer Frage. Ich denke, es gibt für sein Verhalten eine einfache Erklärung. Er findet etwas; und weil er eine miese kleine Ratte ist, stiehlt er es. Anfangs war ich der Meinung, daß er Geld habe mitgehen lassen. Aber davon bin ich abgekommen. Wie Sie wissen, Lewis, fanden wir keinen Abschiedsbrief von ihr; ich halte es aber für unwahrscheinlich, daß sie, ohne eine einzige Zeile zu hinterlassen, aus dem Leben schied. Meine Erklärung wäre, daß es einen Abschiedsbrief gab – vielleich lag er auf dem Küchentisch. Jackson findet ihn und steckt ihn ein. Danach wird er es eilig gehabt haben wegzukommen. So eilig, daß er sogar vergißt, weswegen er eigentlich gekommen ist, und das Mörtelbrett und die Kelle bleiben im Garten liegen. Und hier haben Sie auch die Erklärung für die offene Tür. In der Eile vergißt er, hinter sich abzuschließen.»

«Aber sie wußte doch, daß Jackson den Schlüssel noch hatte. Hätte sie da nicht, wenn sie vorhatte, sich umzubringen, den Schlüssel von innen stecken lassen, um ganz sicher zu sein, daß sie nicht vielleicht von ihm überrascht würde?»

Morse ließ den Einwand nicht gelten. «Möglicherweise wollte sie auf diese Art und Weise sogar dafür sorgen, daß sie gefunden wird, wer weiß. Aber bleiben wir mal bei Jackson. Nachdem er wieder in seinen eigenen vier Wänden ist, liest er sich erst einmal den Brief durch.»

«Aber Sie haben doch gestern nachmittag gesagt, daß Sie herausgefunden hätten, daß er vermutlich weder lesen noch schreiben konnte.»

Diesmal überging Morse den Einwand der Einfachheit halber gleich. «Der Adressat des Briefes ist der Mann, der jahrelang ihr Geliebter gewesen ist, zu dem sie in den letzten Wochen erneut eine Beziehung aufgenommen und dem sie erst vor wenigen Tagen einen verzweifelten Brief geschrieben hat – Charles Richards, vermutlich ihre einzige große Liebe. So ein Abschiedsbrief, ob er nun voller Anklagen ist oder Verzeihung, ist für den Empfänger immer eine schlimme Sache – jedenfalls bestimmt nichts, was er irgendwie in die Öffentlichkeit gezerrt sehen möchte. Das dürfte Jackson, wenn es ihm nicht schon gleich klar war, ziemlich schnell begriffen haben, als er ihn las, und es bringt ihn auf eine Idee. Aber klammern wir diesen Punkt erstmal aus. Bleiben wir bei den weiteren Ereignissen dieses Tages. Außer Jackson taucht nämlich auch noch Celia Richards in Canal Reach Nr. 9 auf. Ich bin ziemlich sicher, daß Jackson ihr Besuch nicht entgangen ist, genauso wie er mitbekommen hat, daß ich da war. Er hat natürlich nicht die leiseste Ahnung, daß es sich bei ihr um Mrs Charles Richards handelt – die Frau des Mannes, an den Anne Scotts Brief gerichtet ist. Als er sieht, wie sie so ohne weiteres das Haus betritt, fällt ihm jedoch ein, daß er vergessen hat, hinter sich abzuschließen, und daß er auch noch den Schlüssel hat. So geht er, als sie (und ich) wieder weg sind, hinüber und steckt den Schlüssel durch den Briefschlitz. – Genauso hat sich alles abgespielt, Lewis, da können Sie Gift drauf nehmen.»

«Kann schon sein», murmelte Lewis und wischte sich mit einem Kartoffelchip etwas Eigelb aus dem Mundwinkel.

«Hat Sie wohl nicht sehr beeindruckt, was?»

«Na ja, um ganz ehrlich zu sein, das meiste habe ich mir selbst schon so vorgestellt und Bell und seine Leute bestimmt auch.»

«Ach, wirklich?» fragte Morse etwas beleidigt, leerte sein Glas und schob es zu dem Sergeant hinüber. «Für ein Bier haben wir gerade noch Zeit.»

Lewis schob ihm das Glas über den Tisch zurück und stellte sein eigenes daneben. «Ich habe die beiden letzten bezahlt; für mich aber nur noch ein kleines bitte, Sir.»

«Wie ich eben schon angedeutet habe», begann Morse, als er mit den Bieren wieder zurück war, «bringt der Brief Jackson auf eine Idee – Charles Richards zu erpressen. Anne Scotts Abschiedsbrief ist somit das Verbindungsstück zwischen den Fällen Scott und Jackson.»

Lewis nickte. «Jackson scheint ja zunächst mit seinem Plan Erfolg gehabt zu haben. Am Tag vor seiner Ermordung hat er auf sein Konto bei Barclay's zweihundertfünfzig Pfund eingezahlt. Ich denke mir, er hat Richards geschrieben oder ihn angerufen, und der hat sich erst einmal bereit erklärt zu zahlen – als Köder sozusagen. Sie haben eine Vereinbarung getroffen, wo das Geld zu hinterlegen sei, und dann hat Richards den Ort beobachtet und ist Jackson, als er sich das Geld geholt hat, gefolgt. Ein paar Tage später hat Richards ihn dann aufgesucht. Vielleicht wollte er ihn gar nicht umbringen, sondern ihm nur drohen und ihn dazu bringen, den Brief herauszurücken. Aber in der Wut ist es dann passiert.»

Morse schüttelte den Kopf. Lewis hatte eben einen möglichen Tathergang geschildert, aber in Wirklichkeit war es anders gewesen – mußte es anders gewesen sein. «Sie haben sicher in vielen Punkten recht, Lewis, aber in einem ganz sicher nicht – Charles Richards kann es nicht gewesen sein, der Jackson umgebracht hat. Und bis jemand beweist, daß die Erde nicht rund ist und ein Dreieck keine drei Seiten hat, kommen wir an diesem Faktum nicht vorbei. Denn Charles Richards hat zur Tatzeit nachgewiesenermaßen einen Vortrag gehalten – ich selbst saß im Publikum und habe ihn gesehen und reden hören.»

«Könnte es nicht sein, daß ...»

«Nein. Jackson war, wie wir wissen, bis zwanzig nach acht im Pub – da hatte Richards seinen Vortrag schon begonnen – und als der anonyme Anruf kam, um Viertel nach neun – da stand er immer noch auf dem Podium. Und er hat es zwischendurch nicht eine Minute verlassen, Lewis, das kann ich bezeugen. Leider.»

«Das habe ich ja auch gar nicht behauptet, aber es könnte doch sein, daß der, der Jackson erledigt hat, in seinem Auftrag gehandelt hat, wenn auch vielleicht nicht *genau* nach dem Auftrag, wenn er ihn nur einschüchtern sollte.»

Morse nickte. «Ja. Ein interessanter Gedanke. Ist mir auch schon gekommen. Spinnen Sie den mal etwas aus.»

«Na, Charles Richards ist verheiratet ...»

«Nein, also das kann ich mir, ehrlich gesagt, nicht vorstellen. Glauben Sie, daß eine Frau es geschafft hätte, Jackson die Treppe hochzutreiben? Er war zwar kein Herkules und auch nicht mehr jung, aber ich denke, ganz drahtig und ziemlich zäh. Es kann aber vielleicht trotzdem nicht schaden, wenn wir uns mal erkundigen, was sie an dem Abend eigentlich gemacht hat ...» Er verfiel von einem Moment zum andern ins Grübeln und wischte abwesend mit dem Zeigefinger über ein paar vereinzelte Biertropfen, so daß sie zu einer kleinen Pfütze zusammenwuchsen.

«Er hat ja auch noch einen Bruder», sagte Lewis ruhig.

Sofort war Morse wieder da und blickte Lewis hellwach an. «Einen Bruder? Ja, stimmt! Ich habe mich schon gefragt, wann Sie ihn wohl erwähnen würden. Ich glaube, es ist höchste Zeit, daß wir uns einmal mit ihm unterhalten.»

«Wir haben doch die beiden Fingerabdrücke aus Jacksons Schlafzimmer, Sir. Müssen Prachtexemplare sein; die Leute von der Spurensicherung waren richtig begeistert. Wir könnten doch Conrad Richards' Fingerabdrücke nehmen – das ließe sich ohne Umstände machen – und sie mit den Abdrücken, die wir haben, vergleichen.»

«Ja, das wäre bestimmt nicht falsch.»

«Sollen wir dann gleich zu ihm rausfahren?» fragte Lewis zögernd, weil Morse irgendwie unentschieden wirkte.

«Ja, warum nicht. Aber Zeit für ein Bier haben wir noch ...»

«Ich möchte keins mehr. Aber wenn Sie ...»

«Ja, bitte. Ein großes. Das ist sehr freundlich von Ihnen.»

«Ich habe mir gerade etwas überlegt, Sir», sagte Lewis, als er zurückkam.

«Ich mir auch. Folgendes – hören Sie zu: Wir fahren jetzt beide Richtung Süden. Wenn wir schon einmal in der Gegend sind, können wir doch gleich zwei Fliegen mit einer Klappe schlagen. Wir unterhalten uns mit Richards, und wir besuchen diese junge Frau, die Charles für den Nachmittag des 3. ein Alibi gegeben hat.»

«Aber was wollen wir denn noch von ihr? Wir wissen doch eigentlich ...»

«Wir werfen eine Münze, Lewis. Kopf – dann gehen Sie zu Richards; Zahl – ich gehe. Einverstanden?» Morse nahm eine Zehnpencemünze aus der Tasche, warf sie in die Höhe und schielte dann unter seine etwas gewölbte Hand, ohne das Geldstück zu zeigen. Schnell ließ er es wieder in seiner Tasche verschwinden und verkündete: «Kopf, Lewis! Was hatten wir noch mal vereinbart? – Daß bei Kopf Sie zu Richards gehen, oder? Herzlichen Glückwunsch! Na, dann muß ich es wohl auf mich nehmen, diese Mrs ... wie heißt sie doch gleich ... aufzusuchen.»

«Hills, Sir. Mrs Hills.»

«Ah, ja.» Morse lehnte sich behaglich zurück und nahm einen tiefen Zug aus seinem Glas. Auf dem Nachbartisch hatte jemand einen *Daily Mirror* liegenlassen. Er zog ihn zu sich herüber und schlug die Rennseite auf. «In letzter Zeit mehr Glück gehabt beim Wetten, Lewis?»

«Nein, Sir. Ist bei mir nicht so wie bei Ihnen. Will einfach nicht klappen.»

Als sie aufbrachen, fiel Morse seine Wette mit dem Pathologen wieder ein. «Glauben Sie, Lewis, daß irgendeine Möglichkeit besteht, daß Jackson vor acht getötet wurde?»

«Nee, Sir, unmöglich.»

Morse nickte miesepetrig. «Die Antwort hatte ich befürchtet.»

Kapitel Achtundzwanzig

Besitzt du große Fähigkeiten,
so wird Fleiß sie noch steigern;
sind sie nur mäßig,
dann wird Fleiß den Mangel ausgleichen.
Sir Joshua Reynolds

Lewis wußte, kaum daß er Conrad Richards' Büro im zweiten Stock des Verlagsgebäudes betreten hatte, daß der Mann ihm sympathisch war. Er hatte ihn höflich, wenn auch reichlich vage über den Zweck seines Besuches informiert («Wir ermitteln immer noch im Fall Jackson, und da hielten wir es für unsere Pflicht, Sie aufzusuchen»), und Richards hatte keine Einwände erhoben. Zwar schien er (wie Lewis Morse anschließend berichtete) über das Ansinnen, sich Fingerabdrücke abnehmen lassen zu sollen, etwas erstaunt, hatte aber nicht protestiert, sondern bereitwillig alle zehn Finger erst auf das Stempelkissen und dann auf die Karte gedrückt.

«Es geschieht alles zum Zweck der Eliminierung, Sir», sagte Lewis, der es dank Morses Vorbild inzwischen auch schon recht weit in der Kunst gebracht hatte, pompös klingende und dabei vollkommen nichtssagende Erklärungen zu liefern.

«Ich verstehe schon, aber ...»

«Ich weiß, Sir. Es ist, weil Ihre Abdrücke jetzt aktenkundig sind, nicht? Das ist allen immer unangenehm – da sind Sie nicht der einzige.»

Es war Richards, wie er so dastand, die Arme ausgestreckt und die Hände gespreizt wie eine Frau, die sich die Nägel gerade frisch lackiert hat, anzusehen, daß er seine Lage etwas mißlich fand. «Hätten Sie etwas dagegen, wenn ich mal auf die Toilette gehe und mir die Finger wasche?»

«Nein, das können Sie selbstverständlich tun. Ich gehe sowieso gleich. Ich habe nur noch eine Frage – reine Formalität, Sie verstehen. Können Sie mir sagen, wo Sie sich am Abend des 19. zwischen 20 und 21 Uhr aufgehalten haben?»

Richards runzelte die Stirn und schüttelte dann den Kopf. «Nein, tut mir leid. Ich kann versuchen, es herauszubekommen –

vielleicht fällt es mir auch von selbst wieder ein –, aber im Moment bin ich überfragt. Wahrscheinlich war ich zu Hause und habe gelesen, aber ich weiß es nicht sicher.» Er schüttelte wieder den Kopf, schien jedoch nicht übermäßig davon beunruhigt zu sein, daß er die Antwort schuldig bleiben mußte.

«Sie leben allein, Sir?»

«Ja, ich bin ein überzeugter Junggeselle.»

«Gut – denken Sie in Ruhe noch einmal darüber nach und geben uns in den nächsten Tagen Bescheid.»

«Das werde ich tun. Vermutlich kann ich, wenn ich richtig anfange zu überlegen, den Abend irgendwie rekonstruieren, aber das heißt ja noch immer nicht, daß ich wirklich ein hieb- und stichfestes Alibi hätte.»

«Das haben sowieso nur die wenigsten, Sir. Damit rechnen wir gar nicht.»

«Na, das erleichtert mich.»

Lewis stand auf. «Ich würde übrigens gern schnell noch Ihren Bruder sprechen ...»

«Mein Bruder ist verreist, Officer. Er ist geschäftlich in Spanien und wird erst in ungefähr einer Woche wieder zurück sein.»

«Ach so. Dann melde ich mich noch mal, wenn er wieder hier ist.»

Nachdem Lewis gegangen war, saß Conrad Richards am Schreibtisch, das Kinn in die Hand gestützt, und dachte nach. Seinem Gesichtsausdruck war nichts zu entnehmen, es sei denn eine gewisse Entschlossenheit. Dann schien er zu einem Ergebnis gekommen zu sein. Er zog das Telefon zu sich heran, nahm den Hörer ab und wählte eine Nummer.

Derweil saß Morse frustriert und mißgelaunt neben der Kirche in Radley auf einer Bank und wartete, daß Lewis ihn abholen kam. Zwar hatte er es sich nicht recht eingestehen wollen, aber sein Besuch bei Mrs Hills war weniger dienstlich motiviert gewesen (obschon er durchaus noch einige Zweifel hegte, was das Alibi anging, das sie Charles Richards für den Nachmittag des 3. Oktober ausgestellt hatte) als aus der ganz privaten, frivolen Hoffnung, daß es sich bei ihr um eine junge, sinnliche Frau handele (Telefonstimmen konnten natürlich auch trügen!), mir der er eine angenehme halbe Stunde verbringen könnte. Aber sie war nicht dagewesen. Das Haus hatte einen abweisenden, verlassenen Eindruck gemacht, und auf sein Klingeln hatte niemand geöffnet. Von einer Nachbarin erfuhr er schließlich, daß sie gestern nachmittag verreist sei. – Er war einen Tag zu spät gekommen.

Noch immer mit sich selbst zerfallen und trübe zu Boden starrend, bemerkte er den weißen Polizeiwagen erst, als er dicht neben ihm anhielt.

«Na, hat sich der Besuch gelohnt, Sir?» erkundigte sich Lewis, als Morse neben ihm Platz nahm.

«Ja, war ganz aufschlußreich», sagte Morse in einem Ton, der Lewis signalisieren sollte, daß weitere Fragen unerwünscht seien.

Lewis schwieg denn auch eine Weile, doch dann siegte seine Neugier, und er begann erneut: «Sieht sie gut aus?»

«Woher soll ich das wissen?» blaffte Morse. «Ich hab sie doch gar nicht getroffen. Sie ist verreist – nach Spanien.»

«Nach Spanien?» Lewis pfiff leise durch die Zähne. «Sieh mal einer an. Da zieht's ja heute wohl mächtig viele hin.» Er berichtete Morse von seinem Besuch bei Conrad Richards und erwähnte, welch positiven Eindruck er von ihm gewonnen hätte. Morse hörte ihm, ohne ihn zu unterbrechen, bis zum Ende zu. Für Lewis wieder einmal ein Grund, sich zu wundern: Im Pub beim Bier kriegte man bei Morse kein Wort dazwischen, aber sobald er in einem Auto saß, wurde er schweigsam wie ein Trappist. War schon ein merkwürdiger Mensch, der Chef!

«Was schlagen Sie also vor, Lewis?»

«Ich finde, wir sollten die Fingerabdrücke so schnell wie möglich ins Labor bringen, damit sie dort einen Vergleich anstellen – vielleicht ist der Fall Jackson dann ja schon gelöst. Ich glaube nämlich, daß Charles Richards seinen Bruder im Wagen mitgenommen hat, als er an dem Abend nach Oxford zum Clarendon Institute fuhr, und daß er ihn irgendwo in Jericho rausgelassen hat. Na, und dann ist Conrad losmarschiert, um ihm einzuheizen, und ist ein bißchen gewalttätig geworden ...»

«Sie meinen also, Charles Richards habe seinen Bruder ins Vertrauen gezogen und ihm gesagt, daß er erpreßt wurde?»

Lewis nickte. «Charles Richards ist Jackson, wie Sie vorhin sagten, gefolgt, als der sich das Geld geholt hat, und dann, als er wußte, wo er wohnte, ist er zu Conrad gegangen, hat ihm alles erzählt und ihn um seine Hilfe gebeten. Eigentlich sehr geschickt von ihm! Er selbst besorgt sich für die Tatzeit ein wasserdichtes Alibi, und auf Conrad fällt ja sowieso kein Verdacht.»

«Hm.» Morse blickte skeptisch. Es war nicht auszuschließen, daß Conrad, wie Lewis gemeint hatte, sich sozusagen an Charles' Statt Jackson vorgeknöpft hatte. Aber er hatte noch gut Jacksons blutiges, entstelltes Gesicht in Erinnerung. Da hatte jemand ohne Rücksicht auf die Folgen unbarmherzig zugeschlagen, auch wenn die schwere Schädelverletzung, die zu seinem Tode geführt hatte, ihm vielleicht unabsichtlich zugefügt worden war. Nach dem, was Celia Richards ihm von ihrem Schwager erzählt hatte, aber auch nach Lewis' eigener Schilderung hatte Morse von ihm jedoch eher den Eindruck eines rücksichtsvollen, alles in allem eher sanften Mannes gewonnen. Nun hatte er zwar im Laufe seiner Tätigkeit bei der Polizei schon manche Überraschung erlebt und glaubte inzwischen, daß jeder grundsätzlich zu allem fähig sei – die entsprechenden Gefühle wie Wut, Haß, Verzweiflung vorausgesetzt. Doch gerade das machte ihm Conrad als Täter so unwahrscheinlich. Die Tötung Jacksons – ob vorsätzlich oder nicht – war Folge eines Ausbruchs ungezügelter Wut. Würde die Tatsache, daß Jackson seinen Bruder erpreßte, Conrad wirklich in eine derartige Raserei versetzt haben können? – Verdammt! Er hätte selbst nach Abingdon fahren und Conrad aufsuchen sollen, statt in Radley hinter Mrs Hills ...

«Wenden Sie, Lewis, wir fahren zurück!»

«Wie?»

«Wir fahren nach Abingdon. Ich will selbst mit Conrad Richards sprechen. Treten Sie mal ein bißchen aufs Gas.»

Aber sie trafen ihn nicht mehr an. Seine Sekretärin teilte ihnen mit, er habe sich vor etwa zehn Minuten ein Taxi gerufen. Ihr gegenüber hatte er nur gesagt, daß es sich um eine Geschäftsreise handele, aber weder, wohin er fuhr, noch wann er zurückkommen wollte.

Morse verfluchte die Anwandlung von Schwäche, die ihn nach Radley gelockt hatte, und ließ seinen Ärger über sich selbst an der nun wahrlich unschuldigen Sekretärin aus. Nachdem er sie mit einigen eindrucksvollen Sätzen gründlich eingeschüchtert hatte, verlangte er barschen Tones alle verfügbaren Schlüssel. Der Inhalt von Conrads Schreibtisch (dessen Schubladen alle offen waren) erwies sich als harmlos: Verträge, Rechnungen, Unterlagen für die Bilanz – nichts, was für sie von Interesse hätte sein können. Hier hatte Conrad jedenfalls nichts versteckt – vielleicht aus dem einfachen Grund, daß es nichts zu verstecken gab. Morse setzte sich in den Schreibtischsessel und blickte um sich. In einem Rollschrank reihte sich eine Unzahl von Aktenordnern, aber er hielt es für sinnlos, sie auch noch durchzusehen – er glaubte nicht, daß sie dort etwas finden würden. Die Wände des Büros waren kahl und schmucklos bis auf zwei Bilder: das eine war eine farbige Reproduktion eines wie hingehaucht wirkenden Wandgemäldes aus Pompeji, das andere eine schwarzweiße Luftaufnahme des mauerumschlossenen Carcassonne, das immer noch aussah wie eine Stadt des Mittelalters. Und was ließ sich aus der Wahl der Bilder schließen?

Sie gingen hinunter in den ersten Stock, um sich auch in Charles Richards' Büro umzusehen. Das junge Ding, dessen Stelle Celia Richards gestern eingenommen hatte, war leicht davon zu überzeugen, daß es vor allem in ihrem eigenen Interesse sei, ihnen das Büro und den Schreibtisch mittels Übergabe der Schlüssel zugänglich zu machen. Auch hier wieder ein Rollschrank mit Aktenordnern, der Schreibtisch allerdings unaufgeräumter als der von Conrad, mit einem Haufen geöffneter Briefe, Stapeln von Ordnern, etlichen Büchern – wohl verlagseigenen Produktionen – und einem bis zum Rand vollen Aschenbecher. Es war Lewis, der ihn fand. Er lag unter einem Stapel Papier in der rechten unteren (abgeschlossenen) Schreibtischschublade.

«Ich glaube, das hier könnte wichtig sein, Sir», verkündete er strahlend und reichte Morse den zusammengefalteten Bogen.

Sehr geerter Mister Richards
Es ist wegen Missis Scott, das ich ihnen schreibe.
Ich weis über sie beide bescheid . . .

Beim Hinausgehen blieb Morse im Vorzimmer am Schreibtisch der Sekretärin stehen.

«Sie waren gestern nicht hier, oder?»

«Woher ...?» Seine scheinbare Allwissenheit schien sie völlig durcheinanderzubringen, und unter seinem durchdringenden Blick wurde sie über und über rot.

«Es ist ja nicht verboten, sich freizunehmen, aber ich hätte gern gewußt, warum.»

«Ich habe nicht freigenommen. Mr Richards sagte mir, er würde mich nicht benötigen, und ich solle ruhig ...»

«Welcher Mr Richards?»

«Mr Charles, Sir. Er sagte ...»

Aber Morse winkte nur ungeduldig ab und ging ohne Gruß hinaus.

«Besonders freundlich waren Sie aber nicht zu ihr, Sir», bemerkte Lewis mit leichtem Vorwurf.

«Man führt uns an der Nase herum, Lewis. Der gesamte Richards-Clan lügt wie gedruckt. Ich möchte wetten, daß das Mädchen da oben mit ihnen unter einer Decke steckt. Und jetzt geht's erst mal zurück ins Präsidium.»

Auf der Rückfahrt verfiel er wieder in sein übliches Schweigen. Der Brief, den Lewis gefunden hatte, lag aufgefaltet in seinem Schoß. Morses Blick kehrte wieder und wieder zu ihm zurück, und jedesmal runzelte er die Stirn – irgend etwas schien ihn zu befremden. Als Lewis auf den Parkplatz hinter dem Präsidium einbog, trug sein Gesicht einen Ausdruck tiefer Nachdenklichkeit.

«Wissen Sie was, Lewis», sagte er, als sie auf das Gebäude zuschritten. «Ich glaube, wir sind die ganze Zeit auf einer völlig falschen Fährte gewesen.»

«Aber woher ...»

«Ja, sind denn heute alle taub, oder was?» schnaubte Morse.

Lewis schluckte die Antwort, die ihm auf der Zunge lag, hinunter und folgte Morse in die Kantine. Nachdem er seine Tasse Tee ausgetrunken hatte, stand er jedoch gleich wieder auf.

«Ich werde jetzt mal rübergehen ins Labor und denen die Fingerabdrücke zeigen. Hoffentlich hab ich recht, und sie stimmen wirklich mit denen, die sie in Jacksons Schlafzimmer gefunden haben, überein. Hätten Sie Lust zu einer Wette?»

«Auf einmal so wagemutig, Lewis? Aber mehr als ein paar Shilling würde ich an Ihrer Stelle nicht riskieren. Die Wette verlieren Sie nämlich.»

Lewis zuckte nur mit den Schultern. Mochte Morse auch griesgrämig in die braune Brühe starren, die sie hier als Tee ausschenkten, und dasitzen wie sieben Tage Regenwetter, ihn focht das nicht an. Er hatte keine Ahnung, was den Chief Inspector auf die verrückte Idee gebracht hatte, sie seien auf der falschen Fährte, aber man mußte ja nicht alles, was er sagte, unbedingt ganz ernst nehmen. Der Erpresserbrief, den er (!) gefunden hatte, war schließlich eine Tatsache, und wenn sich jetzt noch herausstellte, daß die Fingerabdrücke übereinstimmten ... Weit konnte Richards noch nicht sein. Luton? Heathrow? Gatwick? Man würde, sobald das Ergebnis des Vergleichs vorlag, landesweit eine Fahndung auslösen müssen ...

Eine halbe Stunde später erhielt Lewis die niederschmetternde Nachricht, daß die Fingerabdrücke aus Jacksons Schlafzimmer mit denen von Conrad Richards in keinem Bogen, keinem Wirbel, keiner einzigen Schleife übereinstimmten.

Kapitel Neunundzwanzig

Und Isaak hatte Esau lieb
und aß gern von seinem Weidwerk;
Rebekka aber hatte Jakob lieb.
1. Buch Mose, Kap. 25, Vers 28

Edward Murdoch war abgekämpft und mißgelaunt, als er an diesem Mittwochnachmittag nach Hause radelte. Er hatte nicht verhindern können, daß sie ihn in der Schule rangekriegt hatten, die Rugbymannschaft seiner Klassenstufe zu komplettieren, und nicht zuletzt sein schlechtes Spiel war schuld daran gewesen, daß sie am Ende doch noch verloren hatten. Er hatte sonst Mittwoch nachmittags fast immer frei, und da mußten sie ausgerechnet heute auf ihn verfallen, wo er die Zeit so dringend gebraucht hätte, um die beiden Aufsätze zu schreiben, die er morgen abgeben mußte. Um diese Zeit, im dicksten Berufsverkehr, waren die Durchgangsstraßen in Summertown natürlich alle völlig verstopft und das Radfahren alles andere als ein Vergnügen. Zweimal mußte er einen gewagten Schlenker fahren, um einem in zweiter Spur stehenden Wagen auszuweichen, dessen Fahrer darauf wartete, in eine gerade frei werdende Parklücke setzen zu können, und wiederholt hatte er scharf bremsen müssen, weil irgendwelche motorisierten Deppen unbedenklich vor ihm die Spur gewechselt und ihn geschnitten hatten. Jede neue Rücksichtslosigkeit verstärkte noch seinen Ärger und seine Wut, dabei war er den Stress im Grunde längst gewöhnt – es war jeden Tag um diese Zeit dasselbe; aber anders als sonst schien ihm heute jegliche Gelassenheit abzugehen. Vielleicht lag es daran, daß seine Biorhythmen einander superponierten. Er hatte die Begriffe gerade heute im Unterricht neu gelernt, und der Klang der beiden Fremdwörter hatte ihm gefallen. Je mehr er sich dem heimatlichen Herd näherte, um so stärker wurde sein Hunger. Hoffentlich hatte sie heute etwas Anständiges gekocht. Während der letzten zwei Wochen hatte es, wenn auch in wechselnder Folge, stets nur dieselben drei Gerichte gegeben: Gehacktes, Eintopf, Baked Beans. Es hing ihm zum Hals heraus, er wollte endlich wieder einmal Roastbeef mit Yorkshire-Pudding oder Lammbraten mit Minzsauce oder ... Zwar wußte er theoretisch, daß er seiner Mutter keinen Vorwurf daraus machen durfte – sie hatte wegen Michael viele Ängste ausgestanden und immer noch auszustehen, und man konnte es ihr nicht verübeln, daß sie anderes im Kopf hatte als einen abwechslungsreichen Speiseplan. Und trotzdem ... Mit seinem Vorsatz zu mehr Verständnis war es wie mit dem anderen – weniger zu maulen und sie statt dessen mehr zu unterstützen: sie blieben im Ansatz stecken. Er schob sein Fahrrad in den Schuppen, stellte es unsanft in eine Ecke und stieß dabei mit dem Lenker eine Dose mit Nägeln um. Er fluchte leise, zuckte dann mit den Achseln, nahm seine Tasche vom Gepäckträger und zog krachend das Tor hinter sich ins Schloß.

In der Küche stand seine Mutter am Bügelbrett und war gerade mit einem seiner weißen Hemden beschäftigt.

«Was gibt's 'n heute zu essen?»

«Ich habe uns einen schönen Eintopf aus ...»

«Schon wieder Eintopf?! Verdammte Scheiße, kriegt man denn hier nie etwas anderes als Eintopf, Gehacktes oder ...»

Doch unvermittelt brach er ab. Seine Mutter hatte das Bügeleisen beiseite gestellt, er sah wie sie die Schultern hochzog und sich mit den Händen an die Schläfen griff, und dann begannen ihr die Tränen über das Gesicht zu laufen. Kraftlos sank sie auf einen Küchenstuhl, und ein unkontrollierbares Schluchzen erfaßte sie, so daß sie kaum Luft bekam und mühsam nach Atem rang. Edward hatte sie in seinem ganzen Leben noch nie so hilflos gesehen, und die Tatsache, daß seine tüchtige Mutter, die immer zur Stelle war, wenn man sie brauchte, in einen solchen Abgrund der Verzweiflung stürzen konnte, erschütterte seinen Kinderglauben an ihre unbezwingbare Stärke und öffnete ihm gleichzeitig die Augen dafür, wie egoistisch er gewesen war. Die letzte Zeit mußte furchtbar schwer für sie gewesen sein. Er spürte Mitleid mit ihr, und ein lange nicht mehr gekanntes Gefühl tiefer Zuneigung stieg in ihm hoch.

«Nicht weinen, Mutter, bitte! Es tut mir ja so leid. Ich wollte dich nicht ...»

Sie schüttelte den Kopf und wischte sich mit einem Taschentuch über die Augen. «Ach, das war es doch gar nicht. Es ist doch nur ...» Erneut kamen ihr die Tränen, und sie konnte nicht weiterreden. Edward legte ihr seine Hand auf die Schulter und stand ein wenig linkisch neben ihr – er war es nicht gewöhnt, seine Mutter trösten zu müssen.

«Ich bin dir keine große Hilfe gewesen, was?» fragte er nach einer Weile kleinlaut.

«Ach, mach dir darüber mal keine Gedanken. Das ist nicht der Grund, weswegen ich geweint habe. Es ist ... Die Dinge wachsen mir einfach über den Kopf. Ich habe das Gefühl, als verliere ich allmählich den Boden unter den Füßen, als breche alles zusammen. Ich ... ich ...» Wieder wurde sie von Schluchzen geschüttelt. «Ich weiß nicht, was ich tun soll. Ich habe so sehr versucht ...» Sie faßte nach der Hand ihres Sohnes, schluckte und versuchte, ihre Stimme unter Kontrolle zu bringen. «Aber mach dir um mich keine Sorgen. Ich habe heute einen schlechten Tag, das geht vorüber.» Sie stand auf und putzte sich geräuschvoll die Nase. «Wie war dein Tag heute?»

«Es ist wegen Michael, nicht wahr, Mutter?»

Sie nickte. «Ich war heute nachmittag bei ihm. Das rechte Auge ist nicht mehr zu retten, und sie wissen nicht, wie das linke ...»

«Das heißt, daß er vielleicht blind wird?»

Mrs Murdoch nahm wieder das Bügeleisen auf. «Ja. Sie tun alles, was in ihren Kräften steht, aber ...»

«Laß uns nicht die Hoffnung verlieren, Mutter», sagte er beschwörend. «Vielleicht findest du es ja komisch, daß ausgerechnet ich das jetzt sage, aber im Religionsunterricht in der Schule haben wir mal gelernt, Hoffnung sei eine christliche Tugend, etwas, um das man kämpfen müsse.»

Wenn Mrs Murdoch es sich gestattet hätte, ihrem Gefühl zu folgen, so hätte sie Edward jetzt in die Arme geschlossen und ihm für seine Worte gedankt. Doch zu zeigen, was in ihr vorging, hatte sie immer Hemmungen gehabt, selbst gegenüber Michael und Edward, und auch jetzt drang nichts von der spontanen Freude, die sie verspürte, nach außen. Sie stellte das Bügeleisen ab, nahm zwei Teller aus dem Schrank, tat sie in den Grill, um sie anzuwärmen, und dachte dabei, wie ihr vorher so geregeltes Leben auf einmal in ein Chaos aus Schmerz und Angst gestürzt worden war. Was hatte sie bloß falsch gemacht, daß nach all den mühevollen Jahren dies das Ergebnis war? Wenn nur ihr Mann noch lebte ... Und warum hatten sie sich auch entschlossen ... O Gott, so etwas durfte sie nicht einmal denken! Aber viel schlimmer konnte es nun eigentlich nicht mehr werden, oder? Doch tief in ihrem Innern wußte sie, daß sie das ganze Ausmaß dessen, was geschehen war, noch gar nicht richtig erfaßt hatte, und als sie die Topflappen nahm, um die Kasserolle mit dem Eintopf aus dem Ofen zu nehmen, war da einen Moment lang wieder die innere Stimme, die sagte, daß das, was geschah, zu Recht geschah, daß das, was geschah, die Strafe dafür war, daß sie Michael nie so geliebt hatte und nie so lieben würde wie ihren Sohn Edward.

Am Abend betrat der Augenchirurg Michael Murdochs Zimmer, um zu sehen, wie es seinem Patienten ging. Mit allergrößter Vorsicht löste er den Verband, nahm dann seine Armbanduhr ab und hielt sie ihm in ungefähr zwanzig Zentimeter Entfernung vor das linke Auge.

«Wie fühlst du dich heute, Michael?»

«Ganz gut. Nur müde – schrecklich müde.»

«Hast du Hunger?»

«Nein, eigentlich nicht. Ich habe auch gerade erst gegessen.»

«Na, das dürfte aber schon eine Weile her sein. Du hast ein paar Stunden geschlafen. Hast du eine Vorstellung, wie spät es jetzt ist?» Noch immer hing die Uhr vor dem Gesicht des Jungen.

«Es muß später Nachmittag sein. So gegen fünf.»

Die Zeiger der Uhr zeigten auf 8.45 Uhr. Doch das verletzte Auge, blutunterlaufen und furchtbar anzusehen, konnte sie nicht wahrnehmen und starrte blicklos ins Leere. Der Chirurg legte ihm behutsam wieder den Verband an. Dann blickte er zu der Schwester, die mit kummervollem Gesicht am Fußende des Bettes stand, hob hilflos die Schultern und schüttelte nur traurig den Kopf.

Gegen zehn vor elf, auf dem Rückweg vom Pub, traf Morse Mrs Murdoch, die ihren Labrador spazierenführte und Mühe hatte hinterherzukommen, so sehr zog er an der Leine. Auf diese Weise erfuhr er zum erstenmal, daß Michael Murdoch versucht hatte, sich zu blenden, und dabei ein Auge verloren hatte. Was mit dem anderen sei würde, konnte man jetzt noch nicht sagen ... Er hörte sie geduldig und voller Anteilnahme an und schämte sich, daß er nicht mehr zu sagen wußte als «Das tut mir aber leid» und «Das muß ja schrecklich für Sie gewesen sein». Daß es doch so schwer war, Worte des Trostes zu finden! Er starrte verlegen zu Boden und war erleichtert, daß das sandfarbene Ungetüm von Hund wieder an der Leine zu zerren begann und Mrs Murdoch sich notgedrungen verabschieden mußte, um ihm zu folgen.

Während er die wenigen hundert Meter zu seinem Haus ging, versuchte Morse, über die Murdochs und ihre Beziehung zu Anne Scott nachzudenken. Aber er war müde und hatte zuviel Bier getrunken, und es kam nichts dabei heraus.

Kapitel Dreißig

Es gibt mitunter Arbeiten, bei denen Satzbau, Rechtschreibung und Interpunktion sich an keine Regel halten und völlig willkürlich sind. Der Prüfer sollte in solchen Fällen nicht zögern, die Annahme der Arbeit abzulehnen und ein ‹Nicht bestanden› auszusprechen.

Kriterien für die Bewertung
des Zulassungsaufsatzes für die Oberstufe

Am Donnerstag kam Morse erst spät ins Büro und begrüßte Lewis nur mit einem kurzen Nicken. Er fühlte sich unausgeschlafen und verkatert und hatte sich im stillen gelobt, heute einmal nichts zu trinken. Ein notwendiger Entschluß, der ihn jedoch nicht gerade freudig stimmte. Während Lewis sich im Zwei-Finger-System abmühte, einen Bericht zu tippen, nahm Morse sich noch einmal den Erpresserbrief vor, den sie in Charles Richards' Schreibtisch gefunden hatten. Bei oberflächlichem Lesen schien es, als besitze er alle für derlei Schreiben typischen Charakteristika: er war ungelenk im Ausdruck, fehlerhaft in der Orthographie, die Interpunktion erratisch. Doch wenn man ihn ein zweitesmal etwas gründlicher las, war der Eindruck auf einmal ein ganz anderer.

«Lewis?» Der Sergeant hob den Kopf. «Hier, lesen Sie sich den Brief noch mal durch.» Er schob ihm den Bogen über den Schreibtisch. Lewis begann zu lesen.

«Na? Fällt Ihnen etwas auf?»

«Meinen Sie die Rechtschreibung? Noch schlechter als meine, würde ich sagen, aber dafür hatte er geschickte Hände.»

«Mit *er* meinen Sie Jackson, wenn ich Sie recht verstehe?»

Lewis sah ihn erstaunt an. «Ja, natürlich – wen denn sonst?»

«Sie glauben also, daß Jackson den Brief geschrieben hat?»

«Sie etwa nicht?»

«Nein, ganz recht, ich nicht. Ich bin fest davon überzeugt, daß Jackson nicht eine einzige Zeile hätte zu Papier bringen können, geschweige denn einen ganzen Brief. Ich habe Ihnen doch erzählt, daß ich unter seinen Sachen zwei Broschüren zu diesem Fernsehprogramm *Wir packen es* – oder wie das nun heißt – gefunden habe, und das ist nicht für Leute gedacht, die mit dem Schreiben oder

Lesen nur etwas auf Kriegsfuß stehen, das ist für Analphabeten, die überhaupt nicht lesen und schreiben können und sich zu Tode schämen, wenn jemand dahinterkommt. Wenn Jackson jemanden gebeten hat, den Brief für ihn zu schreiben, dann muß das jemand gewesen sein, zu dem er großes Vertrauen hatte ...»

«Aber der Brief ist doch fast wie der von einem Analphabeten. Damit würde er nicht mal mehr einen Sonderschulabschluß kriegen, wenn Sie mich fragen.»

«So, meinen Sie? Dann sollten Sie sich mal ansehen, was manche unserer Polizeibewerber in ihrer Eingangsprüfung so produzieren ... Und im übrigen ist das ganz und gar nicht der Brief eines Analphabeten. Da sind Sie gewaltig auf dem Holzweg, wenn Sie das denken. Hier, sehen Sie sich den Brief noch einmal genau an.» Er schob ihn erneut hinüber, lehnte sich in seinen Sessel zurück und betrachtete Lewis mit dem etwas herablassenden Blick eines Lehrers, der darauf wartet, daß einem begriffsstutzigen Schüler endlich ein Licht aufgeht. «Ein Brief ist doch in erster Linie dazu da, etwas zu *übermitteln*. Darin würden Sie mir doch zustimmen, oder? Ich gebe ja zu, daß die Rechtschreibung sehr zu wünschen übrigläßt; *aber,* Lewis, das, worauf es ankommt, nämlich die Aussage des Briefes, ist klar und eindeutig. Den Brief hat jemand geschrieben, der seine Sache verstand. Jemand, der gebildet ist – gebildet genug jedenfalls, um zu wissen, wie man glaubhaft den Eindruck mangelnder Bildung erweckt, wenn Sie verstehen, was ich meine. Der Brief an Richards war genau die Art Brief, die ich selbst auch schreiben würde, wenn ich aus irgendeinem Grund vortäuschen wollte, daß ich des Schreibens nicht recht mächtig sei. Die Anweisungen an Richards sind doch so formuliert, daß absolut nichts mißzuverstehen ist ... Und überlegen Sie mal, wie das war, als Sie den Brief gelesen haben; die Tatsache, daß er *Bescheid* klein und *weiß* mit ‹s› schreibt, hat Sie doch nicht gehindert, den Inhalt zu verstehen. Sie haben doch trotzdem sofort kapiert, was er meint. Nein, nein, Lewis, der Brief stammt nicht von Jackson. Nie und nimmer!»

Morse nahm ein Blatt Papier, schrieb etwas auf und reichte das Blatt Lewis. «Können Sie mir sagen, was das heißen soll?»

Lewis blickte stirnrunzelnd auf die beiden Wörter. *JE NEN*. Er schüttelte den Kopf. «Nein versteh ich nicht. Was soll das heißen?»

«Da werden Sie nicht schlau draus, was? Kann ich mir denken. Das, Lewis, stand als Antwort auf einem Fragebogen unter der Rubrik *Ausgeübter Beruf.* Die Frau konnte *tatsächlich* kaum lesen und schreiben. JE NEN sollte heißen: ‹ick jeh nähen›. Ein Bekannter, der beim Arbeitsamt tätig ist, hat es mir erzählt. Verstehen Sie jetzt, was ich meine, wenn ich von einem Analphabeten rede.»

Lewis nickte. Vielleicht war wirklich etwas dran an dem, was Morse sagte. Andererseits – Jackson konnte rein zufällig an die Broschüren von *Wir packen es* gekommen sein. Merkwürdig war es allerdings schon ...

«Es läßt sich doch sicher feststellen, ob Jackson schreiben konnte oder nicht, Sir», sagte er. «Er war doch Rentner und ...»

«Das ist eine großartige Idee, Lewis! Fahren Sie sofort nach Jericho, und fragen Sie diese Posthalterin ... wie war doch gleich ihr Name?»

«Mrs Beavers, Sir.»

«Genau die meine ich. Fragen Sie sie also, ob Jackson den Empfang der Rente mit seiner Unterschrift quittiert hat. Und wenn Sie sowieso schon bei ihr sind, dann fragen Sie auch gleich, ob sie weiß, für wen Jackson in letzter Zeit außer für Anne Scott noch gearbeitet hat. Diese Beavers macht ganz den Eindruck, als sei sie eine neugierige alte Ziege, die ist bestimmt über alles, was in der Nachbarschaft passiert, bestens informiert. Ich bin mal gespannt, wen sie uns nennen wird.»

Eine Dreiviertelstunde später wußte Lewis, daß Jackson in der Lage gewesen war, den Empfang seiner Rente mit ein paar Buchstaben, die man mit einigem guten Willen für seinen Namen ansehen konnte, zu bestätigen. «Er wollte das so», sagte Mrs Beavers, «ein Kreuz hätte sonst auch genügt. Wir haben zwei, drei ältere Leute, die ihre Unterschrift nicht leisten können und dann dafür ein Kreuz machen; das geht in Ordnung, ich muß nur dabei zusehen, damit ich bestätigen kann, daß es von ihnen selbst stammt.» Was nun das Lesen anging – darum sei es bei Jackson auch nicht viel besser bestellt gewesen. Fettgedruckte Blockbuchstaben, das sei gerade noch gegangen, bei allem anderen mußte er passen. Sie selbst hatte ihm oft die amtlichen Mitteilungen vorgelesen, wenn es Rentenerhöhungen gab oder wenn sich, wie etwa zu Weihnachten, das Auszahlungsdatum verschob. Jackson hatte nie Schwierigkeiten gehabt zu verstehen, was sie ihm vorlas. Ihrer Meinung nach sei er von völlig normaler Intelligenz gewesen – nur eben ein Analphabet oder jedenfalls so gut wie.

Natürlich war Mrs Beavers – ganz wie Morse vorhergesehen hatte – genau darüber im Bilde, wer Jackson in letzter Zeit beschäftigt hatte. Für Mrs Jones in der Cardigan Street hatte er einige Türen, die klemmten, abgehobelt; Mrs Purvis in Canal Reach hatte ihn geholt, weil in ihrem Haus neue Leitungen gelegt werden mußten – der Kostenvoranschlag des Elektrikers in der Victor Street war wirklich abenteuerlich hoch gewesen. Soviel sie wußte, hatte auch das junge Ehepaar, das vor kurzem das Eckhaus in der Albert Street bezogen hatte, vorgehabt, seine Dienste in Anspruch zu nehmen. Sie wollten Blenden für ihre Gardinenstangen. Ob er noch dazu gekommen war, den Auftrag auszuführen, konnte sie allerdings nicht sagen ...

Lewis hörte ihr zu und schrieb gewissenhaft alles mit, auch wenn ihm nicht ganz klar war, wozu Morse diese Informationen eigentlich brauchte. Zurück in Kidlington, erstattete er Bericht und stellte bald fest, daß Morses Interesse allein und ausschließlich Mrs Purvis' neuen Leitungen galt. Warum und wieso, war ihm auch hier nicht ganz klar.

«Soso, neue Leitungen. Ich würde ja gern mal wissen, was Jackson ihr dafür abgenommen hat. Ich muß nämlich bei mir auch neue Leitungen legen lassen, und mein Elektriker hat mir gesagt, das würde so an die zweihundertfünfzig Pfund kosten. Deshalb habe ich es auch bisher noch aufgeschoben.»

«Na ja, Leitungen zu legen, das kostet Zeit.»

«Und zweihundertfünfzig Pfund sind heute auch nicht mehr soviel wie noch vor zehn Jahren», gab Morse zu. «Also, ich denke wir fahren am besten zu ihr und fragen sie, wieviel sie nun wirklich bezahlt hat.»

Dies schien Lewis nun eigentlich kein ausreichender Grund, um deswegen extra nach Jericho zu fahren – noch dazu, wo es für ihn heute schon das zweite Mal war. Ob Morse noch einen anderen Grund hatte? Doch seine vorsichtigen Nachfragen blieben unbeantwortet, und als er den Wagen vor den Betonzylindern am Eingang von Canal Reach zum Stehen brachte, war er genauso schlau wie vorher.

Kapitel Einunddreißig

Sie setzte sich nieder
und gab auf vier Seiten einen knappen,
genauen Bericht der Ereignisse.
Thomas Hardy, Tess of the D'Urbervilles

Mrs Purvis war schon ein wenig erstaunt, als sich der Mann, der vor nicht ganz vierzehn Tagen als Abgesandter der *Royal Architectural Society* aufgetreten war, nun als Polizeiinspektor vorstellte, nahm es jedoch hin – so ein netter Mensch, es würde schon alles seine Richtigkeit haben. Nachdem Morse zunächst die hübsche Einrichtung des Wohnzimmers, dann den grauen Perserkater zu ihren Füßen («Er heißt Graymalkin, den Namen hab ich aus einem Stück mit dem Titel *Macbeth* von William Shakespeare») ausführlich bewundert und solchermaßen ihren früheren positiven Eindruck von ihm noch einmal bestärkt hatte, kam er behutsam zur Sache.

«Ich würde mich ja zu gerne noch weiter mit Ihnen über Ihren Prachtkater unterhalten, Mrs Purvis – ich bin selbst ein großer Katzenliebhaber, müssen Sie wissen –, aber ich habe da noch ein paar Fragen zu Mr Jackson, die ich gerne stellen möchte. Es geht aber sicher ganz schnell. Wir versuchen etwas über seine gelegentliche Tätigkeit als Handwerker herauszufinden; uns interessiert vor allem, was er dabei etwa verdient hat. Für Sie hat er doch kurz vor seinem Tod auch noch gearbeitet, oder?»

«Ja, er hat im ganzen Haus neue Leitungen gelegt. Ich habe ihn nicht sonderlich gemocht. Er war ein unfreundlicher Mensch, aber er hat gut gearbeitet, das kann ich nicht anders sagen.»

Wann ist er denn damit fertig geworden?»

«An den genauen Tag kann ich mich jetzt nicht erinnern, aber wenn es wichtig ist ...»

«Und Sie haben ihn gleich bezahlt?»

Mrs Purvis beugte sich zu Graymalkin hinunter und begann, ihn zu streicheln. Als sie wieder hochblickte, war ihr Gesicht von einer leichten Röte überzogen. «Ja, ich habe ihn gleich bezahlt ...»

«Würde es Ihnen etwas ausmachen, mir zu sagen, wieviel?»

«Nun, er war ja kein Fachmann und ...»

«Wieviel haben Sie ihm bezahlt?»

«Fünfundsiebzig Pfund.» Lewis, der die ganze Zeit stumm danebensaß, wunderte sich. Wieso sagte sie es, als sei es ein Schuldeingeständnis?

«Da kann man nichts sagen.»

Sie nickte nur und beugte sich wieder zu ihrem Kater hinunter.

«Hat er des öfteren für Sie gearbeitet?»

«Nein. Nur jetzt die Leitungen gelegt, und dann am Freitag, das war der Tag ... also, da hat er mir die Spülung auf meinem Klo repariert. Der Schwimmer ...»

«Haben Sie mal etwas für *ihn* getan?»

Mrs Purvis griff sich ans Herz und sah ihn voller Panik an. «Ich ... für ihn ... ich verstehe nicht ganz ...»

«Mr Jackson hatte Schwierigkeiten mit dem Schreiben und Lesen, nicht wahr?»

«Ich ... also davon weiß ich nichts. Es kann schon sein; ich glaube, er hatte keine besonders gute Schulbildung ...»

«Haben Sie mal einen Brief für ihn geschrieben?»

«Nein.» Sie sah ihn fest an.

«Nicht einen einzigen?»

«Nein. Warum glauben Sie mir nicht? Wenn Sie wollen, schwöre ich Ihnen auf die Bibel, daß ich ...»

«Nun mal ganz ruhig, Mrs Purvis! Warum regt Sie denn meine Frage gleich so auf? Sie tun ja so, als sei es ein Verbrechen, für einen Nachbarn einen Brief zu schreiben.»

«Es tut mir leid. Ich wollte nur nicht, daß Sie glauben, ich ...»

«Aber haben Sie ihm vielleicht mal einen Brief *vorgelesen?*»

Sie sah ihn aus schreckgeweiteten Augen an und öffnete den Mund, um etwas zu sagen, doch sie brachte kein Wort heraus. Morse legte ihr beruhigend die Hand auf den Arm. «Nun haben Sie mal nicht solche Angst, Mrs Purvis. Es passiert Ihnen nichts. Ich weiß sowieso Bescheid, aber ich muß es noch einmal von Ihnen selbst hören.»

Sie warf ihm einen dankbaren Blick zu, und dann begann sie zu erzählen. Jackson hatte ihr für die neuen Leitungen ursprünglich hundert Pfund berechnen wollen, war aber bereit gewesen, auf fünfundsiebzig Pfund herunterzugehen, wenn sie ihm einen Gefallen tue. Er habe da einen Brief, den er sich gerne vorlesen lassen wolle, sie müsse jedoch versprechen, niemandem etwas davon zu erzählen. Das war ihr einfach genug erschienen, und so hatte sie eingewilligt. Dann, beim Vorlesen, war ihr klargeworden, daß es sich um Miss Scotts Abschiedsbrief handeln mußte. Jackson hatte ihn wohl irgendwo im Haus gefunden, vielleicht hatte er auf dem Küchentisch gelegen. Sie sollte sich ja in der Küche ... Der Brief hatte vier Seiten umfaßt, sie hatte es genau gesehen, obwohl er ihn ihr, als sie noch nicht einmal ganz bis zur Hälfte gekommen war, plötzlich recht unsanft weggenommen hatte. Ob sie sich noch an den Inhalt erinnern könne? Sie wiegte nachdenklich den Kopf. Nur so ungefähr. Es sei eigentlich fast eine Art Liebesbrief gewesen. Anne Scott habe dem Mann, an den sie schrieb, beteuert, daß sie immer nur ihn geliebt habe und daß er das nie vergessen und sich keine Vorwürfe machen solle, was immer auch geschehen möge. Es sei allein ihr Entschluß ...

Morse hatte ihr schweigend zugehört. «Noch mal zurück zu Jackson – hat er Sie sonst noch um irgend etwas gebeten, was Sie für ihn tun sollten?»

«Nein. Ich sollte ihm nur den Brief vorlesen. Sonst nichts – wirklich! Wenn Sie wollen, dann schwöre ...»

«Sie haben also keine Telefonnummer für ihn herausgesucht?» Sein Ton war ruhig und freundlich, aber die Frage schien ihr den Rest zu geben. Sie brach in Tränen aus und beteuerte schluchzend, nein, sie habe ihm keine Telefonnummer herausgesucht, wirklich nicht, aber er habe sie gefragt, wie man die Auskunft anrufen könne, und sie habe es ihm erklärt. Erst hinterher habe sie dann angefangen zu überlegen, wen Mr Jackson da wohl anrufen wolle. Und da sei ihr, wenn sie ganz ehrlich sei, schon der Gedanke gekommen ... Und deswegen schäme sie sich jetzt auch so. Nie vorher in ihrem Leben habe sie etwas Unrechtes getan, und nun ...

«Ja, aber jetzt haben Sie uns alles erzählt, und es tut Ihnen leid. Jeder Mensch hat einmal eine schwache Stunde. Sie haben sicher nur eine kleine Rente, und fünfundzwanzig Pfund waren eine große Versuchung. Gehen Sie nicht zu hart mit sich ins Gericht! Was uns angeht, ist die Sache jetzt jedenfalls erledigt, nicht wahr, Sergeant?»

Lewis, der nicht damit gerechnet hatte, noch in das Gespräch einbezogen zu werden, brachte in seiner Verwirrung nur ein unbestimmtes Grunzen heraus, das Morse jedoch für Zustimmung zu nehmen schien, denn gleich darauf wandte er sich wieder Mrs Purvis zu.

«Und nun hätte ich noch eine letzte Frage an Sie, Mrs Purvis. Können Sie sich vielleicht noch erinnern, wie der Name des Mannes lautete, an den Ms Scott geschrieben hatte? Sie wird doch irgendeine Anrede benutzt haben ...»

Mrs Purvis biß sich auf die Lippen. Sie hätte so gern geholfen, aber sie konnte beim besten Willen nicht mehr sagen ...

«War es möglicherweise *Charles?»*

Mrs Purvis strahlte plötzlich übers ganze Gesicht. *«Mein lieber Charles»,* sagte sie, «die Anrede lautete: *Mein lieber Charles.»* Sie sah glücklich aus. Vielleicht hatte sie ja dadurch, daß sie sich erinnert hatte, ihre Schuld ein bißchen wieder gutgemacht?

Der Kater Graymalkin reckte sich und sah ihnen mit unergründlichem Blick nach, als sie das Zimmer verließen. Dann legte er den Kopf auf die Pfoten und schloß die Augen – im Haus war wieder Ruhe eingekehrt.

Gegen Abend fuhr Morse nach Headington in das *John Radcliffe Zwei* und sprach mit der Schwester, der die Intensivstation unterstand. Auf Zehenspitzen betraten sie das Zimmer, in dem Michael Murdoch lag, und blieben am Fußende des Bettes stehen.

«Ich darf ihn nicht wecken. Er braucht den Schlaf», flüsterte sie ihm zu.

Morse nickte und sah auf den Jungen, dessen Gesicht durch den weißen Verband halb verdeckt war. Er zog die Karte mit den Krankendaten aus dem Halter und begann sie zu überfliegen, doch die Aufzeichnungen sagten ihm nicht viel. Sein Blick wanderte zum Kopf der Karte: *Michael Murdoch, geb. 2. Okto ...* Er steckte die Karte zurück. Eine ungeheuerliche Ahnung stieg in ihm auf ...

Die Fakten lagen alle klar zutage, doch es bedurfte mehrerer Stunden Nachdenkens und einer halben Flasche Whisky, bis Morse sich sicher war. Er wußte jetzt, *warum* Anne Scott Selbstmord begangen hatte.

Kapitel Zweiunddreißig

Ein Mann ohne eine Adresse ist ein Vagabund,
ein Mann mit zwei Adressen ein Libertin.
George Bernard Shaw

Detective Constable Walters hatte, nachdem seine Mitarbeit am Fall Jackson durch Bells Beförderung zu einem abrupten Ende gekommen war, keine Gelegenheit mehr gehabt, seine Fähigkeiten unter Beweis zu stellen, und auch der neue Fall, der ihm jetzt zur Bearbeitung übertragen worden war, ein Villeneinbruch in Nord-Oxford, bot, wie es aussah, dazu keine Möglichkeit. Die Täter waren durch ein offenes Fenster im ersten Stock des Hauses eingestiegen, während die Bewohner, ein älteres Ehepaar, mit Verwandten und Freunden im *Hotel Randolph* Silberhochzeit gefeiert hatten. Die Eindringlinge hatten so gut wie keine Spuren hinterlassen – keine polizeitechnisch relevanten Spuren, um genau zu sein; einer von ihnen hatte nämlich auf den Teppich gepinkelt. Die Männer von der Spurensicherung waren nicht gerade entzückt gewesen. Die Fingerabdrücke – sofern die Einbrecher nicht überhaupt Handschuhe getragen hatten – befanden sich offenbar alle auf den gestohlenen Gegenständen und waren mit ihnen verschwunden. Und selbst die Annahme, daß es sich um zwei Täter handelte, stützte sich im Grunde genommen nur auf die recht vage Aussage einer Nachbarin, die am Tag zuvor zwei Jugendliche bemerkt haben wollte, die verdächtig langsam die Straße hinuntergeschlendert seien. Walters blätterte seufzend in dem dünnen Aktenordner. Was sollte er mit diesem mageren Material nun anfangen. Ein ungelöster Fall mehr, es sei denn, man erwischte die Täter irgendwann in flagranti und es käme zu einem großen Aufwasch, bei dem sie auch frühere Delikte gestanden. Unter diesen Umständen war es kein Wunder, daß er für jede Abwechslung dankbar war, und so blickte er erfreut auf, als die Tür sich öffnete und Lewis ins Zimmer trat.

«Wollen Sie zum neuen Super, Sarge?»

«Nein, zu Ihnen.»

«Ist Ihr Chef jetzt sauer, daß Bell den Posten gekriegt hat?»

«Morse sauer? Nee, glaube ich nicht. Als ich ihn eben gesehen habe, sah er aus, als habe er im Lotto gewonnen.»

«Was kann ich denn für Sie tun, Sarge?»

«Morse sagt, Sie hätten bei den Ermittlungen im Fall Scott Nachforschungen über ihren früheren Ehemann angestellt und die Zimmerwirtin ausfindig gemacht, bei der er wohnte, bevor er durch den Unfall ums Leben kam.»

«Ja. das stimmt.»

«Wissen Sie noch die Adresse?»

Walters nickte.

«Na, dann her damit.»

«Wollen Sie noch mal zu ihr?»

«Ja.»

«Aber die weiß bestimmt nichts, was uns interessieren könnte.»

«Da ist Morse anderer Meinung.»

Gegen Mittag, nachdem er selbst mit der Zimmerwirtin gesprochen und im Archiv des Präsidiums die Unfallakten studiert hatte, hatte sich Lewis, wie Morse ihm aufgetragen hatte, ein genaues Bild verschafft, fühlte sich aber trotzdem frustriert. Denn Morse, dem es nicht im Traum eingefallen wäre, sich einer so mühsamen Kleinarbeit zu unterziehen, hatte ihm bereits vorher gesagt, was er herausfinden würde: daß nämlich der zweite Beteiligte an dem Unfall, bei dem Anne Scotts früherer Ehemann ums Leben gekommen war, der Fahrer des entgegenkommenden Wagens, niemand anderer als Michael Murdoch gewesen war.

Wieder zurück im Büro, berichtete Lewis dem Chief Inspector, daß seine Vermutung hinsichtlich der Verwicklung Michael Murdochs in den Unfall von Anne Scotts früherem Mann sich als richtig erwiesen habe.

Doch anstatt, wie Lewis erwartet hatte, eine gewisse Befriedigung zu äußern, fragte Morse nur übellaunig: «Können Sie mir erklären, warum dieser Schwachkopf Walters die Adresse der Wirtin nicht in seinen Bericht aufgenommen hat, so daß wir erst hinter ihm herrennen müssen?»

«Wahrscheinlich hat er gedacht, sie sei nicht so wichtig.»

«Gedacht! Daß ich nicht lache. Das würde ja voraussetzen, daß er Verstand besitzt.»

«Aber er hat doch gerade erst angefangen, Sir, und ...»

«Und Sie, Sergeant? Hätten Sie mit Ihrer langjährigen Erfahrung es denn für notwendig erachtet, die Adresse festzuhalten?»

«Nein, ich glaube nicht, Sir», sagte Lewis, über seine eigene Kühnheit erstaunt. «Aber bislang haben Sie meinem Urteil darüber, was wichtig sei und was nicht, eigentlich immer vertraut.»

«Dann habe ich Sie wohl überschätzt», sagte Morse. Der scharfe Ton ließ Lewis aufhorchen. Das war mehr als bloß schlechte Laune. Morse war wütend auf ihn, er mußte irgend etwas verbockt haben. «Ich hatte immer angenommen, Sergeant», fuhr Morse in demselben unangenehmen Ton fort, «daß es die vornehmste Pflicht eines Kriminalbeamten sei, sich mit allen ihm zur Verfügung stehenden Kräften – auch und gerade wenn diese Kräfte vielleicht nur schwach sind – darum zu bemühen, sämtliche Fakten, auf die er im Laufe seiner Ermittlungen stößt, korrekt und vollständig wiederzugeben. Und zwar auch die, die ihm unerheblich erscheinen. Darüber zu befinden ist nicht an ihm.» Morses Stimme war kühl und kontrolliert, er sprach mit der überpräzisen Intonation eines Schulmeisters, der mit nur mühsam beherrschter Ungeduld einem besonders begriffsstutzigen Schüler einen wichtigen Lehrsatz zu erklären versucht. «Denn oft erlangt ja gerade anfangs unwichtig Scheinendes, wie Sie eigentlich inzwischen wissen sollten, Sergeant, im Laufe der Ermittlungen plötzlich ungeahnte Bedeutung.»

Lewis schluckte ein paarmal nervös und nickte kleinlaut. Heute war was fällig, das war klar. Er hätte nur gern gewußt, warum.

«Walters hat also, um das noch einmal ganz deutlich zu sagen, seine Sorgfaltspflicht verletzt, als er die Adresse wegließ, und ich wundere mich, ehrlich gesagt, Sergeant, welche Nachsicht Sie gegenüber seiner Fehlhaltung an den Tag legten. Aber vielleicht finden Sie Schludrigkeit ja auch nicht weiter tragisch, vielleicht ...»

«Was werfen Sie mir vor, Sir?» fragte Lewis leise.

«Was ich Ihnen vorwerfe? Das will ich Ihnen gerne sagen. Schlamperei, Lewis! Bodenlose Schlamperei. Ihre Berichte strotzen nur so von Fehlern ...»

«Rechtschreibung ist nun mal nicht meine starke Seite, Sir, das wissen Sie ...»

«Ihre Rechtschreibung meine ich auch gar nicht, Sergeant. Ich meine Ihren Umgang mit Fakten! In Ihren letzten Berichten standen Dinge, die waren einfach falsch – schlicht und einfach falsch. Ich habe den Eindruck, daß Sie Ihre Pflichten nicht mehr richtig ernst nehmen. Offenbar denken Sie, Sie könnten die Berichte so mal eben nebenbei schreiben, weil es nicht genau drauf ankommt. Aber da haben Sie sich geirrt!»

Lewis blickte zu Boden und schwieg. Zum Teil hatte Morse mit seinen Vorwürfen ja recht – aber nur zum Teil. Er hatte in der letzten Zeit manchmal wirklich etwas flüchtig gearbeitet und nicht, wie es sonst seine Art war, sämtliche Fakten, bevor er sie in einem Bericht festhielt, noch einmal überprüft. Aber das lag doch nicht daran, daß er seine Pflichten nicht mehr richtig ernst nahm oder gemeint hätte, es komme nicht so drauf an. Der Grund war, daß er abends, wenn er die Schreibarbeiten erledigte, oft einfach müde und kaputt gewesen war. Wenn Morse gegen fünf, sechs Uhr beschloß zu gehen, sich mit dem Mantel über dem Arm in der Tür noch einmal umdrehte und sagte: «Morgen früh hätte ich dann gern Ihren Bericht, Lewis», dann machte er sich wahrscheinlich überhaupt nicht klar, daß das bedeutete, daß Lewis noch bis lange in die Nacht dasitzen und sich den Kopf über passende Wörter und anständigen Satzbau zerbrechen würde. Und anschließend mußte das Ganze ja immer noch getippt werden – mit zwei Fingern auch eine rechte Mühsal. Und während er sich abquälte, saß Morse längst im Pub und ertränkte Ärger und Unzufriedenheit des Tages im Bier. Nein, wenn er es richtig bedachte, so waren Morses Vorwürfe – in dieser allgemeinen Form jedenfalls – nicht fair. Daß er einzelne Fehler begangen hatte, wollte er ja gar nicht bestreiten ...

«Wenn Sie mir sagen würden, Sir, was genau Sie meinen. Ich wüßte doch gerne, was ich nun ...»

«Na, zum Beispiel dies hier!» Morse wies mit einer Handbewegung gereizt auf einen Bogen mit der Aussage Celia Richards' und wischte ihn mit einem unwirschen «Da!» zu Lewis hinüber. «Was soll ich mit einem Sergeant anfangen, der nicht mal eine Adresse richtig wiedergeben kann? Den es offenbar überfordert, drei Ziffern in der richtigen Reihenfolge zu schreiben. In Ihrem Bericht steht als Hausnummer ‹261›; es muß aber heißen ‹216›. Und hier ...», er kramte in einem Stapel Papiere, «... hier irgendwo ist noch ein Bericht, in dem Sie ...» Aber Lewis hörte ihm nicht mehr zu; Morses Vorwürfe prallten wirkungslos an ihm ab. Er wartete auf eine Pause. Irgendwann mußte dem Chef ja mal die Luft ausgehen. Tatsächlich lehnte Morse sich nach einer Weile erschöpft zurück; er schien fürs erste fertig zu sein. Einen kostbaren Augenblick lang herrschte absolute Stille.

Dann sprach Lewis die Worte: «Die Adresse stimmt.»

Morse öffnete den Mund – und schloß ihn wieder. Er begann hektisch unter seinen Papieren zu wühlen. Schließlich hatte er gefunden, was er suchte.

«Aber sie wohnt doch nicht in 261 *und* in 216», sagte er einigermaßen ratlos.

Er reichte Lewis die Fotokopie eines Anschreibens, das dem Scheck, mit dem C. Richards das Strafmandat für den falsch geparkten Rolls-Royce bezahlt hatte, beigefügt gewesen war. Lewis spürte, wie sich ihm vor Aufregung der Magen zusammenzog, als er den kurzen Brief überflog.

> *Sehr geehrte Damen und Herren,*
> *hiermit übersende ich Ihnen einen Scheck in Höhe des festgesetzten Bußgeldes von £ 6.–. Das Strafmandat lege ich bei.*
> *Mit freundlichen Grüßen*
> *C. Richards*

Lewis' Blick wanderte zu dem gedruckten Briefkopf in der linken oberen Ecke. Die dort angegebene Adresse lautete: *Oxford Avenue 216, Abingdon, Oxon.*

Er hatte eher begriffen als Morse. «Es war also gar nicht Celia Richards, die das Bußgeld bezahlt hat. Das hier ist die Adresse von Conrad.»

Morse nickte. «Ja, so muß es gewesen sein. Conrad, der zuverlässige Freund, der jederzeit bereit ist, ihr einen Gefallen zu tun. Aber das wirft natürlich eine interessante Frage auf, Lewis! Warum hat sie mich angelogen? Sie hätte mir doch sagen können, daß es Conrad war. Ich hätte ihn selbst noch einmal zu der Sache befragt, und damit wäre ...» Er verstummte, und über sein Gesicht ging ein Strahlen. Hier hatte sich eben überraschend einiges erhellt.

Mit vor Freude funkelnden Augen sah er Lewis an. «Ich glaube, wir haben einen Grund zum Feiern, meinen Sie nicht?»

«Ich weiß nicht so recht. Eben machen Sie mir noch Vorwürfe ...» Lewis tat sich mit Morses raschen Stimmungsumschwüngen immer noch schwer.

«Ach, Lewis, nun seien Sie mal nicht nachtragend!» Er ging um den Schreibtisch herum und legte Lewis herzlich die Hand auf die Schulter. «Sie und ich, Lewis, wir sind ein Team – und was für eins. Gegen uns beide zusammen hat keiner eine Chance. Nehmen Sie Ihren Mantel, und kommen Sie!»

Lewis stand zögernd auf. Wieso mußte es eigentlich immer nach Morses Nase gehen? Aber irgendwie kam er eben gegen ihn nicht an.

«Ihnen scheint etwas klargeworden zu sein, Sir», sagte Lewis.

«Das scheint nicht nur so, mir *ist* etwas klargeworden, Lewis. Wir gehen jetzt in den Pub, und beim Bier erzähle ich es Ihnen.»

«Mir wäre es lieber, Sie würden es gleich jetzt tun.»

«Na schön, wenn Sie es gar nicht aushalten: Wir sind am Ziel, Lewis. Wir wissen jetzt nicht nur, wer Schuld trägt am Tod von Anne Scott, sondern auch, wer Jackson umgebracht hat. Wollen Sie die Namen wissen? Jetzt gleich?»

Lewis nickte heftig, und so nannte Morse ihm die beiden Namen. Den ersten hatte Lewis noch nie gehört, und er runzelte etwas verwirrt die Stirn; der zweite haute ihn beinahe um.

VIERTES BUCH

Kapitel Dreiunddreißig

Welches ist der Maid Geschick,
Wer führt sie als Braut zurück?
Sir Walter Scott,
Das Lied des letzten Minstrels

«Es gibt drei verschiedene Anschauungen darüber», begann Morse, «wie das menschliche Geschick sich gestaltet. Die eine besagt, daß alles, was geschieht – zum Beispiel, ob Sie an einem bestimmten Tag einer bestimmten Person begegnen –, aus purem Zufall geschieht; wir Menschen seien Atomen vergleichbar, die durch den Raum fallen, aufeinanderprallen, sich wechselseitig abstoßen, um wenig später erneut mit wieder anderen Atomen zu kollidieren. Ein großer Tanz mit Zufallspartnern! Daß Sie und ich heute abend hier zusammensitzen, ist dieser Anschauung zufolge allein dem höchst labilen Zusammenspiel glücklicher Umstände zu verdanken. Dann gibt es eine zweite Anschauung, die davon ausgeht, daß wir selbst es sind, die durch unsere Entscheidungen und Handlungen unser Leben bestimmen – jedenfalls bis zu einem gewissen Grad. Früher oder später würden unsere Verfehlungen uns einholen, und wir hätten die Konsequenzen zu tragen. (Und die sogenannten guten Taten hatten keine Auswirkungen? – dachte er flüchtig.) Vielleicht wird diese Anschauung für Sie plastischer, wenn Sie sich ein Spiel Bowls vorstellen. Die Kugel, die da auf dem Rasen rollt, ist einseitig beschwert und hat deshalb notwendigerweise einen gewissen Drall in eine bestimmte Richtung. Und dann gibt es noch eine dritte Anschauung, die annimmt, daß es völlig gleichgültig sei, was wir täten, da ohnehin von Anfang an schon alles feststehe, von oben bestimmt sei – der genaue Ausdruck ist *vorherbestimmt*. Auf eine kurze Formel gebracht, lautet diese Anschauung: Was kommen soll, das kommt. Oder: Wenn du dran bist, bist du dran. Und was da wirkt, das ist das Schicksal. Angeblich.»

«Und was denken Sie, Sir?»

«Also, dieses Raunen von *Schicksal* halte ich für kompletten Blödsinn. Meine eigene Meinung zu diesen Dingen liegt etwa in der Mitte zwischen der ersten und der zweiten Anschauung. Aber was ich meine und denke, ist im Moment völlig uninteressant. Ich habe Ihnen das alles erzählt, Lewis, weil es wichtig ist, um den Selbstmord von Anne Scott zu verstehen. Das ist nicht etwa nur eine Annahme von mir – sie selbst hat damals an dem Abend mir gegenüber von Schicksal gesprochen, und es war klar, daß es ihr damit sehr ernst war. Erinnern Sie sich nur mal an die vielen Bücher in ihrem Arbeitszimmer, ich denke vor allem an die Reihen von Penguin-Klassikern. Mir ist aufgefallen, daß sie die griechischen Tragiker anscheinend besonders oft in die Hand genommen hat; der Euripides und der Äschylos sahen ganz zerlesen aus. Aber wenn man von griechischen Tragödien spricht, dann darf man Sophokles nicht unerwähnt lassen, und er hat ein Stück geschrieben, das für Anne Scott offenbar besondere, ganz persönliche Bedeutung bekam. Sein Werk war vermutlich das letzte, was Anne Scott vor ihrem Tod gelesen hat – das Buch stand nicht im Regal, sondern lag aufgeschlagen auf ihrem Schreibtisch.»

«Ich glaube, ich weiß nicht so ganz, worauf Sie hinauswollen, Sir.»

«Also schön, dann hören Sie mal zu, ich werde Ihnen jetzt eine Geschichte erzählen. Es war einmal ein schöner junger Prinz, der kam in eine Stadt. Und als die Königin von seiner Ankunft erfuhr, da lud sie ihn zu sich in den Palast. Bald war er dort ein gerngesehener Gast. Die Königin war schön und sehr einsam – ihr Mann war erst vor kurzer Zeit während der Fahrt zu einer benachbarten Stadt auf der Straße umgekommen. Die beiden verliebten sich ineinander und beschlossen zu heiraten. Sie bekamen Kinder und führten ein glückliches Leben – doch dann holte sie das Schicksal ein. Sie wissen natürlich, wie es weiterging?»

Lewis schüttelte etwas traurig den Kopf und dachte daran, was ihm doch alles entgangen sei. «Nein, Sir, keine Ahnung. Von griechischen Tragödien haben sie mir in der Schule nichts erzählt.»

Morse schalt sich im stillen wegen seiner Gedankenlosigkeit; er hätte doch wissen müssen, daß Lewis bei seiner Schulbildung nicht mit antiker Dichtung in Berührung gekommen war. Er lächelte seinem Sergeant zu. Mochte er auch keine klassische Bildung besitzen, ein anständiger, ein liebenswerter Mann war er allemal.

«Dann hören Sie mal weiter zu, Lewis», sagte er. «Ich werde es Ihnen erzählen. Der Prinz hatte viel Zeit, und eines Tages beschloß er herauszufinden, auf welche Weise der erste Mann der Königin den Tod gefunden hatte. In jahrelanger Suche machte er Augenzeugen ausfindig und erfuhr so, daß der nicht durch einen Unfall ums Leben gekommen, sondern ermordet worden war. Und nun wollte er erst recht wissen, was genau damals geschehen war. Schließlich hatte er auch Erfolg und entdeckte, daß er selbst (Morse deutete in einer dramatischen Geste mit dem Zeigefinger der rechten Hand auf seine eigene Brust), daß *er selbst der Mörder war.* Aber das war noch nicht alles. Er entdeckte außerdem, daß der Mann, den er ermordet hatte, *sein eigener Vater* gewesen war. Und auf einmal ging ihm die ungeheuerliche Wahrheit auf: nicht nur, daß er seinen Vater getötet hatte; die Frau, die er geheiratet hatte, war *seine eigene Mutter.* Und er hatte mit ihr das Bett geteilt und Kinder gezeugt! Als das alles ans Tageslicht kam, da ging die Königin hin und erhängte sich, und der Prinz, als er dies hörte, blendete sich. Und der Name des Prinzen war Ödipus, und die Geschichte ist der Ödipus-Mythos.»

Lewis fühlte sich merkwürdig bewegt. Von der Geschichte selbst, aber auch von der Art, wie Morse sie erzählt hatte. Wie schade, daß man ihm solche Dinge während seiner Schulzeit vorenthalten hatte. Wenn man ihn damals an die griechischen Tragödiendichter herangeführt hätte, könnte er genauso selbstverständlich über sie reden wie eben Morse. Und dann wäre ihm vielleicht auch aufgefallen, welche Ähnlichkeit da bestand zwischen dem Ende der Königin und dem Tod, den Anne Scott sich gegeben hatte ... Obwohl ihm nicht so ganz klar war, wieso das nun wichtig sein sollte. Aber Morse ließ ihm keine Zeit, darüber nachzudenken.

«Sie können sich vielleicht vorstellen, Lewis, wie im Laufe der Jahre dieser Mythos, den sie sehr genau kannte, eine immer größere Rolle in ihrem Leben zu spielen begann. Bei ihrer Eheschließung war sie jung und sehr hübsch gewesen – genau wie Iokaste, als sie die Frau des Königs Laios wurde. Kurz nach ihrer Heirat bekam Anne Scott einen Sohn. Und genau wie Iokaste sich von ihrem Sohn trennte, weil das Delphische Orakel ihr geweissagt hatte, daß er, wenn er herangewachsen wäre, seinen Vater töten würde, so mußte auch Anne Scott auf ihren Sohn verzichten, weil sie und ihr Mann nicht genügend Geld hatten, um ihn so aufwachsen zu lassen, daß er gute Chancen im Leben haben würde. Iokaste und Laios setzten ihren Sohn auf einem Berg aus; Anne Scott und ihr Mann gaben das Kind sofort nach der Geburt einer privaten Gesellschaft, die Adoptionen vermittelt. Ich kenne die Vorschriften und Regeln nicht, nach denen solche Gesellschaften arbeiten, aber ich bin sicher, daß sowohl die leiblichen Eltern als auch die späteren Adoptiveltern eine Klausel unterschreiben müssen, die es ihnen untersagt nachzuforschen, wohin das Kind kommt beziehungsweise woher es stammt. Und nun überlegen Sie mal einen Moment lang, Lewis, und dann beantworten Sie mir die folgende Frage: An was, glauben Sie, wird sich eine Mutter, wenn sie an ihr Kind denkt, immer erinnern, selbst in dem Fall, daß sie sich gleich nach der Geburt von ihm getrennt hat – an sein Gesicht, sein Aussehen überhaupt? Wohl kaum. Nach ein paar Wochen verschwimmen auch die deutlichsten Bilder, und das Kind wächst ja auch heran, verändert sich ... Was also ist es, Lewis, das eine Mutter niemals vergißt? Sie haben noch Zeit, um nachzudenken, ich komme darauf zurück. Mein Freund Bell, *Superintendent* Bell, hatte ganz recht mit seiner Vermutung, daß an dem Abend des 2. beziehungsweise in den frühen Nachtstunden des 3. irgend etwas geschehen sein mußte, was Anne Scott zu ihrem Selbstmord, über den sie sicher schon lange vorher nachgedacht hatte, den letzten Anstoß gab.

Wir wissen, daß sie diesen Abend im Bridgeclub verbrachte, es liegt also nahe anzunehmen, daß es irgendeine Äußerung eines der Gäste war, vielleicht auch ein bestimmtes Thema, über das geredet wurde, welches die Krise, in der sie sich schon seit einiger Zeit befand, bis zur Unerträglichkeit zuspitzte. Nun haben wir ja durch unsere Ermittlungen eine ganze Menge darüber erfahren, wie der Abend verlief. Der 2. Oktober war der erste Jahrestag der Clubgründung, und so wurde gegen elf Uhr eine Pause eingelegt und Sherry gereicht, um auf das Jubiläum anzustoßen. So ein Glas Sherry, noch dazu, wenn der Abend schon etwas fortgeschritten ist, löst die Zunge, die Leute werden gesprächig, fangen vielleicht sogar an, ein bißchen zu tratschen. Von Miss Edgeley weiß ich, daß sich die Gespräche an diesem Abend unter anderem um Kinder drehten, Flüchtlingskinder aus Kambodscha und Vietnam. Wie ich die braven, biederen Hausfrauen aus Nord-Oxford kenne, werden sie wohl kaum über politische oder wirtschaftliche Aspekte des Flüchtlingselends geredet haben. Was sie berührt hat, war sicherlich das Schicksal dieser kleinen Würmer und die Frage, was man für sie tun könne – ob zum Beispiel die Möglichkeit bestehe, sie zu adoptieren. Mit anderen Worten, Lewis: Ich glaube, daß eines der Themen an diesem Abend Adoption war. Bei Bell hat sich, bevor er den Fall abgab, wie wir wissen, ein älterer Herr gemeldet, dieser Mr Parkes, dem plötzlich eingefallen war, daß sie sich an dem Abend auch über Geburtstage unterhalten hätten. Das lag ja auch irgendwie nahe: der erste Jahrestag der Gründung ist doch auch ein Geburtstag, wenn man so will. Nun habe ich Sie vorhin gefragt, Lewis, an was sich eine Mutter wohl ihr Leben lang erinnern wird. Die Antwort muß natürlich lauten: an das Datum, an dem ihr Kind geboren wurde. Und jetzt lasse ich mal ein bißchen meiner Phantasie freien Lauf. Ich könnte mir vorstellen, daß – nicht zuletzt dank des Sherrys – einer der Gäste, der Mrs Murdoch vielleicht näher kannte, etwas indiskret wird und den Umstehenden, darunter Anne Scott (unter dem Siegel der Verschwiegenheit, versteht sich), erzählte, daß ja auch der ältere der beiden Murdoch-Jungen, Michael, ein Adoptivkind sei. Und wenig später – man geht herum, stellt sich mal zu dieser, mal zu jener Gruppe – hört Anne Scott, wie Mrs Murdoch beiläufig erwähnt, daß Michael heute seinen neunzehnten Geburtstag feiere. (Sie erinnern sich, das zweite Thema dieses Abends waren Geburtstage.) Was für eine schicksalhafte Verkettung von Zufällen!»

«Ich dachte, Sie glauben nicht an Schicksal.»

Morse überhörte den Einwand und fuhr fort, an seinem modernen Ödipus-Mythos zu weben: «Laios, Iokastes Mann, wurde auf der Straße von Theben nach Korinth getötet, und auch John Westerby starb auf der Straße – durch einen Verkehrsunfall. Ich bin sicher, daß Anne Scott, obwohl sie seit vielen Jahren von ihm getrennt lebte und keine Verbindung mehr zu ihm hatte, von seinem Tod und dessen näheren Umständen erfahren hat. Schließlich war sie mit Mrs Murdoch und natürlich auch mit Michael schon mehrere Monate bekannt, als der Unfall passierte – er liegt ja erst etwas über ein Jahr zurück –, und die Murdochs haben bestimmt mit ihr darüber gesprochen. Für sich genommen, war er ja auch nichts, was die Beziehungen zwischen ihr und den Murdochs, insbesondere Michael, hätte belasten müssen; es war einer jener Unfälle, bei denen es schwierig ist festzustellen, welcher der Beteiligten die größere Schuld hat. Es war eben John Westerbys Pech, daß Michael Murdoch Anfänger war. Jemand mit mehr Erfahrung hätte vielleicht schneller oder geschickter reagiert. Aber Unerfahrenheit ist niemandem als Schuld anzulasten. Erst im nachhinein, im Zusammenhang mit neuen Informationen, wird Anne Scott den Unfall mit anderen Augen gesehen haben. Doch damit greife ich vor. Zunächst einmal lernten Anne Scott und Michael Murdoch sich besser kennen. Michael stand kurz vor dem Abitur und hatte auf Wunsch seiner Mutter angefangen, bei Anne Nachhilfe zu nehmen. So saßen sie nun regelmäßig einmal in der Woche nachmittags nebeneinander in ihrem kleinen Arbeitszimmer. Sie muß für ihn der Inbegriff der reifen, erotischen Frau gewesen sein. Er für sie, die in ihrem Leben nur einen einzigen Mann wirklich geliebt hat – einen verheirateten Mann, dem seine Ehe letzten Endes doch wichtiger war als die Liebe zu ihr –, eine Bestätigung, daß sie noch attraktiv war, vielleicht gefiel ihr auch sein jugendlich-athletischer Körper. Die beiden fühlten sich also zueinander hingezogen. Ich nehme an, daß sie ihn ein bißchen ermunterte; von sich aus dürfte er zu schüchtern gewesen sein für irgendwelche Annäherungsversuche. Na, und von ihrem Arbeitszimmer zum Schlafzimmer sind es ja nur ein paar Schritte ... Eine Zeitlang genossen sie so ihre heimliche Beziehung. Doch dann kam das böse Erwachen. Ihre Periode setzt aus, sie ist unruhig, wartet aber zunächst einmal ab. Sechs Wochen, sieben Wochen, schließlich acht Wochen. Sie entschließt sich, einen Test machen zu lassen, und geht in die Schwangerensprechstunde der Poliklinik, wo man ihr eine Urinprobe abnimmt, um sie an die Jericho Testing Laboratories zu schicken. Aber sie weiß im Grunde schon vorher – genau wie auch Ihre Frau es gewußt hat, Lewis –, daß sie tatsächlich schwanger ist. Allein, finanziell nicht abgesichert, macht die Tatsache, ein Kind zu bekommen, ihr Angst. So schreibt sie an Charles Richards, bittet ihn, sich mit ihr zu treffen, denn sie brauche Beistand, bittet ihn vielleicht auch um Geld, damit sie eine Abtreibung vornehmen lassen kann. Aber wie wir wissen, erreicht der Brief seinen Empfänger nicht. Durch einen unglücklichen Zufall (Anne Scott hätte das bestimmt anders gesehen) gelangt der Brief in die Hände von Celia Richards – und das ist, denke ich, der Punkt, an dem alles spätere Verhängnis seinen Ursprung hat. Die Tage vergehen, und Charles läßt nichts von sich hören; Anne Scott muß sich völlig verlassen gefühlt haben. Michael Murdoch war niemand, dem sie sich mit ihren Sorgen hätte anvertrauen wollen, dazu war er viel zu jung und zu unreif. Außerdem war er inzwischen mit der Schule fertig; die wöchentlichen Nachhilfestunden, die zum Schluß nur noch Vorwand gewesen waren, um ein paar schöne Stunden miteinander im Bett zu haben, fielen fort, und sie werden sich wahrscheinlich nur noch sehr unregelmäßig und selten gesehen haben aus Angst, sonst aufzufallen. Ich nehme an, daß Anne, als die Zeit verstrich, ohne daß sie von Charles hörte, immer deprimierter wurde und in dieser Stimmung vielleicht eine Bilanz ihres Lebens zog, die gänzlich negativ ausfiel: Zuerst die überstürzte Heirat mit John Westerby, dann ihre langjährige, intensive Liebesbeziehung zu Charles Richards, bei der jedoch ziemlich bald klar war, daß sie sich nie aus der Heimlichkeit emanzipieren, nie legalisiert werden würde, nach dem Scheitern ihrer Beziehung zu Richards dann vermutlich ein paar andere Männer; vielleicht, daß man schön miteinander schlief, aber keiner dabei, den sie hätte lieben können. Und schließlich der junge Murdoch ...

Morse verstummte und betrachtete mit nachdenklichem Blick die Leute um sich her, wie sie da vor ihrem Bier saßen, über alltägliche Belanglosigkeiten schwatzten – oberflächlicher vielleicht als Anne Scott, mit weniger Ansprüchen an das Leben, aber möglicherweise auch weniger gefährdet, als sie es gewesen war. Lewis merkte, daß der Chef eine Anwandlung von Melancholie hatte, stand auf, nahm, ohne ein Wort zu sagen, die beiden Gläser und ging, um zwei frische Biere zu holen.

«Man kann also wohl sagen», fuhr Morse fort, als Lewis wieder zurück war, «daß Anne Scott zu denen gehört hat, die mit dem Leben nicht zurechtkommen. Allmählich wächst in ihr ein Gefühl von Aussichtslosigkeit, sie beginnt sich zu sagen, daß sie ihre Chance verpaßt hat, daß es mit ihr langsam bergab geht. Ihre Aussichten, noch einen Mann zu finden, mit dem sie eine Familie gründen kann, sind gering. Die Männer, die vom Alter her für sie in Frage kämen, sind entweder längst verheiratet – wie Sie, Lewis – oder aber unverbesserliche Hagestolze wie ich, eigenbrötlerisch und zur Ehe nicht geeignet. Daß einige ihrer Schüler sie angehimmelt, sich vielleicht in sie verliebt haben, nun ja, das mag ganz schmeichelhaft gewesen sein, aber das ist doch nichts, wodurch sie sich wirklich hätte bestätigt fühlen können. Um sich mit so etwas zu trösten, war sie viel zu klug. Hinzu kommt, daß auch ihre materielle Situation alles andere als rosig ist. Sie hat kein festes Einkommen, lebt von dem Geld, das sie für ihre Nachhilfestunden erhält. Ich kann mir vorstellen, daß sie von Natur aus eine gewisse pessimistische Grundeinstellung gehabt hat. So nimmt sie, als sie von Charles Richards nichts hört, an, daß sie ihm gleichgültig und nicht einmal eine kurze Nachricht wert sei. Aber wie ich sie damals kennengelernt habe, glaube ich eigentlich, daß sie eine zähe Person war, die sich nicht so leicht unterkriegen ließ, die vermutlich trotz aller Probleme doch noch wieder die Kurve gekriegt hätte – wenn ihr da nicht auf dem Bridgeabend eine furchtbare Wahrheit aufgegangen wäre, mit der zu leben ihre Kraft überstieg.

Was ihr an dem Abend klar wird, ist nichts weniger als die schokkierende Tatsache, *daß Michael Murdoch ihr Sohn ist.* Und damit natürlich auch der Sohn John Westerbys, der wie Laios auf der Straße umgekommen ist. Und wie Laios in Ödipus, der ihn umbrachte, nicht seinen Sohn erkannte, so wußte auch John Westerby nicht, daß der Fahrer des entgegenkommenden Wagens sein Sohn war. Anne Scott aber muß es in diesem Moment vorkommen, als sei ihr vom Schicksal, ohne daß sie es auch nur geahnt hätte, die Rolle der Iokaste zugeteilt worden. Sie beschließt die einzige Wahl zu treffen, die ihr noch bleibt: sich ihrem Schicksal nicht zu widersetzen, sondern es anzunehmen. Sie wählt den Tod, den auch Königin Iokaste gewählt hat – sie erhängt sich. Doch selbst nach ihrem Tod noch waltet das Verhängnis: Michael Murdoch, der mit einer Drogenvergiftung im Krankenhaus liegt, versucht, sich die Augen auszustechen – wie Ödipus. All das Schreckliche, Lewis, was John Westerby, Anne Scott und Michael Murdoch widerfuhr, ist nichts anderes als eine grausige getreue Neuinszenierung des Mythos, wie wir ihn bei Sophokles beschrieben finden. Ich denke, wenn Anne Scott diesen Mythos nicht gekannt hätte, wäre ihr ihre Lage vielleicht nicht ganz so unausweichlich erschienen. Deshalb nannte ich Ihnen vorhin den Namen Sophokles als den des Schuldigen an ihrem Tod.»

Die beiden Männer saßen eine Weile stumm, noch ganz unter dem Eindruck der schrecklichen Geschichte, die Morse erzählt hatte. Doch nicht lange, so bemerkte dieser, daß ihre Gläser leer waren, zog seine Brieftasche heraus und gab Lewis eine Fünfpfundnote.

«Jetzt bin ich wohl mal dran mit Bezahlen.»

Das war aus Morses Mund ein unerhörter Satz, und nicht genug damit, winkte er, als Lewis mit den Bieren zurückkam und ihm das restliche Geld wiedergeben wollte, lächelnd ab und bestand darauf, daß er es behielte.

«Sie sind in letzter Zeit viel zu großzügig gewesen mit Ihren Runden, Lewis. Ein Übermaß an Großzügigkeit ist genauso ein Fehler wie Kleinlichkeit. Das behauptet jedenfalls Aristoteles.»

Lewis wurde allmählich ganz schwindelig von den vielen illustren Namen. Sophokles, Aristoteles ... Doch er ließ sich nicht aus dem Konzept bringen und stellte trotzdem die Frage, die ihn die ganze Zeit über beschäftigt hatte.

«Und Sie wollen wirklich behaupten, Sir, Sie glaubten nicht an Schicksal?»

«Natürlich nicht! Wofür halten Sie mich?!» antwortete Morse gereizt.

«Aber was Sie da eben erzählt haben, das waren doch nicht alles nur Zufälle ...»

«Wieso sprechen Sie denn gleich in der Mehrzahl? Bei der ganzen Sache gab es doch nur einen einzigen Zufall: daß der Sohn, den sie als Baby weggegeben hatte, fast zwanzig Jahre später zu ihr kommt, um Nachhilfeunterricht bei ihr zu nehmen. Und das ist im Grunde auch nicht einmal so besonders unwahrscheinlich; sie hat eine ganze Reihe von Nachhilfeschülern gehabt, und dermaßen groß ist Oxford ja nun auch wieder nicht.»

«Und der Unfall?»

«Der Unfall? Du meine Güte, jedes Jahr gibt es zigtausend Unfälle, Hunderte jeden Monat allein in Oxfordshire ...»

«Jetzt übertreiben Sie aber.»

«Nein, keineswegs. Und im übrigen – Anne Scotts Tod ist jedenfalls kein merkwürdiger Zufall. Daß sie sich erhängt hat, war die Folge eines vorher von ihr gefaßten Entschlusses, einer bewußten Entscheidung, und geht nicht etwa zurück auf das Wirken irgendwelcher Nornen, die ihre Schicksalsfäden spinnen ... oder kappen. Und daß Michael Murdoch sich mit Rauschgift vollgepumpt und sich dann während einer Entziehungskrise versucht hat, die Augen auszustechen, ist auch kein merkwürdiger, sondern ein ganz banaler Zufall: genausogut hätte er sich auch irgendeine andere Verletzung beibringen können.»

«Also erst reden Sie von schicksalhafter Verkettung, und jetzt sind es auf einmal nur noch banale Zufälle, gar nichts Besonderes ...» beklagte sich Lewis.

Morse lächelte etwas gequält. Es stimmte, was er Lewis vorhin gesagt hatte, daß er nicht an das Walten eines Schicksals glaubte; andererseits ähnelten Leben und Tod von Anne Scott, wie er selbst zugeben mußte, auf wirklich höchst seltsame Weise denen der Königin Iokaste aus dem antiken Mythos ...

Er seufzte und gab sich einen Ruck. «Wissen Sie, Lewis, jetzt hätte ich Appetit auf Brateier mit Chips.»

Lewis sah ihn erstaunt an. Bei Morse war man heute offenbar vor Überraschungen nicht sicher. «Ich schließe mich Ihnen an.»

«Aber Sie werden mich wohl einladen müssen, Lewis. Ich habe kein Geld mehr.»

Kapitel Vierunddreißig

Das Gute an einem Hotel ist,
daß es Zuflucht bietet
vor dem Leben zu Hause.
G. B. Shaw

Das Zimmer war ein gepflegter, gutausgestatteter Raum, wie man ihn in allen größeren Hotels auf der ganzen Welt findet: ein bißchen steril und unpersönlich zwar und nicht gerade billig, aber alles in allem doch recht behaglich. Auf jeder Seite des breiten Doppelbetts war eine Wandleuchte angebracht, doch keine der beiden war angeknipst. Richards hatte es, als er wach geworden war und sich eine Zigarette angezündet hatte, vorgezogen, im Dunkeln zu liegen. Er wußte nicht genau, wie spät es war, wahrscheinlich so gegen halb acht. Er war seit einer Stunde wach. Neben ihm lag, das Gesicht abgewandt, Jennifer Hills. Ab und zu bewegte sie sich, murmelte im Traum ein paar unverständliche Worte. Charles sah dann jedesmal zu ihr hinüber. Die leichte Decke, die sie über sich gebreitet hatte, war etwas verrutscht, doch der Anblick ihres nackten Körpers erregte ihn nicht – er war in Gedanken bei seiner Frau. Verwundert, aber auch deprimiert fragte er sich, wieso sie ihn jetzt, da sie sich endlich ausgesprochen und beschlossen hatten, sich zu trennen, innerlich so sehr beschäftigte. Anfang der Woche hatte sie ihn wegen Anne Scott zur Rede gestellt. Sie hatte weder geweint noch ihm Vorwürfe gemacht, aber er hatte ihr angesehen, wie sehr es sie verletzt hatte, daß er erneut eine Beziehung zu ihr eingegangen war. Um ihren Mund hatte ein harter Zug gelegen, den er nie zuvor bei ihr bemerkt hatte. Doch dann zwischendurch, als sie sich alter Zeiten erinnert hatten, hatte sie ihn plötzlich angelächelt und so jung und schutzlos ausgesehen, daß er einen Moment lang Herzklopfen bekam, so als sei er frisch verliebt. Sie hatte nicht mit ihm über ihre Pläne reden wollen; da sie sich trennen wollten, ging es ihn nichts mehr an, was sie anfing. Wo sie jetzt wohl sein mochte und was sie wohl gerade tat? Sicher war sie schon zurück aus Cambridge. Vielleicht war sie wie er früher wach geworden und schon aufgestanden, dann hatte sie bestimmt schon das Bett gemacht. Das tat sie immer zuerst ...

Seine Gedanken wanderten zu Conrad – dem guten, treuen Conrad. Vor drei Tagen war er plötzlich aus heiterem Himmel aufgetaucht und hatte sich in einem der billigeren Hotels auf der anderen Seite der Plaza ein Zimmer genommen. Nach außen hin wirkte er ruhig wie immer, doch wenn man ihn gut kannte, dann merkte man ihm an, daß er nervös war und sich Sorgen machte, was allerdings unter den gegebenen Umständen nur natürlich war. Er hatte durchaus Verständnis dafür gehabt, daß Conrad nicht in Oxford hatte bleiben wollen, aber darum hätte er nicht gleich nach Madrid fliegen müssen. Die Polizei hatte keinen Verdacht gegen ihn und erst recht keine Beweise, so daß eine Fahndung nach ihm ausgeschlossen schien. Warum also hatte er sich nicht ein paar ruhige Tage in einem englischen Seebad gemacht? Als er ihn danach gefragt hatte, war seine Antwort gewesen, er habe alles möglichst weit hinter sich lassen wollen ... Na schön, das mußte er wohl akzeptieren, und jetzt ließ sich ja auch daran nichts mehr ändern.

Es klopfte leise an die Tür, und gleich darauf trat der Zimmerkellner, ein junger Mann mit schwarzem, glatt nach hinten gekämmtem Haar und kleinem Schnurrbart, ins Zimmer und setzte mit elegantem Schwung das Frühstückstablett auf den Nachttisch neben Jennifers Bett. Jennifer rührte sich jedoch nicht, sie schien noch tief zu schlafen; und Charles war darüber erleichtert. Gestern war sie beim Eintritt des Kellners hochgeschreckt und hatte sich im Bett aufgesetzt, und er hatte mit nur mühsam unterdrückter Eifersucht mit ansehen müssen, wie der Kellner sich schamlos am Anblick ihrer nackten Brüste geweidet hatte.

Einige Minuten später gab Jennifer einen kleinen Seufzer von sich, drehte sich zu ihm um und öffnete die Augen. Sie rutschte näher zu ihm herüber, fuhr mit der Hand unter seine Pyjamajacke und begann ihn zu streicheln. Im selben Moment wußte er, daß er wieder schwach werden und sich nach dem Frühstück in ihre Arme flüchten würde, und verachtete sich dafür, daß er eine schwierige Situation nie allein durchstand, immer wenn er Probleme hatte, nach der Wärme einer Frau – welcher Frau auch immer – suchte, um neues Selbstvertrauen zu gewinnen. Er verzog den Mund zu einem kläglich resignierten Lächeln, dann lehnte er sich hinüber, um an das Tablett zu reichen und ihnen beiden Kaffee einzugießen. Aber Jennifers Hand wanderte mit zärtlichem Nachdruck tiefer, und er ließ sich wehrlos und gereizt zugleich wieder zurücksinken.

«Kannst du nicht mal warten, bis wir gefrühstückt haben?»

«Neeiiin ... – ich will dich *jetzt*!»

«Du kannst wohl nie genug davon kriegen, was?»

«Nein. Und morgens finde ich es am aufregendsten, das weißt du doch.»

Gegen halb elf kam das Zimmermädchen. Sie sah das unangerührte Frühstück auf dem Tablett, und auf ihrem Gesicht erschien ein belustigtes kleines Lächeln, während sie daranging, das zerwühlte Bett in Ordnung zu bringen.

Conrad Richards hatte ebenfalls kaum gefrühstückt – wenn auch aus anderen Gründen. Er war beunruhigt über die Situation zu Hause, und außerdem hatte er das Gefühl, hier unerwünscht zu sein. Charles hatte nicht gerade begeistert ausgesehen, als er vor drei Tagen plötzlich vor ihm gestanden hatte. Es war ein Fehler gewesen, ihm hinterherzufliegen, das sah er jetzt ein. Aber er hatte so dringend seine Nähe gebraucht, hatte einen Rat von ihm haben wollen, was sie nun tun sollten, und sich von Charles' Optimismus und grenzenloser Zuversicht etwas aufrichten lassen wollen. Um neun Uhr ging er hinüber ins Reisebüro, um sich nach einer Rückflugmöglichkeit zu erkundigen. Wenn er wollte, konnte er noch an diesem Nachmittag eine Maschine nehmen. Ja, das würde er tun. Er freute sich darauf, Celia wiederzusehen, und was die andere Sache betraf, da mußte man eben abwarten und das Beste hoffen ...

Um elf waren die beiden Brüder in der Cocktailbar von Charles' Hotel verabredet. Conrad kam etwas zu spät, und Charles trat ihm mit einem strahlenden Lächeln entgegen und klopfte ihm herzlich auf die Schulter, als sei er doch froh, daß er hier sei.

«Was – du willst heute nachmittag zurückfliegen? Das kommt gar nicht in Frage. Du hast ja überhaupt noch nichts von Madrid gesehen.» Er deutete in einer großen Bewegung auf die Plaza ... «Der Brunnen da drüben mit der Neptunfigur, ist das nicht ein wunderbarer Anblick? Wir werden heute nachmittag zusammen eine Sightseeingtour machen, was hältst du davon?»

«Und was ist mit ...?»

«Um sie brauchst du dir keine Gedanken zu machen. Ich habe ihr eben beigebracht, daß sie heute nachmittag zurückfliegen muß.»

Celia war an diesem Morgen schon früh auf. Sie hatte beschlossen, Charles' Angewohnheit, sich auch samstags im Verlag blikken zu lassen, beizubehalten. Schon gestern hatte sie ihn dort vertreten, und der Tag war ein großer Erfolg für sie gewesen. Hinter Charles' Schreibtisch sitzend, hatte sie Telefongespräche geführt, Briefe diktiert, Kunden empfangen und einen lästigen Vertreter abgewimmelt. Die Selbstverständlichkeit, mit der ihr die Arbeit von der Hand ging, die Sicherheit, die sie dabei gespürt hatte, hatten sie selbst überrascht. Tätigkeit war offenbar genau das, was sie brauchte, um ihr angeknackstes Selbstvertrauen wieder zu stärken; und wenn in einem Augenblick der Ruhe plötzlich eine Welle von Panik sie zu überschwemmen gedroht hatte, hatte sie energisch dagegengehalten. Manchmal allerdings hatte sie das Gefühl gehabt, als sei es ihr nur ganz knapp gelungen, den Kopf über Wasser zu halten ... Charles fehlte ihr doch sehr! Seine Vitalität und sein Elan waren die Quelle gewesen, aus der sie in der Vergangenheit immer wieder neue Kraft für sich geschöpft hatte. Und ungeachtet dessen, was geschehen war, würde er auch in Zukunft der einzige Mann bleiben, den sie liebte.

Sie war gerade dabei, ihre Sachen wegzuräumen, als um zehn nach zwölf das Telefon klingelte. Der Anruf kam aus Madrid. Es war Charles.

Kaum war sie zu Hause, erhielt sie einen zweiten Anruf. Detective Chief Inspector Morse wollte von ihr wissen, wann sie ihren Mann zurückerwartete, und sie teilte ihm mit, daß er am kommenden Montag um 10.40 Uhr in Gatwick eintreffen werde. Es sei verabredet, daß sie ihn dort mit dem Wagen abhole. Um zwei Uhr schon? Wenn es unbedingt so früh sein müsse, lasse es sich vermutlich schaffen, vorausgesetzt natürlich, das Flugzeug komme wirklich pünktlich an. Aber vielleicht sei halb drei doch besser oder drei – um ganz sicher zu sein. Bei ihnen zu Hause? Ja gut.

«Können Sie mir übrigens sagen, Mrs Richards, wo sich Ihr Schwager im Moment aufhält?»

«Conrad? Nein, keine Ahnung. Ich weiß nur, daß er geschäftlich unterwegs ist, aber er hat mir nicht gesagt, wohin er gefahren ist.»

«Ach so.»

Celia schien viel daran gelegen, sich kooperativ zu zeigen. «Ich kann ihm gerne etwas ausrichten, wenn er zurückkommt.»

«Nein ...» sagte Morse, als überlege er noch, «das ist, glaube ich, nicht nötig. Vielen Dank. Ich wollte nur ... Nein, so wichtig ist es wirklich nicht.»

Bei seinen letzten Worten war Lewis ins Zimmer getreten. Morse legte den Hörer auf und sah ihn mit einem triumphierenden Grinsen an.

«Noch zwei Tage, Lewis! Am Montag ist das große Showdown. Um drei Uhr. Ich bin schon sehr gespannt. Sie auch?»

Lewis blickte merkwürdig desinteressiert, so als sei er in Gedanken mit etwas anderem beschäftigt; mit etwas, das ihn beunruhigte.

«He Lewis, ich habe Sie gefragt, ob Sie nicht auch gespannt sind.»

Lewis sah ihn bedrückt an. «Ich fürchte, ich habe eine unangenehme Nachricht für Sie, Sir.»

Morse sah ihn mit zusammengezogenen Brauen an. «Na los, raus damit!»

«Es war natürlich total gegen die Vorschriften, und normalerweise geben sie samstags überhaupt keine Auskunft ...»

«Aber sie haben es Ihnen trotzdem gesagt?»

Lewis nickte. «Ja, aber es wird Ihnen nicht gefallen; es stößt Ihre ganze Theorie um. Der Junge von Anne Scott ist von einem Ehepaar in Nord-London adoptiert worden. Einem Mr und einer Mrs Hawkins. Sie haben ihn *Joseph* genannt, und – tja, er ist gestorben, als er noch ganz klein war. Er war erst drei. Hirnhautentzündung.»

Morse blickte völlig ausdruckslos, so als starre er in einen tiefen, dunklen Abgrund. «Und Sie sind sich ganz sicher, daß die Information stimmt?»

«Ja, ganz sicher. Ihre Vermutung, daß Michael Murdoch adoptiert worden ist, war übrigens richtig. Aber seine Eltern leben beide schon lange nicht mehr. Sie sind bei einem Verkehrsunfall ums Leben gekommen. In der Nähe von ...»

Aber Morse hörte ihm schon nicht mehr zu. Wenn das stimmte, was Lewis da eben erzählt hatte ...

«Heißt das, daß wir jetzt wieder ganz von vorn anfangen müssen?» fragte Lewis besorgt.

«Reden Sie keinen Blödsinn!» sagte Morse scharf.

«Werden Sie mich dann morgen brauchen, Sir?»

«Morgen ist Sonntag, Lewis. Und der Sonntag sollte der Ruhe vorbehalten sein. Ich hoffe, daß ich morgen endlich dazu komme, den Band mit den Archers-Episoden zu Ende zu lesen.»

Kapitel Fünfunddreißig

Sir – (Nomen, mask.)
Form der Andrede für einen Mann,
die Respekt (oder
auch Mißbilligung) ausdrückt.
Chamber's Twentieth-Century Dictionary

Kurz vor drei traf Morse mit dem Polizeiwagen in der Oxford Avenue ein. Vor der Nummer 261 stieg er aus und ging den kiesbestreuten Weg hinauf zur Haustür. Das Garagentor war hochgeklappt, und er sah drinnen einen Rolls-Royce und einen Mini stehen – der Größenunterschied war frappierend. Auf sein Klingeln öffnete ihm Celia Richards.

«Kommen Sie herein, Inspector.»

«War das Flugzeug pünktlich?»

«Sogar ein bißchen zu früh.» Aus einem der Zimmer trat Richards in den Flur, stellte sich neben seine Frau und faßte nach ihrer Hand. Morse betrachtete sie nachdenklich. Hatte es zwischen den beiden in den letzten Stunden wirklich eine Versöhnung gegeben, oder war das alles nur Theater, inszeniert, um ihn zu täuschen? Er nickte Richards kurz zu.

«Guten Tag, Sir! Könnten wir beide vielleicht irgendwo alleine ... Ich hoffe, Ihre Frau hat nichts dagegen ...»

«Ich wäre sowieso gegangen, Inspector. Am besten setzt ihr euch ins Wohnzimmer, Charles. Du kannst mir ja Bescheid sagen, wenn das Gespräch beendet ist.» Ihre Stimme klang gelöst, fast heiter, und als sie sich jetzt umwandte und durch eine der Türen verschwand, hatte ihr Gang einen Schwung, den er bei seinem ersten Besuch nicht an ihr bemerkt hatte.

«Sie scheint sehr froh zu sein, Sie zurückzuhaben, Sir», sagte er, nachdem sie beide Platz genommen hatten und sich an dem Wohnzimmertisch gegenübersaßen.

«Ja, ich weiß.»

«Unter den gegebenen Umständen eigentlich recht erstaunlich, oder?»

«Sie sind doch sicher nicht hergekommen, um mit mir über meine Privatangelegenheiten zu sprechen, nehme ich an?»

«Ich fürchte, so ganz werden wir Ihre Privatangelegenheiten nicht ausklammern können.»

«Aber welche Beziehung ich zu meiner Frau habe, dürfte für Sie ja wohl kaum von Wichtigkeit sein.»

«Nein, da mögen Sie recht haben, Sir.»

«Ich wäre Ihnen übrigens dankbar, wenn Sie aufhören würden, mich fortwährend mit *Sir* zu titulieren.»

«Mein Sergeant sagt zu mir auch immer *Sir*. Das ist einfach eine etwas formale Form der Anrede, Sir ... oh, Entschuldigung, Mr Richards.» Morse zog bedächtig eine Schachtel Zigaretten aus der Jackentasche, als liege ihm daran, den Eindruck zu vermitteln, daß sie von seiner Seite aus nicht unter Zeitdruck stünden.

«Sie gestatten doch, daß ich rauche?»

«Ja, ja. Bitte rauchen Sie nur.» Richards stand auf, holte vom Kamin einen Aschenbecher und stellte ihn vor Morse auf den Tisch.

«Sie auch eine?» fragte Morse und hielt ihm die Packung hin, aber Richards schüttelte nur, ein wenig ungeduldig, wie es schien, den Kopf. «Nein danke. Im Moment nicht. Sie sind wegen Anne Scott hier, nicht wahr?»

«Ja, unter anderem auch ihretwegen.»

«Wenn wir vielleicht jetzt anfangen könnten ...»

«Selbstverständlich. Zunächst einmal würde ich gerne von Ihnen wissen, wo sich Ihr Bruder Conrad zur Zeit aufhält.»

«Keine Ahnung. Das weiß ich selbst nicht.»

«Hat er sich eigentlich bei Ihnen gemeldet, während Sie in Spanien waren?»

«Ja. Er hat mich angerufen und mir erzählt, daß Sie einen Beamten vorbeigeschickt hätten, um seine Fingerabdrücke zu nehmen.» Er verzog den Mund zu einem spöttischen Lächeln und schüttelte leicht den Kopf.

«Ihr Bruder hatte nichts dagegen einzuwenden.»

«Warum sollte er auch?»

«Ja, in der Tat – warum sollte er.»

«Ich wüßte allerdings schon gerne, wieso Sie überhaupt auf die Idee gekommen sind. Irgendeinen Grund müssen Sie doch gehabt haben.»

«Ich hielt es für möglich, daß er der Mörder von Jackson sei.»

«Was? Conrad?! Dann müssen Sie ja ganz schön im dunkeln getappt sein, wenn Sie ausgerechnet auf ihn verfallen sind.»

«Das sind wir wohl zu dem betreffenden Zeitpunkt auch noch.»

«Wollen Sie meine Fingerabdrücke auch haben?»

«Nein, das ist unnötig. Sie haben ja ein hieb- und stichfestes Alibi – ich selbst bin ja sozusagen Ihr Hauptentlastungszeuge.»

«Ich dachte immer, die Aufgabe der Polizei bestünde genau darin, solche sogenannten hieb- und stichfesten Alibis zu knakken. In Kriminalromanen ist der Täter doch meist der mit dem absolut wasserdichten Alibi.»

Morse nickte. «Ich weiß aber, daß das auf Sie nicht zutrifft. Ich kenne nämlich Jacksons Mörder. Und Sie sind es nicht.»

«Na, das ist ja direkt mal eine erfreuliche Mitteilung.»

«Man hat Ihnen sicher mitgeteilt, daß wir Ihr Büro durchsucht haben.»

«Ja.»

«Sie können sich wohl denken, was wir da fanden?»

«Den Erpresserbrief. Es war dumm von mir, ihn aufzuheben.»

«Also, mir haben Sie damit einen Gefallen getan. Mir hat der Brief einen wichtigen Hinweis gegeben.»

«Wie schön für Sie.»

«Der Brief stammt übrigens nicht von Jackson – falls Sie das gedacht haben sollten.»

«Was sagen Sie da?»

«Jackson hat den Brief nicht geschrieben. Er kann ihn gar nicht geschrieben haben, weil ...»

«Aber er hat sich drei Tage später telefonisch bei mir gemeldet. Der Brief *muß* von ihm sein. Sonst hieße das ja ...»

«Können Sie mir vielleicht wiederholen, was er gesagt hat?»

«Äh ... also genau nicht, nur so ungefähr.»

«Versuchen Sie, sich zu erinnern; es ist sehr wichtig!»

«Nun, er erwähnte meine Beziehung zu Anne ... er ... äh ... er sagte dasselbe wie in dem Brief, daß er über uns Bescheid wisse ...»

«Hat er den Brief ausdrücklich erwähnt?»

«Nein, ich ... äh ... ich glaube nicht.» Richards biß sich auf die Unterlippe und runzelte die Stirn. «Nein, er hat den Brief nicht erwähnt. Aber was mir nicht klar ist: wenn er den Brief nicht geschrieben hat, wieso hat er dann angerufen? Da können Sie mir erzählen, was Sie wollen, der Anrufer war Jackson, da bin ich mir ganz sicher.»

«Es würde mich interessieren, wieso.»

«Sie werden es sich ja inzwischen sowieso schon gedacht haben, nehme ich an, oder?» In Richards' Augen trat ein Ausdruck berechnender Schläue, der Morse überraschte.

«Denken kann ich mir viel. Ich muß Sie trotzdem bitten, es mir zu sagen.»

«Nun, als Jackson anrief, da erklärte ich mich zwar bereit zu zahlen, sagte ihm aber klipp und klar, daß ich ihm nicht die geforderte Summe in voller Höhe geben werde – ich dachte ja, *er* habe den Brief geschrieben und die tausend Pfund verlangt: Außerdem sagte ich ihm, daß *ich* die Bedingungen für die Übergabe des Geldes bestimmen würde, das heißt die Zeit und den Ort. Ich dachte, ich hätte so eine Möglichkeit...»

«... ihm zu folgen?»

«Ja.»

«Wieviel Geld nahmen Sie mit?»

«Zweihundertfünfzig Pfund.»

«Und wo haben Sie es hinterlegt?»

«An der Rückseite einer Telefonzelle in der Woodstock Road, etwa in Höhe der Fieldside, äh ... nein, Fieldhouse Road war, glaube ich, der Name... Ich kann mit Ihnen hinfahren, wenn Sie die Stelle selbst...»

«Sie haben also das Geld hingebracht, es – wie verabredet – dort versteckt und dann gewartet?»

«Ja.»

«Er ist gekommen, hat es sich geholt, und dann sind Sie ihm hinterhergefahren?»

Richards nickte.

«Im Wagen?»

«Ja. War gar nicht so einfach, ich durfte mich nicht zu dicht hinter ihm halten; er sollte mich ja nicht bemerken.»

«War Ihr Bruder gleich damit einverstanden, Sie zu begleiten?»

«Mein Bruder? Ich verstehe nicht... Wieso...?»

«Wie ist er ihm denn gefolgt? Hat er ein Fahrrad benutzt?»

«Ich weiß überhaupt nicht, wovon Sie sprechen! *Ich* bin Jackson gefolgt. Im Wagen. Ich...»

«Ich habe gerade eben, als ich den Weg zur Haustür hochging, in Ihrer Garage ein Klappfahrrad stehen sehen. Hat er das genommen?»

«Was soll ich denn noch sagen, damit Sie endlich aufhören, von dieser blödsinnigen Idee ...»

«Hatten Sie das Rad im Kofferraum verstaut, oder lag es auf dem Rücksitz?»

«Ich ...»

«Warum leugnen Sie eigentlich so hartnäckig? Sie haben doch gar nichts zu befürchten. Ich verdächtige weder Sie noch Ihren Bruder, Jackson umgebracht zu haben. Aber um den Mörder zu überführen, muß ich die Wahrheit wissen, auch, was die Tat selbst nicht betreffende Umstände angeht, und sei es nur, um die Richtung meiner Ermittlungen genauer bestimmen zu können und so Zeit zu sparen. Ich hoffe, Sie glauben mir und haben jetzt verstanden, um was es mir geht. Sie sollten wirklich reden! Aus zwei Gründen: erstens, weil ich glaube, daß sich, wenn ich die Ereignisse in Jacksons letzten Lebenstagen rekonstruieren kann, Hinweise ergeben, ob ich mich auf der richtigen Spur befinde; und zweitens, weil ich sowieso weiß, daß Ihr Bruder in der Sache irgendwie mit drinsteckt. Mag sein, daß ich mich mit dem Fahrrad irre, aber ...»

«Nein, nein. Sie haben mit Ihrer Vermutung ganz richtig gelegen», sagte Richards leise. «Wir hatten es tatsächlich im Kofferraum. Ich habe gleich vorn in dieser Nebenstraße, wie heißt sie doch gleich ... Fieldhouse Road oder so ähnlich, angehalten. Conrad hat geduckt neben mir gesessen und ist heimlich, als er sich sicher war, nicht beobachtet zu werden, ausgestiegen. Er hatte einen Talar mit und ein paar Bücher, sozusagen als Tarnung. Ich glaube, er ist auch wirklich nicht weiter aufgefallen.»

«Und als Jackson sich das Geld aus dem Versteck geholt hatte, folgte er ihm?»

«Ja.»

«Und dann?»

«Nichts weiter. Wir wußten jetzt, wo er wohnte – Canal Reach, letztes Haus rechts, und mußten nur noch seinen Namen herausfinden. Das habe ich dann gemacht.»

«Erzählen Sie weiter!»

«Da gibt es nichts weiter zu erzählen. Das war's.»

«Und am Freitag, als Sie nach Oxford fuhren, um vor der Literarischen Gesellschaft Ihren Vortrag zu halten, haben Sie da Conrad im Wagen mitgenommen und ihn irgendwo abgesetzt?»

«Nein, ich schwöre, ich ...»

«Wo war Conrad an diesem Abend, Mr Richards?»

«Ich weiß es nicht, wirklich. Ich habe ihn gefragt – nachdem ich erfahren hatte, daß Jackson ermordet worden war. Aber er sagte, er könne sich nicht erinnern. Vermutlich war er den ganzen Abend zu Hause ...»

«Er hat also kein Alibi für diesen Abend?»

«Nein, ich fürchte nicht. Steckt er jetzt in der Patsche?»

«Machen Sie sich mal keine Sorgen. Auf Grund eines fehlenden Alibis allein ist noch niemand verdächtigt worden. Im Gegenteil. Es ist, wenn Sie so wollen, eher ein Zeichen für seine Unschuld, wenn ihm der Freitagabend nur noch vage in Erinnerung ist.»

«Manchmal ist es auch wirklich nicht ganz einfach, sich zu entsinnen, was man vor einer Woche oder so gemacht hat.»

Morse nickte. «Ich möchte Sie trotzdem bitten, es zu versuchen und mir zu sagen, was Sie an dem Abend nach dem Vortrag noch gemacht haben.»

«Na, das kann ich Ihnen sofort sagen. Ich bin nach Hause gefahren. Ich denke, ich war so gegen halb elf wieder hier.»

«Würde Ihre Frau das bestätigen können?»

«Warum fragen Sie sie nicht?»

«Na, die Mühe kann ich mir wohl sparen – im Zweifelsfall haben Sie sich doch längst mit ihr abgesprochen.»

«Das nehmen Sie bitte zurück, Inspector! Ich gebe zu, daß mein Bruder und ich uns wie zwei Vollidioten benommen haben. Ich hätte Ihnen von Anfang an von dem Brief und dem, was folgte, erzählen sollen. Na schön. Aber Celia hat mit der ganzen Sache nun wirklich überhaupt nichts zu tun! Sie hat es in der letzten Zeit wahrhaftig schwer genug gehabt, und ich werde nicht zulassen, daß Sie ihr vielleicht jetzt noch zusetzen, sie würde ...»

«Nun regen Sie sich nicht gleich so auf. Es tut mir leid; ich gebe zu, ich hätte das nicht sagen sollen. Und es braucht mich ja auch im Grunde gar nicht zu interessieren, wann Sie an dem Abend nach Hause gekommen sind oder was Sie gemacht haben. Warum sollte es?»

«Aber vielleicht sollten Sie Celia trotzdem ruhig fragen, Inspector. Wahrscheinlich hegen Sie ja doch noch irgendwelche stillen Zweifel, ob ich Ihnen wirklich die Wahrheit gesagt habe, und sind, wenn Sie von Celia dasselbe hören wie von mir, vielleicht eher bereit, mir zu glauben.»

Morse winkte ab. «Nein, nein, das ist wirklich unnötig. Ich denke, ich habe jetzt alle Informationen, die ich benötige. Sie haben mir sehr geholfen, Sir ... äh, Mr Richards. Vielen Dank. Was Sie mir eben erzählt haben, muß natürlich noch zu Protokoll genommen werden. Aber das eilt nicht so. Ich schicke Ihnen in den nächsten Tagen meinen Sergeant vorbei.»

«Ich würde es lieber gleich hinter mich bringen, Inspector. Ich habe in den nächsten Tagen ein ziemlich volles Programm.»

«Schon wieder eine Reise nach Spanien?»

«Nein, aber ich muß gleich morgen früh für ein paar Tage nach Newcastle. Und anschließend ...»

«Ach, das ist kein Problem. Auf einen Tag mehr oder weniger kommt es bei dem Protokoll nicht an. Nur gemacht werden muß es. Vorschrift! Manchmal erlebt man dabei übrigens die merkwürdigsten Überraschungen. Es gibt Leute, die, wenn sie realisieren, daß das, was sie sagen, schriftlich festgehalten wird, ihre Aussage plötzlich ändern. Merkwürdig, nicht? Obwohl es natürlich sein kann, wenn zwischen der mündlichen und der schriftlichen Aussage ein paar Tage vergangen sind, daß sie sich in der Zwischenzeit wieder an etwas erinnert haben, was ihnen entfallen war. Das Gedächtnis läßt sich ja nicht zwingen, und es funktioniert nicht wie eine Datenbank. Plötzlich fällt einem dann irgend etwas ein, von dem man gar nicht ahnte, daß man es überhaupt wußte.»

«Wenn Sie damit andeuten wollen ...» sagte Richards scharf.

«Aber nein! Es lag mir völlig fern, irgend etwas anzudeuten, Sir. Ich wollte nur sagen, daß es manchmal gar nicht schlecht ist, wenn man ein paar Tage Zeit hat, über alles noch einmal in Ruhe nachzudenken.»

«Ich könnte es ja auch aufschreiben und Ihnen dann schicken.»

«Nein, das wird leider nicht gehen.» Morse schüttelte bedauernd den Kopf. «Die Aussage muß im Beisein eines Polizeibeamten unterschrieben werden. Wieder so eine Vorschrift.»

«Na gut. Dann schicken Sie Ihren Sergeant eben vorbei, wenn es sein muß. Wollen wir gleich einen Termin ausmachen?»

«Nein, ich glaube, das beste wird sein, daß Sie sich im Präsidium melden, wenn Sie wieder zurück sind. Verlangen Sie Sergeant Lewis, den kennen Sie ja schon.»

«Montag in einer Woche dann?»

«Wie es Ihnen paßt. Ich denke, das wäre jetzt alles. Es tut mir leid, daß ich Sie so lange aufgehalten habe.»

«Darf ich Ihnen noch eine Tasse Tee anbieten?»

«O nein, vielen Dank, aber ich muß zurück. Bitte grüßen Sie doch Mrs Richards von mir.» Richards begleitete ihn zur Tür. «Dürfte ich wohl mal ganz kurz einen Blick auf Ihren Rolls-Royce werfen? – atemberaubend», stellte er bewundernd fest.

«Soll ich gerade das Fahrrad vorholen? Vielleicht wollen Sie es sich ansehen. Es ist ja fast so eine Art Corpus delicti.» Richards lächelte zerknirscht.

Morse schüttelte den Kopf. «Nein, lassen Sie nur.»

Sie verabschiedeten sich, und Morse ging zum Wagen, wo Lewis, geduldig wie immer, seiner Rückkehr harrte.

«Na?» fragte Morse, nachdem er eingestiegen war und neben Lewis Platz genommen hatte.

«Sie hatten recht, Sir.»

Morse lehnte sich zufrieden ins Polster zurück. «Der Köder ist ausgeworfen, Lewis. Jetzt brauchen wir bloß zu warten, bis der Fisch anbeißt.»

«*Wenn* er anbeißt.»

«Er wird, er wird – keine Sorge. Sie hätten mich mal hören sollen, Lewis. Eine grandiose Vorstellung. Sie haben wirklich etwas verpaßt.»

«Das glaube ich Ihnen gerne, Sir.»

«Warum reden Sie mich eigentlich immer mit *Sir* an?»

«Das ist doch so üblich bei Vorgesetzten, Sir. Ein Zeichen von Respekt oder so.»

«Denken Sie denn, ich habe Respekt verdient?»

«Na jaa ...» Lewis zögerte etwas, «inzwischen ist es eher so eine Art Gewohnheit bei mir geworden ... Sir.»

Morse lächelte. Die Dinge entwickelten sich zu seiner vollsten Zufriedenheit. Jedenfalls an der einen Front.

Kapitel Sechsunddreißig

Prahlhans und Lügner sind nahe Verwandte.
Geoffrey Chaucer, «Troylus and Criseyde»

Die Schwester hatte, wie verabredet, im Präsidium angerufen und ihnen Bescheid gegeben. Michael Murdoch war in die Augenabteilung des Radcliffe in der Walton Street verlegt worden, und so saßen Morse und Lewis am Dienstagabend gegen acht Uhr auf dem Flur vor der Tür zur Station und warteten darauf, daß Edward Murdoch den Besuch am Krankenbett seines Bruders beenden würde. Schließlich hörten sie Schritte, und er trat durch die Tür. Bei Morses Anblick blieb er überrascht und ein wenig verunsichert stehen. Morse verzichtete auf jede Erläuterung und wies nur stumm auf einen Stuhl. Edward hatte sich kaum gesetzt, als Morse ihn schon fragte: «Buchstabier mir mal *erzählen.*»

Der Junge schluckte und öffnete den Mund, um etwas zu sagen, doch Morse sah ihn scharf an, schob ihm schweigend den Erpresserbrief über den Tisch, und der Junge wurde über und über rot, senkte den Blick und schwieg.

«Du kannst dir die Antwort sparen, die Frage war sowieso nur rhetorisch gemeint. Ich weiß, daß du *erzählen* richtig schreiben kannst – es sei denn, du hättest einen ganz bestimmten Grund, einen Fehler einzubauen. Nein! Faß den Brief bitte nicht an. Er muß noch auf Fingerabdrücke untersucht werden.»

Der Junge rutschte unruhig auf seinem Stuhl hin und her, schielte ab und zu nach dem Brief und schien nicht recht zu wissen, wie er sich verhalten sollte.

«Hast du selbst ihn geschrieben, oder war es dein Bruder?» fragte Morse, nachdem eine Weile ungemütliches Schweigen zwischen ihnen geherrscht hatte.

Der Junge schüttelte heftig den Kopf. «Sie machen wohl Witze», sagte er pampig.

«Sie behaupten also, daß Sie ihn nicht geschrieben haben», stellte Lewis sachlich fest.

«Freut mich, daß Sie das begriffen haben», sagte der Junge.

«Na gut, das wollte ich ja nur wissen.» Lewis blieb ganz ruhig. Er beugte sich zu Morse hinüber und flüsterte ihm etwas ins Ohr.

Morse wiegte den Kopf, als handele es sich um eine heikle Entscheidung, die er da treffen müsse, nickte Lewis schließlich zu und sagte: «Ja, machen Sie nur.»

«Jetzt gleich?» fragte Lewis.

Morse nickte erneut. Lewis zog einen Kugelschreiber aus seiner Brusttasche, nahm den Block vom Tisch, stand auf und ging mit entschlossenen Schritten auf die Tür zur Augenstation zu.

Morse griff sich eine Nummer von *Country Life*, die auf einem der Stühle herumlag, schlug die letzte Seite auf und machte sich daran, das Kreuzworträtsel zu lösen. Er brauchte genau elf Minuten. Der junge Murdoch hatte ihn, während er dasaß und überlegte und ab und zu etwas niederschrieb, immer wieder verstohlen von der Seite angeblickt und einige Male zum Sprechen angesetzt, es aber dann gelassen. Als Morse jetzt das letzte Wort in die Kästchen eintrug und anfing zurückzublättern, hielt er es nicht länger aus.

«Wie lange soll ich hier eigentlich noch sitzen?» fragte er in aggressivem Ton, der seine Angst nur schlecht verbarg.

«Bis der Sergeant zurückkommt.»

«Und wie lange wird das noch dauern?»

Morse zuckte die Achseln und betrachtete mit gespieltem Interesse das Porträt der ehrenwerten Fiona Forbes-Smithson, die in Kaschmirpullover und Tweedrock an dem Kamin ihres Landhauses lehnte. «Das kann man vorher nie so genau sagen. Manche sind vernünftig und beantworten die Fragen, die wir ihnen stellen, andere suchen erst lange nach Ausflüchten ...»

«Er ist zu Michael gegangen, oder?»

Morse nickte.

«Das ist gemein von Ihnen! Michael ist krank. Der Arzt hat gesagt, jede Aufregung könne ihm schaden.»

«Ich habe mich erkundigt. Es geht ihm schon sehr viel besser», sagte Morse ungerührt. «Er wird sogar auf dem einen Auge wieder sehen können. Da hat er noch mal Glück gehabt.»

«Das heißt doch aber nicht ...»

«Jetzt hör mir mal zu, mein Junge», sagte Morse freundlich. «Sergeant Lewis und ich haben die Aufgabe, einen Mordfall zu klären. Das braucht viel Zeit und Geduld, und manchmal sind wir auch gezwungen, Dinge zu tun, die wir eigentlich lieber nicht täten. Andererseits – wenn wir Leute finden, die uns helfen und uns sagen, was sie wissen, gelingt es uns vielleicht, den Dingen auf den Grund zu kommen und den Mörder zu finden. Und das kann unter Umständen sehr wichtig sein; manchmal verhindert man auf diese Weise, daß noch ein zweiter Mord passiert.»

«Aber ich habe Ihnen doch gesagt, daß ich ...»

«Hör endlich auf zu lügen!» donnerte Morse. «Glaubst du im Ernst, daß es mir und Sergeant Lewis Spaß macht, jemanden zu befragen, der krank im Bett liegt? Du hast vollkommen recht: dein Bruder ist tatsächlich noch krank. Glaubst du, ich weiß das nicht oder es wäre mir gleichgültig? Glaubst du, ich würde riskieren, daß er eventuell Schaden nimmt, wenn ich nicht dazu gezwungen wäre?»

Edward sah ihn einen Moment lang mit weit aufgerissenen Augen an, dann beugte er sich plötzlich vor, preßte beide Hände flach auf den Brief und lehnte sich dann wieder schwer atmend zurück. Ein Lächeln des Triumphes spielte um seinen Mund.

«Das war nun nicht gerade sehr klug von dir», sagte Morse und schüttelte den Kopf. «Denn jetzt muß ich dich fragen, warum du das gemacht hast, und es dürfte dir ganz schön schwerfallen, eine plausible Erklärung zu geben.»

«Sie haben den Brief extra da liegenlassen, um mich in die Falle zu locken!» rief der Junge mit einem schrillen Unterton von Verzweiflung. «Warum machen Sie nicht endlich, daß Sie wegkommen, und lassen mich in Ruhe!»

«Nein, nein», sagte Morse ruhig, «da irrst du dich, wenn du das annimmst. Du begehst eine Dummheit nach der anderen, ich muß dir gar keine Fallen stellen, du reißt dich schon von selber rein.»

«Aber wenn ich es Ihnen doch sage! Ich habe den Brief nicht geschrieben!»

«Na, dann ist ja alles in Ordnung. Dann brauchst du dich ja auch nicht so aufzuregen. Der Sergeant wird wohl gleich mit der Aussage deines Bruders zurücksein. Und dann nehmen wir dich mit nach Kidlington aufs Präsidium, und da wiederholst du deine Aussage, daß du den Brief nicht geschrieben hast. Das wird dann getippt, und hinterher mußt du unterschreiben, daß alles stimmt, was drinsteht. Das Ganze wird nicht lange dauern. Höchstens eine Stunde. Ich werde deine Mutter anrufen und ihr erklären, warum ...»

«Meiner Mutter geht das gar nichts an.»

«So, meinst du? Glaubst du nicht, daß sie ein Recht darauf hat zu erfahren, wenn ihr Sohn von der Polizei verhört wird? Hoffentlich hält sie das nervlich durch. Sie hat ja jetzt nur noch dich zu Hause, und die Sache mit Michael wird eine große Belastung für sie gewesen sein ...»

Der Junge warf Morse einen gequälten Blick zu, dann vergrub er sein Gesicht in den Händen und begann zu weinen.

Morse stand auf und ging durch dieselbe Tür, durch die vor einer Weile Lewis verschwunden war. Der Sergeant saß auf einer Bank am Ende des Korridors und blickte erfreut von seiner Zeitung hoch, als Morse auf ihn zukam. Er hätte das Kreuzworträtsel sowieso nicht herausbekommen, aber jetzt brauchte er sich seine Niederlage wenigstens nicht einzugestehen.

Stockend erzählte Edward, wie es zu dem Brief an Richards gekommen war. Es war eine miese kleine Geschichte. Er hatte, als er eine Woche vor ihrem Tod zu Anne Scott zur Nachhilfestunde gekommen war, eine Weile auf sie warten müssen, weil sie im Bett gewesen war, die Zeit verschlafen hatte und sich noch anziehen mußte. Da hatte er die Gelegenheit benutzt, um sich in ihrem Arbeitszimmer ein wenig umzusehen, und unter einem Stapel Bücher auf ihrem Schreibtisch den Brief entdeckt. Er war schon mit einer Adresse versehen, auch frankiert, aber noch nicht zugeklebt. Daß der Empfänger ein Mann war, hatte ihn neugierig gemacht, und so hatte er den Brief herausgezogen und gelesen. Es war ein einziger Notschrei. Anne Scott bat diesen Charles Richards um Unterstützung. Sie schrieb, daß sie Geld brauchte, daß sie sich sicher sei, ein Kind zu erwarten. Nur er könne der Vater sein – er sei seit zwei Jahren überhaupt der erste Mann, mit dem sie wieder geschlafen habe. Sie flehte ihn an, sich mit ihr zu treffen, und zwar möglichst schnell, es lasse sich doch sicher einrichten, wenn er nur wolle, er könne ihr diese Bitte doch eigentlich nicht abschlagen nach all den Jahren, die sie sich gekannt und in denen sie sich soviel bedeutet hätten. Vor kurzem habe sie noch einmal alle seine Briefe gelesen und die hätten ihr Hoffnung gegeben, daß er sie jetzt nicht im Stich lassen werde, auch wenn er nun nicht mehr ihr Geliebter, sondern nur noch ein Freund sei. Er habe immer gewollt, daß sie diese Briefe vernichte – sie sei dazu bereit unter der Bedingung, daß er ihr jetzt beistehe. Sie wolle ihn nicht unter Druck setzen – er müsse wissen, daß das nicht ihre Art sei –, daran könne er sehen, wie verzweifelt sie sei.

Das sei nach seiner Erinnerung der Inhalt des Briefes gewesen. Nach dem Lesen habe er ihn schnell in den Umschlag zurückgesteckt und wieder unter den Bücherstapel gelegt, denn er habe Miss Scott kommen hören. Am Abend hatte er seinem Bruder von dem Brief erzählt. Der habe immer damit angegeben, daß Anne Scott mit ihm geschlafen hätte, und er, Edward, sei immer furchtbar neidisch und eifersüchtig gewesen und habe sich als der dumme kleine Bruder gefühlt. Da habe er ihm endlich einmal beweisen können, daß er die ganze Zeit gelogen hatte. Er habe das richtig genossen. Michael habe zwar versucht, sich rauszureden: das sei doch klar, daß Anne Scott nicht zugeben dürfe, daß sie auch mit einem anderen geschlafen habe, wenn sie von dem Typen Geld haben wolle, aber er habe ihm nicht geglaubt. Ein paar Tage später hatten sie aus der Zeitung erfahren, daß Anne Scott Selbstmord begangen habe. Und am selben Abend, es sei ein Samstag gewesen, habe Michael ihn gefragt, ob er sich noch an den Namen und die Anschrift des Mannes erinnere, an den Anne Scott geschrieben hatte. Dann haben sie sich zusammengesetzt und den Brief entworfen. Er habe es witzig und spannend gefunden. Bei Michael sei das wohl etwas anderes gewesen – ihm sei sehr an dem Geld gelegen gewesen; durch seine Drogensucht sei er ständig auf der Jagd nach neuen Geldquellen. Sie hatten den Brief auch abgeschickt; doch am nächsten Tag war Michael dann zusammengebrochen – er hatte eine Überdosis genommen – und war ins Krankenhaus gebracht worden. Allein, ohne Michael, hatte er die ganze Sache plötzlich gar nicht mehr komisch gefunden und nichts weiter unternommen – eigentlich hätte er oder Michael bei Richards anrufen wollen, um einen Termin für die Geldübergabe auszumachen. Jetzt im nachhinein schäme er sich, daß er sich überhaupt auf so etwas eingelassen habe. Es tue ihm wirklich sehr leid, er würde dergleichen nie wieder machen – ganz sicher nicht.

Während Lewis noch emsig die letzten Sätze niederschrieb, ging Morse den Korridor hinunter zum Zimmer von Michael Murdoch, klopfte an die Tür und trat ein. Michael lag auf dem Rükken; auf dem rechten Auge war ein dicker Verband, das linke Auge, noch immer völlig verschwollen, starrte gelangweilt zur Decke.

«Ich habe mich eben mit deinem Bruder unterhalten. Er hat zugegeben, daß ihr beide einen Erpresserbrief an Charles Richards geschrieben habt. Stimmt das, daß du auch dabei warst?»

«Wenn Ted das sagt, wird es wohl so sein. Ich hab's vergessen. An vieles vor der Zeit im Krankenhaus kann ich mich nur noch ganz schwach erinnern.»

«Aber wer Anne Scott war, weißt du noch?»

Der Junge nickte desinteressiert.

«Und du weißt auch noch, daß ihr miteinander geschlafen habt?»

Aus Michaels blutunterlaufenem Auge traf Morse ein Blick, in dem Hohn und zugleich Triumph zu liegen schienen.

«Eine tolle Frau, was?»

«Das kann man wohl sagen. Klasse Figur. Sah auch sonst super aus», Michael sprach ganz im Tonfall eines alten Genießers.

«Sie hat sich also ... sie hat sich also ausgezogen?»

«Na klar! Was denn sonst?»

Morse nickte. «Hat dich das riesige Muttermal auf ihrer Hüfte nicht gestört? Das sah doch sehr abstoßend aus.»

«Ich hab woanders hingeschaut, wenn Sie verstehen, was ich meine», sagte der Junge mit einem anzüglichen Grinsen.

«Aber es ist dir aufgefallen!»

«Ja klar, aber ...»

«Was für ein dreckiger kleiner Lügner du bist, Murdoch.» Morse sprach leise, aber seine Stimme war von einer gefährlichen Schärfe. «Sie hatte weder ein Muttermal noch sonst einen Makel. Und sie war großzügig und warmherzig. Jede andere hätte so ein Bürschchen wie dich gleich wieder auf die Straße gesetzt, aber sie hat sich mit dir abgemüht! Du bist ein Arschloch, Murdoch, daß du's nur weißt!»

Der Junge verzog mürrisch und ein bißchen beschämt den Mund, sagte aber nichts. Morse drehte sich abrupt um und ging hinaus. An einem der Fenster im Flur blieb er ein paar Minuten stehen und atmete tief durch, um sich zu beruhigen. Im Grunde war er selbst genauso ein dreckiger kleiner Lügner wie der Junge da drin. Er hatte Anne Scott nur ein einzigesmal gesehen – auf einer Party, und da war sie angezogen gewesen –, er wußte nicht, ob sie einen schönen Körper hatte. Er hatte es sich nur immer vorgestellt.

Zur selben Zeit, als Morse und Lewis sich in der Augenabteilung des Radcliffe aufhielten, meldete der Lautsprecher auf dem Flughafen Gatwick die planmäßige Ankunft der Maschine aus Madrid. Als die ersten der gerade gelandeten Fluggäste durch die Sperre kamen, lösten sich aus der Gruppe der Wartenden zwei unauffällige Herren, gingen auf einen der Passagiere, einen gutgekleideten Mann in mittleren Jahren, zu und nahmen ihn in die Mitte.

«Mr Conrad Richards?»

Er nickte. Um seinen Mund lag ein kleines, resigniertes Lächeln.

«Wir verhaften Sie wegen Verdacht des Mordes an Mr George Jackson, Canal Reach Nr. 10, Jericho ...»

Das alles war so schnell und unauffällig vor sich gegangen, daß keiner der Umstehenden etwas davon mitbekommen hatte, nur der bärtige Zöllner, vor dessen Schalter sich alles abgespielt hatte, hatte begriffen, was geschah, es interessierte ihn aber nicht sonderlich. Er wollte gerade einen weiteren Koffer mit Kreide markieren, als der Name *Jericho* ihn aufhorchen ließ. Der kam ihm doch irgendwie bekannt vor! War das nicht so ein Ort im Heiligen Land ...? Natürlich – die Trompeten von Jericho! Und gab es da nicht noch so eine Geschichte, die in Jericho spielte ... Aber sie fiel ihm nicht mehr ein ...

Kapitel Siebenunddreißig

Noch niemals sah ich einen Mann,
Der schaute so gebannt
Hinauf zu dem blauen, winzigen Zelt,
Vom Häftling ‹Himmel› genannt ...
Oscar Wilde,
Die Ballade vom Zuchthaus zu Reading

Morse war noch am selben Abend, als er gegen Viertel vor zehn ins Präsidium zurückgekehrt war, von Richards' Verhaftung unterrichtet worden. Die Dinge hatten sich schneller entwickelt, als er erwartet hatte, aber das war ihm nur recht, und er sandte umgehend ein Telegramm an Interpol, um sich für ihre Hilfe zu bedanken. Da das Präsidium mit Zellen schlecht ausgestattet war, hatte er gleich von vornherein angeordnet, daß Richards im Falle seiner Festnahme auf das Revier Mitte in der St. Aldate's Street gebracht werden solle.

Am nächsten Morgen ließ er sich mit seinem Besuch bei Richards Zeit. Es schadete gar nichts, wenn er noch ein wenig länger warten mußte; das würde seiner Gesprächsbereitschaft nur förderlich sein. Als Morse schließlich auf dem Revier eintraf, war es schon fast zehn.

«Ich möchte erst mal allein mit ihm sprechen», sagte er zu Lewis.

Dieser nickte. «Ist gut, Sir. Dann gehe ich solange einen Kaffee trinken.»

Richards saß auf einem schmalen Bett und las den *Daily Express*. Als Morse die Zelle betrat, blickte er hoch und stand auf.

«Guten Morgen, Sir», begrüßte ihn Morse. «Na, endlich lerne ich *Sie* auch mal kennen. Ihren Bruder habe ich ja schon einige Male getroffen. Mein Name ist Morse – Detective Chief Inspector Morse.»

«Charles hat mir schon von Ihnen erzählt.»

«Bitte setzen Sie sich doch wieder. Unser Gespräch wird sicher etwas länger dauern. Ich habe übrigens gestern gleich hier auf der Wache Bescheid gegeben, daß man Ihnen, wenn Sie wollen, gestatten soll, einen Rechtsanwalt beizuziehen. Ich hoffe, man hat Ihnen das ausgerichtet.»

Richards nickte. «Ja, aber ich denke, ich werde keinen brauchen. Sie müssen mich ohnehin bald wieder gehen lassen – war übrigens eine ganz interessante Erfahrung, mal eine Nacht in einer Zelle zu verbringen.»

«Ich hoffe, man hat Sie gut behandelt?»

«Ja, ja. Ich will mich nicht beklagen. Das Essen hatte ich mir eigentlich schlechter vorgestellt, es hat mir direkt geschmeckt. Wahrscheinlich liegt das daran, daß ich nach einer Woche Spanienaufenthalt froh war, endlich wieder vertraute Kost zu bekommen. Aber vielleicht ist ja das Gefängnisleben auch insgesamt viel erträglicher, als man immer so annimmt, wenn man draußen ist.»

«Ich fürchte, da werden Sie noch eine böse Überraschung erleben, Sir», sagte Morse ruhig und ganz ohne Häme.

Richards tat so, als habe er die Bemerkung nicht gehört. «Ich denke, jetzt sind Sie mir erst mal eine Erklärung schuldig, Inspector.»

«Ich Ihnen? Ich war eigentlich davon ausgegangen, daß Sie mir etwas zu erklären hätten.»

«Sie beschuldigen mich, einen Mann umgebracht zu haben; ist das richtig?»

«Ja.»

«Da habe ich ja wohl ein Recht darauf, die Gründe dafür zu erfahren.»

«Ja, das stimmt wohl. Am besten, ich schildere Ihnen, wie ich mir die Tat vorstelle. Aber ich muß dafür ein bißchen ausholen. Das Ganze beginnt damit, daß Ihr Bruder einen Erpresserbrief erhält. Er schmiedet einen Plan, wie er demjenigen, der ihm diesen Brief geschickt hat, auf die Schliche kommen kann, und bittet Sie, ihm bei der Durchführung dieses Plans zu helfen. Sie sind immer bereit gewesen, für Ihren Bruder alles zu tun, was in Ihren Kräften stand, und willigen auch diesmal sofort ein. Ein paar Tage nach dem Brief bekommt Ihr Bruder einen Anruf. Der Anrufer sagt nur wenig, aber Ihr Bruder merkt schnell, daß es sich um einen Erpresser handelt. Er nimmt natürlich an, daß er es mit derselben Person zu tun hat, die ihm auch den Brief geschrieben hat, erklärt sich grundsätzlich einverstanden zu zahlen, macht aber zur Bedingung, daß er selbst Zeit und Ort der Übergabe des Geldes bestimmen könne. Zum verabredeten Zeitpunkt fährt er mit Ihnen nach Oxford. Als Sie sich der Woodstock Road nähern, ducken Sie sich, um von dem Erpresser, falls er den Ort, an dem das Geld deponiert werden soll, unter Beobachtung hält, nicht gesehen zu werden. Ihr Bruder parkt den Wagen im Field House Drive, einer dunklen kleinen Nebenstraße. Sie steigen vorsichtig aus und halten sich zunächst im Schatten des Wagens. Ihr Bruder geht, um das Geld zu hinterlegen; Sie warten noch eine Weile, nehmen dann das Klapprad Ihres Bruders, das er für Sie aus dem Kofferraum geholt hat, und fahren langsam damit die Woodstock Road hinauf. Sie sehen einen Mann hinter der Telefonzelle hervorkommen. Das muß der Erpresser sein! Mit Erleichterung stellen Sie fest, daß er auch mit dem Rad unterwegs ist, und folgen ihm nach Jericho. Später treffen Sie sich an einem vorher verabredeten Ort mit Ihrem Bruder und berichten ihm ...»

«Am Martyrs' Memorial.»

«Sie geben also zu, daß es so war, wie ich es eben geschildert habe?»

«Ja, natürlich. Nur, daß das Klapprad mir gehört.»

«Selbst der Beste macht mal einen kleinen Fehler.»

«Na, erzählen Sie erst mal weiter. Ich habe den Verdacht, daß das nicht Ihr einziger Fehler bleiben wird.»

«Das wird sich ja herausstellen, Sir», sagte Morse höflich. «Was ich eben beschrieben habe, war erst die Generalprobe. Zwei Tage später, am Freitag, kam dann die richtige Vorstellung. Ihr Bruder mußte an diesem Abend vor der Oxforder Literarischen Gesellschaft einen Vortrag halten. Sie fuhren mit ihm nach Oxford, und irgendwo in Jericho ließ er Sie aussteigen. Sie verabredeten, daß er Sie so gegen Viertel nach zehn am selben Ort wieder abholen würde.»

Richards schüttelte energisch den Kopf und hob abwehrend die Hand. «Hören Sie, Inspector, das sind alles Phantastereien, Sie haben sich ...»

«Nun lassen Sie mich erst mal zu Ende reden. Ich glaube nicht, daß Sie zu Jackson gingen mit der Absicht, ihn umzubringen; Sie wollten ihn vielmehr einschüchtern und ...»

«Also ich kann mir das wirklich nicht länger mit anhören», unterbracht ihn Richards heftig. «Sie sind völlig auf dem Holzweg! Es stimmt, daß ursprünglich geplant war, daß Charles – wohlgemerkt Charles, nicht ich! – Jackson einen Besuch abstatten sollte.

Und Sie können mir glauben, daß er wahrscheinlich nicht gerade sanft mit ihm umgesprungen wäre! Charles ist leicht reizbar und kann sich dann nur schlecht beherrschen. Aber zu diesem Besuch kam es nicht mehr. *Weil Jackson vorher umgebracht wurde*. Für Charles war die ganze Sache damit erledigt – wenn Jackson tot war, konnte ihm ja nichts mehr passieren.»

«Sie waren also an dem Freitagabend nicht bei Jackson?»

«Nein.»

«Wo waren Sie dann?»

«Ich weiß es nicht mehr», sagte Richards. «Ich kann mich einfach nicht mehr erinnern. Meistens bin ich abends zu Hause; ab und zu gehe ich allerdings auch in den Pub gleich um die Ecke.»

«Aber am Freitagabend waren Sie nicht dort?»

«Vielleicht doch. Ich sagte Ihnen ja eben schon, ich erinnere mich nicht mehr an den Abend.»

«Wenn Sie zu Hause waren, was werden Sie dann gemacht haben? Haben Sie ferngesehen?»

«Ich habe keinen Fernseher. Ich nehme an, daß ich gelesen habe.»

«Und was?»

«Ich sitze schon seit längerer Zeit an Gibbons *Geschichte vom Aufstieg und Fall des Römischen Weltreichs*. Ein unglaublich faszinierendes Buch ...»

«Wie weit sind Sie denn da bis jetzt gekommen?»

«Bis Band vier. Die Einnahme und Plünderung Roms durch Alarich.»

«Steht das nicht im Band drei?»

«Das kommt darauf an, welche Ausgabe Sie haben.»

Morse ließ es hingehen. «Jackson bat Sie also ins Haus, und was dann?»

Richards lächelte nachsichtig und ein wenig amüsiert. «Sie scheinen keine besonders hohe Meinung von meiner Intelligenz zu haben, Inspector.»

Morse schüttelte den Kopf. «Nein, Sir, da irren Sie sich. Im Gegenteil – noch dazu, wo ich gerade von Ihnen erfahren habe, daß Sie Gibbon lesen. Aber kommen wir noch einmal zurück zu dem Mord an Jackson. Ich werde Ihnen jetzt erzählen, wie ich mir denke, daß es passiert ist. Wichtig erscheint mir vor allem festzuhalten, daß die Tat nicht geplant war. Ich glaube, daß der Besuch bei Jackson eigentlich nur dazu dienen sollte, ihn zu bewegen, etwas herauszurücken?»

«Und was?»

«Einen Brief. Jackson hatte am Montag und Dienstag für Ms Scott gearbeitet; er hatte ihr die Gartenmauer ausgebessert. Am Mittwoch ging er noch einmal hinüber, weil er gemerkt hatte, daß er seine Kelle und sein Mörtelbrett drüben bei ihr vergessen hatte. Um in den Garten zu gelangen, mußte er durch die Küche – und dort entdeckte er ihre Leiche. Er war ein mieser Typ und fand wohl, dies sei eine günstige Gelegenheit, sich einmal ungestört umzusehen. Irgendwo lag dann der Brief, und er steckte ihn ein. Zuerst dachte ich, es müsse sich um einen Abschiedsbrief handeln; man kann sich leicht vorstellen, daß er, egal ob er nun anklagend oder voller Verzeihung war, in jedem Fall für Ihren Bruder höchst unangenehm gewesen wäre. Ich habe inzwischen jedoch meine Meinung in diesem Punkt geändert. Ich glaube jetzt, daß der Brief, den Jackson fand, ein Brief war, den Ihr Bruder an Ms Scott geschrieben hatte, und daß der Inhalt in etwa lautete, zwischen ihnen sei alles aus, er könne ihr nicht helfen und sie müsse selbst zusehen, wie sie zurechtkäme. Ich denke, daß sie den Brief gerade am Morgen bekommen hatte und daß er der entscheidende Auslöser war für ihren Entschluß zum Selbstmord.»

«Und haben Sie diesen Brief?» fragte Richards kühl.

«Nein», sagte Morse. «Nein, wir haben Jacksons Haus gründlich durchsucht, aber er hat sich nicht gefunden. Ich bin jedoch überzeugt, daß er noch irgendwo dort versteckt ist ...»

«Merken Sie nicht selbst, daß das, was Sie da eben ausgeführt haben, auf tönernen Füßen steht?»

«Das würde ich so nicht sagen. Ich weiß zufällig, daß Ihr Bruder ein paar Tage später in Jacksons Schuppen eingedrungen ist, um dort nach etwas zu suchen. Oder waren Sie das, der da den Weidenkorb durchwühlt hat?» Er sah Richards scharf an.

«Er soll in einen Schuppen eingedrungen sein?» Richards lachte ungläubig.

Morse ließ sich nicht beirren. «Ihr Bruder nahm zu diesem Zeitpunkt an, daß, wenn seine Frau von dem Inhalt dieses Briefes erführe, dies das Ende seiner Ehe bedeuten würde.»

«Aber Celia weiß doch, daß er, seit wir herkamen, erneut eine Beziehung zu Anne Scott aufgenommen hatte.»

«Ja, aber sie hatte es erst kurz vorher erfahren und ihm noch nichts davon gesagt.»

Richards nickte unglücklich. «Ja, das stimmt, glaube ich.»

«Sie haben ein sehr enges Verhältnis zu Ihrer Schwägerin, Sir. Lieben Sie sie?»

Richards blickte nachdenklich zu Boden, dann hob er den Kopf und sah Morse an. «Ja, ich liebe sie. Ich werde wohl nie aufhören, sie zu lieben.» Es klang ehrlich.

Morse nickte, als kenne er den Schmerz, den es bereitet, wenn das eigene Gefühl nicht auf die gleiche Art erwidert wird.

«Und was nun, Inspector? Bis jetzt haben Sie nichts Stichhaltiges gegen mich vorbringen können.»

«Sie sind verhaftet worden, weil Sie verdächtig sind, George Jackson umgebracht zu haben, und dieser Verdacht besteht nach wie vor. Wir werden nicht umhin können, uns noch einmal über den Freitagabend zu unterhalten, vielleicht fällt Ihnen ja doch noch ein, wo Sie gewesen sind oder was Sie gemacht haben.»

Richards stand auf und begann in der engen Zelle hin- und herzutigern. «Ich habe Ihnen doch schon gesagt, ich erinnere mich nicht. Alles, was ich Ihnen versprechen kann, ist, daß ich versuchen werde, weiter darüber nachzudenken, aber ...» Er schüttelte den Kopf und fuhr sich verzweifelt mit den Fingern durch die Haare. «Es gibt außer mir sicher noch Tausende, ach was, Millionen Menschen, die auch kein Alibi für diesen Abend vorweisen könnten.»

«Da haben Sie vermutlich vollkommen recht.»

«Aber wieso kommen Sie dann ausgerechnet auf mich. Was für Beweise haben Sie, daß Sie ...»

«Ahh!» sagte Morse. «Endlich! Ich habe mich schon gewundert, daß Sie nicht eher danach gefragt haben. Sie können doch nicht im Ernst annehmen, daß wir Sie festnehmen lassen, nur weil Sie keinen Zeugen benennen können, der bestätigen kann, daß er Sie gesehen hat, wie Sie an dem Abend Gibbon lasen. Für wie leichtfertig halten Sie uns?»

Richards sah ihn skeptisch an. «Sie haben also einen Beweis gegen mich in der Hand?»

«Na, in der Hand wäre wohl etwas zuviel gesagt – aber ich hoffe, ihn zu bekommen. Wir haben in Jacksons Schlafzimmer ein paar sehr brauchbare Fingerabdrücke gefunden, und mein Sergeant war ja neulich bei Ihnen, um Ihre Abdrücke zu nehmen – zu Vergleichszwecken.»

«Ja. Und ich bin absolut sicher, daß das Ergebnis negativ war. Ich bin nämlich nie in diesem verdammten Haus gewesen, und deshalb kann ich dort auch keine Fingerabdrücke hinterlassen haben.»

«Sie müssen besser zuhören, Sir. Ich habe davon gesprochen, daß ich *hoffe*, den Beweis zu bekommen. Wir haben die Abdrücke nämlich noch gar nicht vergleichen können. Der Sergeant ist in solchen Dingen nicht besonders geübt und hat da offenbar etwas verbockt. Das Labor hat jedenfalls mit den Abdrücken, die er von Ihnen genommen hat, nicht viel anfangen können. Das ist bedauerlich, aber nun nicht mehr zu ändern. Wir müssen die Prozedur eben noch einmal wiederholen. Ich hoffe, Sie sind ihm nicht allzu böse. Ich habe ihm gesagt, er solle erst einmal draußen warten, aber wenn es Ihnen recht ist, dann rufe ich ihn jetzt herein . . .»

Während seiner letzten Worte war Richards auf das Bett gesunken und hatte das Gesicht in die Hände vergraben. Wie er so dasaß, sah er aus wie ein müder alter Mann.

«Möchten Sie jetzt eine Zigarette?» fragte Morse nach einer Weile.

Richards nickte, und Morse reichte ihm die Packung und gab ihm Feuer.

«Wie haben Sie es herausgefunden?» fragte er, als er ein paar tiefe Züge gemacht hatte.

«Daß Sie nicht Conrad Richards sind? Da muß ich erst mal überlegen . . .»

Auf dem Gesicht des Mannes, der ihm gegenüber auf dem Bett hockte, erschien ein kleines, trauriges Lächeln.

Charles Richards wußte, daß er verloren hatte.

Kapitel Achtunddreißig

Fingerabdrücke werden so häufig am Schauplatz des Verbrechens hinterlassen, daß im FBI mehr als 10000 Einzelabdrücke archiviert sind. Selbst den raffiniertesten Tätern gelingt es oft nicht, alle Spuren zu beseitigen.
Murder Ink

«Wie haben Sie es herausgefunden?» fragte der Assistent Chief Commissioner, als Morse ihm am Nachmittag Bericht erstattete.

«Ich glaube, so etwas wie eine erste Ahnung kam mir, als ich mir, nachdem ich immer wieder über den Freitagabend und Charles Richards' Alibi nachgedacht hatte, klarmachte, was es bedeutete, daß Anne Scott diejenige gewesen war, die ihn aufgefordert hatte, den Vortrag zu halten. Das hieß nämlich, daß niemand sonst in der Literarischen Gesellschaft Charles Richards zu Gesicht bekommen hatte, sie war also die einzige, die ihn kannte und hätte merken können, daß nicht er da auf dem Podium stand, sondern Conrad. Aber da sie nun tot war ... Ein gewisses Risiko sind die Richards schon eingegangen, weil sie natürlich nicht wissen konnten, wer an dem Abend im Publikum saß. Andererseits war dieses Risiko aber nicht allzu groß. Die beiden sind keine bekannten Persönlichkeiten. Sie haben es verstanden, sich auf einem sehr abgegrenzten Gebiet zu spezialisieren und einen florierenden Verlag aufzubauen; aber es ist und bleibt ein kleinerer Verlag. Abgesehen davon – selbst die Chefs unserer großen Verlage sind in der Öffentlichkeit weithin unbekannt, vielleicht weiß man ihren Namen, aber niemand würde sie auf der Straße erkennen. Und hinzu kommt, daß die Richards ja erst vor gerade drei Monaten nach Oxfordshire gezogen sind, und ihre Firma hat ja ihren Sitz nicht einmal in Oxford selbst, sondern etwas außerhalb in Abingdon. Unter diesen Umständen hielt sich das Risiko, wie schon gesagt, in Grenzen, und sie waren bereit, es darauf ankommen zu lassen. Sie folgten demselben Muster wie schon am Mittwoch bei der Hinterlegung des erpreßten Geldes. Da hatte Conrad so getan, als sei er Charles, und den Rolls gesteuert, während Charles Jackson auf dem Fahrrad zum Canal Reach folgte.

Ich glaube, diese Rollenverteilung hat ihren Grund nicht nur darin, daß es ja *Charles* war, der das Problem hatte, so daß Conrad schon von daher nur die Aufgabe des Helfers zufiel; sie kam wohl auch dem Naturell der beiden entgegen. Charles war immer der Energischere, Vorwärtsdrängende, und Conrad war zeit seines Lebens zufrieden, hinter ihm zurückzustehen und unauffällig im Hintergrund zu wirken. Am Freitag tauschten sie also erneut ihre Identität: Conrad trat unter dem Namen von Charles vor der Oxforder Literarischen Gesellschaft auf und hielt einen Vortrag mit dem Titel *Sorgen und Freuden eines kleinen Verlegers*, während Charles inzwischen Jackson einen Besuch abstattete. Charles hatte seine Notizen sicherlich schon eine Zeitlang fertig, und ohnehin war wohl Conrad derjenige, der mehr Know-how besaß. Conrad ist ja ein eher schüchterner Mensch, und ein brechend voller Saal hätte ihn vielleicht irritiert, die Veranstaltungen der Oxforder Literarischen Gesellschaft sind jedoch in der Regel nur mäßig besucht, und in diesem speziellen Falle hatte die kurzfristige Vorverlegung des Termins (die übrigens auf Charles Richards' Wunsch erfolgte) bewirkt, daß nicht mehr als gerade mal fünfundzwanzig Zuhörer erschienen. Aber ich möchte jetzt wieder zurückkommen zu Charles. Als er sich entschloß, Jackson aufzusuchen, war ihm sicher von vornherein klar, daß Gewaltanwendung nicht auszuschließen war. Das heißt aber nicht, daß er den Vorsatz gehabt hätte, ihn umzubringen. Sein Ziel war es, den Brief wieder an sich zu bringen. Um dieses Ziel zu erreichen, war er zu so ziemlich allem bereit. Ich nehme an, daß er zunächst versucht haben wird, Jackson einzuschüchtern, aber der war ein zäher kleiner Bursche. Ich stelle mir vor, daß weder er noch Richards nachgeben wollten. Richards konnte, von seiner Warte aus gesehen, auch gar nicht nachgeben. Der Brief und die Tatsache, daß Anne wenige Stunden, nachdem sie ihn erhalten hatte, Selbstmord beging, legten den Schluß nahe, daß er der eigentlich Schuldige an ihrem Tod sei. Er mußte fürchten, daß, wenn dies publik würde, auf welche Art auch immer, es sowohl das Ende seiner Ehe bedeuten würde als auch seinen Ruf als Ehrenmann – und damit die Firma – gefährden würde. So gerät er wohl angesichts von Jacksons Widerstand in Wut, wahrscheinlich auch in Panik; und im Schlafzimmer verliert er dann die Beherrschung und behandelt Jackson so rabiat, daß der mit dem Kopf gegen den scharfkantigen Bettpfosten schlägt. Nun war er natürlich erst recht in der Bredouille. Er kann sich denken, daß wir eine Beziehung herstellen werden zwischen dem Selbstmord von Anne Scott und dem Mord – die beiden Ereignisse liegen ja nicht einmal zwei Wochen auseinander – und daß wir im Laufe unserer Ermittlungen irgendwann auch auf seinen Namen stoßen werden. Er ist offenbar ein Mann schneller und gutdurchdachter Entschlüsse, denn er begreift sofort, wie entscheidend wichtig es ist, den Mord unverzüglich zu melden, und zwar noch solange sein Bruder auf dem Podium des Clarendon Institute steht und ihm damit ein Alibi verschafft. So ruft er uns an – anonym natürlich – und macht dann, daß er wegkommt. Conrad und er sind am Martyrs' Memorial verabredet; gegen Viertel nach zehn hat Conrad ihn da abgeholt.»

«Und hat er den Brief noch gefunden?»

«Er sagt nein, und ich bin geneigt, ihm zu glauben.»

«Sie erwähnten eben, daß der Termin des Vortrags auf Charles Richards' Wunsch vorverlegt worden sei – gehörte diese Änderung des Datums schon zu ihrem Plan?»

«Nein, ich denke nicht. Charles mußte Ende Oktober / Anfang November sowieso geschäftlich nach Spanien und fragte seine Freundin, eine gewisse Mrs Jennifer Hills, ob sie ihn begleiten könne. Sie wollte zwar, konnte aber nur zwischen dem 23. und dem Monatsende. Deshalb rief Charles den Vorsitzenden der O. L. G an und bat ihn, den Vortrag zu einem früheren Zeitpunkt halten zu dürfen. Im nachhinein sollte diese Vorverlegung sich dann als wahrer Glücksfall erweisen.»

«Weil sowenig Leute kamen. Wieviel, sagten Sie, waren da? Fünfundzwanzig?»

«Ja. Das lag aber auch daran, daß sie mit dem Ausweichtermin selbst auch noch mal großes Schwein gehabt hatten. Am 19. war abends nämlich die Übertragung der Wahl zur Miss Universum oder Miss Welt oder wie das heißt, und das hat natürlich viele Leute vor den Fernseher gelockt.»

«Ich muß schon sagen, ich finde es ja sehr bemerkenswert, daß Sie sich angesichts dieser Möglichkeit für den Vortrag im Clarendon Institute entschieden haben. Oder haben Sie nichts von der Übertragung gewußt?»

«Haben sie denn wenigstens die Richtige gekürt?»

«Nein, ich war sogar ausgesprochen enttäuscht; ich fand – also, Sie schaffen es doch immer wieder ... weiter!»

«Ich nehme an, daß Charles seinem Bruder auf der Heimfahrt nach Abingdon alles erzählte. Sie werden ziemlich gedrückter Stimmung gewesen sein, als sie sich überlegten, in welchem Schlamassel Charles jetzt steckte, und werden ziemlich schnell realisiert haben, daß das wichtigste jetzt war, *den Schein aufrechtzuerhalten*. Gefahr, wirkliche Gefahr drohte erst, wenn im Zusammenhang mit unseren Ermittlungen im Fall Scott sein Name ins Spiel käme und wir herausfänden, daß *Conrad* den Vortrag gehalten hatte, Charles also für den Abend des 19. kein Alibi besaß. Die Brüder entwickelten daraufhin eine Strategie, mit dem Ziel, uns zu täuschen, deren erster Schritt war, Celia einzuweihen – ihr fiel ja bei dem Ganzen eine nicht unwesentliche Rolle zu.»

Der ACC nickte. «Es ist den dreien ja erstaunlich lange gelungen, Sie an der Nase herumzuführen. Eigentlich ist mir nicht ganz klar, wieso Sie nicht eher ...»

«Das lag daran, daß Sergeant Lewis und ich jeweils immer allein waren, wenn wir einen der Brüder trafen, andererseits aber natürlich auch die Brüder nie zusammen in Erscheinung traten. Ich nehme an, das ist etwas verwirrend für Sie – ich werde am besten mal erzählen, wie es konkret ablief. Ich traf den Mann, der sich Charles Richards nannte, in Wirklichkeit aber Conrad Richards war, zum erstenmal am Abend des 19. im Clarendon Institute, wo er einen Vortrag hielt. Am nächsten Tag rief ich bei Charles Richards zu Hause an; da hatte ich natürlich den echten Charles Richards am Apparat, aber ich kam gar nicht auf die Idee, daß mein Gesprächspartner jemand anderer sein könnte als der Mann, mit dem ich am Abend zuvor gesprochen hatte, und ich achtete nicht besonders auf seine Stimme. Außerdem war, wie ich mich erinnere, die Verbindung nicht sehr gut, es war ein starkes Rauschen in der Leitung, und dadurch war seine Stimme für mich nicht klar zu hören. Zwei Tage später versuchte ich erneut, ihn zu erreichen, und zwar diesmal in der Firma. Aber er war nicht da, und ich hinterließ eine Nachricht bei seiner Sekretärin, er möge sich bei mir melden. Charles Richards meldete sich auch – nur war es natürlich Conrad, der mich anrief. Das zu arrangieren war ja ein leichtes, da er sein Büro nur ein Stockwerk höher im selben Haus wie Charles hatte. In diesem Gespräch nun bat ich um eine persönliche Unterredung. Ich weiß noch, daß Conrad alias Charles darüber nicht besonders glücklich war, was auch verständlich ist, weil in diesem Fall, um die Täuschung aufrechtzuerhalten, doch relativ umfangreiche organisatorische Maßnahmen erforderlich waren. Als ich am Dienstagmorgen im Verlag eintraf, waren sie jedoch gut vorbereitet, und Celia Richards und Conrad spielten mir eine hübsche kleine Komödie vor – Celia in der Rolle als Sekretärin, Conrad als Charles. Zusätzlich kompliziert wurde das Ganze noch dadurch, daß Mrs Richards irgendwann aus ihrer Rolle ausstieg und mir gestand, daß sie mich getäuscht hätten. So erzeugten sie bei mir den Eindruck – ohne daß ich mir darüber Rechenschaft ablegte –, daß das übrige, was ich gesehen und gehört hatte, authentisch sei. Einen Punkt allerdings gab es, der mir später half, die Wahrheit herauszufinden. Am Ende unseres Gesprächs bat Mrs Richards nämlich *mich* um eine Zigarette; wenn der Mann neben ihr wirklich Charles Richards gewesen wäre, hätte sie das nicht nötig gehabt – Charles ist ein starker Raucher und hat garantiert immer Zigaretten dabei. Aber das erfuhr ich erst später. Die drei müssen sich, nachdem sie mich so erfolgreich getäuscht hatten, ziemlich sicher gefühlt haben, auch bei möglichen weiteren Nachforschungen ihre Fassade aufrechterhalten zu können.

Am nächsten Tag hätten wir mit etwas Glück das Vertauschungsspiel der beiden Brüder durchschauen können; ich entschloß mich nämlich zu einem Überraschungsbesuch bei Conrad Richards. Ich hatte zu diesem Zeitpunkt schon ein Gefühl, daß er vielleicht von seinem Bruder in die Jackson-Sache mit hineingezogen worden war. Ich hielt es für möglich, daß *er* derjenige gewesen war, der Jackson am Freitagabend aufgesucht hatte. Aber dummerweise ließ ich Lewis allein zu ihm gehen. Da Lewis Conrad nie als Charles erlebt hatte, ging die Sache glatt über die Bühne. Lewis nahm seine Fingerabdrücke; aber natürlich fiel der Vergleich mit den Abdrücken, die wir aus Jacksons Schlafzimmer hatten, negativ aus, weil eben *Charles* und nicht Conrad am Freitagabend in Canal Reach Nr. 10 gewesen war. Als Lewis von seinem Besuch bei Conrad Richards zurückkam, schilderte er mir seinen Eindruck von ihm: er hatte ihn als einen freundlichen und entgegenkommenden Mann kennengelernt, und ich mochte plötzlich an meine Theorie, daß *er* derjenige sein könnte, der Jackson umgebracht hatte, nicht mehr glauben. Ich beschloß, mich selber einmal mit ihm zu unterhalten – und zwar sofort. Doch ich kam zu spät. Wir durchsuchten die Büros der beiden Brüder und fanden, wie Sie wissen, in Charles' Schreibtisch den Erpresserbrief. Aber der wichtigste Hinweis entging mir auch jetzt immer noch. In Charles' Büro quoll der Aschenbecher nur so über von Stummeln – er mußte Kettenraucher sein –, während es in Conrads Zimmer keinerlei Anzeichen gab, daß er überhaupt rauchte; weder war ein Aschenbecher vorhanden, noch hing der typische Geruch von kaltem Rauch in der Luft. Erst am Freitag ging mir dann ein Licht auf, und mir wurde die Bedeutung dieser Tatsache klar. Bei meiner dritten persönlichen Begegnung mit Conrad Richards am darauffolgenden Dienstag, bei der er und Celia sich alle Mühe gaben, mich glauben zu machen, sie seien ein glücklich versöhntes Paar, hatte ich ihre Täuschung endlich durchschaut. Mein Besuch bei ihnen hatte zwei Gründe. Der erste war, Conrad zu bewegen, sich draußen vor der Haustür zu zeigen (ich bat ihn, mir seinen Rolls ansehen zu dürfen, und er begleitete mich, wie ich erwartet hatte, höflicherweise zur Garage) – dies alles, um von Lewis, der draußen im Streifenwagen saß, die Bestätigung zu bekommen, daß dieser Mann, der mir hier als *Charles* Richards gegenübertrat, in Wahrheit *Conrad* war. Der zweite Grund meines Besuchs war, quasi einen Köder auszulegen, der Charles Richards veranlassen würde, aus Spanien zurückzukehren. Zu diesem Zweck informierte ich Conrad darüber, daß ich seine Aussage noch in schriftlicher Form brauche und Sergeant Lewis deshalb bei ihm vorbeischicken würde. Der Punkt war natürlich: Lewis kannte Conrad; wenn er eine Aussage von Charles aufnehmen sollte, mußte also der echte Charles her. Na, und der kam dann ja auch prompt aus Spanien zurück – schneller, als ich dachte.»

«Und Sie hatten dafür gesorgt, daß er in Gatwick erwartet wurde?»

«Ja. Als ich ihn dann am nächsten Morgen in der Zelle besuchte und ihm sagte, daß Sergeant Lewis beim Abnehmen seiner Fingerabdrücke etwas verbockt habe und die Prozedur deshalb wiederholen müsse, der Sergeant warte schon draußen, wußte er, daß sein Spiel aus war. Lewis würde natürlich sofort bestritten haben, daß dieser Mann Conrad Richards sei ...»

«Was mich jetzt aber noch interessieren würde, Morse – ich nehme doch an, Sie haben Charles Richards tatsächlich noch Fingerabdrücke abgenommen und sie mit denen aus Jacksons Haus verglichen, oder?»

«Ja.»

«Und? Waren sie identisch?»

«Äh ... also eigentlich nicht, nein. Ich fürchte, äh ... daß ich selbst, äh ... nicht ganz die nötige Vorsicht habe walten lassen, äh, und ...» Der ACC hatte sich langsam von seinem Stuhl erhoben und sah Morse drohend an. «Soll das etwa heißen ...?»

Morse senkte schuldbewußt den Kopf. «Ja, Sir. Sie vermuten richtig. Die Fingerabdrücke, die wir bei Jackson gefunden hatten, stammten von mir.»

Kapitel Neununddreißig

Die Mühsal unsres stolzen zorn'gen Staubs
gibt es von Ewigkeit, für immerdar.
Doch wir können sie tragen, und so müssen wir's.
Schultre den Himmel, mein Junge, und trink dein Bier.
A. E. Housman, Last Poems

Wenn man von ein paar noch ungeklärten Details absah, konnte man die Fälle Scott und Jackson als gelöst betrachten. Doch Morse wußte, als er am nächsten Morgen in seinem Büro saß und noch einmal über alles nachdachte, daß er diese Akten nicht schließen würde, ehe er nicht auch sie einordnen konnte. Am meisten beschäftigte ihn die Frage, wo der Brief stecken mochte, den Charles Richards an Anne Scott geschrieben hatte. Oder war das nur eine fixe Idee von ihm? Denn ob er sich nun fand oder nicht – er würde die beiden Fälle kaum in einem anderen Licht erscheinen lassen. Es stand unzweifelhaft fest, daß der Brief der direkte Auslöser für ihren Entschluß zum Selbstmord gewesen war; genauer gesagt, einer der beiden Auslöser, denn sie hatte am Morgen des 3. gegen acht, als die Post kam, *zwei* Briefe erhalten: einen von den *Jericho Testing Laboratories*, in dem ihr bestätigt wurde, daß sie schwanger war, und einen zweiten, den Brief von Charles, in dem er ihr den Wunsch, sich mit ihm zu treffen, abschlug.

Morse nickte mehrmals mit dem Kopf: ja, es waren diese beiden Briefe gewesen, die als Katalysatoren gewirkt und ihre Tat beschleunigt hatten – *nicht* die Gespräche im Bridgeclub über Geburtstage und Adoptionen, wie er zu Anfang angenommen hatte. Aber wieso war sie schon so früh aufgewesen? Gewöhnlich blieb sie doch, wie er erfahren hatte, mittwochs lange, oft bis zum Mittag, im Bett, weil das Bridgespiel sich immer bis weit in die Nacht hinzog. Und was war der Grund, daß sie Edward Murdoch abgesagt hatte? Hatte sie vielleicht, auch wenn sie sich nicht in der Nachfolge der Königin Iokaste gesehen hatte, wie er nun wußte, doch einen gewissen morbiden Zug in ihrem Charakter gehabt und geglaubt, daß sie einem unbarmherzigen Schicksal hilflos ausgeliefert sei? Wenn er nur wüßte, was sie in den frühen Morgenstunden des Mittwoch, nachdem sie vom Bridge nach Hause gekommen war, gemacht hatte! Plötzlich verzog er nachdenklich die Stirn. Wieso war er eigentlich die ganze Zeit davon ausgegangen, daß sie aufgeblieben war? Er hatte sich immer vorgestellt, daß sie, bevor sie ihren Entschluß zum Selbstmord in die Tat umsetzte, noch ein paar furchtbare, quälende Stunden damit zugebracht hatte, über ihren Entschluß nachzugrübeln und in Gedanken Abschied zu nehmen. Aber natürlich konnte es ganz anders gewesen sein. Es war durchaus möglich, daß sie nach ihrer Heimkehr zu Bett gegangen war, geschlafen hatte, dann am Morgen früh aufgestanden war und ... Da war er wieder bei der Frage, warum sie überhaupt so früh schon aufgewesen war.

Morse seufzte. Die Dinge paßten nicht zusammen; hoffentlich kam Lewis bald, damit er mit ihm darüber reden konnte. (Wo steckte er überhaupt? Er hätte doch längst dasein müssen.) Er zündete sich eine Zigarette an und dachte an jenen Abend vor nun vier Monaten, an dem er und Anne sich auf Mrs Murdochs Party getroffen hatten. Wenn damals nicht ein unglückseliger Zufall gewollt hätte, daß er ausgerechnet an diesem Abend weggerufen wurde ... Er sah noch Lewis vor sich, wie er ins Zimmer getreten, ein wenig verlegen auf ihn zugekommen war und gefragt hatte: *‹Können wir los, Sir?›* Und er hatte geantwortet: *‹Ja, ja, sofort.›* Und dann waren sie gegangen.

«Guten Morgen, Sir!» Lewis strahlte wie der junge Tag. «Es tut mir leid, daß ich mich etwas verspätet habe, aber ...»

«Ein bißchen? Ich warte schon seit einer Ewigkeit, daß Sie hier endlich auftauchen», knurrte Morse unfreundlich.

«Aber gestern haben Sie doch gesagt ...»

«Haben Sie wenigstens Ihren Wagen dabei?»

«Ja, steht draußen.» Lewis lächelte leise. Morses schlechte Laune würde schon wieder vergehen.

«Ich möchte noch einmal nach Jericho fahren, Lewis. Ich muß die ganze Zeit an diesen verdammten Brief denken: erst hat Charles Richards danach gesucht (zweimal sogar), dann Bell und schließlich Sie – das Ergebnis war immer gleich Null. Deshalb werde ich jetzt mal selbst danach suchen! Sie drei behaupten ja, er sei nicht zu finden; ich bin da anderer Meinung. Das wichtigste ist eben, daß man an der richtigen Stelle sucht. Ich will damit nicht sagen, daß ich sicher sei, sie zu kennen, aber ich habe so eine Idee ... Und wenn ich mich irre, dann macht das auch nichts. Wo schon drei Leute vergeblich gesucht haben, kann ich mich kaum noch blamieren; aber ich glaube, ich bin Richards und Bell und auch Ihnen gegenüber im Vorteil: ich habe nämlich Phantasie!»

Lewis griente nur.

Ganz entgegen seiner sonstigen Angewohnheit, sobald er ein Auto bestieg, in tiefes Schweigen zu verfallen, war Morse diesmal während der Fahrt ungewöhnlich gesprächig. «Was für ein wunderschöner Morgen, Lewis! Man könnte fast froh sein, daß man lebt.»

«Ich bin immer froh, daß ich lebe, Sir», sagte Lewis.

«Wirklich?» Morse sah ihn ungläubig von der Seite an. An der Kreuzung Observatory / Walton Street mußten sie halten. Morse blickte gelangweilt aus dem Wagenfenster und betrachtete die stuckverzierten Fassaden der Häuserreihe. Auf einmal stutzte er.

«Lewis, ist das da drüben der Laden, wo Jackson sein Angelgerät gekauft hat?»

Lewis nickte.

Sie parkten den Wagen in der Canal Street und stiegen aus. «Wohin gehen wir zuerst?» fragte Lewis. «Nur, damit ich Ihnen den richtigen Schlüssel gebe.»

«Vielleicht brauchen wir gar keinen Schlüssel», sagte Morse ominös.

Sie gingen die schmale Straße hinunter, doch zu Lewis' Überraschung blieb Morse weder vor Nr. 9 noch vor Nr. 10 stehen, sondern schritt zielsicher durch das Tor der Bootswerft am Ende der Sackgasse, wandte sich dort gleich nach rechts, zog vor den erstaunten Augen des Sergeant eine Tonne an die Mauer und forderte ihn auf: «Na los, Lewis, jetzt zeigen Sie mal, wie sportlich Sie sind!» Sie kletterten über die Mauer und befanden sich gleich darauf in dem kleinen Garten hinter Jacksons Haus, der recht gepflegt aussah. Die Tür des Schuppens war nur angelehnt, so wie Morse sie zurückgelassen hatte, und sie traten ein.

«Das muß doch wohl die neue sein, oder?» fragte Morse und wies auf eine elegante Angelrute, die links in der Ecke lehnte.

«Sieht so aus», sagte Lewis.

Die Angel ließ sich zerlegen. Morse nahm sie in die Hand, schraubte sie auseinander und sah sich jedes Teil eingehend an. «Sehen Sie, Lewis, das ist eine von diesen neuen, die sind ganz leicht und innen hohl; der ideale Platz, um einen Brief darin zu verstecken. Man muß ihn nur einrollen, und dann ...» Er hielt jedes der Teile gegen das Licht, spähte hindurch, schüttelte es und bohrte forschend seinen Finger hinein. Doch sein anfänglicher Optimismus schwand bald dahin. Der Brief fand sich nicht ein.

«Ich verstehe das nicht! Ich war fest davon überzeugt, daß er ihn hier drin versteckt hätte», sagte Morse mit hilfloser Erbitterung.

Nach einer weiteren Viertelstunde gab er auf. Lewis hatte die ganze Zeit unbeteiligt und scheinbar desinteressiert danebengestanden und keine Hand gerührt.

«Sie sind ja keine sehr große Hilfe gewesen», raunzte Morse ihn an.

«Nun ärgern Sie sich mal nicht, Sir», sagte Lewis begütigend. «Die Idee an sich war doch ganz gut. Ich schlage vor, wir gehen jetzt erst mal rüber in den *Printer's Devil* und trinken ein Bier.»

Morse sah ihn befremdet an. «Was ist denn in Sie gefahren? Sie sind doch hoffentlich nicht krank?»

«Wir haben einen Fall gelöst», sagte Lewis, «und ich finde, das ist ein Grund zum Feiern.»

«Ich mag aber keine ungeklärten Details!» murrte Morse.

«Ach, es hat doch keinen Zweck, sich so in die Dinge zu verbeißen, Sir.» Sie verließen den Garten auf demselben Weg, den sie gekommen waren, und befanden sich kurz darauf wieder im Canal Reach. Vor Anne Scotts Haus blieb Morse stehen und blickte zu den beiden Fenstern im ersten Stock hoch.

«Es würde mich ja doch interessieren ...» sagte er.

«Ja, Sir? Was denn?»

«Sie haben den Schlüssel, sagten Sie?»

Lewis nickte und zog ihn aus der Tasche.

«Es würde mich wirklich interessieren, ob sie einen Wecker im Schlafzimmer hatte. Wissen Sie das noch, Lewis?»

«Nee, Sir. Aber wir können ja gerade mal reingehen und nachsehen.»

Sie schlossen auf. Auf der Schwelle blieb Morse plötzlich wie angewurzelt stehen. *Déjà vu*. Gleich hinter der Tür lag ein brauner Umschlag. Morse bückte sich und nahm ihn auf. Ein Brief von den Gaswerken – vermutlich eine Rechnung.

«Laufen Sie mal rasch hoch, Lewis, und holen Sie den Wecker, falls es einen gibt.»

Als Lewis nach oben verschwunden war, griff Morse in die Innentasche seines Jacketts und zog den Brief heraus, den er, als er sich letzte Woche hier umsah, gefunden und eingesteckt hatte. Er hatte ihn völlig vergessen. Ungeduldig riß er das Kuvert auf und zog den Brief heraus.

SUMMERTOWN GARDINEN CENTER *8. Okt.*

Sehr geehrte Miss Scott!
Durch ein Versehen unsererseits ist es leider unterblieben, Sie rechtzeitig davon in Kenntnis zu setzen, daß wir den vereinbarten Termin am 3.10., 9.00 Uhr, zur Anbringung von Schienen und Gardinen in Ihrem Schlaf- und Arbeitszimmer nicht einhalten konnten, da wir leider erst zu spät bemerkten, daß wir den von Ihnen gewünschten Vorhangstoff nicht mehr in der erforderlichen Menge am Lager hatten. Wir bedauern, daß wir Ihnen nicht eher davon Mitteilung machten, und hoffen, daß Ihnen dadurch keine Unannehmlichkeiten entstanden sind.
Wir haben den Stoff nachbestellt und rechnen damit, ihn bis spätestens Ende des Monats geliefert zu bekommen.

Mit freundlichen Grüßen
J. Burkitt (Geschäftsführer)

Morse war gerade mit Lesen fertig, als Lewis, einen kleinen schwarzen Wecker in der Hand, von oben herunterkam. «Was Interessantes, Sir?» fragte er.

Morse dachte einen Augenblick über den Brief nach und zeigte dann auf den Wecker. «Also, wenn er so auf halb acht gestellt ist, dann haben wir für eines der Details, die mir Kopfzerbrechen bereitet haben, jetzt eine Erklärung.»

«Er ist auf Viertel vor acht gestellt, Sir.»

Morse nickte. Ja, auf eine der noch offenen Fragen hatten sie jetzt eine Antwort.

«Der Brief, den Sie da eben gesucht haben, Sir, der von Charles Richards, meine ich – es wäre doch möglich, daß sie ihn verbrannt hat, genau wie den vom Labor. Sie sind doch beide mit der gleichen Post gekommen. Vielleicht könnten die von der Spurensicherung die Asche noch mal ...»

Morse schüttelte den Kopf. «Nein. Die Chance habe ich vermasselt, als ich selbst da herumgewühlt habe. Das hat jetzt keinen Zweck mehr.»

«Und Sie sind nach wie vor fest davon überzeugt, daß Charles Richards ihr wirklich geschrieben hat?»

«Ja. Nicht als direkte Antwort auf ihren Brief – der war ja Celia in die Hände gefallen, aber ich denke mir, daß Anne Scott sich, als jede Reaktion von ihm ausblieb, noch mal bei ihm gemeldet hat. Und da hat er sich dann hingesetzt und ... Ja, so wird es wohl gewesen sein.»

«Er selbst streitet es aber ab.»

«Na, was haben Sie denn erwartet?»

«Sie meinen, weil er Jacksons Tod auf dem Gewissen hat, will er nicht auch noch ...?»

Morse schüttelte den Kopf. «Ich glaube nicht, daß die Tatsache, daß er Jackson umgebracht hat, ein großes Problem für ihn darstellt – ein großes moralisches Problem, meine ich natürlich; denn schließlich hat diese Tat ja sein Leben ruiniert. Aber sonst haben Sie schon recht: Richards will um keinen Preis wahrhaben, daß er schuld ist am Tod von Anne Scott. Das hält er nicht aus.»

«Lassen Sie mich ... Ich lade Sie ein», sagte Lewis, als sie den *Printer's Devil* betraten. «Sie können sich ja derweil schon hinsetzen und das hier lesen.» Er drückte Morse einen Briefumschlag in die Hand, dem man ansah, daß er eng zusammengerollt gewesen war. «Ich war heute morgen schon ganz früh hier draußen und habe Jacksons Angelrute auseinandergenommen. Und da habe ich ihn gefunden. Ich hoffe, Sie sind mir nicht böse, daß ich es Ihnen nicht eher gesagt habe – aber es ist nicht der Brief, nach dem Sie gesucht haben.»

Lewis ging die Biere holen, und Morse setzte sich. Es war ein kleiner Schock, als er realisierte, daß der Name auf dem Umschlag sein eigener war.

Chief Inspector (?) Morse
Thames Valley Police
Nur für ihn PERSÖNLICH

Im Kuvert steckten ein einzelner Bogen sowie ein weiterer Umschlag, bereits geöffnet und adressiert an *Charles Richards*. Morse nahm den Bogen und begann zu lesen.

> *Lieber Inspector Morse,*
> *vielleicht können Sie sich gar nicht mehr an mich erinnern. Wir haben uns vor ein paar Monaten auf einer Party getroffen. Sie hatten ein bißchen zuviel getrunken und waren sehr nett zu mir. Ich hatte gehofft, Sie würden sich mal bei mir melden, aber das haben Sie nicht getan. Darf ich Sie trotzdem jetzt um etwas bitten, was mir sehr wichtig ist: Bitte übergeben Sie den beigefügten Brief dem auf dem Umschlag angegebenen Empfänger. Und bitte tun Sie es selbst, und geben Sie ihn ihm nur persönlich. Was ich vorhabe, ist feige und egoistisch – ich weiß. Aber ich kann nicht mehr weitermachen. Ich will auch nicht mehr.*
>
> *Anne Scott*

Lewis war mit den Bieren zurück und setzte sich schweigend Morse gegenüber.

«Haben Sie gelesen, was sie geschrieben hat, Lewis?»

«Nein, der Brief war ja an Sie gerichtet.»

«Sie hat einen letzten Wunsch gehabt», sagte Morse, «und ich denke, den sollte ich ihr erfüllen.» Er schob Lewis den an Richards adressierten Brief über den Tisch. «Würden Sie ihn bitte zukleben und dafür sorgen, daß er ihn so schnell wie möglich bekommt?»

War das, was er da tat, wirklich richtig? Der Brief würde Richards schlimmen Schmerz zufügen und es ihm schwermachen, seine Schuld an ihrem Tod weiterhin zu leugnen. Aber wenn man ihm diesen Schmerz ersparte, dann nahm man ihm auch ein Stück Leben. Leben war auch Schmerz und Verzweiflung – und Scham. Das hatte er selbst gerade zu spüren bekommen. *Ich hatte gehofft, Sie würden sich mal bei mir melden*, hatte sie geschrieben, *aber das haben Sie nicht getan*. Hätte sie doch nur geahnt, was ihn hinderte, hätte sie es doch nur geahnt ...

Er fühlte, wie Lewis ihm die Hand auf die Schulter legte, und hörte ihn sagen: «Vergessen Sie nicht Ihr Bier, Sir!»

Epilog

Jericho hat sich seit den Ereignissen, die in diesem Buch beschrieben wurden, nur wenig verändert. Canal Reach allerdings ist inzwischen verschwunden. Die eingeschossigen Reihenhäuser wurden abgerissen – auch Nr. 9 und 10, in denen Anne Scott und George Jackson lebten und starben. Wo noch vor gut einem Jahr die kleine Sackgasse verlief, erhebt sich jetzt ein riesiger Neubaublock. Mrs Purvis aus Nr. 7, die aus der Gegend nicht weg wollte, ist dort eingezogen (natürlich zusammen mit Graymalkin), und auch der junge Polyhistor, der Morse – gründlicher, als ihm lieb war – über die Geschichte Jerichos belehrte, hat sich dort eine Wohnung genommen. (Er studiert übrigens seit dem letzten Frühjahr an der Universität London Ökologie.) Von den anderen, die in der Geschichte eine Rolle spielten, sind einige weggezogen, andere gestorben. Mrs Beavers aber gibt es noch; sie führt wie eh und je die Post, und auch Mr Grimes sitzt nach wie vor, inmitten einer Unmenge von Schlüsseln, Schlössern und Diebstahlsicherungsanlagen, in seinem Eckladen in der Great Clarendon Street. Und über allem ragt weithin sichtbar der Glockenturm von St. Barnabas.

Möglicherweise möchte der geneigte Leser auch etwas über das weitere Schicksal einiger in Oxford lebender Personen erfahren. Michael Murdoch wurde einige Wochen später aus dem Krankenhaus entlassen und konnte mit einer Ausnahmegenehmigung noch in das bereits angelaufene Herbstsemester einsteigen. Seit seiner Verletzung damals trägt er eine schwarze Klappe über dem rechten Auge, die ihm ein sehr verwegenes Aussehen gibt, was ihm bei seinen Beziehungen zum anderen Geschlecht durchaus zum Vorteil gereicht. Sein Bruder Edward hat vor knapp einem Jahr Abitur gemacht und im Fach Deutsch erwartungsgemäß mit der Note *sehr gut* abgeschlossen. Der Bridgeclub in Nord-Oxford erfreut sich einer ständig wachsenden Mitgliederzahl. Als unlängst Mr Parkes starb und der Club zu seiner Beerdigung einen Kranz kaufte, standen auf der Schleife, wie Mrs Briggs mehrere Tage lang jedem, der es hören wollte, nicht müde wurde zu erzählen, nicht weniger als sechsunddreißig Namen. Die Beisetzung fand übrigens genau an demselben Tag statt, an dem ein Oxforder Schwurgericht Charles Richards des Mordes an George Jackson für schuldig befand. Zur großen Überraschung seiner Kollegen und Vorgesetzten faßte Detective Constable Walters irgendwann Mitte letzten Jahres den Entschluß, die Polizei zu verlassen und statt dessen zur Armee zu gehen. Besonders Superintendent Bell, der sich übrigens als hervorragend geeignet für seine jetzige Aufgabe erwies, mißbilligte seine Entscheidung und versuchte in einem längeren Gespräch, ihn umzustimmen, was jedoch fehlschlug. Anfang dieses Jahres wurde Sergeant Lewis' älteste Tochter von einem Sohn entbunden, und Mrs Lewis spendierte ihrem Mann zur Feier des Tages eine Flasche Rotwein zum Abendessen.

Und Morse? Er geht noch immer regelmäßig jeden Abend in seinen Pub, und es hat den Anschein, daß er seine Nahrung hauptsächlich in flüssiger Form zu sich nimmt; es ist jedenfalls schon sehr lange her, daß ihn irgendjemand in einem der Supermärkte in Summertown hat einkaufen sehen. Mitte Dezember letzten Jahres war er wieder einmal in Nord-Oxford auf einer Party. Vor ihm in der Schlange am kalten Buffet stand eine junge Frau, und als sie sich nach vorn beugte, um an die Schüssel mit dem Salat zu kommen, betrachtete er beinahe andächtig die sanfte Kurve ihres schmalen Hinterns. Doch er sprach sie nicht an. Er setzte sich allein in eine Ecke, und in einem unbeobachteten Moment, als die Gastgeberin beschäftigt war, schlüpfte er hinaus, stieg in seinen Lancia und trat auf das Gaspedal. Er wollte nichts als nach Hause.

Colin Dexter

«Seit Sherlock Holmes gibt es in der englischen Kriminalliteratur keine interessantere Figur als Chief Inspector Morse ...»
Süddeutsche Zeitung

Der letzte Bus nach Woodstock
(thriller 3142)

... wurde sie zuletzt gesehen
(thriller 3156)

Die schweigende Welt des Nicholas Quinn
(thriller-Dreierband 3102 und Neuausgabe Februar 97, thriller 3263)

Eine Messe für all die Toten
(thriller 3173)
In der kleinen Gemeinde von St. Frideswide's kursieren wilde Gerüchte: Jemand stiehlt Beträge aus der Kollekte, der Pfarrer soll sich den Chorknaben zu sehr nähern, der Organist hat ein Verhältnis mit der Frau des Kirchenältesten.
Alles sehr unerfreuliche, aber nicht gerade außergewöhnliche Dinge: Doch dann geschieht etwas Ungeheuerliches: Während des Gottesdienstes wird der Kirchenälteste umgebracht ...
Ausgezeichnet mit dem Silver Dagger der britischen Crime Writers' Association.

Die Toten von Jericho
(Neuausgabe Oktober 96, thriller 3242)
Ausgezeichnet mit dem Silver Dagger der britischen Crime Writers' Association.

rororo thriller

Das Rätsel der dritten Meile
(thriller 2806)
«... brillant, komisch, bizarr und glänzend geschrieben.»
Südwestpresse

rororo thriller werden herausgegeben von Bernd Jost. Ein Gesamtverzeichnis der Reihe finden Sie in der *Rowohlt Revue*. Jedes Vierteljahr neu. Kostenlos in Ihrer Buchhandlung.

3005/5

Colin Dexter

«Dexter ist allen anderen Autoren meilenweit voraus.»
The Literary Review

Hüte dich vor Maskeraden
(Neuausgabe August 96, thriller 3239)
«Ein intelligenter Krimi zum Mit-Denken. So etwas ist selten.»
Frankfurter Rundschau

Mord am Oxford-Kanal
(thriller 2960)
Ausgezeichnet mit dem Gold Dagger der britischen Crime Writers' Association.

Tod für Don Juan
(thriller 3041)
Kaum sind die amerikanischen Touristen in Oxford eingetroffen, da wird Chief Inspector Morse zu einer Toten gerufen. Die Touristin ist offensichtlich an Herzversagen gestorben, als sie den Diebstahl einer wertvollen antiken Brosche entdeckte. Klarer Fall, meint Sergeant Lewis. Ein plötzlicher Tod ist immer mysteriös, sagt Morse. Erst recht, wenn kurz darauf noch ein Toter gefunden wird.

Finstere Gründe
(thriller 3100)
Ausgezeichnet mit dem Gold Dagger der britischen Crime Writers' Association.

Die Leiche am Fluß
(thriller 3189)

rororo thriller

Ihr Fall, Inspector Morse
Stories
(thriller 3148)
«Seit Sherlock Holmes gibt es in der englischen Kriminalliteratur keine interessantere Figur als Chief Inspector Morse», schrieb die *Süddeutsche Zeitung*. In diesem Storyband treten beide auf: Morse löst – wie immer – brillant fünf knifflige Fälle, und Sherlock Holmes verblüfft wieder einmal Dr. Watson – auf sehr ungewöhnliche Art. Auch die übrigen Geschichten beweisen durch die Raffinesse ihrer Konstruktion, die überraschenden Wendungen und die total unvorhersehbaren Lösungen Dexters Meisterschaft.

rororo thriller werden herausgegeben von Bernd Jost. Ein Gesamtverzeichnis der Reihe finden Sie in der *Rowohlt Revue*. Jedes Vierteljahr neu. Kostenlos in Ihrer Buchhandlung.

3006/5

Paula Gosling

«Es sieht so aus, als seien zur Zeit die besten Krimi-Autoren weiblichen Geschlechts. **Paula Gosling** zu versäumen wäre ein Fehler für Krimi-Fans.»
Frankfurter Rundschau

Ein echtes Gaunerstück
(thriller 2939)
Wahrscheinlich hätte die schöne Ariadne noch ein paar fröhliche Jahre vor sich gehabt, mit einem Mann, der sie anbetete und einer liebevollen Stieftochter – wenn sie nicht im unpassenden Moment gelacht hätte ...
«Ein spannender und amüsanter Krimi für Strandkorbtage.»
Frankfurter Rundschau

Leiche im Paradies
(thriller 3104)

Das Spiel wird Ernst
(thriller 3195)

Tod auf dem Campus
(thriller 2858)
Professor Aiken Adamson war ein gehässiges, hinterhältiges Ekel. So hat Lieutenant Stryker beim Motiv ein Dutzend Verdächtiger, beim Alibi aber keine – zunächst jedenfalls ...
«Bildung schützt vor Dummheit nicht – zum Vorteil des Lesers, der in genußvoller Spannung gehalten wird, wenn Selbstüberschätzung die Wissenschaftler zu verhängnisvollen Begegnungen mit dem Täter führt, wenn überraschend akademische Fassaden bröckeln und aus der wütenden Gegnerschaft

zwischen dem Polizisten und einer Verdächtigen eine Liebesgeschichte entsteht.»
FAZ

Töten ist ein einsames Geschäft
Der Roman zum Film
(rororo 13932)

rororo thriller

rororo thriller werden herausgegeben von Bernd Jost. Ein Gesamtverzeichnis der Reihe finden Sie in der *Rowohlt Revue*. Jedes Vierteljahr neu. Kostenlos in Ihrer Buchhandlung

3007/4